grafit

Mehr von Marc-Oliver Bischoff:

Tödliche Fortsetzung. ISBN 978-3-89425-398-1
Die Voliere. ISBN 978-3-89425-420-9
Golanhöhen. ISBN 978-3-89425-450-6

Alle Romane auch als E-Book erhältlich.

Chemnitzer Str. 31, D-44139 Dortmund
Internet: http://www.grafit.de
E-Mail: info@grafit.de

Umschlagbild: biloba / photocase.de
Druck und Bindearbeiten: CPI – Clausen & Bosse, Leck
ISBN 978-3-89425-478-0
1. 2. 3. / 2018 17 16

Marc-Oliver Bischoff

Die Sippe

Kriminalroman

Mit einem Nachwort der
Amadeu Antonio Stiftung

grafit

Der Autor

Marc-Oliver Bischoff wurde 1967 in Lemgo geboren und wuchs in einem kleinen Dorf am Stadtrand von München auf. Nach dem wirtschaftswissenschaftlichen Studium verschlug es ihn in verschiedene Städte. Inzwischen lebt er mit seiner Frau und zwei Kindern in Ludwigsburg und arbeitet als Technologieberater. Für sein Debüt *Tödliche Fortsetzung* wurde er mit dem ›Friedrich-Glauser-Preis‹ ausgezeichnet.

www.marc-oliver-bischoff.de

Dieses Buch widme ich meinen Söhnen Nils und Leo,
die in einer Welt ohne Rassismus, Menschenverachtung und
Demagogie aufwachsen sollen.

August der Schäfer hat Wölfe gehört,
Wölfe mitten im Mai, mehr als zwei.
Und der Schäfer, der schwört,
sie hätten zusammen das Fraßlied geheult,
das aus früherer Zeit, und er schreit.
Und sein Hut ist verbeult.
Schreit: »Rasch, holt die Sensen, sonst ist es zu spät.
Schlagt sie tot, noch ehe der Hahn dreimal kräht.«
Doch wer hört schon auf einen alten Hut
und ist auf der Hut? Und ist auf der Hut?

Wölfe mitten im Mai, Franz Josef Degenhardt

Der Mann auf der Schaukel sitzt in einem Garten, der in seiner überbordenden Üppigkeit den Gewächshäusern des Botanischen Gartens Rostock Konkurrenz macht. Eine Handvoll Apfelbäume ragt rundherum auf. An diesem Tag im Frühsommer ächzen die Äste schon unter dem Gewicht der Früchte, auch wenn diese noch weit von der Erntereife entfernt sind: Die Äpfel der in diesem Landstrich fast vergessenen Sorte *Alter Krummstiel* sind grün und nicht etwa von der fahlbraunen Färbung, die sie bald unter der Kraft der mecklenburgischen Sonne annehmen werden. Einer der Apfelbäume, der größte und dem Wohnhaus am nächsten stehende, beginnt jedoch abzusterben. An einem kahlen Ast ist eine Kinderschaukel aufgehängt. Auf dieser Schaukel sitzt der Mann, der nicht aussieht wie jemand, der das Leben allzu ernst nimmt. Doch der erste Eindruck täuscht: Der Tod ist es, den der Mann auf der Schaukel belächelt.

Er trägt ein verblichenes T-Shirt und eine einfache Leinenhose. Sein blondes ins Graue changierende Haar ist kurz gestutzt. Seine markanten Züge und die asketische Erscheinung sind das Ergebnis einer Diät aus streng veganer Kost und bewusstseinserweiternden Substanzen.

Von der Straße her ertönt das Aufheulen eines Motors. Der Mann auf der Schaukel öffnet schläfrig die Augen. Nun sieht man das beunruhigend blaue Leuchten seiner Iris. Ein rostiger schwarzer Kombi rauscht mit halsbrecherischem Tempo in die Hofeinfahrt, passiert einen hellgrauen Findling, stößt einen Eimer um, treibt ein halbes Dutzend panische Hühner vor sich her und rumpelt mitten durch den Garten, bis er mit einer Vollbremsung vor dem halbtoten Apfelbaum zum Stehen kommt. Der Motor wird abgewürgt. Die Reifen haben tiefe Schneisen ins Gras geschlagen. Die

Fahrertür springt auf und ein Mann von bulliger Erscheinung – blonder Bürstenschnitt, Holzfällerhose und Bundeswehrstiefel – schwingt sich aus dem Sitz. Er öffnet den Fond und zieht einen Jungen, etwa zehn Jahre alt, vom Rücksitz. Der Bullige packt das Kind grob am Nacken und schiebt es vor sich her, bis die beiden Neuankömmlinge ihre Schatten auf den Mann auf der Schaukel werfen.

»Na los, erzähl schon«, fordert der Bürstenschnitt den Jungen mit einem Klaps auf den Hinterkopf auf.

»Es war keine Absicht«, schnieft der Junge. Seine Augen sind rot und verquollen, Rotz läuft aus einem Nasenloch. Mehr bringt er nicht heraus.

Der Mann auf der Schaukel sieht den Bürstenschnitt fragend an.

»Du siehst dir das besser selber an, Freyr.«

»Im Wagen?«, will der Angesprochene wissen.

Der Bürstenschnitt nickt. Sie gehen zum Auto und öffnen die Heckklappe. Freyr wirft einen Blick hinein, fährt sich nachdenklich durch die Bartstoppeln und summt eine Melodie.

»Was machen wir jetzt?«, flüstert der Bürstenschnitt, der nicht will, dass der Junge die Unterredung mithört.

»Gib mir die Waffe«, fordert Freyr.

Der Bürstenschnitt zieht eine Glock 30 aus dem Hosenbund und reicht sie ihm.

»Sag Hiske Bescheid. Sie soll dir helfen.«

Der Bürstenschnitt verschwindet im Haus.

Freyr wiegt die Waffe in der Hand. Er lässt das Magazin herausgleiten, zieht den Schlitten nach hinten und arretiert ihn, er prüft den Inhalt des Magazins, setzt es wieder ein und lässt den Schlitten nach vorne schnappen. Alles in einem einzigen kurzen Augenblick, wie es nur ein Mann mit jahrelanger Erfahrung im Umgang mit Waffen zu tun vermag. Er kehrt zur Schaukel zurück, wo der blonde Junge immer noch herumsteht und beschämt zu Boden blickt. Freyr lässt die Glock in die Hosentasche gleiten, nimmt auf der Schaukel Platz und zieht den Jungen auf seinen Schoß. Der kleine Oberkörper bebt, als sich ihm ein Schluchzen entringt.

»Schhhh!«, beruhigt der Mann den Jungen, streicht ihm übers Haar und trocknet seine Tränen. Sanft schwingt die Schaukel vor und zurück. Als das Kind endlich verstummt, spricht Freyr ihm ins Ohr und spürt sogleich, wie die beruhigende Kraft seiner Stimme ihre Wirkung entfaltet. Das Schluchzen verebbt.

»Du bist ein cleverer Bursche, nicht wahr? Du hast sicher eine Ahnung davon, was passiert, wenn diese Angelegenheit herauskommt.«

»Ich komme ins Gefängnis.«

»Du bist ein Kind. Sie können dich nicht ins Gefängnis stecken.«

Der Junge drückt sich vertrauensvoll an ihn.

»Aber deine Eltern müssen ins Gefängnis. Für viele Jahre. Und dann werden sie dich und deine Geschwister ins Waisenhaus geben. Oder zu Pflegeeltern.«

Der Junge fängt wieder an zu weinen.

»Na na. Schhhh. Aber das muss nicht sein.«

»Ich darf niemandem etwas sagen, nicht wahr?«

»Kein Sterbenswort.«

»Außer meiner Mutter.«

»Auch der nicht.«

»Nicht mal ihr? Das wird schwer. Ich kann sie nicht anlügen.«

Freyr sieht in die untergehende Sonne. Er kann es eigentlich nicht riskieren, den Jungen am Leben zu lassen. Kinder sind ein Sicherheitsrisiko. Sie plappern. Und es lässt sich nicht verhindern, dass sie das Dorf von Zeit zu Zeit verlassen. Dann sickern Informationen durch. Er stellt den blonden Jungen auf die Füße und dreht ihn herum. Sieht ihm tief in die Augen.

»Schwöre, dass du es für dich behältst.«

»Ich schwöre, Freyr.«

»Auf dein Leben.«

»Auf mein Leben.«

Freyr liest in den Augen des Jungen. Das ist eine seiner vielen außergewöhnlichen Begabungen: Jemandem in die Augen zu sehen und zu wissen, was tief im Innern dieses Menschen vor sich geht. Ob er ein Versprechen halten, ob er es brechen wird. Niemals hat er sich in einer solchen Einschätzung geirrt.

Der Mann auf der Schaukel lächelt, aber es ist ein trauriges Lächeln. Im Blick des Jungen hat er nicht gefunden, was er gesucht hat.

Er versenkt die Hand in der Hosentasche. Wie automatisch schließen sich seine Finger um den Griff, legt sich sein Zeigefinger neben den Abzug in Warteposition.

»Komm, wir gehen ein bisschen spazieren. Dahinten im Unterholz gibt es etwas, das ich dir zeigen möchte.«

Sie setzen sich in Bewegung und plötzlich spürt Freyr, wie die Hand des Jungen sich in seine schmiegt. Die Wärme der kleinen Hand stimmt ihn milder, als es in dieser Situation geboten scheint. Der Junge ist nur ein nettes Kind, das einen unverzeihlichen Fehler begangen hat.

Sie haben die Grenze des paradiesischen Gartens erreicht, als eine Stimme hinter ihnen erschallt.

»Freyr! Komm schnell!«

Er sieht sich um. Hiske Rossbach steht in der Tür, die Naturlocken wirr in die Stirn hängend, die Hände blutverschmiert. Freyr sieht den Jungen an – und lässt sowohl die Waffe in seiner Tasche als auch die Hand des Jungen los.

»Lauf nach Hause. Und kein Wort.« Er legt den Finger auf die Lippen.

»Und das Unterholz?« Der Junge klingt enttäuscht.

»Ein andermal.«

»Versprochen?«

»Fest versprochen.« Er setzt sein wärmstes Lächeln auf.

Der Junge rennt davon und Freyr sieht ihm mit einer Mischung aus Wehmut und Erleichterung hinterher. Die warme Sommerluft kühlt sein Gesicht und trägt den Duft von frisch geschnittenem Gras mit sich.

Vielleicht muss er seine Pläne ändern.

Hamburg

Die Pfütze vor dem Eingang zum *Motel Sieben* in St. Pauli ist fast so groß wie der Eppendorfer Mühlenteich. Seit gestern Nachmittag bis vor gut einer Stunde hat es ohne Unterlass geregnet. Auf der glatten Wasseroberfläche spiegelt sich die blaue Neonbeleuchtung über dem Eingang zur Lobby.

Katharina Hofmann packt den Griff ihrer Reisetasche fester und sucht nach einem Weg um die nasse Barriere herum. Ein Taxi braust heran und pflügt eine Schneise ins Wasser, das in einer hohen Fontäne zur Seite spritzt. Katharina springt im letzten Moment zurück, doch eine korpulente Dame mit Hund hat weniger Glück. Katharina weiß nicht, wen sie mehr bemitleiden soll: die fluchende triefnasse Dame oder ihr Haustier, das mit herabhängendem Fell aussieht wie der sprichwörtliche begossene Pudel. Aus ihrer Reisetasche zieht Katharina ein kleines Handtuch und reicht es der Frau, die sich dankbar Haare und Gesicht damit trocknet. Für die Nachtschicht wird Katharina sich ein Handtuch aus dem Stationsvorrat nehmen müssen.

In der Lobby des Hotels herrscht nüchterne Leere. Einen Empfang gibt es nicht, dafür zwei Check-in- und einen Getränkeautomaten. Das ist der Grund, warum Roland und sie sich hier treffen. Keine Rezeption, keine Fragen, keine neugierigen Blicke. Und diese billige Unterkunft ist kein Stundenhotel, worauf Katharina im Gegensatz zu Roland Wert legt, weil sie sich sonst wie eine Prostituierte fühlen würde.

Der Anblick der menschenleeren Halle versetzt ihr einen Stich, darum beeilt sie sich, diesen Ort hinter sich zu lassen. Sie besteigt den Fahrstuhl und drückt auf die Zwei, aber der Aufzug rührt sich nicht. Neben dem Bedienfeld befindet sich ein kleiner Schlitz, in den die Zimmerkarte einzuführen ist. Natürlich hat Katharina keine. Roland hat das Zimmer übers Internet reserviert, er hat es mit seiner Kreditkarte bezahlt. »Sugardaddy hat die Karte«, würde Leonie jetzt mit ihrer heiseren Stimme sagen und anzüglich kichern.

Gerade als Katharina ihr Handy aus der Tasche kramt, um ihn anzurufen, betritt ein älterer Herr die Fahrstuhlkabine. Er nickt ihr ebenso freundlich wie unverbindlich zu und drückt auf die Drei. Das Licht erlischt wieder, er drückt noch einmal, erneut erfolglos, es dauert ein paar Sekunden, bis er begreift, warum. Höflich schweigend, schiebt er seine eigene Karte ein, wählt sein Stockwerk und fragt sie nach ihrem. Während der Fahrt starrt sie beschämt auf ihr stumpfes Spiegelbild im Metall der Türverkleidung. Sie spürt die Blicke des Mannes auf ihrem Körper. Vermutlich rechnet er sich aus, ob er sich eine Nacht mit ihr leisten kann, und Katharina kämpft den Impuls nieder, ihn aufzuklären, dass sie so eine nicht ist. Jetzt hat Roland es doch geschafft, dass sie sich käuflich fühlt.

217.

Katharina klopft. Im Türspalt erscheint Rolands Gesicht. Er lächelt sein Bubenlächeln und im selben Augenblick hat sie ihre Scham und ihren Kummer fast vergessen.

»Katharina.«

Er lässt sie ein. Über den einzigen Stuhl im Zimmer hat er seinen weißen Kittel gehängt. Aus der Brusttasche baumelt das Stethoskop. Katharina findet es albern, dass er sich schon zu Hause umzieht und dann in voller Kluft ins Hotel fährt. Ihre Arbeitskleidung liegt ordentlich gebügelt und zusammengefaltet in der Sporttasche, wo sie auf ihren Einsatz wartet.

Roland und sie halten sich nicht lange mit Vorgeplänkel auf. Ganz Gentleman, hilft er ihr aus dem Mantel und hängt ihn an die Garderobe. Kaum hat sie die Tasche abgestellt, spürt sie schon die Wärme seines Körpers hinter ihrem. Zärtlich streicht er mit seinen Fingern über ihre Unterarme. Katharina schließt die Augen und öffnet den Mund, während seine Fingerkuppen über ihre Schultern fahren und seine Lippen die Härchen auf ihrem Nacken streicheln.

Ihr iPhone klingelt. Dieser spezielle Klingelton ist für die Mitglieder ihrer ziemlich überschaubaren Familie reserviert. Katharina schlängelt sich aus Rolands Umarmung und holt das Handy aus der Manteltasche. Sie wirft einen Blick auf das Bild ihrer Schwester. Seit dem Streit an Weihnachten hat Sara den Kontakt zu ihr deutlich heruntergefahren und ausgerechnet in der unpassendsten aller Situationen beschließt sie, ihn wieder aufzunehmen. Katharina ist unschlüssig – das Lachen in Saras rundlichem Gesicht ist eingefroren. Nein Schwesterlein, macht sie schließlich mit sich aus, du wirst warten müssen, bis ich meinen Spaß hatte. Sie leitet den Anruf direkt auf die Mailbox um und wirft das Handy aufs Bett. Schon ist Roland wieder hinter ihr und umfasst ihre Hüften. Seine Hände sind plötzlich überall und die sich in ihrem Unterleib ausbreitende Wärme macht ihr schmerzlich bewusst, dass sie schon wieder viel zu lange keinen Sex mehr hatte.

Wenn wir fertig sind, rufe ich zurück – aber keine Sekunde früher, denkt Katharina, während Rolands Fingerkuppen sanft um ihre Brustwarzen kreisen und alles um sie herum sich in Licht und Erregung auflöst.

*

Max Klee lächelt den beiden Hünen, die die Eingangstür zum großen Sitzungssaal bewachen, aufmunternd zu. Mit dem einen war er bei der Bereitschaft, aber der Kerl erinnert sich nicht an ihn: Er sieht auf ihn herab, wie Goliath auf David. Kleine Menschen werden gerne unterschätzt, denkt Max.

Vor einem Tipi, in dem wichtige Häuptlinge noch wichtigere Entscheidungen treffen, auf einen dieser Häuptlinge zu warten – oder in Klees Fall sogar auf zwei –, lässt einen Indianer noch ein bisschen bedeutungsloser wirken, als er es tatsächlich ist. Nicht nur in Bad Segeberg, denkt Max, sondern auch beim LKA in Rampe am Schweriner See, selbst wenn man sich hier schon längst seine Hörner abgestoßen hat.

Schließlich schiebt sich die schwere Bronzetür einen Spalt weit auf und zwei Männer gesetzten Alters, denen ihr Beamtentum aus jeder Pore strömt, zwängen sich flüsternd heraus. Beide tragen ähnlich graue Einreiher und die Beamtenblässe, die von einem Mangel an natürlichem Sonnenlicht zeugt. Nur die Farbe ihrer Krawatten unterscheidet sich: Während der eine ein kräftiges Grün bevorzugt, das seiner sterbenslangweiligen Erscheinung ein bisschen Leben einhaucht, trägt sein Kollege Grau in Grau, was ihn aussehen lässt wie einen Bestatter. Nur dass dieser Mann im Laufe seiner Karriere vermutlich mehr Menschen unter die Erde gebracht hat als alle Beerdigungsunternehmer aus dem mecklenburgischen Rampe zusammen.

»Sie haben hoffentlich einen guten Grund, uns aus einer Sitzung der Innenminister zu holen«, sagt der Grüne.

»Wir sind gleich dran«, drängt der Graue.

Ein Lächeln umspielt die Lippen des blonden Hünen neben der Tür.

»Ich hätte Sie nicht gestört, wenn mein Anliegen nicht wichtig wäre«, sagt Max.

Der Grüne übernimmt ohne Federlesens die Führung, lotst die Gruppe in ein Besprechungszimmer und schließt die Tür hinter ihnen.

Als alle in den schweren Lederfauteuils Platz genommen haben, zupft Klee nervös an seinen Ärmeln und ergreift das Wort.

»Grantzow. Es gibt Neuigkeiten.«

»Welcher Art?«, will der Grüne wissen.

»Es gibt Grund zur Annahme, dass sich eine Querverbindung zwischen dem Dorf und Ablegern der Reichsbürgerbewegung etabliert hat.«

Die Beamten sehen sich irritiert an.

»Sie meinen diese Irren, die sich selbst Fantasieausweise einer fiktiven Regierung ausstellen und gegen jedes Bußgeld den Rechtsweg einlegen, weil die BRD nicht legitimiert ist, sie zur Kasse zu bitten?«

»Ich glaube, Sie unterschätzen diese Leute. Die leugnen auch den Holocaust und lehnen die Demokratie ab. Von der anderen Sorte Neonazis unterscheidet die nur, dass sie eine andere Art der Unverfrorenheit zur Schau stellen. Ein Oberbürgermeisterkandidat der AfD hat letztes Jahr behauptet, seit dem Mauerfall gäbe es gar keinen souveränen deutschen Staat mehr, der ihm etwas zu sagen habe.«

Der Graue seufzt nachsichtig. »Dann haben wir jetzt also einen Haufen Ökospinner mit fragwürdiger Gesinnung auf der einen Seite und einen Haufen Durchgeknallter mit überkandidelten Webseiten und selbst gebastelten Sheriffsternen auf der anderen, die sich zum Tee treffen. Was gibt das? Einen Zwergenaufstand?«

Die beiden Herren röcheln ein Lachen, das so auch an einem Stammtisch gehört werden könnte.

Max Klee beugt sich weit nach vorne. »Die Grantzower haben etwas vor. Sie horten Lebensmittel, sie vernetzen sich deutschlandweit mit gefährlichen Gruppierungen und ich habe Informationen, dass ein Waffenlager angelegt worden ist.«

»Informationen von wem?«, will der Grüne wissen. »Etwa von Ihrer Verbindungsperson?«

Klee nickt.

»Ist das dieselbe V-Person, die uns mit ihrem Bericht von nackt ums Feuer hüpfenden Bauersfrauen erheitert hat?«

»Sie waren nicht nackt. Und es wurde Musik von verbotenen Gruppen gespielt.«

»Jaja«, spottet der Grüne, »ziemlich schockierend, diese außer Rand und Band geratenen unrasierten Weiber.«

Klee will widersprechen, aber der Grüne wehrt ab: »Hören Sie, Klee, Sie sind ein guter Polizist. Engagiert, clever, hartnäckig. Aber da haben Sie sich in etwas verrannt. Wir haben ein Verbotsverfahren gegen die NPD laufen, da sitzen die echten bösen Buben, und dass wir sie diesmal vielleicht drankriegen, liegt unter anderem auch daran, dass wir *keine* V-Leute mehr im Einsatz haben. Das ganze Konzept ist hinfällig. Dass Ihr Informant ein Fehlgriff ist, bestätigt das nur. Ich verstehe den Jungen ja: Jetzt, wo er weiß, dass er nicht in den Zeugenschutz kommt, kriegt er es mit der Angst zu tun. Also denkt er sich eine Weltverschwörung aus. Worauf steuert das in Grantzow denn Ihrer Meinung nach zu? Auf einen Krieg?«

Wohin das seiner Meinung nach führt, behält Klee tunlichst für sich. Wie auch die Tatsache, dass seine Verbindung nach Grantzow mehr als nur professioneller Natur ist. Die beiden Herren ihm gegenüber nehmen ihn ja jetzt schon nicht mehr ernst. »Mein Kontakt hat seine Leute verraten. Und ich habe ihm mein Wort gegeben, dass ich ihn da raushole.«

»Tut mir leid, aber was Sie eigenmächtig versprechen, dafür können Sie uns nicht in die Verantwortung nehmen. Was Ihr V-Mann bislang geliefert hat, war entweder völlig unbedeutend …«, erklärt der Graue.

»… oder erfunden«, vollendet der Grüne den Satz. Er erhebt sich, der Graue tut es ihm nach. »Damit ist alles besprochen, denke ich, oder wie sehen Sie das, Herr Kollege?«

»Herr Klee«, nickt der Graue dem Ermittler zu. Sein Mund lächelt jovial, während seine kalten Augen durch Max hindurchsehen.

»Wenn ich Ihnen Beweise für Waffen bringe, ändert das etwas an den Chancen für meinen Kontakt?«, ruft Max den Beamten hinterher, bevor sie wieder im Sitzungsraum verschwinden können.

Der Grüne dreht sich noch einmal um. Er wirkt beinahe belustigt. »*Wenn* Sie bis Ende übernächster Woche etwas liefern können – gerichtsverwertbare Beweise, *urteilsrelevante* Beweise –, dürfen Sie gerne einen Termin machen. Ansonsten räumen Sie und Ihre beiden Kollegen den Horchposten im Wald. Diese Sache zieht sich schon viel zu lange hin. Ich weiß gar nicht mehr, wie ich diese Ressourcenverschwendung dem Direktor gegenüber weiter verkaufen soll. Aber ich warne Sie: Falls Sie uns noch mal wegen derartiger Albernheiten aus einer wichtigen Sitzung holen, sorge ich dafür, dass Sie im Anschluss in die Beschaffung versetzt werden. Bei einem renitenten Berliner Kollegen hat das Wunder gewirkt. Wenigstens eine Weile lang. Schönen Tag noch.«

Die Tür fällt ins Schloss und Max fühlt sich noch ein paar Zentimeter kleiner, als er sowieso ist.

*

Roland erbebt leise stöhnend unter ihr. Sie haben das Fenster geöffnet, aber die feuchtwarme Luft von draußen bringt keine Abkühlung. Katharina kann ihre sich sanft wiegenden, schweißglänzenden Körper als Silhouetten im Spiegel neben dem Badezimmer sehen, umwölkt von einer blauen Aura, die das Neonschild direkt neben dem Fenster auf sie projiziert.

Trotz seiner Erschöpfung gibt Roland sich alle Mühe, bei der Sache zu bleiben. Wie gesagt: ein echter Gentleman. Schließlich kommt die Welle und sie kommt so heftig, dass Katharinas Arme einknicken und sie auf ihn sinkt. Mit einem Zischen entweicht Luft aus seinen Lungen, während sie ihren Höhepunkt auskostet.

Die Zeiten postkoitaler Komplimente sind vorbei. Nach einer stummen Pause, in der außer schwerem Atmen nichts zu hören ist, gleitet er aus ihr heraus und rollt zur Seite. Roland zieht das Kondom ab und lässt es in den Mülleimer fallen. Er steigt aus dem Bett, lehnt sich gegen den kleinen Schreibtisch und zündet sich eine Zigarette an. Das schweißnasse Haar hängt ihm in die Stirn. Er ist fast doppelt so alt wie sie, aber gut in Form: an seinen Hüften kein Gramm Fett, die Geheimratsecken überschaubar. Nur dass er sich den Schambereich rasiert, findet Katharina albern, aber der Grund dafür ist wohl, dass er seine roten Haare selbst nicht leiden kann. Sein glänzender Penis wippt leicht auf und ab, er scheint zu pulsieren, und das bringt sie zum Lachen.

»Was?«

»Dein Ding bewegt sich.«

Roland sieht an sich herunter und lacht ebenfalls. »Dehnübungen.«

Die Glut leuchtet mit einem Knistern auf.

»Wolltest du nicht aufhören?«

»Nach der nächsten HTX.«

»Du bist doch gar kein Herzchirurg.«

»Eben drum.« Da ist es wieder – sein jungenhaftes Lächeln. Dafür ist Katharina ihm gegen alle Vernunft verfallen.

Sie starrt an die Decke. Lichtreflexe von Autoscheinwerfern, Taxis, die Leute ins Hotel bringen und wieder dort abholen. Ein ständiges Kommen und Gehen. Das genaue Gegenteil von Zuhause, von Heimat. Das Gefühl der Verlorenheit, das sie schon in der Eingangshalle erfasst hat, kehrt zurück und macht ihr das Herz schwer. Sie hört sich seufzen.

Roland versucht, ihre Stimmung zu heben: »Ich rede diese Woche mit Steffens. Wegen der Stationsleitung. Gibt keinen Grund, warum du die Stelle nicht kriegen solltest. Du bist am besten von allen qualifiziert.«

»Du weißt, dass ich …«

»Dass du nicht deshalb mit mir schläfst? Weiß ich.« Er drückt die Zigarette aus, kommt zu ihr ans Bett und küsst sie auf den Bauchnabel. »Du bist einfach zu gut für diese Welt, Katharina.«

Der leichte Duft von Zigarettenrauch weht in ihre Nase und sie dreht sich zur Seite. Rauchende Ärzte waren Katharina schon immer ein Graus. Und noch grauenhafter findet sie, dass es so viele davon gibt.

Roland geht zurück zum Stuhl, zieht sich an, zuletzt schlüpft er in den weißen Kittel. Er tut es bedächtig und sehr sorgfältig, so wie er auch seine Arbeit erledigt. Noch ein paar Jahre, dann wird er die Klinik verlassen und eine eigene Praxis eröffnen. Er wird ein guter niedergelassener Arzt sein: sorgfältig und clever und humorvoll. Sie wird kein Teil dieser Zukunft sein, da macht sie sich keine Illusionen.

Er setzt sich ans Bett. Gleich wird er sein Stethoskop herausholen und seine Patientin abhören, denkt sie. Dann wird er sie abtasten. Wenn er die geheimen Stellen erreicht hat, wird sie ihn ins Bett ziehen und sie werden noch mal von vorne anfangen.

Stattdessen zieht er zwei Eintrittskarten aus der Innentasche des Kittels.

»Im Kellertheater geben sie *Biedermann und die Brandstifter.* Steffens hat die Karten gewonnen, aber er muss auf eine Konferenz, und da hat er sie an mich weitergereicht. Ich dachte, du hast vielleicht Lust?«

»Du gehst mit mir ins Theater?« Katharina ist sich nicht sicher, ob sie träumt.

Roland lächelt gequält. »Frag doch Leonie, ob sie dich begleitet.«

Er hat es geschafft, ihre Gefühle innerhalb weniger Augenblicke auf eine Achterbahnfahrt zu schicken. Es kostet sie sehr viel Mühe, die Tränen zurückzuhalten. Natürlich bemerkt er das verdächtige Schimmern in ihren Augen, dumm ist er nicht.

»Hast du Lust, noch was mit mir zu essen?«

»Fürchtest du dich nicht, im Restaurant mit mir gesehen zu werden?« Es klingt sarkastischer, als es gemeint ist.

Roland sieht hilflos aus, wie soll er darauf auch reagieren. Die ehrliche Antwort wäre: »Klar habe ich Angst davor, aber wenn ich dich jetzt alleine in diesem kargen Hotelzimmer zurücklasse, verletzt und traurig, kann ich mir gleich eine andere Stationsschwester zum Vögeln suchen.«

»Tut mir leid, Katharina. Ich weiß doch, dass das alles dämlich ist. Dass *ich* dämlich bin.«

Immerhin – so etwas wie Selbstkritik. Der Wasserstand in ihren Augen sinkt. Sie versucht, zuversichtlich zu klingen: »Lass die Karten hier. Vielleicht frage ich Leonie wirklich. Obwohl die wohl lieber ins *Fundbureau* geht.«

Er legt die Karten auf den Nachttisch und steht auf. »Soll ich dich in die Klinik mitnehmen?«

Sie schüttelt stumm den Kopf. Sie will noch duschen. Und sie will sich die Demütigung ersparen, von ihm an der Lübecker rausgelassen zu werden, damit die Kollegen sie nicht zusammen kommen sehen. Dann fährt sie lieber gleich mit der U-Bahn wie jeder vernünftige Single.

Nachdem er gegangen ist, liegt sie noch eine Weile auf dem Bett, lauscht den Geräuschen vor dem Hotel. Eine Frau traktiert jemanden mit unflätigen Beschimpfungen, ihre Stimme schraubt sich regelrecht in eine Hysterie hinein. Dann verstummt die Stimme ganz plötzlich.

Katharina denkt daran, dass Roland und sie nie eine normale Beziehung führen werden. Nie werden sie nebeneinander in einem Doppelbett aufwachen und Frühstück für gemeinsame Kinder machen. Nie gemeinsam in den Sommerurlaub fahren, auf den Weihnachtsmarkt gehen oder an einer Kreuzfahrt teilnehmen. Wie gehabt, werden sie sich alle paar Wochen in einem Hotel ohne Empfang treffen, um Sex zu haben – mal mehr, mal weniger flott –, und das Zimmer verlassen, bevor einer von ihnen auf die Idee kommt, Ansprüche an den anderen zu stellen. Jahrelang wird das so gehen. Bis zu dem Tag, wo eine andere Frau unten im Fahrstuhl darauf wartet, dass ihr Sugardaddy sie abholt. Eine jüngere.

Vielleicht ist es besser, einen Schlussstrich unter die Sache zu ziehen, denkt sie. Pimmel-Dehnübungen hin oder her.

Den Anruf auf ihrem Handy hat Katharina Hofmann in diesem Moment vergessen.

*

Zwei Männer, einer im Anzug, der andere in Jogginghose, Feinripp und Jeansjacke, stehen um einige große Metalltonnen herum. Jemand hustet leise. Im schwachen Licht erkennt man gerade so, dass eine der Tonnen mit dem roten Gefahrenkennzeichen für hochentzündliches Material beklebt ist, was der Anzugträger aber nicht sehen kann. Im Hintergrund verlaufen Dachbalken diagonal zum Boden.

»Herr Schmitz …«, setzt der Anzugträger zögerlich an und legt eine Hand auf die Tonne.

Der andere, den Blick fest auf sein Handy gerichtet, wirkt abwesend. Sein Gesicht leuchtet teuflisch im kalten Widerschein des Displays.

»Hmm?«

»Sie versprechen es mir aber: Sie sind wirklich kein Brandstifter?«

Schmitz sieht auf, öffnet den Mund, als wolle er etwas sagen, beginnt dann aber stattdessen zu lachen. Er lacht so heftig, dass die Speichelfetzen fliegen, und klopft dem Anzugträger auf die Schulter, als hätte dieser einen besonders amüsanten Witz erzählt.

Katharina schüttelt innerlich den Kopf. Sie kann nicht nachvollziehen, dass jemand wie dieser Fabrikant so ignorant sein kann. Fast hat es den Anschein, als *wollte* er gar nicht sehen, was für alle anderen offensichtlich ist. Wenn Leonie jetzt da wäre, würden sie bedeutungsvolle Blicke wechseln oder genervt mit den Augen rollen. Aber Leonie hat einen Abend im Technoklub dem Besuch des Kellertheaters vorgezogen. Ansonsten hat Katharina nicht viele Freunde in dieser Stadt und von den wenigen ist keiner besonders theaterbegeistert.

In diesem Moment vibriert es in ihrer Tasche. Vorsichtig zieht sie das Handy heraus. Ihr Nebenmann schenkt ihr einen despektierlichen Blick.

Eine Nachricht aus der WhatsApp-Gruppe der Stationsschwestern. Mandy ist krank. Ob jemand heute Abend einspringen kann. Im Sekundentakt gehen die Antworten ein. Steffi, Cora, Tulay, alle unabkömmlich.

Der Sitznachbar räuspert sich. Als Katharina zu ihm schaut, weist er sie stumm mit den Augen zurecht. Sie ignoriert ihn, verfasst ihre Antwort. Natürlich wird sie einspringen. Wie das letzte und das vorletzte Mal, wie die Male davor. Von der angehenden Stationsleitung darf man überdurchschnittliches Engagement erwarten. Und sie will diesen Job, mehr als alles andere.

Zehn Minuten später geht es in die Pause. Katharina holt ihren Mantel von der Garderobe und verlässt das Kellertheater – neben der Sektbar sieht sie ihren Sitznachbarn mit seiner Frau oder Freundin tuscheln, sie folgen ihr mit ihren Blicken und schütteln die Köpfe. Eine Kulturbanausin ist sie, jawohl. Dabei würde es sie schon interessieren, ob dieser Schmitz am Ende tatsächlich die ganze Stadt abfackelt.

Vermutlich nicht, jemand wird ihm das Handwerk legen. Eine Welt voller solcher Typen wäre ja ein Pulverfass.

Katharinas Fußweg vom Theater nach Hause, wo sie in ihre Arbeitskleidung schlüpfen will, bevor sie sich auf den Weg in die Klinik macht, führt durch den Park *Planten un Blomen* und über den Sievekingplatz. Die drei Kerle mit den dunklen Lederjacken, den glasigen Augen und den schlechten Zähnen bemerkt sie schon in Höhe des Landgerichts. Sie sitzen an einer Bushaltestelle, lassen eine Flasche kreisen. Sie spürt ihre Blicke im Nacken, hört ihre schweren Zungen, die in einer fremden Sprache miteinander palavern, nur gelegentlich unterbrochen von heiserem Lachen.

Als sie links ins Heiligengeistfeld abbiegt, wird ihr klar,

dass die Stimmen nicht leiser werden, wie erwartet: Die Männer folgen ihr.

Ihr Herz klopft wie verrückt. In der linken Manteltasche befindet sich normalerweise das Pfefferspray, aber Katharina greift ins Leere. *Zweites Pfefferspray kaufen,* notiert sie sich auf ihrer mentalen To-do-Liste. *Oder besser noch: eines für jede Jackentasche.* Sie beschleunigt ihren Gang. Aber die Schritte der Männer kleben nicht nur an ihr, sie scheinen sogar näher zu kommen.

Hinter den Sportplätzen hat die Angst sie so weit im Griff, dass sie eine Entscheidung von der Sorte fällt, die man in klischeehaften Horrorfilmen sieht und dabei ungläubig den Kopf schüttelt. Statt auf dem Heiligengeistfeld zu bleiben, wo wenigstens eine Chance besteht, dass ihr ein Passant begegnet, beschließt sie, in einen Seitenweg abzubiegen. Eine Abkürzung zur U-Bahn-Station, wo es mehr Leben und Licht gibt. Auf halbem Weg entdeckt sie die provisorischen Bauzäune, die den Durchgang verstellen. Als sie sich umdreht, biegen die drei Gestalten um die Ecke.

Sie sitzt in der Falle.

Ein Bauschuttcontainer bietet ihr fürs Erste Sichtschutz, aber sie ist sich völlig im Klaren, dass ihre Verfolger sie früher oder später finden werden. Sie zieht ihr Handy aus der Handtasche, wählt mit zitternden Fingern den Polizeinotruf. Viel mehr als ihren Standort und die Lage, in der sie sich befindet, kann sie nicht mitteilen, da hört sie erneut die Schritte. Mitten im Gespräch legt sie auf. Was die Stimme am anderen Ende der Leitung an Verhaltensratschlägen parat hat, hört sie nicht mehr. Es drängt sie, sich auf den Boden zu kauern, sich klein zu machen, sich so winzig zusammenzurollen, dass die Männer sie übersehen. Aber das wäre das falsche Signal. Sie will sich nicht selbst zum Opfer machen.

Stattdessen entscheidet sie sich für einen Überraschungsangriff. Sie packt ihre Handtasche fest und sprintet los, so gut das mit den hohen Absätzen geht. Sie wird die Männer einfach überrumpeln, an ihnen vorbeirennen, sie falls nötig zur Seite stoßen. Die werden gar nicht realisieren, was ihnen geschieht.

Aber als sie den Schutz des Containers verlassen hat, stehen die drei breitbeinig nebeneinander auf dem Weg und zwischen ihnen ist kein Durchkommen. Als hätten sie Katharina erwartet. Sie kommt abrupt zum Stehen. Einer, der Älteste, wie es scheint, greift reflexartig in die Tasche seiner Lederjacke, zieht ein Messer heraus und legt bedeutungsvoll den Finger auf die Lippen.

Er richtet das Wort an seinen direkten Nachbarn, einen Jungen mit Milchbart.

Es geht um »dikkat« und um »kösche«, Katharina hat keine Ahnung, was das bedeuten soll, aber der Junge widerspricht dem Älteren, bis dieser Befehle bellt und der Junge sich widerwillig fügt. Mit wachsender Panik beobachtet sie, wie der Milchbart zurück zum Gasseneingang schlendert und sich an der Ecke postiert, wo er sich eine Zigarette anzündet und die Umgebung sondiert. Immer wieder sieht er zu ihr her, mit gieriger Erwartung in den Augen. Wenn die anderen mit ihr fertig sind, wird auch er zum Zug kommen.

»Önlemek«, sagt der Alte und sein Nebenmann dreht sich mit dem Rücken zu ihr.

Ein Telefon klingelt, aber es ist nicht ihres. Der Junge, der an der Ecke Schmiere steht, ruft etwas, der Alte dreht sich kurz um. Diesen Moment nutzt Katharina. Auf ihrem Handy sucht sie die Klingeltöne heraus, sie braucht einen ganz bestimmten, legt den Daumen über das Play-Symbol, und als der Alte sich Augenblicke später wieder zu ihr umdreht, hält sie das Handy bereits hinter dem Rücken versteckt. Die Messerspitze weist in ihre Richtung. Sie spürt das kalte Glas des Handybildschirms unter ihrem Daumen.

Weit entfernt erklingt die Sirene eines Streifenwagens.

Ihr Daumen ertastet die Lautstärkeregler an der Seite des Gehäuses, die Sirene wird etwas lauter.

Der Alte dreht sich erschrocken um, ruft dem Jungen etwas zu. Der Junge zuckt verwirrt die Schultern. Katharina erhöht die Lautstärke weiter und wundert sich selbst, dass die Männer den Trick nicht durchschauen. Aber die Sirene klingt ziemlich echt, die Mauern des neben ihr im Dunkeln aufragenden Stadions werfen das Geräusch zurück und verschleiern seine Herkunft, außerdem sind die Männer ziemlich angetrunken.

Bevor die Lautstärke ein weiteres Mal ansteigt, treten die Kerle endlich den Rückzug an. Einen letzten wehmütigen Blick wirft der Alte ihr zu, bevor er und seine Kumpane sie unbehelligt in der Gasse zurücklassen und hinter der Ecke verschwinden.

Katharina muss sich am Container festhalten, um nicht vor Schwäche umzukippen. Mit einem Klappern fällt das Handy zu Boden und schlittert über den aufgeworfenen Teer. Die Tränen kommen schnell, aber sie verebben genauso rasch.

Als sich ihr Puls beruhigt hat, fährt sie durch ihr Haar und wischt die Feuchtigkeit von den Wangen. Dann setzt sie ihren Weg fort.

Sie kommt nur wenige Schritte weit. Noch bevor sie den Ausgang der Gasse erreicht, taucht der Schatten einer großen schlaksigen Gestalt an der Ecke auf.

Ihr Verstand ist zu langsam, um zu verstehen, was in diesem Moment passiert: Eine kräftige Hand umschließt ihren Hals und stößt sie brutal gegen eine Betonmauer.

Als ihr Blick und ihr Denken sich klären, ist der Milchbart über ihr, und während sein alkoholischer Atem über ihr Gesicht streicht, öffnet er mit der anderen Hand den Knopf seiner Jeans.

»Ich mach dich aus, Schlampe!«

Der Streifenbeamte gibt Katharina den Ausweis zurück, nachdem er ihre Personalien umständlich mit einem Kugelschreiber in ein Formular eingetragen hat. Auf seinem Uniformhemd ist sein Name eingestickt: *Çetin*.

»Mir wäre trotzdem wohler, wenn Sie sich in einem Krankenhaus durchchecken lassen. So eine Sache ist kein Pappenstiel. Manchmal setzt der Schock erst Stunden später ein.«

»Ich bin quasi auf dem Weg dorthin.«

Er zieht eine Augenbraue hoch.

»Ich arbeite im Marienkrankenhaus. Wenn ich nachher im Nachtdienst bin, lasse ich mich von einem Kollegen anschauen.« Einen Teufel wird sie tun, sich von jemandem untersuchen zu lassen, mit dem sie denselben Stempelautomaten benutzt. Aber sie muss dringend zur Arbeit und der Polizist, auch wenn er es gut meint, steht ihrer Pflicht im Weg.

Der wiederum kämpft mit seiner Pflicht – für ihr Wohlergehen und ihre Sicherheit zu sorgen. Aber weil Katharina ihr unwiderstehlichstes Krankenschwesternlächeln aufsetzt, gibt er sich geschlagen.

»Also gut, aber dann fahren wir Sie wenigstens direkt in die Klinik.«

»Da sage ich nicht Nein. Aber lassen Sie mich bitte nicht direkt vor der Eingangshalle, sondern an der Lübecker raus, sonst denken die Kollegen noch wer weiß was von mir.«

Das große Zittern überfällt sie auf halbem Weg zur Arbeit. Sie sitzt auf dem Rücksitz des Streifenwagens, eingelullt von Funksprüchen, der Wärme im Innenraum und der Vibration des Motors. Sie hört, wie ihre Zähne klappern. Ihr Blick und der des Polizisten treffen sich im Rückspiegel. Sie versucht, ihn mit einem Lächeln zu beruhigen. Diesmal lächelt er nicht zurück. Er hat genug Opfer von Gewalttaten gesehen, um zu erkennen, wann die Fassade bröckelt.

Fünf Minuten später kommt der VW Passat an der U-Bahn-Haltestelle Lübecker Straße zum Stehen. Der Beifahrer dreht sich um. Seine Lederjacke knarzt bei der Bewegung.

»Ein wohlmeinender Rat: Suchen Sie einen Arzt auf. Manchmal hält man sich für stärker, als man ist.«

»Vielen Dank, dass Sie rechtzeitig gekommen sind. Ein paar Augenblicke später, und der Kerl hätte mich tatsächlich vergewaltigt.«

»Und Sie wollen wirklich kein Phantombild anfertigen lassen? Wir kriegen mithilfe der Öffentlichkeit immer wieder Täter aufgrund von Beschreibungen der Opfer.«

Sie will nicht. Im Moment ist ihre Erinnerung verschwommen, wie hinter einer Milchglasscheibe. Irgendwann wird jemand die Scheibe zur Seite ziehen und sie wird klare Sicht auf das Gesicht des Mannes haben. Dann wird sie zur Polizei gehen. Aber nicht heute.

Unwillkürlich streichen ihre Finger über ihren Kehlkopf. Die Haut brennt.

»Ich melde mich, sobald ich mich wieder an Einzelheiten erinnern kann. Versprochen.«

»Machen Sie's gut, Frau Hofmann.«

Es hört sich oft eigenartig an, wenn ein Wildfremder einen bei Namen nennt. Aber nicht hier und nicht jetzt.

Sie steigt aus und schlägt die Tür zu. Der Streifenwagen fädelt in den Verkehr auf der Lübecker ein. Noch bevor er am Ende der Straße aus ihrem Sichtfeld verschwindet, leuchtet das Blaulicht auf.

Der nächste Einsatz. Ein Einbruch, eine Schlägerei oder eine Vergewaltigung. Eine von einer Handvoll an diesem Tag. Katharinas Überfall ist nicht der Anfang und nicht das Ende dieser Nacht. Sie ist nur eines von vielen Opfern.

Und sie hat noch Glück gehabt.

Die junge Frau, die zwei Stunden später in die Notaufnahme gebracht wird, wird intubiert. Ihre Pupillen gleichen schwarzen Zehncentmünzen und ihre Füße sind nackt und dreckverkrustet. Der Anblick der Strangulationsmale an ihrem Hals bringt Katharina, die seit ihrer Ankunft die Geschehnisse am Heiligengeistfeld verdrängt hatte, schmerzliche Erinnerungen zurück.

Während sie die Liege in den OP 3 schieben, Katharinas Blick ist zumeist fest auf den Pulsoxymeter gerichtet, zwinkert Roland ihr verschwörerisch zu. Mehr Kommunikation am Arbeitsplatz ist zwischen ihnen kaum drin und für jemanden mit Mundschutz und Haube auch ziemlich schwierig. Die Krankenhausleitung heißt Beziehungen zwischen Ärzten und Schwestern nicht gut. Und solche zwischen Topchirurgen und angehenden Stationsleitungen in einer konfessionellen Klinik ganz sicher noch weniger. Die Edelstahltüren schieben sich zu, und Roland und das Mädchen verschwinden dahinter wie ein Schatz im Tresor einer Bank.

Katharina kehrt ins Stationszimmer zurück, in Zimmer 14 leuchtet ein Lämpchen auf: Der alte Stackelberg, Kapitän zur See a. D., braucht irgendetwas, vermutlich vor allem Gesellschaft. Aber sie fühlt sich außerstande, seine frauenfeindlichen Witze zu ertragen. Erschöpft lässt sie sich auf eine Liege sinken und kämpft gegen die Tränen. Die Hand an ihrer Kehle lässt ihr keine Ruhe. Eine schwielige, raue Hand, die Fingernägel ungepflegt, der ungewaschene Geruch. In den letzten dreißig Minuten hat Katharina mehrmals das beklemmend realistische Gefühl gehabt, die Hand des Milchbarts würde sie erneut packen und gegen die nächste Wand pressen. Es ist unmöglich, sich gegen diese Visionen zur Wehr zu setzen.

Die Tür schwingt auf und Leonie kommt herein. Ihr hell blondiertes Haar glänzt unter der Neonbeleuchtung wie eine Perücke, und obwohl sie ebenso viele Nachtdienste hinter sich hat wie Katharina, bewegt sie sich mit der Energie der unbekümmerten Jugend.

»Hast du die Kleine gesehen?«, will sie wissen. »Die war ja höchstens fünfzehn.«

»Ich hab die Striemen am Hals bemerkt. Hat sie versucht, sich umzubringen?«

Leonie nickt. »Dr. Keller sagt, sie hing ziemlich lange, bis ihr Vater sie gefunden hat. Ihr Gehirn hat ordentlich was abgekriegt. Die macht kein Abitur mehr.«

Erst jetzt bemerkt Leonie Katharinas Zustand. Mit vorsichtigen Schritten geht sie zur Liege und legt ihr eine Hand auf die Schulter.

»Geh nach Hause, Kathi. Jeder hier hat Verständnis dafür, dass du durch den Wind bist.«

»Ist schon wieder okay. Es ist nicht nur der Überfall. Immer dieses Kunstlicht hier drinnen tut mir auch nicht gut. Und ich hatte wenig Schlaf die letzten Nächte.«

Auf Leonies Gesicht macht sich verschwörerische Neugier breit. »Es ist doch nicht etwa – jemand aus der Klinik?«

Katharina setzt eine ratlose Miene auf, aber Leonie durchschaut sie. »Komm schon, verkauf mich nicht für dumm. Immer mal wieder übernachtest du aushäusig, aber aus dem ›wo‹ und ›mit wem‹ machst du ein Staatsgeheimnis. Das ist also der Grund für deine Müdigkeit.« Sie sieht Katharina so durchdringend an, dass es unmöglich ist, sie anzulügen. Eigentlich ein Wunder, dass Leonie nicht schon längst spitzgekriegt hat, was läuft.

»Er will nicht, dass man es an die große Glocke hängt.«

Theatralisch schlägt Leonie die Hände über dem Kopf zusammen. »O Gott, das ist ja schlimmer als befürchtet: Er ist verheiratet!«

In diesem Moment geht die Tür zum Schwesternzimmer auf und ein Kopf unter einer grünen Haube lugt herein. Der Mundschutz baumelt lose von Rolands Ohr. »Schwester Katharina, ich bräuchte Sie mal kurz im Verbandszimmer.«

Sie sieht erschrocken erst zu Roland, dann zu Leonie. Das Schicksal macht sich lustig über sie. Aber Leonie rollt mit den Augen, sie hält Dr. Roland Keller für ein arrogantes Arschloch, etwas, das Katharina in diesem Moment sehr zupasskommt. Von allen potenziellen Liebhabern ist Roland in den Augen ihrer Mitbewohnerin sicher der unwürdigste.

»Ich bin gleich da.«

Roland verschwindet mit einem Zwinkern im Gang.

Leonie verdreht die Augen.

Nach einem Moment der Überlegung nimmt sie Katharina in den Arm. »Jedenfalls finde ich es bewundernswert, wie stark du bist.«

Sie löst die Umarmung. Bevor Katharina das Stationszimmer verlässt, ruft Leonie ihr hinterher, ob sie nach Dienstschluss einkaufen könne, der Kühlschrank zu Hause sei schon wieder bedrohlich leer.

*

Auf die Nachtschicht, die Katharina für die ausgefallene Kollegin übernommen hat, folgen zwei weitere reguläre Nachtdienste. Am Donnerstagmorgen um Viertel vor sieben steigt sie in die U3 Richtung Barmbek. Sie fühlt sich körperlich und geistig völlig ausgelaugt. Jetzt hat sie zwei Tage frei, und die wird sie im Bett verbringen.

Der Wagen ist überfüllt mit Berufspendlern, die meisten wirken wie Zombies, die auf ihre Handydisplays starren; jemand raschelt mit einer Zeitung. Ein paar Kinder auf dem Schulweg lachen am anderen Ende des Waggons. Auf den für Behinderte und Senioren reservierten Plätzen haben sich zwei pubertierende Jungs breitgemacht und ihre Füße auf die gegenüberliegende Bank gelegt. Immer mal wieder tuschelt jemand im Gang über die respektlose Jugend von heute, aber niemand bringt den Mut auf, die beiden zurechtzuweisen.

Am Berliner Tor besteigt eine junge Frau den Wagen. Ihre Haut hat die Farbe von Milchkaffee und sie ist hochschwanger. An ihrem schweren Keuchen ist zu erkennen, wie mühevoll selbst eine einfache Fahrt mit der U-Bahn für sie ist. Die Menschen im Gang öffnen eine Gasse, um die Frau zu den Sitzplätzen durchzulassen.

»Entschuldigung«, macht die Schwangere mit leiser Stimme auf sich aufmerksam.

Einer der Jungen hebt kurz den Blick von seinem Handybildschirm, nur um sich diesem dann mit noch mehr Interesse als zuvor zu widmen.

Katharina kann es nicht fassen. Und noch unfassbarer scheint ihr, dass niemand im Waggon Partei für die Frau ergreift.

»Hey!«, ruft sie den Jungen zu. Der mit dem Handy blickt erneut auf. »Mach bitte mal Platz für die Frau hier. Du siehst doch, dass sie den Sitz viel dringender benötigt als du.«

Gleichmütig schiebt der Junge das Handy in die Hosentasche, nimmt die Sneakers vom Sitz und steht auf. Obwohl er kaum älter als sechzehn ist, überragt er Katharina um Haupteslänge. Ohne ihn überhaupt zu beachten, schiebt er einen grauen Schreibtischtäter zur Seite, der sich das auch noch widerstandslos gefallen lässt, baut sich vor Katharina auf und sieht auf sie herunter.

»Mach mich nicht an, sonst mach ich dich aus, Schlampe.«

Ich mach dich aus, Schlampe.

Ich mach dich aus, Schlampe, echot es in ihrem Kopf.

Sie schluckt. Eine heiße Welle überrollt sie und dann bewirkt die unerwartete Übereinstimmung der Situation, dass etwas in ihr zerspringt wie feines Glas: vermutlich die hauchdünne Hülle, die ihr Nervenkostüm mit letzter Kraft zusammengehalten hat. Die Welt verengt sich zu einem schmalen Korridor, Katharina hört sich laut schluchzen und im nächsten Moment ist sie umgeben von einem Wald aus Beinen, Schuhen und Aktentaschen.

Die Tränen kommen und es scheint, als ob nichts und niemand sie aufhalten kann.

Als fünfzehn Minuten später die Sanitäter eintreffen, ist Katharina Hofmann nach wie vor nicht ansprechbar.

Die Oberlichter rauschen durch Katharinas Gesichtsfeld wie Sternschnuppen. Jedes Mal wenn sie durch ein Tor in eine weitere Station rollen, rumpelt die Sanitätsliege unter ihr. Ihr ist kalt und ein wenig übel. Jemand beugt sich über sie und trocknet ihr Gesicht mit einem Tuch, eine warme Hand tätschelt ihren Arm. Die Stimmen um sie herum klingen seltsam vertraut.

»Auf keinen Fall ins Marienhospital«, darum hat sie schon im Rettungswagen gebeten, und auch jetzt noch versucht sie, es zu sagen, aber es klingt wie das Krächzen einer heiseren alten Frau. Sie kann mit allem leben, aber dass ihre Kolleginnen sie so sehen, ein nervliches Wrack, das darf nicht sein.

Die Lichter erlöschen, die Stimmen hören sich plötzlich gedämpfter an, sie wird in ein Bett gehoben und jemand richtet das Kopfteil auf, sodass sie sich umsehen kann. Ein kahles Krankenhauszimmer, an der Wand ein großes Kruzifix, wie in jedem Raum in dieser Klinik. Als sie aus dem Fenster sieht, erkennt sie die vertrauten Dächer von Hohenfelde.

»Wir haben ein Einzelzimmer organisiert, jedenfalls solange wir genug Platz haben«, sagt eine Stimme und verstummt, als die Zimmertür sich schließt.

Sehr lange, einige Stunden möglicherweise, liegt Katharina einfach nur da, unfähig, sich auf irgendetwas zu konzentrieren. Bilder wirbeln in ihrem Kopf herum: die Gasse am Heiligengeistfeld, die Jungs aus der U-Bahn, regennasse Bürgersteige, ein zerwühltes Hotelbett. Dann beginnt alles von vorne. Gelegentlich kommt jemand ins Zimmer, fühlt ihre Stirn, stellt eine Kanne Tee ab oder eine kleine Vase mit Blumen. Als die Sonne schon tief steht, betritt ein Mann im weißen Kittel das Zimmer. Er setzt sich neben sie auf einen Stuhl, schlägt lässig ein Bein über das andere. Sein würziges Aftershave erfüllt die Luft: *Azzaro* – sein Lieblingsduft.

»Na, du machst mir ja Sachen, Katharina.«

»Ich wollte nicht hierher. Aber sie haben nicht auf mich gehört.«

»Warum? Traust du unserer ärztlichen Kunst nicht?« Es soll sie aufheitern, aber ihr ist nicht nach Witzen zumute. Sie starrt an die Wand und kämpft gegen die aufsteigenden Tränen.

»Tut mir leid, dass ich erst jetzt kommen konnte. Unten ist die Hölle los. In zehn Minuten muss ich wieder im OP stehen.«

»Ich wollte nicht, dass du mich so siehst.« Das Kissen wird von ihren Tränen feucht.

»Jetzt ruhst du dich erst mal aus und kommst zu Kräften. So ein Überfall nimmt einen doch mehr mit, als man denkt. Ich sage der Kollegin auf Station, sie soll dir ein Schlafmittel für die Nacht geben.«

»Ich will nicht noch mehr Medikamente.«

Roland nickt bedeutungsschwer. Dieses Nicken kennt Katharina gut: Ärzte setzen es gern bei renitenten Patienten ein.

»Kann ich sonst noch was für dich tun?«

»Jetzt wo alle denken, dass ich ein Psycho bin, krieg ich die Stationsleitung auf keinen Fall.«

»Ach Katharina, das ist doch jetzt das geringste Problem. Werde erst mal wieder fit. Der Rest ergibt sich.«

»Hast du schon mit Steffens gesprochen?«

»Nein.«

»Wirst du es tun?«

»Eins nach dem anderen. Mach dir keinen Kopf und komm auf die Beine.«

Er wird es nicht tun, da ist sie sich in diesem Moment sicher. Er hat einen Ruf zu verlieren.

Die Tür geht auf, eine Kollegin marschiert mit einem Tablett herein. »Abendbro... oh, Herr Dr. Keller, was machen Sie denn hier?«

Roland steht ohne Hast vom Stuhl auf. Er lässt sich überhaupt nichts anmerken. »Ich wollte nur sichergehen, dass die Kollegin gut behandelt wird«, feixt er. »Und Sie, Schwester

Katharina, sehen zu, dass Sie bald wieder auf dem Damm sind. Wir vermissen Sie jetzt schon in den Katakomben.«

Mit diesen Worten verlässt er den Raum. Sie hört seine Birkenstocksandalen auf dem Flur klappern.

Die Kollegin stellt das Tablett auf dem Tisch ab und guckt ratlos. »Was ist denn in den gefahren?«

Katharina zuckt die Schultern. Wie alles andere ist ihr auch das völlig egal.

»Soll ich ein Telefon bringen? Damit Sie Ihre Angehörigen informieren können?«

Ihre Angehörigen. Sie sollte ihre Mutter anrufen, oder wenigstens Sara. Ihre Mutter wird ihr Vorhaltungen machen, von wegen Leichtsinn. Für einen Anruf bei ihrer Schwester ist Katharina noch zu stolz.

Es ist ja auch nichts wirklich Schlimmes passiert: keine echte, sondern nur eine Beinahe-Vergewaltigung.

Also lehnt sie das Angebot der Schwester ab.

Zwei Tage später wird Katharina aus dem Marienkrankenhaus entlassen. Roland hat sich nicht mehr blicken lassen. Die kleine Tasche unter den Arm geklemmt, die Leonie ihr von zu Hause mitgebracht hat, nimmt sie den Aufzug direkt in die Tiefgarage, damit sie nicht durch die Eingangshalle gehen muss, wo sie auf Kollegen treffen könnte.

Angesichts der schlechten Beleuchtung dort unten und der Aussicht, den langen Weg an Dutzenden uneinsehbaren Ecken vorbei bis zur Ausfahrt zu Fuß zu laufen, bekommt sie ein flaues Gefühl im Magen. Aber zum Glück taucht eine laut plappernde türkische Großfamilie auf, an die sie sich bis fast zum Ausgang hängen kann. Die restlichen Meter die Rampe hinauf und bis zum Taxistand legt sie im Laufschritt zurück.

Der Fahrer ist Gott sei Dank ebenso wenig auf Small Talk aus wie sie. Während im Radio leise Helene Fischer, die Schutzheilige der Taxifahrer, ertönt, zieht am Fenster im

Fond eine Stadt vorbei, in der sie seit drei Jahren wohnt, die ihr auf einmal aber völlig fremd erscheint. Als hätte jemand in einem Bild an der Wand die Perspektive korrigiert, sodass der Betrachter endlich die Realität hinter dem schönen Schein erkennen kann. Katharina kratzt ihre letzten Münzen zusammen, um den Fahrer zu bezahlen.

Leonie hat noch bis vierzehn Uhr Dienst, sie wird nicht vor Viertel vor drei hier sein, also hat Katharina die kleine Zweizimmerwohnung mit der Wohnküche einstweilen für sich. Sie bereitet sich einen Tee zu, schaltet den Fernseher ein und wieder aus und überlegt, was sie mit den drei Wochen anfangen soll, die sie noch krankgeschrieben ist. Vielleicht ist es besser, nicht allzu viele Pläne zu machen, denkt sie. Und legt sich erst mal ins Bett.

Sie erwacht vom Klappern des Hausschlüssels in der Wohnungstür. Leonie ist zurück. Sie klopft leise an Katharinas Tür und steckt den Kopf hinein. Katharina streckt sich und beneidet ihre Mitbewohnerin ein weiteres Mal um ihr blondes Haar, das in der Nachmittagssonne leuchtet.

»Ich habe Kuchen mitgebracht. Wenn ich geduscht habe, können wir uns gemütlich zusammensetzen.«

Katharina kämpft sich aus dem Bett. Eigentlich würde sie lieber liegen bleiben, aber sie hat Angst vor der bereits einsetzenden Lebenslethargie. Sie setzt Kaffee auf, deckt den bunt lackierten Esstisch mit dem Sammelsurium an unterschiedlichen Tellern und Besteck. Das Plätschern aus dem Badezimmer verstummt, kurz darauf betritt Leonie die Küche, das Haar unter einem kunstvoll gedrehten Handtuchturban verborgen. Katharina gießt Kaffee ein, Leonie setzt sich und nimmt sich das größte Kuchenstück. Wortlos kaut sie und schlürft Kaffee mit viel Milch und Zucker.

»Und?«, will Katharina wissen.

»Alles okay.« Leonie gibt sich wortkarg. Was Katharina irritiert, denn immerhin war Leonie diejenige, die zum Kaffeekränzchen eingeladen hat.

»War das Mädchen noch da?«

»Die wurde heute entlassen.«

»Geht sie wieder zurück nach Hause?«

»Keine Ahnung.«

»Und wie lief es sonst so in den letzten Tagen?«

»Wie fühlst *du* dich denn, Katharina?«

Die Art, wie Leonie ihr ausweicht, macht Katharina stutzig. Normalerweise sprudeln die Erlebnisse nur so aus Leonie heraus. Zwanzig Minuten Redezeit muss man ihr mindestens gewähren, bevor man selbst zu Wort kommt. Mit anderen zu reden, bedeutet für Leonie, Dinge zu verarbeiten, die sonst schwer zu ertragen sind. Anders als Katharina, die Probleme lieber mit sich selbst ausmacht.

»Seit ich wieder hier bin, habe ich so tief geschlafen wie seit Wochen nicht.«

»Schön.« Leonie lächelt und widmet sich intensiv ihrem Kuchen, wohingegen Katharina der Appetit vergangen ist. So kurz angebunden hat sie ihre Mitbewohnerin noch nie erlebt. Leonie kaut und schweigt.

»Ist irgendwas?«, will Katharina wissen.

Leonie lässt die Kuchengabel auf den Teller sinken und seufzt. »Ich … ich weiß nicht, wie ich dir das sagen soll.«

Katharina sieht sie irritiert an. Geht es um ihre Beziehung zu Roland?

Leonie erwidert ihren Blick. »Die Verwaltung hat mir die Stationsleitung angeboten. Ich muss mich bis morgen entscheiden.«

Der Boden gibt unter Katharinas Füßen nach. Ihr wird heiß und kalt zugleich.

»Was soll ich machen, Kathi? Ich weiß doch, dass du die Stelle unbedingt haben wolltest.«

»Nimm sie«, hört sie sich sagen, »nimm sie ruhig.« Dann geht sie in ihr Zimmer.

*

Den Rest des Tages geht Katharina ihrer Mitbewohnerin aus dem Weg. Als Leonie am nächsten Morgen die Wohnung verlässt, taucht sie aus ihrem Zimmer auf und bereitet sich in der Küche ihr Frühstück. Im Spiegel im Flur erblickt sie ihr Ebenbild mit wirr herabhängenden Haaren im Pyjama und beschließt, sich zusammenzureißen und wieder etwas Ordnung und Regelmäßigkeit in ihr Leben zu bringen. Es bringt ja nichts, sich zu verkriechen und still zu leiden. Außerdem wird Arbeit sie von ihren depressiven Gedanken ablenken.

Sie beginnt damit, die Küche aufzuräumen und sehr gründlich zu putzen.

Zwei Stunden später nimmt sie sich Bad und Flur vor. Zwei Mal klingelt das Telefon, aber sie ignoriert es und lauscht im Anschluss der liebeskranken Stimme von Leonies Boyfriend auf dem Anrufbeantworter, der um dringenden Rückruf bittet. Offensichtlich wurde er anders als seine Vorgänger noch nicht mit ihrem Dienstplan ausgestattet.

Trotz der anstrengenden körperlichen Arbeit ist Katharina hellwach. Sie hat in der letzten Nacht geschlafen wie ein Stein, tief und traumlos. Am Morgen war das Bett so verschwitzt wie nach einer schweren Grippe. Frühestens um fünfzehn Uhr wird Leonie zu Hause sein, also hat Katharina noch mindestens drei Stunden Zeit, die sie damit auszufüllen gedenkt, Ordnung in ihrem Zimmer zu schaffen.

Nachdem sie gesaugt, das Bett neu bezogen und die Wäsche aufgehängt hat, nimmt Katharina sich vor, auch ihr Handy auszumisten: nicht mehr benötigte Kontakte zu löschen, dubiose Apps, die ihre Daten an unbekannte Adresshändler weitergeben, zu entfernen, WhatsApp-Nachrichten und Gruppen aufzuräumen.

Gegen Mittag – im Radio mokiert sich ein Sportreporter über das zähe Auftaktspiel der Franzosen bei der Europameisterschaft – sitzt sie am Küchentisch mit einer Tasse Kräutertee und scrollt erst durch ihre E-Mails, dann durch die Kurznachrichten.

Zwei Schlucke Tee später nimmt sie sich die Anruflisten und die sehr wenigen Sprachnachrichten auf dem Anrufbeantworter des Handys vor.

Und erschrickt.

Saras Anruf.

Roland und das Hotel.

Sie hatte zurückrufen wollen und es total vergessen. Und in der Anrufliste sieht sie, dass Sara nicht nur eine Sprachnachricht hinterlassen hat, sondern am selben Tag mehrmals versucht hat, sie zu erreichen. Aus irgendeinem Grund hat Katharina das nicht wahrgenommen. Oder nicht wahrnehmen wollen?

Ein eigenartiges Gefühl beschleicht sie: Seit ihre Schwester und sie sich Ende letzten Jahres während des Weihnachtsbesuchs bei ihrer Mutter heftig gestritten hatten, haben Sara und sie kaum noch miteinander geredet. Die nächtelangen Unterhaltungen am Telefon, wenn eine von ihnen Liebeskummer hatte oder Probleme bei der Arbeit, gehören der Vergangenheit an. Sara weiß nicht einmal von Katharinas Beziehung zu einem verheirateten Familienvater.

Natürlich sind sie sehr unterschiedlich. Ihre ältere Schwester arbeitet in Rostock, eine Ortswahl, die Katharina nie nachvollziehen konnte. Sie sehen sich auch nicht besonders ähnlich: Während Sara irgendwo zwischen brünett und blond changiert und etwas fülliger ist, ist Katharina schlank und hat dunkelbraune Locken. Aber es gibt andererseits viele Ge-meinsamkeiten – das Lachen über die gleichen Witze, die krude Vorliebe für Ginger Ale und die Schwärmerei für rothaarige Männer mit vielen Sommersprossen, zum Beispiel.

Katharina hört den Anrufbeantworter ab: drei alte Nachrichten von ihrer Mutter, eine neue Nachricht.

Es ist nur Rauschen zu hören, minutenlang, wie es ihr vorkommt: atmosphärische Störungen oder das Rauschen von Blättern im Wind. Katharina muss lächeln. Vermutlich hat ihre Schwester nur versehentlich ihre Nummer gewählt, während das Handy in ihrer Handtasche lag. Ihr ist so etwas Ähnliches vor Jahren auch einmal passiert, als die Mobiltelefone noch keine automatische Sperre hatten. Während sie mit einer Freundin im Café saß und über Passanten lästerte, berührte in der Handtasche ein Gegenstand das Display und löste die Wahlwiederholung aus. Mit der Nummer ihrer Mutter. Die sie natürlich prompt zurückrief, sobald die Leitung frei war, und sie schalt. Gott sei Dank war Katharina nicht gerade mit Sara unterwegs gewesen. Da tauschten die beiden sich nämlich gerne über die Sexqualitäten ihrer Liebhaber aus, eine Konversation, der ihre Mutter besser nicht beiwohnen sollte.

Katharina will nach zwei Minuten Waldesrauschen schon die Nachricht löschen, da ist ein Flüstern zu vernehmen – eine Frauenstimme, die bebt, beinahe bricht.

»Katinka.« Dann ein leises Stöhnen.

Wer so etwas von sich gibt, hat starke Schmerzen, abgrundtiefe Angst oder schlimmstenfalls beides, davon versteht Katharina etwas.

Das, nichts sonst: »Katinka«, und das Stöhnen.

Katharina beginnt, am ganzen Körper zu zittern.

Der Rückruf auf Saras Handy landet im Nirwana: »Der Teilnehmer ist vorübergehend nicht erreichbar.« Auch ihre Anrufe in Saras Rostocker Wohnung laufen ins Leere. Schließlich beruhigt Katharina sich mit einer Tasse Baldriantee und tut etwas, was sie lieber noch ein wenig aufgeschoben hätte. Sie wählt die Nummer ihrer Mutter in Bremen.

Jetzt gilt es, Fingerspitzengefühl zu beweisen: Sie muss vorsichtig versuchen, herauszufinden, ob ihre Mutter in den vergangenen Tagen Kontakt mit Sara hatte, ohne sie zu beunruhigen und ohne selbst in Panik zu verfallen. Über die bedenkliche, geflüsterte Nachricht darf sie kein Wort verlieren.

Das Freizeichen ertönt drei Mal, bevor eine Stimme mit etwas verwischter Aussprache antwortet. Wer ihre Mutter nicht kennt, könnte dahinter Trunkenheit vermuten, aber Katharina weiß es besser: Ein leichter Schlaganfall vor einem Jahr hat eine Lähmung der linken Gesichtshälfte verursacht; ihre ehemals distinguierte Aussprache ist nicht mehr zurückgekehrt. Die Stimme auf dem Anrufbeantworter bittet darum, eine Nachricht zu hinterlassen.

»Ich bin's, Mutter«, sagt Katharina und wartet ein paar Sekunden.

Schließlich knackt es in der Leitung und die gleiche Stimme tönt mit entschieden mehr Enthusiasmus: »Liebchen, tut mir leid, ich war gerade in der Küche.«

Katharina fragt sich, ob ihre Mutter noch in diesem Leben zugeben wird, dass sie grundsätzlich immer abwartet, wer auf ihren Anrufbeantworter spricht, bevor sie entscheidet, ob sich eine Konversation lohnt. Aber diese Art Offenheit passt nicht zu der kühlen Höflichkeit, die ihre Mutter jedem gegenüber an den Tag legt – sogar ihrer eigenen Tochter. Vermutlich speist sich Katharinas eigene Verschlossenheit genau aus dieser Quelle.

Sie tauschen Belanglosigkeiten aus. Der rücksichtslose Nachbar in der Bleicherstraße, der seine Schrottautos vor dem Haus abstellt, eine Schulfreundin, der die Mutter schon seit der Grundschule in einer Art Hassliebe verbunden ist und die sie nun im Kirchenchor bloßgestellt hat, Harmlosigkeiten aus Katharinas Schwesternalltag. Die wirklich wichtigen Ereignisse, diejenigen, die sie selbst am liebsten schnell vergessen will, kommen nicht zur Sprache. Katharina fühlt sich noch nicht in der Lage, über den Angriff auf dem Heiliggeistfeld zu sprechen – jedenfalls nicht mit ihrer Mutter. Die würde ihr ohnehin nur Vorwürfe machen und ihre überkommene Warnung wiederkäuen: dass das gefährliche Hamburg der falsche Ort für ein junges Mädchen sei. Schließlich erkundigt Katharina sich im beiläufigsten Tonfall nach ihrer Schwester.

»Gut, dass du fragst, Liebchen. Eigentlich hatten Sara und

ich uns am Donnerstag zum Mittagessen verabredet. Sie hatte noch etwas zu erledigen – in der mecklenburgischen Pampa, wie sie das nennt –, und wollte dann einen Tag freinehmen, um mir beim Ausmisten des alten Geschirrs zu helfen. Aber sie ist nicht gekommen.«

Die Angst schwappt in Katharina hoch. Jetzt gilt es, einen kühlen Kopf zu bewahren.

»Sie hat nicht angerufen und abgesagt?«

»Nein. Denkst du, es ist etwas passiert?« Beim letzten Wort gleitet die Stimme ihrer Mutter eine halbe Tonlage höher.

»Mach dir keine Sorgen. Ihr ist bestimmt nur etwas dazwischengekommen.«

»Ich habe Angst, dass sie mal an jemanden gerät, der gewalttätig ist. Gerichtsvollzieher – das ist doch kein Beruf für eine Frau.«

Zwar kann Katharina auch nicht nachvollziehen, was für eine Art Freude man aus dieser Beschäftigung zieht – ganz im Gegensatz zur Arbeit im Krankenhaus, wo es darum geht, Menschen zu *helfen* –, aber auf eine Stammtischdiskussion über Frauen- und Männerberufe will sie sich nicht einlassen. »Sara ruft bestimmt bald an.«

»Ich war schon ärgerlich, Liebchen. Für den nächsten Tag hatte ich diese Leute von der Caritas eingeladen, den Kram abzuholen. Ich musste sie fortschicken.«

»Tut mir leid«, seufzt Katharina, die das nicht im Geringsten bedauert. Sie interessiert sich im Moment vor allem dafür, wo ihre Schwester steckt.

»Sonst, Liebchen? Immer noch kein Prinz auf dem weißen Ross in Sicht?«

Eher einer mit einem cremefarbenen Volvo Kombi – und zwei Kindersitzen hinten drin, denkt Katharina und augenblicklich gesellt sich schlechte Laune zu ihrer Angst hinzu.

Sie beendet das Gespräch zügig, denn auf eine Predigt über ihre Heiratsaussichten hat sie noch weniger Lust als auf eine Diskussion über die richtige Berufswahl für eine ehrbare Frau.

Bei wem könnte Katharina sich über den Verbleib ihrer Schwester erkundigen? Ihr Namensschild für das Marienkrankenhaus, das auf dem kleinen Schreibtisch in ihrem Zimmer liegt, weist sie in die richtige Richtung. Saras Vorgesetzte und Kollegen werden wissen, wenn etwas Außergewöhnliches passiert ist.

Eine Recherche im Internet erbringt, dass das Amtsgericht Rostock der korrekte Ansprechpartner ist. Doch heute ist Sonntag, da wird sie nichts ausrichten können.

Endlose Minuten lang verharrt Katharina regungslos am Tisch, hilflos ihren Gefühlen ausgeliefert. Jetzt, wo sie die Stille in der Wohnung bemerkt und sich für die Mutter nicht mehr zusammenreißen muss, schlägt die Panik über ihr zusammen wie eine Monsterwelle im Ozean. Sie fühlt sich, als bekäme sie keine Luft mehr. Nachdem die Welle verebbt ist, trifft sie eine Entscheidung.

Als Leonie eine Stunde später erschöpft und mit stumpfem Blick aus dem Dienst zurückkehrt, findet sie neben einer blitzblanken Wohnung auch eine fertig gepackte Reisetasche im Flur vor.

Tränen schimmern in ihren Augen, als sie Katharina ängstlich mustert: »Du hättest nicht aufräumen müssen, bevor du ausziehst.«

Katharina nimmt sie in den Arm. »Dummerchen. Ich ziehe nicht aus. Ich fahre nur für ein paar Tage zu meiner Schwester nach Rostock.«

Leonie schnieft. »Verstehe. Abstand gewinnen.«

»So ungefähr«, antwortet Katharina, die froh ist, dass sie sich Leonie gegenüber nicht erklären muss.

»Dann grüß deine Schwester von mir. Ich finde sie sehr nett.«

Das werde ich tun, denkt Katharina, sobald ich sie sehe. Aber irgendetwas sagt ihr, dass sie auf diese Begegnung noch eine Weile warten muss.

Rostock

Natürlich riechen nicht alle Wohnungen, in denen die Bewohner längere Zeit abwesend sind, gleich. Gemeinsam ist ihnen die abgestandene Luft, der Staub, der sich in aller Stille auf den Flächen abgesetzt hat, und manchmal auch der modrige Geruch feuchter Erde, in der die von übereifrigen Nachbarn ertränkten Pflanzen verfaulen.

Katharina ist beim Öffnen der Tür am Blockmacherring sofort klar, dass ihre Schwester seit Tagen nicht mehr zu Hause war.

Nun lässt sie die Reisetasche neben sich auf den Teppich fallen. Sie legt den Ersatzwohnungsschlüssel sowie zwei große Briefumschläge, die sie aus dem verstopften Briefkastenschlitz gezogen hat, auf die Kommode. Auf dem Anrufbeantworter blinkt eine rote Einundzwanzig. Katharina ruft Saras Namen, aber die einzige Antwort ist das altersschwache Brummen des Kühlschranks. Sie hängt ihre Jacke an die Garderobe, zieht die Schuhe aus und lässt die Stille einen Moment lang auf sich wirken. Mit jeder verrinnenden Sekunde vergeht auch Katharinas Hoffnung auf eine schnelle Lösung des Rätsels. Und auf die Chance, sich mit ihrer Schwester zu versöhnen.

Sie sieht sich in der Wohnung um.

Die Pflanzen im Wohnzimmer lassen die Blätter hängen, sie sind eine ganze Weile nicht mehr gegossen worden, was der überkorrekten Sara nicht ähnlich sieht. Die Räume sind sich selbst überlassen, das Bett ist gemacht, der Kühlschrank halb voll. Abgewaschenes Geschirr steht auf der Spüle, nicht so, als hätte Sara einen länger geplanten Urlaub angetreten. Ebenfalls gegen eine Urlaubsreise sprechen die vollen Kleiderschränke, der halb volle Mülleimer, die leeren Koffer, die oben auf dem Schrank auf ihren Einsatz warten, und die

Post im Briefkasten, die von keinem aufmerksamen Nachbarn gesammelt wurde. Auf dem kleinen Sekretär im Schlafzimmer steht Saras Laptop.

Katharina wählt Saras Handynummer und lauscht, vage hoffend, dass irgendwo ein Klingelton ertönt. Aber wieder nur eine freundliche Frauenstimme, die sie darüber aufklärt, dass der Teilnehmer vorübergehend nicht erreichbar ist. Das Handy befindet sich dort, wo Sara ist.

Katharina klingelt trotz der späten Stunde beim direkten Nachbarn, aber der Kerl in Jogginghose und Feinripp mit dem ranzigen Schweißgeruch hat keine Ahnung, weiß nicht einmal, dass Sara seine Nachbarin ist, und verströmt zudem eine Schnapsfahne. Sie geht ins Erdgeschoss und räumt den Briefkasten aus. Sara hat die Ostseezeitung abonniert. Katharina ordnet die Ausgaben nach Erscheinungsdatum, die früheste Ausgabe ist etwas mehr als eine Woche alt. Am Abend desselben Tages war Katharina mit Roland im Hotel. An dem Abend hat Sara versucht, sie zu erreichen. Auf beunruhigende Art fügen sich alle Puzzleteile zusammen.

Bevor sie sich auf den Weg hierher gemacht hat, dachte Katharina, sie sei einsam in Hamburg. Erst hier, weit weg von ihrem Lebensmittelpunkt, der ihr zwar nur eine Wahlheimat ist, alleine in dieser noch fremderen Stadt und in dieser kalten leeren Wohnung, ohne eine Ahnung, was mit ihrer Schwester geschehen ist, zwingt die ganze Last echter Einsamkeit sie in die Knie. Dies ist der Moment, in dem Katharina die Angst überkommt, dass ihrer Schwester womöglich etwas zugestoßen ist.

*

Max Klee nimmt einen abschließenden tiefen Zug und schnippt die Kippe ins Unterholz. Es hat geregnet gestern Nacht – ein stetes Tropfen von Blättern und Geäst erfüllt das Waldstück zwischen Dalkendorf und Grantzow, ein Geräusch, das wie ein Rhythmus das Konzert der Insekten untermalt. Jetzt bricht die Sonne durch und sorgt für Wärme und tausend Lichtreflexionen in den Schatten. Ein orangefarbener Falter schaukelt vorbei und lässt sich auf einer Brennnesselpflanze nieder. Ein idyllischer Moment, einer der wenigen im Leben eines Polizisten.

Max Klee bewundert die filigrane Zeichnung auf den Flügeln des Schmetterlings, bis dieser sich wieder aufschwingt und davonflattert. Er sieht auf die Uhr: Der vereinbarte Zeitpunkt ist verstrichen, ohne dass sein Informant aufgetaucht ist. Wie die letzten Male, seit dem aus dem Ruder gelaufenen Meeting in Rampe.

Schließlich wandert Klee mit düsteren Gedanken und einem flauen Gefühl im Magen den Pfad zurück, bis im Blattwerk der dunkelgraue Transporter auftaucht, dessen auffälligstes Merkmal eine Antennenanlage auf dem Dach ist. Er zieht die Schiebetür auf. Im Inneren haben sich zwei Männer an einen Tisch gequetscht, einer sehr dick, der andere mit Glatze und Kinnbart. Der Dicke hat Kopfhörer auf und starrt auf den Bildschirm seines Laptops, während er nervös mit dem Schuh auf den Boden klopft. Seine Brille ist voller Fingerabdrücke, am Hemdrevers klebt ein Rest Eigelb, überhaupt ist sein Erscheinungsbild ziemlich ungepflegt. Der Glatzköpfige trägt eine Creole und kaut Kaugummi, dabei wandert sein Daumen über das Display seines Smartphones. Keiner der beiden Männer sieht auf, als Klee den Bus besteigt und die Tür wieder schließt.

»Und?«, will der Dicke wissen, ohne den Blick vom Bildschirm zu lassen. Das Trommeln setzt einen Moment aus.

Klee schüttelt den Kopf und der Dicke fragt nicht nach – aus Höflichkeit oder Desinteresse. Klee überlegt. Sein Kontakt weiß noch nichts von der Abfuhr. Und wenn es nach Klee geht, wird er davon auch nichts erfahren. Er *muss* eine Möglichkeit finden, ihn aus diesem Pulverfass rauszuholen, bevor es hochgeht.

»Und bei euch?«

»Nichts Neues«, antwortet der Dicke und sein Fuß setzt das Trommeln fort.

Klee holt den dicken Aktenordner vom Beifahrersitz und knallt ihn auf den Tisch. Der Dicke protestiert lautlos, während er seinen Rechner ein Stück zur Seite schiebt, um Platz zu machen. Klee klappt den Deckel auf und blättert ziellos herum. Vergrößerte Fotografien von Personen und Autos, Mitschnitte von Telefonaten, übersetzte Dokumente von Europol. Nur kein Hinweis auf Waffen. Oder auf andere illegale Aktivitäten.

»Ich kann mir nicht vorstellen, dass du jetzt noch irgendwas findest, was du die letzten hundert Mal übersehen hast«, kommentiert der Glatzkopf süffisant lächelnd.

Genervt schlägt Klee den Ordner wieder zu und lehnt sich im Sitz zurück. Er betrachtet das Autodach, in dessen Unterseite ein Brandloch prangt. Klee fragt sich, wie es dorthin gelangen konnte, wo doch in diesen Autos nicht geraucht werden darf. Was einem eben so alles durch den Kopf geht, wenn die Zeit erbarmungslos verstreicht und man zur Untätigkeit verdammt ist.

»Die sind selbstbewusst geworden«, sagt der Glatzkopf. »Sie vertrauen ihrem Spielmacher und lassen sich nicht aus der Ruhe bringen. Darum sind die uns immer einen Schritt voraus.«

Klee lächelt sardonisch. »Spielmacher hat den auch noch niemand genannt.«

Der Glatzkopf sieht irritiert auf. »Wie?«

»Freisler – Spielmacher.«

»Pogba – Frankreich.«

»Ich dachte, du redest von was ganz anderem«, sagt Klee ärgerlich und macht sich Gedanken darüber, ob das mit der Strafversetzung zur Beschaffung ernst gemeint war. Er wird es sehr bald erfahren, wenn sie keine Ergebnisse vorweisen können. Und das ist noch das Geringste seiner Probleme.

»Man könnte fast meinen, die wissen mehr über uns als wir über sie«, sagt der Glatzkopf.

»Redest du jetzt vom Fußball oder von Grantzow?«

Eine Kopfbewegung in Richtung des Dorfes ist die knappe Antwort.

Der Dicke zieht sich die Kopfhörer vom Schädel. »Sag mal, Max, ist dir schon mal der Gedanke gekommen, dass wir völlig auf dem Holzweg sind?«

Dieser Gedanke kommt ihm mehrmals täglich. Aber mit den Kollegen wird er das nicht diskutieren. Nicht solange er noch daran arbeitet, seinen Kontakt lebend aus Grantzow rauszuholen. Es wäre viel leichter, wenn sie noch jemanden vor Ort hätten. Jemanden, der im Dorf ein und aus geht, ohne aufzufallen. Aber so jemand muss erst noch gebacken werden.

*

Am nächsten Morgen stellt Katharina den Wagen auf dem Parkplatz ab, direkt neben einer Harley Davidson mit ziemlich breitem Hinterreifen. Das Amtsgericht in Rostock befindet sich in einem grauweißen unscheinbaren Zweckbau am Stadthafen. Sie lässt sich am Empfang den Weg zur Verteilerstelle der Gerichtsvollzieher im zweiten Stock weisen.

Die leger angezogene junge Frau im Büro gibt sich zunächst unverbindlich. Nachdem sie Katharinas Geschichte angehört und ihren Personalausweis übergründlich studiert hat, verlässt sie mit dem Dokument in der Hand den Raum und bittet um Geduld. Kurze Zeit später öffnet sich die Tür wieder und sie kehrt in Begleitung eines schlanken Mannes in den Fünfzigern mit Anzug und Krawatte zurück. Die beiden setzen sich Katharina gegenüber an den Besprechungstisch. Die Körpersprache des Mannes verrät, dass er der Vorgesetzte der jungen Dame ist. Er hält es nicht für nötig, sich vorzustellen, stattdessen durchbohrt er Katharina mit seinem Blick, vergleicht immer wieder ihre Gesichtszüge mit dem Bild auf dem Ausweis.

»Ihre Schwester und Sie sehen sich gar nicht ähnlich.«

»Als Kinder waren wir uns ähnlicher«, erwidert Katharina, das sagt sie immer, wenn diese Bemerkung fällt – und sie fällt oft.

»Sie sind extra aus Hamburg hergekommen?«

»Meine Schwester hat mich letzte Woche mehrfach zu erreichen versucht, und nun ist sie wie vom Erdboden verschluckt. Deshalb sorge ich mich um sie.«

»Hören Sie, Frau Hofmann«, der Typ rutscht unruhig auf dem Stuhl herum, »über berufliche Angelegenheiten unserer Mitarbeiter darf ich keine Auskünfte erteilen. Streng genommen, müsste ich Sie ohne Umschweife zur Wallstraße in die Personalabteilung des OLG schicken, aber ich bezweifle, dass die Ihnen weiterhelfen würden. Die sind ja auch an den Datenschutz gebunden.«

Katharina seufzt müde, für diese Floskel hätte er sich nicht herbemühen müssen. Sie ergreift ihre Tasche und steht auf.

»Setzen Sie sich doch wieder. Ich kann ja verstehen, dass Sie beunruhigt sind. Weil ich nicht will, dass Sie sich weiterhin Sorgen machen, teile ich Ihnen inoffiziell mit – und das hängen Sie jetzt bitte nicht an die große Glocke –, dass sich Ihre Schwester letzte Woche krankgemeldet hat.«

Die Überraschung steht Katharina ins Gesicht geschrieben. »Wenn sie krank wäre, würde sie doch zu Hause im Bett liegen.«

»Kann es sein, dass sie in einer der örtlichen Kliniken ist?«

»Ich weiß nicht ... sie hat auch nichts von zu Hause mitgenommen, Nachtwäsche oder so.«

Der Mann steht vom Tisch auf. »Tut mir leid, mehr kann ich Ihnen nicht sagen. Für uns ist Frau Hofmann noch bis Ende nächster Woche krankgeschrieben.«

»Haben Sie einen Verdacht, an was Sara erkrankt sein könnte?«

Er schüttelt den Kopf. »Ich habe mich schon ziemlich weit aus dem Fenster gelehnt, mehr kann ich beim besten Willen nicht für Sie tun.«

Immerhin ist er so freundlich, ihr zum Abschied die Hand zu geben. Er hält sie eine Weile, sein Händedruck ist selbstbewusst und soll Vertrauen signalisieren: »Machen Sie sich keine Sorgen, sicher stellt sich alles als ganz harmlos heraus.« Und damit verschwindet er aus dem Büro und hinterlässt nur das holzige Aroma seines Aftershave.

Wieder läuft eine Träne über Katharinas Wange. Sie hatte sich von diesem Besuch so viel mehr erhofft. Die Blondine drückt ihr fürsorglich ein Taschentuch in die Hand. Dann beugt sie sich über den Tisch und flüstert: »Sprechen Sie mal mit Anne Marcks, das ist Saras Vertreterin, vielleicht weiß die mehr. Und sie ist, im Gegensatz zu unserem Chef, nicht so eine Paragrafenreiterin.«

Das Büro von Saras Vertreterin Anne Marcks ist verschlossen. Die Publikumszeiten sind auf einem Hinweisschild neben der Tür vermerkt, erst am folgenden Tag bietet sich für Katharina die Gelegenheit, sie hier anzutreffen.

Der Chef, dessen Namen sie nach wie vor nicht kennt, hat sie gefragt, ob Sara vielleicht im Krankenhaus liegt. Darauf hätte sie als Krankenschwester auch selbst kommen können. Also beschließt sie, das zum nächsten Schritt ihrer Nachforschungen zu machen. Als sie am Steuer ihres Wagens sitzt, muss sie lachen – zum ersten Mal seit einer Woche. Nachforschungen. Das klingt fast nach Privatdetektivin, findet sie.

Sie beginnt mit dem Klinikum in der Südstadt. Sie baut sich selbstbewusst vor dem Tresen der Anmeldung auf. Als der junge Mann mit dem Fusselbart endlich sein Telefonat beendet und sich ihr zuwendet, verfliegt ihre Nervosität mit einem Schlag. Krankenhäuser sind ihre zweite Heimat.

»Zu Frau Hofmann bitte.« Sie wird sich und ihm langwierige Erklärungen ersparen, um Nachfragen aus dem Weg zu gehen. Stattdessen gibt sie sich einfach als Besucherin aus.

»Patientin?«, will er wissen.

Sie nickt.

»Welche Station?«

»Weiß ich leider nicht. Sie ist letzte Woche eingeliefert worden.«

»Und Sie sind?«

»Eine Freundin.« Sie hält freundlich lächelnd eine Plastiktüte hoch, die sie im Kofferraum entdeckt und mit Kleinkram vollgestopft hat, um glaubhafter zu wirken. Völlig übertrieben, aber sie fühlt sich sicherer so. »Ich bringe ihr ein paar Sachen von zu Hause.«

Er würdigt die Tüte keines Blickes und tippt auf dem Computer herum. »Hofmann sagen Sie? Und der Vorname?«

»Sara. 15. Januar 84.«

Er tippt eine Weile weiter. Katharina spürt wieder ein leichtes Kribbeln in der Magengegend, das mit jeder Taste, die er drückt, wächst. Schließlich schüttelt er bedauernd den Kopf. »Eine Sara Hofmann haben wir nicht.«

»Können Sie bitte noch mal nachsehen? Hofmann mit einem f und Sara ohne h.« Das schale Gefühl der Enttäuschung verdrängt ihre Nervosität.

Ein weiteres Kopfschütteln. »Sind Sie sicher, dass sie nicht in der Uniklinik ist?«

»Uniklinik?« Katharina gibt sich überrascht. »Ja, das könnte natürlich sein. Danke jedenfalls.«

Draußen auf dem Parkplatz muss sie erst mal durchatmen. Dann fährt sie in die Schillingallee, wo sich die Universitätskliniken befinden. Aber dort erhält sie die gleiche Auskunft. Eine Sara Hofmann wurde nicht eingeliefert, weder letzte noch diese Woche.

Sie steht in der Eingangshalle und sieht auf die Uhr: kurz vor zwölf. Zu Anna Marcks kann sie frühestens morgen. Hungrig ist sie noch nicht, überhaupt schlägt ihr die Sache gewaltig auf den Magen. In der Cafeteria des Krankenhauses entscheidet sie sich widerwillig für eine Tasse Tee und ein Stück trockenen Butterkuchen, von dem sie aber die Hälfte stehen lässt. Statt zu essen, beobachtet sie das Treiben in der Cafeteria: alte Leute in Frotteebademänteln und mit Kompressionsstrümpfen, die in Begleitung ihrer Familien im Schneckentempo einen Infusionsständer durch den Gang schieben; eine hochschwangere Frau, die alle paar Minuten das Gesicht zu einer Grimasse verzieht; eine Gruppe Teenager, von denen einer den Kopf und die linke Hand dick verbunden hat, balancieren lachend ein Tablett voller Bierflaschen zu einem der Tische.

Sara ist krankgeschrieben, aber sie liegt nicht im Krankenhaus. Nicht hier, nicht in der Südstadt. Es gibt auch außerhalb von Rostock Kliniken, aber wie wahrscheinlich ist es schon, dass sie dort eingeliefert worden ist? Sara war in der Schule nie krank, sie hatte die Konstitution eines Ochsen, ganz anders als Katharina, die als Kind ständig unter Bronchitis litt. Aber natürlich gibt es für alles ein erstes Mal.

Dann ist da noch Katharinas Gefühl. Das ihr hartnäckig sagt, hier stimmt etwas nicht. Und ihr schlechtes Gewissen, weil sie ihre Schwester an dem Abend im Hotel weggedrückt hat, als sei sie eine lästige Bittstellerin. Weil sie lieber Sex mit einem verheirateten Mann hatte.

Sie räumt das vollgebröselte Tablett weg. Weil sie nicht weiß, wann sie heute wieder etwas zu essen bekommt, kauft sie noch ein mit Salami belegtes Brötchen – Vorrat für unterwegs. Die Frau an der Kasse trägt eine weiße Haube, ist ein wenig blass, hat aber wunderschöne braune Augen. Sie schaut ernst, als Katharina sich an sie wendet: »Können Sie mir vielleicht sagen, wo hier die nächste Polizeidienststelle ist?«

Die Kassiererin muss nicht lange überlegen: »In der Ulmenstraße. Die Schillingallee entlang, dann am besten über die Fußgängerbrücke, das ist der direkteste Weg.«

Die junge Polizistin hütet mit der Hand an der Klinke die Eingangstür zur Polizeiwache. Trotz der warmen Witterung trägt sie Lederhandschuhe. Sie drückt die Tür einen Spalt weit auf und ruft hinein: »Können wir?«

»Moment«, tönt es von drinnen, dann: »Jetzt, aber schnell!«

Sie öffnet die Tür und schiebt Katharina hinein, dann fällt die Tür sofort wieder ins Schloss.

In dem Großraumbüro, das den größten Teil der Dienststelle in der Ulmer Straße einnimmt, herrscht Chaos. Aus einem am Boden stehenden Umzugskarton, der nur durch viele Lagen Klebeband zusammengehalten wird, springt in diesem Moment eine Siamkatze und flitzt unter einen Schreibtisch. Ein Polizeibeamter versucht, sie mit seinem Schlagstock aus ihrem Unterschlupf zu vertreiben. Sein Kollege in Lederjacke und Handschuhen hechtet in eine Ecke, um eine magere schwarze Katze einzufangen, die sich dort mit ausgefahrenen Krallen an der Wand hochzuhangeln versucht. Sie überlegt es sich jedoch anders, springt ihren Verfolger an und beißt ihn durch das dicke Leder in die Hand. Sein Schmerzensschrei gellt durch den Raum. Die Kollegen, die die Szene beobachtet haben, lehnen mit dem Kaffeebecher in der Hand an der Wand und lachen.

»Mit Katzenbissen ist nicht zu spaßen, die können sich schlimm entzünden«, mahnt eine Kollegin. »Und gegen Tollwut solltest du dich auch gleich impfen lassen.«

»Das nächste Mal bringt ihr die Scheißviecher gleich ins Tierheim«, jammert der Gebissene, während er den Handschuh abzieht, um die Verletzung zu begutachten.

»Die hatten Mittagspause. Und wir konnten die armen Tierchen ja nicht im Karton lassen«, verteidigt sich der angesprochene Kollege.

»Das ›arme Tierchen‹ hat mir fast den Finger abgebissen«, schimpft der Verletzte, erntet dafür aber nur noch mehr Gelächter.

Neben dem Pappkarton stehen drei Transportboxen, in denen bereits einige Tiere auf den Umzug in das Tierheim warten. Verängstigt haben sie sich ganz nach hinten, möglichst weit entfernt vom Gitter, gequetscht.

Ein Polizist, der trotz seines jugendlichen Alters schon mit Halbglatze gestraft ist, wendet sich an Katharina. »Falls es nicht dringend ist, sollten Sie vielleicht später wiederkommen, wenn hier wieder Ruhe eingekehrt ist.«

»Tut mir leid, ich bin nur vorübergehend in der Stadt.«

»Dann nehmen Sie einen Moment Platz. Es kümmert sich gleich jemand um Sie.«

Katharina sieht eine Weile lang zu, wie die Polizisten erfolglos versuchen, das dürre schwarze Tier einzufangen. Obwohl sie so verhungert aussieht, kämpft die Mieze, als ginge es um ihr Leben. Was sich von ihrem Standpunkt aus wohl auch so darstellt. Als die Fänger genervt eine Pause einlegen, um ihre Wunden zu lecken und die weitere Strategie zu diskutieren, nimmt Katharina ihr Salamibrötchen aus der Handtasche, reißt ein Stückchen Wurst ab und geht neben dem Besuchertresen in die Hocke. Zungenschnalzen und der Duft der Salami erweisen sich als geeignete Lockmittel. Vielleicht auch weil Katharina nicht an der Jagd beteiligt war, fasst die dürre Schwarze Vertrauen. Zuerst lugt ihr Köpfchen unter dem Schrank hervor, ganz langsam schiebt sie sich sodann aus dem Versteck. Kritisch mustert sie die Männer und Frauen in den dunkelblauen Uniformen, die nun die Luft anhalten. Der Essensduft ist unwiderstehlich. Langsam schleicht die Schwarze auf Katharina zu, schnappt sich das Stück und verschwindet mit einem Satz wieder unter dem Schrank. Die Polizisten feixen.

Aber beim nächsten Stück reibt sich das Kätzchen schon an Katharinas Bein, beim darauffolgenden lässt sie sich von ihr auf den Arm nehmen und schließlich sogar ohne Widerstand in eine der Boxen sperren.

Anerkennendes Raunen im Büro.

»Da hätten wir vielleicht auch selbst drauf kommen können«, gibt die Halbglatze mit einem Stirnrunzeln zu.

Katharina antwortet mit einem Lächeln.

»Vielen Dank jedenfalls. Was kann ich denn nun für Sie tun?«

Katharina erklärt es ihm.

Wenige Minuten später sitzt sie in einem engen Besprechungsraum mit der Halbglatze und der jungen Polizistin, die ihr die Tür aufgehalten hat. Vor ihr steht eine Tasse Kaffee, daneben liegt ihr Personalausweis.

Die Polizistin blättert einen Computerausdruck durch, fährt mit dem Finger die Zeilen entlang, als sie am Ende angelangt ist, geht sie rückwärts vor; schließlich schüttelt sie den Kopf, ihr Pferdeschwanz hüpft dabei hin und her.

»Bei uns liegt nichts vor. Tut mir leid.«

»Haben Sie bei ihrem Arbeitgeber nachgefragt?«, will der Polizeibeamte wissen.

»Sie hat eine Krankschreibung abgegeben. Meine Schwester arbeitet als Gerichtsvollzieherin.«

»Macht Ihr Vorgesetzter sich Sorgen?«

»Er denkt, alles sei ganz harmlos.«

»Das ist es meistens, wenn ich das mal sagen darf. Manchmal brauchen die Menschen einfach eine Auszeit.«

An eine Auszeit glaubt Katharina nicht. Und das sagt sie dem Polizisten auch deutlich.

»Zu Hause ist sie also nicht«, konstatiert er. »Vielleicht zu einer Freundin gefahren oder zu einer Verwandten, um sich auszukurieren und sich bemuttern zu lassen?«

»All ihre Sachen sind in der Wohnung. Es sieht nicht so aus, als wäre sie verreist. Ihre Verwandtschaft sind meine Mutter und ich, und bei uns ist sie nicht aufgetaucht.«

»Muss Ihre Schwester regelmäßig Medikamente nehmen?«

Katharina schüttelt den Kopf.

»Besteht die Gefahr, dass sie sich das Leben nehmen will?«

Auch das verneint sie.

»Haben Sie den Eindruck, dass Gefahr für Leib und Leben bestehen könnte?«

Katharina geht in sich. Wird Sara bedroht? Sie holt ihr Handy aus der Handtasche, ruft die Nachricht auf, schaltet den Lautsprecher ein.

»Katinka.« Nur dieses eine Wort und ein Stöhnen.

Die Polizisten tauschen einen fragenden Blick aus.

»Sind Sie sicher, dass das Ihre Schwester ist? Hat sie sich möglicherweise einen Scherz erlaubt? Oder – verstehen Sie das nicht falsch – war sie vielleicht angetrunken?«

»Nur meine Schwester nennt mich Katinka. Sie ist nicht der Typ für Telefonstreiche. Und sie trinkt keinen Tropfen Alkohol.«

Der Polizist lässt sich die Nachricht noch zwei Mal vorspielen. Er verschränkt die Arme vor der Brust. Ziemlich lange sitzen er und seine Kollegin schweigend da.

»Wenn Ihre Schwester sich wirklich in einer Notlage befindet, können wir natürlich eine Vermisstenanzeige aufnehmen. Falls sich dann aber herausstellt, dass sie sich irgendwo auf Mallorca befindet und am Ballermann Sangria trinkt, kommt einiges an Ärger auf Sie oder Ihre Schwester zu. Nur dass Sie Bescheid wissen.«

»Ich möchte eine Vermisstenanzeige aufgeben.«

Der Polizist gibt seiner Kollegin ein Zeichen, sie verlässt den Raum und kehrt mit einer Handvoll Vordrucke zurück. Nachdem alles in mehrfacher Ausfertigung ausgefüllt und unterschrieben ist, fühlt Katharina sich völlig ausgelaugt.

»Was werden Sie denn nun unternehmen?«

»Unser Möglichstes, Frau Hofmann. Unser Möglichstes.«

Irgendwie hat Katharina den Verdacht, dass das, was die Rostocker Polizei unter »ihr Möglichstes« versteht, nicht ausreichen wird, um ihre Schwester zu finden.

*

In dieser Nacht schläft Katharina schlecht. Einmal wacht sie auf, weil sie den Eindruck hat, auf ihrem Handy sei eine Nachricht von Sara eingegangen, aber da ist nichts: Vermutlich war das Geräusch nur Teil eines wirren Traums.

Außerdem wird ihr, während sie verschlafen auf das Display starrt, plötzlich klar, dass Roland sich seit ihrem Zusammenbruch nicht ein Mal bei ihr gemeldet hat. Er wird seine Gründe haben und sie wird ihm nicht hinterherlaufen. Auch nicht, um sich bei ihm über diese Sache in Hamburg auszuheulen.

Sie legt sich wieder ins Bett – Saras Bett. Der Geruch des Kissens, Saras Geruch, lässt wieder Angst in ihr hochsteigen. Es beginnt zu dämmern, als sie endlich in den Schlaf sinkt.

Dennoch wacht sie früh auf, kurz vor halb sieben – einschlafen kann sie nun endgültig nicht mehr. Eigentlich, denkt sie, während sie am Küchentisch sitzt und an ihrem lauwarmen Tee nippt, könnte sie ihre Sachen packen und wieder nach Hamburg zurückfahren. Aber auf Leonie hat sie erst recht keine Lust. Nein, sie wird noch ein paar Tage bleiben. Vielleicht hilft der Abstand auch, ihren Zusammenbruch in Hamburg zu vergessen. Und sich über ihre Beziehung zu Roland – wenn man ihre unverbindlichen Treffen überhaupt so nennen will – klar zu werden.

Wenn sie früher in Rostock war, um Sara zu besuchen, waren sie gelegentlich ins *Alex* gegangen, ein Restaurant am Neuen Markt, das zu einer Gastronomiekette gehört. Das wird sie heute aufsuchen und Saras Bild herumzeigen. Vielleicht ist sie jemandem vom Personal aufgefallen.

Nachdem Katharina ausgiebig geduscht hat, macht sie sich auf den Weg in die Stadt. Sie parkt hinter den Rathaus Arkaden und sieht sich ein bisschen um. Der weitläufige Platz mit dem Kopfsteinpflaster und den ihn säumenden pittoresken Giebelhäusern wirkt wie aus einem Historienfilm – sieht man von der Straßenbahn ab, die alle paar Minuten durchs Bild rumpelt. Auf der großen Freifläche rund um den historischen Schandpfahl sind Marktstände aufgebaut, an denen Obst und Gemüse, Käse, Fleisch und Honig verkauft wird. Es ist schon eine ganze Weile her, dass Katharina über einen echten Wochenmarkt gebummelt ist, ihre Schichtarbeit hat ihr dazu kaum noch Gelegenheit gelassen. Und so findet sie sich plötzlich vor einem Stand mit Biogemüse wieder. Von einem Haufen Kartoffeln, erdverkrustet und ein bisschen krumm, nimmt sie eine in die Hand und riecht daran. Sofort breitet sich ein warmes Gefühl in ihrem Bauch aus.

»Schon was anderes, als die klinisch saubere und nach DIN gezüchtete Supermarktware, stimmt's?«, sagt die Standfrau, etwa im gleichen Alter wie Katharina, mit rosigen Pausbacken, die ihr Kraushaar zu Zöpfen geflochten hat und genauso frisch und gesund aussieht, wie man sich jemanden vorstellt, der seine Arbeit an der frischen Luft verrichtet. Ein Mann – Katharina vermutet, dass es ihr Mann ist – stapelt neben dem Stand Holzkisten mit Mangold aufeinander.

»Echte Landluft«, antwortet Katharina lächelnd.

»Die wachsen direkt auf unserem Acker. Ganz ohne Gentechnik und Chemie. Darum schmecken die auch so, wie deutsche Kartoffeln schmecken müssen.«

Katharina legt die Knolle zurück. »Ich nehme zwei Kilo. Und der Salat dort, ist der auch von hier?«

»Alles, was wir verkaufen, stammt hier aus der Region. Sonst wären es ja keine echten Bioprodukte«, antwortet die Marktfrau mit einem Schmunzeln.

Katharina holt ihren Geldbeutel aus der Handtasche. Plötzlich geht alles sehr schnell. Ein Schatten huscht an ihr vorbei und reißt ihr das Portemonnaie aus der Hand. Ein paar ihrer Plastikkarten fliegen in hohem Bogen durch die Luft und landen auf dem Boden. Der dunkelhaarige Junge in schmutzigen Jeans und Sweatshirt sucht, ihren Geldbeutel in der Hand, das Weite. Schon ist er fast auf der Kröpeliner Straße und verschwindet im Schatten der Häuser. Das Letzte, was Katharina von ihm sieht, ist die Aufschrift auf dem

Rücken seines T-Shirts: *New York City* steht darauf und ganz groß die Zahl *89*.

Jetzt erst schreit Katharina. Dann sieht sie hilflos die Marktfrau an.

»Gerd – der Zigeuner!«, ist alles, was diese ruft. Ihr Mann lässt die Kisten fallen und sprintet los. Er ist erstaunlich schnell, rast zwischen den Ständen hindurch, zwingt einen Fahrradfahrer, in letzter Sekunde auszuweichen, und biegt schon in die Kröpeliner ein.

Katharina löst sich aus ihrer Starre. Verwirrt sammelt sie ihre Karten vom Boden auf – es sind leider nur die unwichtigen, eine Rabattkarte und die Kundenkarte eines Hamburger Coffeeshops – und fischt mit zitternden Fingern ihr Handy aus der Handtasche, um die Polizei anzurufen. Immerhin hat der Junge ihr nicht die Handtasche weggerissen.

»Warten Sie mal einen Moment mit der Obrigkeit«, sagt die Bäuerin. »Bis die da sind, ist der Kerl sowieso über alle Berge. Außerdem ist mein Mann mit Ihrem Geldbeutel sicher gleich wieder da.« Sie lächelt verschwörerisch.

Katharina ist durcheinander. Aber das freundliche Gesicht der Marktfrau wirkt so zuversichtlich, dass sie das Telefon wieder in die Tasche gleiten lässt. Die Bäuerin zieht unter dem Tresen eine Flasche hervor, gießt etwas in einen altertümlich aussehenden Zinnbecher und reicht ihn Katharina.

»Trinken Sie erst mal einen Schluck Apfelsaft, Sie sehen ein bisschen bleich aus.«

Katharina nimmt die Gabe dankbar an. Der süße fruchtige Geschmack belebt tatsächlich. Sie reicht der Frau den leeren Becher zurück. »Ist der Apfelsaft auch von Ihrem Hof?«

»Alles Äpfel aus unserem Garten. Eine alte Sorte, die wir rekultivieren.«

Eine Weile steht Katharina noch ratlos da. Gerade, als sie schließlich doch beschließt, die Polizei zu benachrichtigen, trabt der Biobauer wieder um die Ecke. Sein Gesicht glänzt vom Schweiß, auf seinem Hemd haben sich dunkle Flecken gebildet. In seiner Hand – Katharinas Portemonnaie. Sie macht große Augen.

»Ich sag's doch: Mein Mann regelt das.«

Er reicht schwer atmend die Geldbörse ihrer Besitzerin und wischt sich mit dem Handrücken den Schweiß von der Stirn. Seine Frau schenkt ihm ein Glas randvoll mit Apfelsaft ein, das er in einem Zug leert und dann herzhaft rülpst.

»'tschuldigung.«

Katharina lacht. Von ihr aus kann ihr Retter sich benehmen, wie er will.

»Ich glaube nicht, dass der Kerl etwas daraus klauen konnte, dafür hatte er nicht genug Zeit.«

Sie sieht das Fach mit den Banknoten durch, zieht einen Fünfziger raus und streckt dem Bauern den Geldschein hin.

Empört wehrt er ab. »Kommt gar nicht infrage. Das ist doch selbstverständlich.«

»Ich weiß gar nicht, wie ich mich bei Ihnen bedanken soll!«

»Kaufen Sie Mangold, der geht heute schlecht«, lacht er und zwinkert ihr zu.

»Was haben Sie denn mit dem Jungen gemacht?«

»Die kleine Zecke hab ich den Behörden übergeben«, antwortet er und tauscht dabei einen vielsagenden Blick mit seiner Frau.

Katharina bemerkt Blut an seinem Ellbogen. »Haben Sie sich verletzt?«

Nachdem er die Stelle begutachtet hat, wischt er mit einem Lappen darüber. »Wohl eher der Bursche. Er ist hingefallen, als ich ihn gepackt habe.« Ohne weitere Ausführungen macht er sich wieder daran, seine Kisten zu stapeln.

»Möchten Sie noch einen Saft?«, fragt die Bäuerin.

Aber Katharina lehnt dankend ab. Sie möchte zurück in Saras Wohnung und sich hinlegen. Ihr wird wieder einmal bewusst, dass sie immer noch mit ihren Kräften haushalten muss.

»Vielen Dank jedenfalls. Ohne Sie säße ich jetzt wirklich in der Tinte. Ich nehme dann noch Mangold«, kündigt sie an.

»Gern. Wie viel darf es denn sein?«

»Drei Kilo.«

Die Bäuerin sieht sie überrascht an. »Sind Sie sich sicher?«

»Ich würde auch zwanzig nehmen«, erklärt Katharina, »aber die kriege ich nicht ins Auto.«

Eine halbe Stunde später sitzt sie auf dem Fahrersitz – der Inhalt der Stofftasche hinter ihr verbreitet sein Aroma und googelt auf ihrem Handy nach Mangoldrezepten.

Es wird Zeit, die selbst auferlegte Zurückhaltung aufzugeben, denkt Katharina am Nachmittag. Die restlichen Mangoldgnocchi – das Rezept hat sie nach stundenlanger frustrierender Internetsuche in einem ganz klassischen Kochbuch aus Saras Küchenschrank gefunden – hat sie in den Kühlschrank gestellt, jetzt tritt sie vor Saras Aktenschrank von einem Bein auf das andere. Die Unterlagen ihrer Schwester zu durchsuchen, hat sie sich bis jetzt versagt, das ist eine echte Verletzung ihrer Privatsphäre, aber alle anderen Wege haben bislang in eine Sackgasse geführt. Eine Seite des Schranks ist frei zugänglich, die andere verschlossen. Im zugänglichen Teil stehen diverse Aktenordner, alle penibel mit ausgedruckten Etiketten versehen. Sara, die Ordnungsfanatikerin – noch so ein charakterlicher Unterschied zwischen ihnen. Anhand der Beschriftungen ist leicht zu erkennen, dass hinter den verschlossenen Türen wohl die beruflichen Akten stehen, während im zugänglichen Teil Privates abgelegt ist.

Sara hat also eine Krankschreibung eingereicht. Vermutlich wird diese ihr Hausarzt ausgestellt haben. Katharina sucht und findet einen Ordner mit der Aufschrift *Krankenkasse/Arzt*.

Eine abgeheftete Visitenkarte der Praxis und die Rechnung für eine Individuelle Gesundheitsleistung führen sie auf die richtige Spur. Nur wie schafft sie es, herauszufinden, an was Sara erkrankt ist? Zur Krankschreibung gehört oftmals auch ein Rezept. Die Medikamente, die auf dem Rezept stehen – falls ihr welche verschrieben wurden –, könnten weiterhelfen. Die Praxis wird ihr diese Information nicht auf dem Silbertablett servieren. Wem würden der Arzt oder die Arzthelferinnen Auskunft geben? Aufgrund der ärztlichen Schweigepflicht eigentlich nur einem Menschen.

Mit klopfendem Herzen wählt sie die Nummer der Arztpraxis. Trotz aller Unterschiede ähneln sich ihre und Saras Stimmen und ihr Sprachduktus. Wenn Katharina es schafft, ihre Aufregung in Zaum zu halten, kann es funktionieren.

Wie in Arztpraxen üblich, klingelt es minutenlang, bis endlich jemand abhebt. Sie atmet tief durch. »Guten Tag, mein Name ist – Sara Hofmann. Ich war letzte Woche bei Ihnen und habe eine Krankschreibung bekommen.«

»Brauchen Sie eine Verlängerung?«

»Nein, das ist es nicht. Dazu gab es auch ein Rezept, aber die Apotheke kann die Schrift nicht lesen.«

Die Frau am anderen Ende der Leitung lacht. »Ja, das ist nicht ungewöhnlich. Der Chef hat nicht die deutlichste Handschrift. Warum hat die Apothekerin denn nicht selbst angerufen?«

»Weiß ich leider nicht. Können Sie mir noch mal sagen, was er aufgeschrieben hat?«

»Natürlich. Hofmann, sagten Sie?«

»Hofmann, Sara.«

»Und das Geburtsdatum?«

»15. Januar 1984.«

»Moment bitte.«

Katharina hört das Klappern einer Tastatur.

»Sind Sie sicher, dass Sie letzte Woche da waren?«

»Vielleicht auch schon vorletzte, tut mir leid.«

Wieder Computergeräusche.

»Ich kann leider nichts finden. Hofmann mit einem f?«

Katharina bestätigt das, ebenso wie Sara ohne h, aber die Arzthelferin findet immer noch keine Einträge. Außerdem wird sie langsam misstrauisch: »Sie sind Frau Hofmann selbst?«

»Ach herrje, wie blöd. Wissen Sie was? Ich hab die falsche Praxis erwischt. Die Krankschreibung war von meinem Frauenarzt.« Und sie legt auf, bevor sie sich noch mehr in ihr Lügengespinst verstrickt.

Es wird immer mysteriöser. Vielleicht hat Sara aus irgendeinem dubiosen Grund eine andere Praxis als die ihres Hausarztes aufgesucht. Aber warum? Die Praxis war offensichtlich geöffnet, sonst hätte die Arzthelferin etwas Entsprechendes erwähnt. Katharina blättert noch einmal den Aktenordner durch. Es gibt Korrespondenz von Saras Gynäkologen, ein Orthopäde und ein Dermatologe tauchen ebenfalls in den Unterlagen auf, aber Hinweise auf den Besuch eines weiteren Allgemeinmediziners fehlen. Der Einzige, der ihr sagen könnte, welcher Arzt das Attest ausgestellt hat, ist Saras Chef, und der sperrt sich.

Da sie sich nun schon über Saras Recht auf Privatsphäre hinweggesetzt hat, fällt Katharina der nächste Schritt etwas leichter: Sie schaltet den Laptop ein, der aufgeklappt auf dem Schreibtisch steht und schon ziemlich viel Staub angesetzt hat. Mit einem Brillenputztuch wischt sie den Bildschirm frei. E-Mails, der Verlauf im Internetbrowser, all das könnte ihr jetzt weitere Informationen liefern.

Wenige Augenblicke später erscheint das Eingabefeld für das Passwort, daneben ein fröhliches Bild von ihr und ihrer Schwester, wie sie beide braun gebrannt und mit Sonnenbrillen an einem Eis lecken. Am Hamburger Hafen war das – letzten Sommer. Wehmütig und den Tränen nahe, denkt Katharina an die Zeit zurück. Das verleiht ihr die Kraft, weiterzumachen.

Welches Passwort könnte Sara gewählt haben?

Katharina ist nicht eitel, aber sie probiert zuerst *Katinka,* das findet sie naheliegend.

Falsch.

Saras und ihr eigenes Geburtsdatum sind ebenfalls ein Fehlschlag.

Sie hatten als Kinder zwei Kaninchen; Saras, das schwarz war, hieß ›Blacky‹ und Katharinas ›Schnuffer‹.

Beides falsch.

Der Mädchenname ihrer Mutter – ›Froese‹ – ebenfalls kein Treffer.

Und nun erscheint eine Warnung: Das Password sei sechs Mal falsch eingegeben worden. Nun werde der Computer für eine Stunde gesperrt, bis sie es erneut probieren könne.

Ärgerlich haut Katharina mit der Faust auf den Schreibtisch. Wenn es schiefläuft, dann richtig. Die Freistunde nimmt sie zum Anlass, einen weiteren Ordner durchzusehen, in dem alles zum Thema Computer und Internet abgeheftet ist. Aber dort ist kein Passwort hinterlegt.

Sie notiert Namen von Exfreunden, wichtige Daten, Urlaubsziele – sogar Gran Canaria, trotz des Theaters damals – und sortiert sie nach Wichtigkeit, zumindest das, was sie für wichtig hält.

Eine Stunde später sitzt sie wieder am Schreibtisch, probiert ihre Liste durch. Nach sechs weiteren Fehlversuchen eine erneute Warnung, diesmal in Rot: Der Computer wird für acht Stunden gesperrt. Verdammt.

In Katharina keimt der Verdacht auf, dass die nächste Sperre endgültig sein wird. Wenn das zutrifft, hat sie noch fünf Versuche, bevor Saras Laptop für sie gestorben ist.

Vielleicht sollte sie mal jemanden fragen, der sich damit auskennt.

Saras Terminkalender ist ein in dunkelbraunes Leder gebundenes Buch im DIN-A5-Format; Katharina hätte sich eigentlich denken können, dass ihre konservative Schwester ihre Termine nicht im Handy verwaltet.

Sie stolpert darüber, als sie sich auf die Suche nach einem Branchentelefonbuch macht, denn sie hat beschlossen, Saras

Laptop von einem Computerfachmann begutachten zu lassen. Im Branchenverzeichnis findet sie die Adresse eines Ladens in der Nähe der Wallanlagen, der auffällig mit seiner Fachkompetenz Werbung macht. Nachdem sie die Adresse notiert und den Rechner zusammen mit dem Kaufvertrag aus dem entsprechenden Ordner in einer Tasche verstaut hat, blättert sie bei einer Tasse Tee in Saras Kalender, der auf dem Telefonbuch in einer Schublade des Schreibtischs lag.

Tatsächlich ist am Tag von Saras letztem Anruf ein Termin eingetragen, und nur dieser eine: *10:00 – Grantzow / Rechenbachhof / U. Breker / 3 Sa 178/15.*

Das sagt Katharina erst einmal gar nichts. Sie greift nach ihrem Smartphone und gibt die drei Wörter als Suchbegriffe ein. Grantzow ist ein Ort im Landkreis Güstrow-Teterow, am Rande der Mecklenburgischen Schweiz, etwa sechzig Kilometer südöstlich von Rostock gelegen. Beim Rechenbachhof handelt es sich um einen landwirtschaftlichen Betrieb, der sich auf Bioprodukte spezialisiert hat, mit einem Versandhandel vor Ort. Katharina geht kurz auf die Internetseite, doch die ist nicht für Smartphones optimiert und die kleine Schrift kaum lesbar. Nur die Adresse – Rostocker Straße – kann sie entziffern und notiert sie auf einem Zettel.

Über *U. Breker* ist im Internet nichts zu finden.

Und *3 Sa 178/15* sagt ihr nichts. Vielleicht eine weitere Adresse?

Offenbar hatte ihre Schwester beruflich in Grantzow zu tun. An dem Tag, als die Krankschreibung bei ihrem Arbeitgeber einging.

Es wird allerhöchste Zeit, dass Katharina noch einmal das Amtsgericht aufsucht und mit Saras Kollegin Anne Marcks spricht.

Wie es aussieht, teilt sich Saras Vertreterin Anne Marcks das Büro mit einer Handvoll anderer Beamter: In dem Großraumbüro sitzen an einem halben Dutzend Tischen verteilt fünf Personen – drei Männer und zwei Frauen. Eine der Frauen, eine etwas zerknittert wirkende Endfünfzigerin mit Kurzhaarschnitt und tiefen Lachfalten unter den riesigen Augen, bearbeitet konzentriert und im Zweifingersystem ihre Tastatur. Schließlich schiebt sie ihre Hornbrille auf die Stirn und wendet sich der Besucherin zu.

»Was können wir denn für Sie tun, Kindchen?«

Sie spricht mit der rauen Stimme einer Frau, die in ihrem Leben nichts ausgelassen hat, denkt Katharina und räuspert sich unwillkürlich. Dass die Frau sie ›Kindchen‹ nennt, findet sie eher sympathisch als befremdlich.

»Ich suche Anne Marcks.«

»Höchstpersönlich, junge Dame.« Die Frau verlässt ihren Arbeitsplatz und geht auf Katharina zu.

»Und Sie sind?«

Katharina reicht ihr die Hand zur Begrüßung. »Katharina Hofmann. Ich bin Sara Hofmanns Schwester.«

Anne Marcks' Griff wird fester, Schatten trüben ihren Blick. »Wir sind mal kurz weg«, teilt sie ihren Kollegen mit, die jedoch kaum die Augen von ihren Bildschirmen lösen, und zieht Katharina nach draußen.

Sie durchqueren einige lange Gänge, nehmen die Treppe nach unten und landen schließlich in einem begrünten Innenhof, wo sie auf einer Bank Platz nehmen. Marcks zündet sich eine Zigarette an und inhaliert tief. Sie hält Katharina die Schachtel hin, aber die lehnt ab.

»Brandt – unser Chef – hat Sie auflaufen lassen, nicht wahr?«

»Wissen Sie, was mit Sara ist?«

»Sie ist krank, das ist jedenfalls die offizielle Variante.«

»Und was ist die inoffizielle?«

»Ein bisschen wundern tue ich mich schon. Normalerweise sprechen Sara und ich uns ab, wenn wir jemanden vertreten müssen.«

»Sie ist seit mehr als einer Woche nicht zu Hause gewesen. Ich habe die Krankenhäuser abgeklappert – nichts. In ihrer Hausarztpraxis ist sie auch nicht gewesen. Aber wer hat dann die Krankschreibung ausgestellt?«

»Die Praxis Dr. Aalders.«

Katharina sieht Marcks mit großen Augen an. »Woher wissen Sie das?«

Marcks lächelt süffisant und zieht an ihrer Zigarette. Sie hält den filterlosen Glimmstängel lässig zwischen Zeige- und Mittelfinger. »Aber Sie können es sich sparen, dort anzurufen«, sagt die Gerichtsvollzieherin, nachdem sie den Rauch durch die Nase ausgestoßen hat.

»Wieso?«

»Weil die Praxis die erste ist, die im Telefonbuch steht. Die meisten gefälschten Atteste werden vom armen Dr. Aalders ausgestellt. Beziehungsweise eben nicht.«

»Ist das so?«

»Mein Mann ist Berufsschullehrer. Sie glauben nicht, wie viele Atteste er aus der Praxis Aalders in einem Schuljahr vorgelegt bekommt.«

»Ich glaube nicht, dass Sara ein Attest fälschen würde. Warum sollte sie so etwas tun?«

»Das glaube ich auch nicht, Kindchen.« Anne Marcks tätschelt ihr mütterlich die Schulter. »War nur so ein Gedanke. Waren Sie schon bei der Polizei?«

Katharina bestätigt das. »Aber ich bezweifle, dass die sich ein Bein deswegen ausreißen werden.«

Auf der gegenüberliegenden Seite des Hofs öffnet sich eine Tür. Zwei Männer im Anzug treten heraus und zünden sich ebenfalls Zigaretten an. Der eine schiebt eine Sonnenbrille auf seine Nase. Mit den schmal geschnittenen sandfarbenen Hosen, dem männlichen Kinn und den gegelten Haaren sieht er aus wie ein italienischer Geschäftsmann. Er erinnert Katharina ein bisschen an Roland.

»Ich habe in Saras Terminkalender gesehen, dass sie an dem Tag vor ihrer Krankmeldung einen Termin in Grantzow hatte. Wissen Sie, was sie dort wollte?«

Marcks drückt den Zigarettenstummel vorsichtig auf dem Boden aus, holt einen kleinen tragbaren Aschenbecher aus der Tasche und verstaut die Kippe darin.

»Ich muss Sie warnen, Frau Hofmann: Auch wenn es sich um Ihre Schwester handelt – wenn Sie sich Einblick in ihre beruflichen Unterlagen verschaffen, machen Sie sich strafbar. Sara ist Justizbeamtin, mit allen Konsequenzen. Die von ihr zu Hause aufbewahrten Akten dürfen nur von ihr oder einem Kollegen eingesehen werden.«

Katharina möchte vor Scham im Boden versinken. »Ich – tut mir leid, dass ich gefragt habe. Ich mache mir einfach nur große Sorgen um Sara.«

»Ich muss Sie darauf hinweisen. Ob Sie sich dran halten …« Sie zuckt mit den Schultern. »Grantzow sagen Sie? Das liegt im Landkreis Güstrow-Teterow, tatsächlich Saras Einzugsbereich.«

»Der Termin fand auf dem Rechenbachhof statt, einem Biobauernhof.«

Marcks schüttelt den Kopf. »Sagt mir nichts. Den hat Sara mir gegenüber nicht erwähnt.«

»Vielleicht sollte ich nach Grantzow fahren. Möglicherweise hat sie dort jemand gesehen.«

Marcks steht auf und klopft sich Asche vom Jackett. »Falls Sie nach Grantzow fahren, ein gut gemeinter Rat: Fallen Sie nicht gleich mit der Tür ins Haus. Von wegen, dass Ihre Schwester Gerichtsvollzieherin ist. Viele Menschen in der Gegend haben so ihre Erfahrungen mit der Obrigkeit gemacht. Da ist unsereins nicht gerade wohlgelitten.«

»Kein Problem. In den letzten drei Tagen habe ich so viele Lügen auftischen müssen, dass sie mir schon ganz leicht über die Lippen kommen.«

Katharina ist nach Lachen zumute, aber Marcks' tadelnder Blick lässt sie verstummen. Sie bedankt sich. Als sie sich umdreht, um zu gehen, sagt Anne Marcks: »Noch etwas …«

Sie tritt nahe an Katharina heran. Weil sie einen Kopf kleiner ist, muss sie zu Katharina emporschauen. »Zu den Terminen im Kalender notieren wir üblicherweise das Aktenkennzeichen. Falls Sie rein zufällig darauf stoßen, wäre ich froh, wenn Sie es mir durchgeben. Nur damit nichts verschüttgeht. Sie verstehen?« Sie hält Katharina eine Visitenkarte hin.

Als Katharina sie entgegennimmt, ergreift Marcks ihre Hand und mustert sie mit ihren großen Augen. Eine fürsorgliche Geste.

»Sie und Ihre Schwester müssen sich sehr nahestehen.«

»Das war bis vor Kurzem so«, entgegnet Katharina und plötzlich ist ihr kalt, mitten im wärmsten Sonnenschein.

»Und jetzt?«

»Jetzt – fühle ich mich vor allem schuldig. Sie hat mich angerufen. Ein Hilferuf. Und ich war nicht für sie da.«

Die Präsenz von Anne Marcks hat trotz allem etwas Beruhigendes. »Machen Sie sich keine Sorgen, Kindchen. Sicher klärt sich alles auf.«

Als sie den Computerladen betritt, ertönt die Melodie von *Star Wars.* Nerds unter sich, denkt Katharina amüsiert, die mit Weltraumschlachten und fremden Planeten noch nie etwas anfangen konnte.

Sie legt die Laptoptasche auf den Tresen. Dahinter führt ein Durchgang in ein kleines Kabuff. Durch einen Vorhang aus bunten Perlenschnüren kann Katharina auf einem riesigen LCD-Bildschirm den Flug über ein Gebirgsmassiv mitverfolgen. Eine helle Stimme bittet um Geduld. Schließlich teilt sich der Perlenvorhang und eine schmale Frau um die Vierzig mit gegelter Stachelfrisur, verschlissener Jeans und Tanktop kommt nach vorne.

»Sorry, ich musste noch kurz den Autopiloten umprogrammieren.«

Katharina versucht, um die Ecke ins Hinterzimmer zu

spähen. Das Flugzeug auf dem Monitor scheint seine Route von ganz alleine fortzusetzen.

»Da ist niemand«, erklärt die Pilotin. »Mein *Pi-Eff* sitzt in Sydney, Australien. Das geht übers Internet.« Die Art, wie sie *Pi-Eff* ausspricht, klingt sehr lässig. Auch wenn Katharina nicht weiß, was das Wort bedeutet.

»Wie kann ich Ihnen helfen?« Die Frau wirkt ungeduldig. Vermutlich muss sie sehr bald wieder das Steuer übernehmen.

Katharina legt eine Hand auf die Nylontasche. Auch für diesen Besuch hat sie eine Lüge einstudiert. Dass jemand die Wahrheit einfach so akzeptiert, hält sie für unwahrscheinlich.

»Ich habe das Passwort für meinen Laptop mehrmals falsch eingegeben. Und jetzt komme ich nicht mehr rein.«

Die Frau beugt sich leicht über den Tresen und mustert Katharina vom Scheitel bis zur Sohle. Nachdem die Begutachtung abgeschlossen ist, verschränkt sie mit einem angedeuteten Lächeln die Arme vor der Brust. »Oder Sie haben den Rechner gestohlen.«

Darauf ist Katharina vorbereitet: Sie öffnet einen Reißverschluss der Tasche, zieht die Originalrechnung für den Kauf heraus und präsentiert sie der Computerexpertin. Die lässt den Blick nur oberflächlich über das Dokument schweifen.

»So was kann sich jeder in einer Textverarbeitung selber basteln. Oder Sie haben es bei einem Einbruch zusammen mit dem Rechner mitgehen lassen.«

Auch darauf hat Katharina eine Antwort. Sie legt ihren Personalausweis auf den Tresen, direkt neben die Rechnung des Elektronikgroßmarktes, und ihr Handy, auf dem ein Bild von Sara und ihr zu sehen ist.

»Ich habe das Gerät meiner Schwester abgekauft – Sara Hofmann. Das ist sie.« Sie deutet mit dem Finger auf das Bild, obwohl das gar nicht nötig ist – eine überflüssige Geste, um sich eine zweifelhafte Glaubwürdigkeit zu verschaffen. »Der Name steht auf dem Kaufbeleg.«

Die Stachelfrisur nimmt den Personalausweis auf, dreht und wendet ihn, lässt die verschiedenen Hologramme aufblitzen. »Den selber zu basteln, ist schon schwieriger«, gibt sie schmunzelnd zu. »Und wie schafft man es, sein eigenes Passwort mehrmals falsch einzugeben?«

»Ich habe den Rechner gerade erst von ihr übernommen. Den Zettel mit dem Passwort habe ich verloren. Und meine Schwester ist für drei Wochen im Urlaub und nicht erreichbar.«

Die Frau spitzt die Lippen. Sie sieht nicht aus, als ob sie Katharina glaubt. Sie dreht sich um, steigt auf einen Stuhl und schaltet die Überwachungskamera ab, die in der Ecke des Verkaufsraums installiert ist. Das rote Lämpchen erlischt. Dann fotografiert sie mit ihrem Handy Vorder- und Rückseite von Katharinas Personalausweis sowie die Rechnung, und wie von Geisterhand spuckt der Drucker hinter ihr Kopien davon aus, die sie demonstrativ auf dem Tresen platziert.

»Hören Sie: Von dieser Räuberpistole mit Ihrer Schwester glaube ich kein Wort. Aber da ich ja jetzt eine Kopie Ihres Ausweises habe, Frau – Hofmann, drücke ich mal ein Auge zu. Was ist denn das für ein Betriebssystem?«

Katharina zuckt mit den Schultern. Die Frau seufzt matt und studiert die Rechnung, auf der Suche nach einem Hinweis.

»Zweihundertfünfzig Euro«, sagt sie schließlich leise, »unabhängig davon, ob ich Erfolg habe oder nicht. Und falls ja, können Sie das bestehende Passwort nicht weiterverwenden, sondern brauchen ein neues. Nur für den Fall, dass Sie vorhatten, den Rechner zurückzugeben.«

Katharina zuckt zusammen. »Ist das der offizielle Tarif fürs ›Passwörter knacken‹?«

»Dafür gibt es keinen offiziellen Tarif. Noch nicht mal einen inoffiziellen. Bar auf Kralle versteht sich. Und fragen Sie erst gar nicht nach einer Quittung.«

Zweihundertfünfzig Euro nur dafür, dass sie eventuell das Passwort für Saras Rechner bekommt. Katharina weiß ja noch nicht mal, ob der Zugang sie in irgendeiner Form weiterbringt. Sie zieht kurz in Betracht, der Frau die Wahrheit zu erzählen. An ihr Mitgefühl zu appellieren. Aber wenn sie die Geschichte mit dem vergessenen Passwort schon nicht glaubt, wird sie bei der Geschichte einer vom Erdboden verschluckten Schwester vermutlich sofort die Polizei rufen.

Katharina schluckt. »Ich muss vorher zur Bank.«

Die Hackerin schnappt sich die Tasche und zieht den Computer heraus. »Dann gehen Sie jetzt Geld abheben, trinken anschließend einen Kaffee und kommen in einer Stunde wieder, dann bin ich wahrscheinlich so weit.«

»Ich kann meine Handynummer da lassen und Sie rufen mich an, wenn Sie drin sind.«

Die Frau lächelt verschwörerisch. »Glauben Sie mir: Ich möchte Ihre Handynummer nicht in meiner Anrufliste haben. Und das Gleiche gilt umgekehrt für Sie.«

Katharina wird mulmig. Ist das, was sie hier tut, wirklich so schlimm?

»Wenn es nicht Ihr Rechner ist, ist es illegal«, sagt die Frau, die offensichtlich Gedanken lesen kann, und verschwindet mit dem Laptop im Kabuff.

Katharina steht unschlüssig da.

»Gehen Sie«, ruft die Stimme aus dem Kämmerchen, in dem der Flugsimulator läuft. »Ich möchte nicht, dass Sie jemand hier im Laden sieht.«

Den Kaffee trinkt sie im *Alex,* dort wo Sara und sie immer waren, aber niemand von der Belegschaft kann mit dem Bild ihrer Schwester etwas anfangen. Katharina kommt sich inzwischen tatsächlich vor wie eine echte Detektivin: Leute einfach so anzusprechen und Fragen zu stellen oder Fotos herumzuzeigen, scheint ihr fast normal. Während sie den Milchschaum aus ihrer Latte macchiato löffelt und durch das Fenster auf den nun leeren Neuen Markt hinaussieht, lässt sie ihr altes Leben in Hamburg Revue passieren. Das Krankenhaus, Leonie, das Heiligengeistfeld. Mit einem wohligen

Gefühl im Bauch stellt sie fest, dass sie schon eine ganze Weile nicht mehr an den Überfall gedacht hat.

Eineinhalb Stunden später verlässt sie den Computerladen mit zweihundertfünfzig Euro weniger auf dem Konto, mit Saras Laptop und dem neuen Passwort, das ihr die Stachelfrisur diktiert hat. Sie wollte es nicht selbst aufschreiben, für den Fall, dass jemand eine grafologische Analyse vornehmen würde. Katharina fragt sich, ob die Frau unter einer Paranoia leidet. Oder ob sie recht hat mit ihrer Vorsicht. Vermutlich beides – immerhin ist sie ja so etwas wie eine Hackerin und die sind, wie man aus dem Fernsehen weiß, alle ein bisschen neben der Spur.

Das Passwort, das die Stachelfrisur ihr diktiert hat, ließ ihr für einen Moment den Atem stocken. Entweder hat die Frau einen schrägen Humor oder das zweite Gesicht.

W01stD31n3Schw3st3rK4th4r1n4?

»Das Fragezeichen gehört dazu«, sagte die Hackerin und stieg wieder auf den Stuhl. Katharina sah ihr beklommen zu.

»Wenn Sie dann bitte gehen würden? Vorher schalte ich die Kamera nicht wieder ein.«

Beim Verlassen des Ladens erklang wieder die Melodie von *Star Wars.* Diesmal empfand Katharina sie nicht im Mindesten amüsant.

*

Ein Strand, vielleicht irgendwo in der Karibik. Sand, fein und weiß wie unberührter Neuschnee, kobaltblaues Wasser – so klar, dass man jede noch so kleine Muschel in mehreren Metern Tiefe erkennt – und die unverzichtbare Palme, die weit über das Wasser hinausragt, ganz wie in der Bacardi-Werbung.

Sara hat diesen tropischen Sandstrand als Hintergrundbild für ihren Rechner gewählt. Reine Ironie, findet Katharina. Um an einen solchen Strand zu gelangen, müsste Sara erst mal in ein Flugzeug steigen. Stattdessen haben die beiden Schwestern es nur einmal ins *Tropical Island* in Brandenburg geschafft. Strandurlaub für Couchsurfer. Couchsurfer mit Flugangst.

Es ist halb sechs Uhr morgens. Katharina kann nicht mehr schlafen, fast eine Stunde hat sie sich von einer Seite auf die andere gewälzt, also ist sie aufgestanden. Jetzt sieht sie erfolglos und mit wachsendem Frust das E-Mail-Postfach ihrer Schwester durch – doch da findet sich nichts von Bedeutung.

Sie macht sich ein Marmeladenbrot und durchforstet nach diesem frugalen Frühstück die Ordner auf der Festplatte. Aber weder erschließt sich ihr die Organisationsstruktur noch der Inhalt der Verzeichnisse und Dateien. Amtsdeutsch hoch fünf. Um halb acht hat sie bleischwere Lider und muss eine Pause einlegen.

Sie schaltet den Fernseher ein, doch der einzige Kanal, der um diese Uhrzeit keine Cartoons für Kinder zeigt, ist ein Homeshoppingsender.

Die Moderatorin setzt ein falsches Lächeln auf. »Für dieses wunderbare Magnetvasenset aus hochwertigem Acryl rufen Sie jetzt unsere Servicenummer an.«

Es klingelt.

Zunächst begreift Katharina nicht, wo es läutet. Erst als sie genervt die Glotze ausschaltet, merkt sie, dass der Klingelton vom Telefon in Saras Wohnung stammt. Sie sprintet los, kippt dabei den Küchenstuhl um, rennt in den Flur und reißt den Hörer von der Ladestation.

»Sara???«

»Katharina, bist du das?«

»Mutter!«

»Was machst du denn in Saras Wohnung?«

Katharina muss eine Entscheidung treffen. Soll sie ihre Mutter einweihen? Auf eine Lüge mehr oder weniger kommt es eigentlich nicht mehr an. Aber sie ist zu müde und zu frustriert, um schon am frühen Morgen etwas Harmloses für ihre Mutter zu erfinden.

»Ich versuche herauszubekommen, wo Sara steckt.«

Schweigen am anderen Ende.

Dann: »O Gott. O du lieber Gott.« Schluchzen.

»Mutter. Beruhige dich. Bestimmt ist alles in Ordnung.«

»Aber wo ist sie? Sie hat sich nicht gemeldet, obwohl sie einen Termin mit mir beim Notar gehabt hätte, und da ist sie auch nicht aufgetaucht.« Ihre Mutter ist am Rande einer Panik. Und das wirkt ansteckend.

Auch Katharina spürt, wie die Angst sie überrollt. Ihre Antwort dient vor allem ihrer eigenen Beruhigung, nicht der ihrer Mutter. »Vielleicht ist sie in Grantzow hängen geblieben.«

»Grantzow? Wo ist denn das?«

»Ein Ort hier in der Nähe. Ich – werde vielleicht hinfahren und sehen, ob ich sie dort finde.«

Ihre Mutter fleht sie an, gleich morgen loszufahren, das muss Katharina ihr hoch und heilig versprechen.

Nachdem sie aufgelegt hat, bereut sie ihren Vorstoß bereits, aber nun hat sie es ihrer Mutter versprochen und kommt aus der Nummer nicht mehr raus.

Am nächsten Morgen wirft sie ihr Reisegepäck und Saras Laptop auf den Rücksitz ihres Wagens. Falls die Fahrt nach Grantzow unergiebig ist, kann sie vielleicht dort in einem Café in der Sonne sitzen und weiter in Saras Rechner recherchieren. Und danach direkt zurück nach Hamburg fahren.

Es hat geregnet in der Nacht und die Straßen glänzen nass im morgendlichen Sonnenschein. Im Flieder am Parkplatz wimmelt es von Schmetterlingen. Als sie das Ortsschild von Rostock passiert, leuchten die Blätter an den Bäumen wie Muranoglas.

Grantzow

Grantzow ist kaum mehr als ein Weiler und mit dem Auto nur eine gute Stunde von Rostock entfernt, aber die Fahrt kommt Katharina wie eine Reise auf einen anderen Kontinent vor.

Nachdem sie die Kreisstadt verlassen hat und nun der Bundesstraße in südöstlicher Richtung folgt, fällt ihr die spärlicher werdende Zivilisation auf. Zeitweise kommt es ihr vor, als hätte man die Natur sich gänzlich selbst überlassen. Hügeliges Land, kaum Menschen, Waldgebiete mit einer Ausdehnung, von der man in Hamburg nur träumen kann, obwohl die Stadt ebenfalls nicht gerade arm an Grünanlagen ist. Die wenigen Ansiedlungen, in die die Schnellstraße ihre Schneise schlägt, wirken unbewohnt, der Großteil der Häuser macht einen vernachlässigten oder verfallenen Eindruck. Die Leute sind wahrscheinlich weggezogen, nachdem sich die blühenden Landschaften als Luftschloss aus dem weit entfernten Berlin entpuppt haben.

In Dalkendorf gibt es immerhin einen Bäcker und eine Paketstation mit angegliederter Tankstelle, an der Katharina ihren Wagen mit Sprit versorgt. Wer weiß, wann sich die nächste Gelegenheit zum Tanken bietet. Die Frau an der Kasse würdigt sie keines Blickes. Ihr Gesicht spiegelt eine ganz eigene Art von Lebensverdrossenheit wider, die gleiche, die Katharina in den wenigen Gesichtern zumeist alter Menschen entdeckt, die wie Geistererscheinungen an ihrem Autofenster vorbeiziehen.

Zwischen Dalkendorf und Grantzow, das höchstens noch fünf Kilometer entfernt ist, liegt ein Waldstück. Mischwald, undurchdringlich wie die Ranken um das Dornröschenschloss und so beunruhigend düster, dass sie am helllichten Tag das Licht einschaltet. Die Dunkelheit führt zu einem befreienden Gefühl, sobald Katharina den Waldrand erreicht. Sie hält an einem sonnigen Flecken an und steigt aus.

Vor ihr tut sich eine Postkartenidylle auf: rechter Hand ein See, das Schilf am Ufer raschelt im Wind, Kräusel breiten sich auf der Oberfläche des grün schimmernden Wassers aus, wie eine unsichtbare Hand, die ein zerwühltes Bett glatt streicht. Auf der benachbarten Wiese Obstbäume in Reih und Glied, zwischen denen sich die Schatten von zwei keckernden schwarz-weißen Elstern ihren Weg bahnen. Ein morsch wirkender Holzsteg, fast schwarz, reicht in den See hinein wie ein ausgestreckter Zeigefinger, an seinem Ende schaukelt ein hellblau gestrichenes Ruderboot auf den Wellen. Auf der Obstwiese prescht eine Handvoll Kinder kreischend zwischen den Stämmen hindurch, die Mädchen in bunten Sommerkleidern, mit Zöpfen, die auf ihren Schultern auf- und abhüpfen; die Jungen tragen Kniebundhosen und sehen kurz zu Katharina herüber, ohne das Spiel zu unterbrechen. Eine Szene wie aus einem kitschigen Heimatfilm. Katharina steigt lächelnd wieder in ihr Auto und fährt langsam weiter.

Hinter dem See und der Streuobstwiese steht das Ortschild: *Grantzow – Landkreis Güstrow-Teterow.* Die Schrift ist kaum zu entziffern, die Farbe abgeblättert, das Blech voller kleiner Dellen, als habe jemand das Schild mit Steinen attackiert.

Kurz hinter dem Schild eine Schotterfläche am Straßenrand, dort lässt Katharina den Wagen ausrollen, stellt den Motor ab und steigt erneut aus. Sie schiebt ihre große Sonnenbrille von der Stirn auf die Nase und atmet tief das sumpfige Aroma ein, mit dem das Gewässer die Luft parfümiert. Am Rand der improvisierten Parkbucht stehen etwas deplatziert ein Holztisch und zwei ordentlich daruntergeschobene Stühle. Sie dreht sich einmal um die eigene Achse und nimmt die Gegend erneut in Augenschein: der Weiher, aus dem in diesem Moment ein übermütiger Fisch einen

Luftsprung wagt, hoch droben am Himmel ein Greifvogel, der gelassen seine Kreise zieht und mit einem Mal pfeilschnell auf das Wasser herabstößt, weiter hinten der Waldsaum, wie dunkelgrüne Palisaden aufragend, in der Ferne ein Acker, auf dem goldgelb das Korn steht, eine Pferdekoppel und davor das Dorf. Aus der Ortsmitte ragt ein Kirchturm auf, am Turm prangt eine kleine Turmuhr, deren Zeiger jedoch fehlen. Ein Flecken, der buchstäblich aus der Zeit gefallen scheint, geht es Katharina durch den Kopf. Als sie schließlich wieder auf das Schild blickt, diesmal von der Rückseite, stellt sie fest, dass es keine Dellen sind, die jemand in das Blech geschlagen hat. Sondern erbsengroße Löcher.

Katharina lässt das Auto am Ortseingang stehen und spaziert durch das schmucke Dorf. Entspannt registriert sie: Straßen und Wege blitzsauber gefegt, kein Hundekot auf den Gehwegen. Die meisten Gebäude im Ort sehen aus, als wären sie frisch renoviert. Grün oder weiß gestrichene Lattenzäune und Fensterläden, gepflegte Vorgärten, überbordende Blumenkästen an den kleinen Balkonen, aufgeräumte Ställe, deren Tore zur Straße hin offen stehen. Nur in einem Seitenweg zwei graue verwahrloste Häuser. Als sollten die hässlichsten Mitglieder der Gemeinschaft vor neugierigen Augen versteckt werden, hat jemand die Sicht auf diesen Teil von Grantzow mit einem Bretterzaun verstellt. Die Menschen, denen Katharina begegnet, grüßen sie freundlich, aber ihr entgehen nicht die durchdringenden Blicke. Offenbar kommen selten Fremde nach Grantzow.

In der Ortsmitte, an der Kreuzung zwischen Rostocker Straße und Hofackerallee, ein schmiedeeiserner Pfosten mit Wegweisern in alle vier Himmelsrichtungen:

Schmiede
Papiermanufaktur

Schaumühle
Rossbachhof Seminarhaus
Biohof und Versand Rechenbach

Katharina tut sich schwer, die Schrift zu entziffern, es ist eine alte Schrift, nicht mehr gebräuchlich. Sie kennt sie aus antiquarischen Büchern, von denen ihre Mutter das eine oder andere im Schrank stehen hat.

Aber das Schild ist nicht alt, sondern neu, aufwendig von Hand gestaltet, und wie es aussieht, hängt es noch nicht lange hier – die Schrauben glänzen metallisch und gänzlich rostfrei in der Sonne.

Schräg gegenüber ertönt lautes Gebimmel. Es schallt aus dem höchsten Gebäude des Dorfes, von der Kirche einmal abgesehen, im Biedermeierstil gehalten, mit Walmdach, zweistöckig und pastellgelb gestrichen. Die Fenster im ersten Stock sind von innen mit bunten Papierdrachen beklebt, an ihren Schwänzchen Schleifen aus Transparentpapier. Über dem Eingang ein Schild in der gleichen alten Schrift wie auf dem Wegweiser: Volksschule.

Katharina sieht auf ihre Armbanduhr: kurz nach zwölf Uhr.

Die hölzernen Eingangstüren springen auf und ungefähr dreißig Kinder aller Größen und jeden Alters strömen ins Freie. Aber nicht wild und lärmend, wie Katharina es aus ihrer eigenen Kindheit oder von der Schule in ihrer Hamburger Nachbarschaft kennt, sondern brav in Zweierreihen, diszipliniert und im Gleichschritt. Kleinere, die aus der Reihe tanzen, werden von den Größeren zur Ordnung gerufen. Die Kinder tragen auch keine quietschbunten Rucksäcke, wie sie in Hamburg gerade en vogue sind, sondern fast ausnahmslos Lederranzen oder Taschen, die aussehen wie selbst genäht.

Sie stellen sich vor dem Gebäude unter der Linde im Hof auf. Kurz darauf öffnet sich erneut die Tür und ein Lehrer tritt heraus, nimmt seine Position vor seinen Zöglingen ein.

Ein schneidiger Typ mit einem Seitenscheitel wie mit dem Lineal gezogen, in Anzug und Krawatte; der goldene Siegelring an seiner linken Hand blitzt in der Sonne auf.

»Auf Wiedersehen, Herr Lehrer!«, schallt es mit Inbrunst über den Hof.

»Bis morgen, Kinder«, lautet die Antwort.

Jetzt erst stieben die Schüler auseinander wie eine wild gewordene Horde, schubsend und kreischend; ein Fußball rollt aus dem Hof auf die Straße, ein Junge, acht oder neun Jahre alt, springt ihm nach. Er sieht nach links und rechts, wie es sich gehört, bevor er seinen Ball nimmt und sich mit ein paar Kumpanen auf den Heimweg macht. Fast schon erwartet Katharina, dass statt eines Autos jeden Moment ein Pferdefuhrwerk um die Ecke biegt.

Ein kleines Mädchen, die langen blonden Haare zu einem Kranz geflochten, tritt an den Lehrer heran, der ihm in einer altväterlichen Geste die Hand auf den Kopf legt und in die Hocke geht. Sie reden miteinander, der Lehrer lacht und nickt, das Mädchen eilt im Hopserlauf davon.

Die Sonne taucht das sommerliche Schulszenario in warmes Licht, das die herzförmigen Blätter der Linde im Schulhof mit einem goldenen Schimmer überzieht.

Katharina nimmt es wunder, in was für eine Art Inszenierung sie hier geraten ist. Handelt es sich um ein Museumsdorf für Touristen, in dem man die guten alten Zeiten wieder aufleben lässt? Aber sie scheint die einzige Fremde weit und breit. Oder ist Grantzow die Heimat einer ultrakonservativen christlichen Sekte, wie die Amischen in den USA?

Trotz ihres Befremdens ist sie so überwältigt von dieser Idylle, dass sie nur mit Mühe die Tränen zurückhalten kann. Weit entfernt, aus der Richtung des Waldes, hört man einen Knall, gefolgt von seinem Widerhall.

Der Platz vor der Schule hat sich geleert. Der Lehrer hat Katharina mit einem angedeuteten Nicken gegrüßt, bevor er wieder im Gebäude verschwunden ist. Nun steht sie alleine auf der Kreuzung und beschließt, den Besuch des Rechenbachhofs noch eine Weile aufzuschieben.

Sie wird sich erst in diesem schönen Ort umsehen, ein Vorwand, um die Nachforschungen hinauszuzögern, wie ihr durchaus bewusst ist. Egal – sie hat Zeit, in Grantzow ticken die Uhren langsamer als anderswo, also hat sie *viel* Zeit.

Sie folgt dem Wegweiser zur Schmiede und zur Papiermanufaktur. Die Schmiede besteht aus einem winzigen roten Haus und einer Werkstatt, die mit ihrem runden Oberlicht und dem hohen, weit offenen Eingangstor im Vergleich dazu wie eine Kathedrale wirkt.

Das auffälligste Merkmal ist jedoch die massive Steinsäule am Hoftor in T-Form mit geschwungenem Querbalken. Vielleicht soll das Ganze auch eine Art Baum mit kurzen Ästen darstellen. Als ließe diese sonderbare Pflanze den Nachschub an Eisen für die Schmiede wachsen. Die Säule ist aufwendig verziert, Schlangen winden sich um den Pfahl nach oben, die Äste sind ineinander verzweigt, der Stein ist an manchen Stellen fein ziseliert, an anderen wiederum grob behauen. Der eingeschlossene Glimmer glitzert im Sonnenschein, als wäre der Stein nass.

Im Inneren der Werkstatt ist es dunkel, die Wände und Fenster sind mit einer dicken Rußschicht überzogen. Ein Jugendlicher, auf dessen geschwärztem Gesicht der Feuerschein leuchtet, dreht so flink die Eisen in der Esse, dass Funken aufstieben. Ein Mann mit kurz geschorenem ergrautem Haar und athletisch breiten Schultern hat den hinteren Huf eines Schimmels zwischen die Oberschenkel geklemmt und nagelt ein Hufeisen auf. Es riecht nach verbranntem Horn. Der Mann trägt eine Lederschürze über seinen derben Arbeitshosen und er geht so konzentriert zu Werke, dass er Katharina überhaupt nicht bemerkt. Aber der Junge entdeckt sie – und grinst. Seine Zähne schimmern weiß im schwarzen Fleck seines Gesichtes. Sie sieht, dass er die Lippen bewegt, aber das Gebläse der Esse ist so laut, dass sie seine Worte nicht verstehen kann. Vorsichtshalber grüßt sie zurück.

Endlich bemerkt der Schmied sie und nickt ihr wortlos zu. Er gibt dem Jungen an der Esse ein Zeichen. Das Gebläse klingt aus. In der plötzlichen Stille hallen die Geräusche nach.

Falls sie Interesse an handgearbeiteten Schmuckstücken und Haushaltswaren habe, sagt der Junge, könne sie sich gerne die Auslagen in der Vitrine im Haus nebenan anschauen.

Katharina zückt ihr Handy. Von dieser beschaulichen Szenerie möchte sie eine Erinnerung bewahren.

Die Miene des Jungen verdüstert sich. »Wir möchten nicht fotografiert werden. Das gilt übrigens für das ganze Dorf.«

»Warum denn nicht?«

»Man weiß heutzutage nie, wo die Bilder landen.« Er schaut prüfend zum Schmied, der mit dem Gaul beschäftigt ist. »Sagt Martin.«

»Die Fotos sind nur für mich privat.«

Der Junge lässt sich nicht erweichen. Es gäbe Postkarten vom Haus und vom Dorf, ebenfalls in der Ausstellung – die seien recht preiswert.

Irritiert spaziert sie zum Nachbargebäude und wirft einen Blick durch das Wohnzimmerfenster, das auch als Auslage dient. Aus einer Halterung nimmt sie eine Postkarte mit Skizzen vom Dorf: die Schmiede, das Schulhaus und einige andere Gebäude, die sie noch nicht kennt. Auf einem Holzbrett werden Armreifen, kunstvoll geschmiedete Messer und Anhänger präsentiert. Ein Anhänger, ein besonders filigran verarbeitetes Exemplar, aus Lapislazuli und Silberdraht gefertigt, hat die Form eines kleinen Hammers.

»Mjölnir, der Thorshammer.«

Katharina erschrickt. Neben ihr steht der Junge aus der Schmiede. Den Ruß hat er sich leidlich aus dem Gesicht gewischt.

»Hallo, ich bin übrigens Erik.«

»Katharina«, antwortet sie.

»Tut mir leid, dass ich dich erschreckt habe.«

Er geht ins Haus – dabei zieht er ein Bein deutlich nach –, eine Hand erscheint hinter dem Brett im Fenster, und nimmt den Anhänger heraus. Vor seinen schwarzen Fingern leuchtet das Blau des Steins noch intensiver. Der Junge reicht Katharina den Anhänger hinaus. Sie dreht ihn in der Sonne. »Sehr hübsch.« Sie will ihm das Schmuckstück zurückgeben.

»Leg ihn doch mal an.«

»Ich – weiß nicht …«

»Ganz unverbindlich. Ich glaube, der passt gut zu …«, er richtet den Blick zu Boden, »… deinen blauen Augen.« Er ist schüchtern, wie süß.

Jetzt erst bemerkt sie unter der Rußschicht die blühende Akne auf seinem Gesicht. Um den Jungen nicht zu verletzen, legt sie die Kette schließlich an und betrachtet ihr Spiegelbild im Fensterglas. Wie Gletschereis leuchtet der Stein auf ihrer blassen Haut.

»Sehr hübsch«, konstatiert sie. »Was soll er denn kosten?«

»Nichts.«

Katharina nimmt das Schmuckstück wieder ab und drückt es Erik in die Hand. »Nein, nein, das geht auf gar keinen Fall.«

Er streckt die Hand aus, die silberne Kette baumelt herab. »Wirklich. Ich schenke ihn dir.«

»Das ist sehr lieb, aber das kann ich nicht annehmen.«

Aus der Scheune ertönt der Ruf des Schmieds. »Erik!«

Der Junge ist zwischen Katharina und der Stimme seines Lehrherrn hin- und hergerissen. »Bitte, nimm ihn an! Sonst …« In seinen Augen und seiner Stimme liegt ein regelrechtes Flehen.

»Erik!« Noch lauter.

»Geh lieber, ich glaube, dein Meister ist schon wütend.«

»Wenn mein Vater richtig sauer wird, schreit er nicht. Dann wird er ganz leise.« Erik setzt ein schiefes Lächeln auf und fügt flüsternd hinzu: »Dann wird's gefährlich.«

Am nächsten Zaun hat jemand ein Hinweisschild angebracht: *Mecklenburg-Vorpommerns schönste Dörfer 2015 – Gelungener Wiederaufbau.* Grantzow hat einen Gestaltungspreis gewonnen und, wie Katharina findet, zu Recht.

Ein paar Meter weiter steht ein kleiner windschiefer Fachwerkbau, das Dach teilerneuert, mit einer Vorlaube. Nur eine große leuchtend blaue Kunststofftonne an der Hausecke, die man mit einem Gefahrenaufkleber versehen hat, passt nicht so recht ins Bild. Das hat wohl auch der Besitzer gemerkt und den Behälter mäßig erfolgreich hinter einer Holzverkleidung versteckt. Das Tor steht offen, ein Schild verrät Katharina, dass es sich hier um die **Papiermanufaktur** handelt. Der Fremde möge eintreten, heißt es auf altmodische Art. Neben dem Tor ein Regal, in dem die Produkte ausgestellt werden: Notizbücher, aufwendig von Hand gebunden, mit einer Hülle aus Leder oder kostbar aussehenden Stoffen. Das Papier wirkt robust, ein Büchlein verfügt über einen Goldschnitt, ein anderes ist mit einer Prägung versehen: **Freunde und Familie**.

Dieselbe altmodische Schrift wie auf den Hinweisschildern.

So ein Büchlein würde ihrer Mutter Freude machen. Katharina sucht am Tor nach einer Klingel, aber da ist nichts. Da das Schild am Tor sie ja einlädt, einzutreten, tut sie genau das. Auf der Veranda unter der Vorlaube steht ein antiker Holzschemel, wie sie früher zum Melken verwendet wurden, darauf eine Kasse und ein Pappschild, auf dem geschrieben steht:

Sie interessieren sich für eines unserer Produkte aus der Vitrine? Falls wir gerade nicht da sein sollten, bedienen Sie sich einfach selbst (das Fenster lässt sich öffnen) und legen einen Betrag Ihrer Wahl in die Kasse. Es bedanken sich Ulrike Hauff und Ulf Heynes.

Katharina schüttelt ungläubig den Kopf. Wenn jemand in der Großstadt so etwas Verrücktes täte, wären sowohl die Vitrine als auch die Kasse ruck, zuck leer.

Hier entdeckt sie nun auch die Hausklingel – ein mechanischer Hebel, der über ein Gestänge durch einen Durchbruch oberhalb der Eingangstür ins Innere des Hauses führt. Behutsam zieht sie am Griff.

Von innen ertönt das Bimmeln einer Glocke. Eine Reaktion bleibt jedoch aus. Aber Katharina unterlässt es, einfach etwas aus der Vitrine zu nehmen und einen Geldbetrag nach ihrem Gusto in die Kasse zu legen, das käme ihr irgendwie komisch vor. Sie wird später noch einmal zurückkehren – und einen großen Bogen um die Schmiede machen. Nicht, dass Erik sie noch einmal auf den Anhänger anspricht.

Der Rechenbachhof liegt am Nordende von Grantzow – ein nur wenige Minuten dauernder Fußmarsch führt Katharina dorthin. Trotz der kurzen Entfernung hat sich ein feiner Schweißfilm auf ihrer Haut gebildet. Der Fachwerkbau aus rotem Klinker mit den weißen Sprossenfenstern ist ein weiteres Schmuckstück des Dorfes. Drei Natursteinstufen führen hinauf zur Eingangstür, die wie die Fachwerkstreben schwarz lackiert ist; nur die Schnitzereien sind in Rot gehalten, ein auffallender Kontrast. Rechts und links wird die Treppe von Buchsbäumen in Terrakottagefäßen flankiert. An der Hauswand lehnen Kinderfahrräder, im Garten neben dem Haus wartet ein Trampolin auf Hüpfbegeisterte.

In einem der Fenster klebt ein in Kinderschrift verfasstes und mit bunten Malereien verziertes Hinweisschild: *Rechenbachhof. Biohof und Gestezimer. Ale wilkomen.* Doppelkonsonanten hat das Kind wohl noch nicht im Unterricht behandelt, amüsiert sich Katharina insgeheim.

Scheune und Stall sind ebenfalls aus Klinker errichtet, in der gleichen Fachwerkbauweise, nur die Dachschindeln sind – anders als beim Wohnhaus – noch weitgehend im Originalzustand erhalten. An einigen Stellen wurden schadhafte Ziegel gegen neue hellrote ausgetauscht, so ergibt sich ein wilder schwarz-roter Flickenteppich. Ein Huhn spaziert leise gackernd die Gasse zwischen Wohnhaus und Stall entlang, hinter dem Haus hört Katharina das Mäh eines Schafs. Auf der anderen Seite des Hauses befindet sich ein Gewächshaus und ein Schafstall, dessen Tor offen steht.

Ihr Herz klopft bis zum Hals. Sie atmet tief durch, nimmt ihren Mut zusammen und betätigt den Klingelknopf neben der Eingangstür. Auf einem Messingschild ist der Name der Bewohner eingraviert: *Breker.* Ein Hund auf der gegenüberliegenden Straßenseite beginnt zu bellen.

Die Tür bleibt verschlossen. Katharina geht hinüber zur Scheune und versucht, durch einen Spalt im Tor einen Blick ins Innere zu erhaschen, aber auch dort scheint niemand zu sein. Neben einer Zugmaschine stehen einige landwirtschaftliche Gerätschaften und ein Schneepflug, der an den blank geschmirgelten Stellen Rost angesetzt hat.

Katharina läuft vorsichtshalber noch einmal um das Haus herum, aber auch im rückseitigen Garten ist kein Mensch zu sehen, Fenster und Türen sind verschlossen.

Was nun? Sie sieht auf die Uhr: Viertel vor eins, die Sonne steht hoch. Sie wischt sich den Schweiß von der Stirn. So schnell wird sie nicht aufgeben. Auf der gegenüberliegenden Straßenseite steht eine Kastanie. Sie überquert die menschenleere Straße und lehnt sich im Schatten des Baumes an den Stamm. Ihr Mund ist wie ausgedörrt, natürlich hat sie nichts zu trinken dabei. Sie war wie selbstverständlich davon ausgegangen, in Grantzow würde es ein Lebensmittelgeschäft geben oder ein Café, aber damit lag sie falsch. Es gibt weder eine Bäckerei noch einen Metzger. Nur die Häuser, die kleine Schule und die Kirche. Katharina beschließt, bis halb zwei zu warten. Falls bis dahin niemand auftaucht, wird sie eine Nachricht mit der Bitte um Rückruf hinterlassen.

»Zu wem möchten Sie denn?«

Die heisere Stimme kommt aus dem Haus hinter ihr. Eine füllige ältere Dame mit einem geblümten Kopftuch bringt gerade den Müll nach draußen und sieht Katharina unter dem Baum warten.

»Zu Herrn Breker.«

»Sie meinen wohl Frau Breker?«

»Ja, Frau Breker. Wissen Sie, wann sie wiederkommt?«

»Was wollen Sie denn von ihr?«

Würde jemand in Hamburg eine solche Frage stellen? »Ich – wollte mir mal ihre Fremdenzimmer ansehen.«

Die Frau mustert sie misstrauisch. »Fremdenzimmer? Sie muss jeden Moment zurückkommen.« Mit düsterem Blick verschwindet die Nachbarin wieder im Haus, kehrt aber wenige Augenblicke später überraschend mit einem Glas Wasser und einem Hund an ihrer Seite zurück. »Nicht, dass Sie mir noch einen Hitzschlag bekommen.«

Dankbar stürzt Katharina das kalte Getränk herunter. Die Einladung der Frau, in ihrem Wohnzimmer zu warten, schlägt sie freundlich aus, dafür krault sie den Hund hinter den Ohren, was sich dieser mit hechelnder Zunge gefallen lässt.

Um zwanzig nach eins biegt ein klappriger Kastenwagen in die Straße ein und hält direkt vor der Scheune. Aus dem Wagen steigt eine Frau Anfang vierzig mit einer verwuschelten blonden Kurzhaarfrisur, die wohl den Anschein erwecken soll, sie sei vom Wind zerzaust, in Wirklichkeit aber viel Arbeit erfordert. Als sie die Schiebetür öffnet und ihre Kinder aussteigen lässt, einen etwa zehnjährigen Jungen und seine jüngere Schwester, lässt das breite Lächeln ihr Gesicht noch schmaler erscheinen. Eigentlich sieht sie überhaupt nicht aus, wie Katharina sich eine Biobäuerin vorgestellt hat, sondern gleicht eher einer Großstädterin im Urlaub. Aber das sind ebenso Klischees wie blonde Krankenschwestern mit Körbchengröße K, die sich an Oberärzte heranmachen.

Katharina löst sich vom Baumstamm und beobachtet, wie die Familie den Kofferraum ausräumt. Auch die Kinder helfen mit, die Waren ins Haus zu tragen.

Frau Breker bemerkt Katharina und nickt ihr zu. »Wollen Sie zu mir?«

Katharina widersteht der Versuchung, die Flucht zu ergreifen. Sie überquert die Straße und streckt ihr die Hand entgegen.

»Katharina – Keller.« Ausgerechnet Keller. Der erste falsche Nachname, der ihr in den Sinn kommt, und der dämlichste noch dazu. Und sie könnte nicht einmal sagen, warum sie der Frau ihren richtigen Namen verschweigt.

Frau Breker muss eine Kiste abstellen, um ihr die Hand zu geben. »Ursula Breker.« Ihr Händedruck ist kräftig. »Was kann ich für Sie tun?«

›Nicht mit der Tür ins Haus fallen‹, hallt Anne Marcks' Ratschlag in Katharinas Ohren nach.

»Ich habe Ihr Schild gesehen. Sie – vermieten Zimmer.«

Ursula Breker sieht sie verwundert an. »Sind Sie sicher, dass Sie nicht eher das Seminarhaus der Rossbachs suchen? Die haben öfter Übernachtungsgäste.«

Katharina schüttelt den Kopf. »Sie sind mir empfohlen worden.«

»Ach ja? Darf ich fragen von wem?«

»Von einer Freundin – Sara Hofmann.« Katharina betrachtet Brekers Miene, aber da regt sich nichts.

»An eine Sara Hofmann kann ich mich nicht erinnern. Und in der kurzen Zeit, die wir hier wohnen, hatten wir nur eine Handvoll Übernachtungen.«

»Ach, Sie sind gar nicht in Grantzow geboren und aufgewachsen?«

Ursula Breker lacht. »Nein. Mein Mann und ich sind mit den Kindern vor drei Jahren aus Berlin hierhergezogen.

Städter mit Sehnsucht nach Landidylle.« In ihrer Stimme schwingt ein Hauch Bitterkeit mit. »Das mit den Gästezimmern war seine Idee. Ich hätte Esther-Marie vielleicht bitten sollen, ein neues Schild anzufertigen.«

»Also kein Zimmer?« Katharina versucht, es ein bisschen enttäuscht klingen zu lassen.

»Oh, unser Gästezimmer ist sehr schön. Kommen Sie, ich zeige es Ihnen.«

Katharina hebt einen Karton mit Joghurt aus dem Kofferraum, um ihn ins Haus zu tragen.

»Lassen Sie ruhig, das ist alles ziemlich schmutzig.«

»Ist schon in Ordnung. Sonst wird der in der Hitze noch schlecht.« Schon ist sie auf den Stufen zum Hauseingang. Ursula Breker sieht ihr erst verwundert, dann erfreut nach.

Das Zimmer ist geräumig und hell, mit viel Holzmobiliar, aber die dünne Staubschicht auf dem Nachttischchen verrät, dass hier schon länger niemand mehr untergebracht war. Ursula Breker reißt die Fenster auf, um zu lüften.

»Lassen Sie nur«, winkt Katharina ab. »Es ist nicht für heute. Ich suche etwas für meine Mutter, im Herbst.«

»Ein reichhaltiges Frühstück gibt es natürlich dazu.«

Die beiden Frauen sehen sich an. Das wäre jetzt der Moment, mit der Wahrheit herauszurücken: Ich heiße gar nicht Keller, meine Schwester ist Gerichtsvollzieherin und wird vermisst. Und sie war am Tag ihres Verschwindens vielleicht hier.

»Mama, hilfst du mir mit Mathe?« Der Junge steht plötzlich in der Tür. In den mit blauen Tintenklecksen übersäten Fingern seiner rechten Hand hält er ungelenk einen Füller.

»Hast du Frau Keller schon begrüßt?«

Der Junge geht auf Katharina zu, schiebt mit einem hilflosen Blick den offenen Füller in die Hosentasche und streckt ihr die Hand entgegen. Dabei verzieht er kurz das Gesicht, als bereite ihm die Geste Probleme. »Ich heiße Nick.«

»Nick! Nimm sofort den Füller aus der Tasche, der macht Flecken. Und wasch dir die Hände.«

Katharina erwidert lachend seinen Gruß. Seine kleine Hand packt kräftig zu. Von den wenigen Kindern, mit denen Katharina bisher im Klinikum zu tun hatte – schwer kranke Kinder üblicherweise –, hatten die meisten einen schwammigen Händedruck. Ursula Breker schickt ihren Sohn nach unten, mit der Aussicht, ihm in Kürze zu helfen.

»Das Bad ist hier, wenn Sie sich die Hände waschen wollen. Tut mir leid.«

Katharina besieht sich ihre Finger. »Ist nichts passiert. Ist Nick ein Spitzname?«

»Niklas-Jonathan.«

»Für die Kinder muss das hier ja ein Paradies sein.«

»Das ist es«, bestätigt Ursula Breker. Mit einem nachdenklicheren Tonfall fügt sie hinzu: »Meistens jedenfalls.«

Katharina fasst sich ein Herz und holt endlich das Bild, auf dem Sara und sie gemeinsam zu sehen sind, auf das Display ihres Handys und hält es Ursula Breker unter die Nase. »Das ist sie.«

Die Biobäuerin runzelt die Stirn.

»Sara Hofmann, meine – Freundin, die mir Ihren Hof empfohlen hat. Sie war erst vor zwei Wochen in Grantzow. Vielleicht haben Sie sie gesehen?«

Der Gesichtsausdruck von Ursula Breker verändert sich schlagartig. Ihre Züge wirken mit einem Mal hart. Sie dreht sich um und geht in Richtung Tür. »Tut mir leid, ich glaube nicht, dass ich sie gesehen habe.«

Katharina folgt der Hausherrin die Treppe hinunter in das gemütliche und geräumige Wohnzimmer, das einen Kachelofen, eine großflächige, mit orientalischen Decken und Kissen geschmückte Sitzlandschaft und einen Holztisch mit zehn Stühlen enthält – ein jeder von unterschiedlicher Art und Farbe. An einem Ende der langen Tafel hat Nick seine Schulsachen ausgebreitet.

»Rufen Sie an, wenn Sie wissen, wann Ihre Mutter kommen möchte. Leider muss ich Sie jetzt rauswerfen, die Kinder müssen Hausaufgaben machen und auf dem Hof gibt es auch noch einiges zu tun.«

Die Abfuhr ist deutlich.

»Mama, wie viel ist dreizehn mal vier?«

Ursula Breker wendet Katharina den Rücken zu. »Du sollst dir nichts vorsagen lassen, sondern es selbst ausrechnen, du Gauner.«

Niklas konzentriert sich und kneift dabei Augen und Mund zusammen. Schließlich schleudert er verärgert den Stift durchs Zimmer. »Ich *kann* das nicht.«

»Wie viel ist denn drei mal vier?«

Aber der Junge ist unzugänglich für die Hilfe seiner Mutter.

Hinter Ursula Brekers Rücken malt Katharina eine Fünf und eine Zwei in die Luft, spiegelverkehrt, sodass Nick die Zahl lesen kann. Er folgt der Geste mit großen Augen, schließlich erhellt ein erleichtertes Lächeln seine düstere Miene. »Zweiundfünfzig!«

Ursula Breker dreht sich um. Blitzschnell versteckt Katharina die Hände hinter ihrem Rücken. Nick und sie tauschen ein verschwörerisches Lächeln aus. Breker sieht sie tadelnd an.

»Ich bin schon weg. Haben Sie eine Visitenkarte?«

»Leider nein. Sie finden uns im Internet.«

Ursula Breker bringt sie zum Ausgang und verabschiedet sie kurz angebunden. Die Tür fällt hinter Katharina ins Schloss.

»Und? Nehmen Sie es?«

Die Nachbarin von gegenüber streckt ihren Kopf aus dem Fenster. Katharina muss lächeln. Soziale Kontrolle. So ist das wohl in allen kleinen Dörfern. Anonymität gibt es nur in der Stadt. Aber dort interessiert sich auch niemand dafür, wenn du drei Wochen lang tot von der Zimmerdecke baumelst.

»Mal sehen«, antwortet sie. »Vielleicht.«

»Auf dem Rossbachhof haben sie auch schöne Zimmer.«

»Danke.«

Sehr ergiebig war ihr Besuch nicht. Aber Ursula Breker kennt Sara, so viel ist sicher. Ihre Reaktion auf das Bild war mehr als deutlich.

Katharina beschließt, ihren Rundgang durch das Dorf zu vollenden und sich den Rossbachhof anzuschauen. Bis zum Abend bleiben noch ein paar Stunden. Am besten kehrt sie später zurück, wenn Ursula Breker Zeit hatte, über ihren Besuch nachzudenken. Und um sie dann damit zu konfrontieren, dass sie gelogen hat.

Vor dem Eingang zum Rossbachhof – einer lang gestreckten Bauernkate, die das Reetdach wie einen Schlapphut tief heruntergezogen trägt – steht ein Findling von der Größe eines Autos. In den hellgrauen Glimmer ist ein schwarzes Symbol eingekerbt, eine metallisch glänzende Rune, die einem liegenden spiegelverkehrten Z gleicht. Katharina vermutet, dass das Schriftzeichen aus der Dorfschmiede stammt, denn ein ähnliches Zeichen hat sie in der Vitrine am Haus des Schmieds gesehen. Gedämpft hört sie das Hämmern von Metall auf Metall.

»Na, das ist ja eine Überraschung!«

Katharina sieht auf. Auf der Türschwelle steht eine junge Frau im langen Rock. Ihr naturkrauses Haar ist zu Zöpfen geflochten und in einem Kranz um den Kopf gelegt. Sie hält einen Weidenkorb mit frisch gewaschener Wäsche in den Händen. Es ist die Biobäuerin vom Rostocker Wochenmarkt, deren Mann den Taschendieb gefangen und Katharinas Geldbeutel wiederbeschafft hat.

»Gerd! Guck mal, wer da ist!«

Das Hämmern verstummt und Gerd Rossbach biegt um die Ecke. Die Ärmel seiner Zimmermannskleidung bis über die Ellbogen hochgekrempelt, die Hände schwielig und schmutzig, trägt er einen breitkrempigen Hut gegen die Sonne und eine fragende Miene zur Schau.

Die Bäuerin stellt den Wäschekorb auf einem Holztisch

ab, der direkt neben der Eingangstür im Gras steht und bereits für einen Nachmittagsimbiss gedeckt ist. Sie kommt zum Tor und stemmt verschmitzt lächelnd die Hände in die Hüften – Hände, denen man ansieht, dass sie an Arbeit gewöhnt sind.

»Sie sind aber hoffentlich nicht extra unseretwegen nach Grantzow gekommen?«

»Nein, es ist reiner Zufall, dass wir uns hier wiedertreffen.«

»Ein schöner Zufall! Haben Sie sich von dem Schock gestern erholt?«

»Das war nicht schwer. Vielen Dank noch einmal an Ihren Mann.«

Der ist inzwischen ebenfalls zum Zaun gekommen und wischt sich mit dem Handrücken den Schweiß von der Stirn. Ein säuerlicher Geruch weht in Katharinas Richtung.

»Wir haben uns noch gar nicht vorgestellt.« Die Bäuerin trocknet ihre Hand an der Schürze und reicht sie ihr zum Gruß. »Ich bin Hiske Rossbach und das ist …«

»Ich kann mich selbst vorstellen, Frau.«

Hiske presst ihre Lippen zusammen und sieht zu Boden.

»Gerd Rossbach.« Sein Blick ist durchdringend, die Hand reicht er der Besucherin nicht.

Katharina findet ihn ein bisschen sonderbar, aber auch attraktiv mit den männlichen Gesichtszügen und den blaugrauen Augen unter dichten Brauen. Er steht da wie eine griechische Statue, die Zimmermannsweste betont noch seine breiten Schultern.

»Ich bin Katharina. Katharina – Keller.«

»Was führt Sie in unser schönes Dorf, Frau Keller?«

»Ich habe einen kleinen Ausflug in die Umgebung gemacht. Eine Freundin hat mir den Rechenbachhof als Unterkunft empfohlen.«

»Ach ja?« Die beiden Bauersleute werfen sich einen besorgten Blick zu.

»Waren Sie schon in der Papiermanufaktur? Ulf und Ulrike

stellen wunderschöne Sachen aus Papier her«, sagt Hiske Rossbach.

»Habe ich gesehen. Und auch die Schmiede und die Dorfschule. Sehr idyllisch, dieses Grantzow.«

»Das ist es. *Unser* Grantzow«, sagt Gerd Rossbach. Die Art, wie er »unser« sagt, klingt, als würde er das Dorf als sein persönliches Eigentum betrachten. »Hier leben wir nach unserer Art.«

»Artgerechte Haltung sozusagen«, ergänzt seine Frau und sie lachen wie über einen gelungenen Witz. »Sie kommen gerade rechtzeitig zu einer Tasse Tee und Kuchen; möchten Sie ein Stück? Selbst gebacken«, lädt Hiske Rossbach Katharina ein.

»Ich möchte Ihnen keine Umstände machen.«

»Ach was, Sie sehen ja ganz verhungert aus.«

Bevor Katharina ablehnen kann, hakt Hiske Rossbach sich bei ihr unter und führt sie zum Haus.

Einen Moment später findet sie sich am Tisch wieder, vor sich ein Stück Apfelkuchen, von dem noch der Dampf des Backofens aufsteigt, und eine Tasse Tee, die einen erdigen Duft verbreitet. Das Geschirr sieht aus wie handgetöpfert.

Hiske Rossbach ruft die Kinder zu Tisch. Ohne weitere Aufforderung oder Murren biegen zwei Jungen um die Ecke und lehnen ihre schmalen Gerten an die Hauswand.

»Wir haben Stockkampf trainiert«, sagt der ältere der beiden, ein schlaksiger Bursche mit glattem Haar und peniblem Seitenscheitel. Sein jüngerer Bruder, ein blonder Wuschelkopf mit ausrasiertem Nacken, kann kaum stillstehen. Sie tragen kurze Hosen aus Stoff statt Jeans. Überhaupt hat Katharina noch niemanden im Dorf in Jeans herumlaufen sehen.

Abermals überlegt sie, ob die Grantzower einem besonderen Glauben anhängen, ob sie gar Mitglieder einer Sekte sind. Oder einfach nur ein wenig verschroben.

»Gut so. Immer schön wehrhaft bleiben. Der Feind ist erbarmungslos«, antwortet Gerd Rossbach und packt seinen

Sohn grinsend am Nacken wie eine junge Katze. Der verzieht das Gesicht. Die schmutzige Hand des Vaters hinterlässt einen Schatten auf der Haut. »Wenn ihr euch gestärkt habt, bringt ihr die Schafe auf die andere Weide. Und jetzt stellt euch vor.«

»Ich bin Raik.« Der Ältere gibt ihr die Hand. »Und das da ist mein Bruder Sten.«

Katharina erwidert die Begrüßungen. Der Händedruck der Jungen ist kräftig, beinahe schmerzhaft.

»Das sind aber ungewöhnliche Namen«, wundert sie sich.

»Bei uns heißen fast alle so«, entgegnet der jüngere Bruder unbekümmert.

Die Jungen und ihr Vater essen schweigend, aber Hiske Rossbach ist neugierig. Woher Katharina kommt, was sie beruflich macht, wie lange sie bleibt, all das will sie wissen. Von ihrem Namen abgesehen, antwortet Katharina wahrheitsgemäß. Der Grund ihrer Anwesenheit kommt zum Glück nicht zur Sprache. Doch als Katharina die Vermutung äußert, die Familie führe den Hof wohl schon seit Generationen, erlebt sie eine Überraschung.

»Wir sind erst vor einem Jahr hergezogen«, erzählt Hiske Rossbach. »Gemeinsam mit Andreas, Ulf und Ulrike und ein paar anderen.«

»Das ist ja interessant. Ähnlich wie Frau Breker.«

»Nicht ganz«, kommentiert Gerd Rossbach.

»Was meinen Sie?«

Er erhebt sich und nimmt seinen Schlapphut von der Stuhllehne. »Ich muss wieder. Die Arbeit ruft.« Er geht – und bleibt ihr die Antwort schuldig.

Katharina will nicht aufdringlich erscheinen, also hakt sie nicht nach. »Wo haben Sie denn vorher gewohnt?«

»In Lobwitz, ein bisschen näher an der polnischen Grenze.«

»Da gab's ein tolles Naturfreibad«, sagt Sten und schiebt sich ein weiteres Stück Apfelkuchen auf den Teller.

»Und warum wolltet ihr da weg?«

»Wollten wir gar nicht«, sagt Raik und fängt sich sofort einen strengen Blick seiner Mutter ein.

»Abmarsch, die Schafe«, befiehlt Hiske Rossbach. Sie hält Katharina die Kuchenplatte hin. »Noch ein Stück?«

Katharina lehnt dankend ab. Sie sieht den Jungen nach, die sich gegenseitig lachend schubsen, und lässt den Blick über den Obstgarten neben dem Haus schweifen. Erst jetzt bemerkt sie, dass sich noch eine weitere Person auf dem Grundstück aufhält. »Auch ein Familienmitglied?«

Hiske, die bereits begonnen hat, den Tisch abzuräumen, hält in der Bewegung inne und folgt Katharinas Blick zu dem Mann, der mit nacktem Oberkörper auf einer Kinderschaukel unter dem abgestorbenen Ast eines Apfelbaums sitzt. Er scheint im Sitzen zu schlafen.

»Gewissermaßen. Das ist Freyr.«

»Bekommt er keinen Kuchen?«

»Der will keinen. Er isst immer erst, wenn es dunkel wird. Und nichts Süßes.«

Das sieht man Freyrs Statur auch an: Er scheint nicht nur Diät zu halten, sondern sich zudem regelmäßig körperlich zu betätigen. Wie zum Beweis erwacht er aus seiner starren Haltung und stellt sich auf das Brett der Schaukel, um am Ast mühelos ein Dutzend Klimmzüge zu absolvieren. Seine Arm- und Rückenmuskeln zeichnen sich deutlich ab. Katharina zieht die Augenbrauen hoch. Für selbstverliebte Kerle hat sie wenig übrig. Sie bevorzugt Männer, die ihre Attraktivität nicht zur Schau stellen.

»Arbeitet er auch auf dem Hof?«

Hiske lacht. »Er hat andere Aufgaben. Zum Beispiel leitet er die Seminare in unserer Scheune.«

Katharina wirft einen Blick auf die Erweiterung des Wohnhauses, deren eine Seite komplett verglast ist. Dahinter erkennt man einen Stuhlkreis und ein paar an die Wand geschobene Tische. Ihr Blick wandert zurück zu dem Mann auf der Schaukel.

»Was für Seminare veranstalten Sie denn?«

»Oh, alles Mögliche. Politische Bildung, Lebenshilfe, altes Handwerk, Brauchtum.«

Freyr steigt von der Schaukel und dreht sich um. Seine markanten Züge sind wie aus Holz geschnitzt, ein schmales Bärtchen ziert sein Kinn. Sein Oberkörper wirkt auf natürliche Weise muskulös, athletisch und sehnig – nicht im Mindesten wie bei einem Bodybuilder. Und das, obwohl er vermutlich schon auf die Fünfzig zugeht oder sie gar überschritten hat. An seinem gebräunten Unterarm erkennt Katharina Narben – verheilte Schnittwunden, sagt ihr geschultes Auge. Hätte er lange Haare, könnte er bei den Bad Segeberger Festspielen den Aushilfs-Winnetou geben. Kein Mann von der Art, die Katharina ernst nimmt.

»Gehen Sie ruhig rüber, wenn Sie ihn kennenlernen wollen. Er ist ein besonderer Typ, unser Freyr.«

Aber darauf hat Katharina wenig Lust. Am Ende textet er sie noch mit irgendwelchen esoterischen Sprüchen zu.

»Ach ja …«, sie versucht, möglichst beiläufig zu klingen, während sie ihr Handy hervorholt, um Hiske Rossbach das Bild ihrer Schwester zu zeigen. »Meine Freundin …«

Hiske Rossbach weicht erschrocken zurück. »Stecken Sie das bitte weg. Mobiltelefone sehen wir hier nicht gerne. Sie wissen schon – der Strahlung wegen.«

Unschlüssig steht Katharina da. Wie soll sie jemandem das Bild ihrer Schwester zeigen, ohne ihr Handy zu benutzen?

Hiske Rossbach lehnt Katharinas Angebot, beim Aufräumen zu helfen, freundlich, aber bestimmt ab. Überhaupt wirkt sie distanzierter, seit Katharina das Mobiltelefon zum Vorschein gebracht hat. Also geht Katharina den Weg, den sie gekommen ist, wieder zurück. In der Papiermanufaktur ist nach wie vor niemand anzutreffen, also legt sie diesmal tatsächlich Geld – vermutlich viel zu viel – in die Kasse und sucht ein kleines blaues Notizbuch für ihre Mutter aus.

Zehn Minuten später steht sie wieder vor Ursula Brekers

Haus. Eine kühle Nachmittagsbrise weht inzwischen vom See herüber und trocknet den Schweißfilm auf ihrer Haut. Katharina erkennt die Umrisse der Bäuerin hinter den Glasscheiben des Gewächshauses. Sie fasst den Entschluss, noch einmal hinzugehen und Breker reinen Wein einzuschenken. Doch das erweist sich als überflüssig. Gerade als sie durch die Hofeinfahrt treten will, verlässt Ursula Breker das Gewächshaus. Sie kneift die Augen zusammen, als sie Katharina entdeckt.

»Haben Sie etwas vergessen?«

»Nein, ich …« Katharina zieht noch einmal das Handy aus der Tasche und hält ihr das Bild unter die Nase. »Können Sie sich wirklich nicht an Sara erinnern?«

»Sie suchen kein Zimmer für Ihre Mutter, oder?« Ursula Breker sieht ihr direkt in die Augen.

Katharina möchte am liebsten im Boden versinken. »Stimmt. Meine – Freundin ist seit mehr als einer Woche verschwunden. Sie hatte einen Termin in Grantzow. Bei Ihnen.«

»Hat sie Ihnen das erzählt?«

»Es steht in ihrem Kalender.«

Die Bäuerin vom Rechenbachhof streift ihre Arbeitshandschuhe ab, steckt sie in die Gesäßtasche und wischt sich mit der Hand übers Gesicht. Ihr scheint das Gespräch ebenfalls nicht leichtzufallen.

»Dann wissen Sie sicher auch, was für einem Beruf Frau Hofmann nachgeht.«

»Das ist mir bekannt.«

»Wir hatten einen Besprechungstermin vereinbart; worüber, das geht nur mich etwas an.«

»Und wissen Sie, wohin sie danach gefahren ist? Hat sie irgendetwas erwähnt?«

Breker lächelt säuerlich. »Sie ist gar nicht erst erschienen.«

Katharina sieht sie erstaunt an.

»Und ich kann nicht mal sagen, dass ich das besonders bedauerlich finde.«

»Hat sie den Termin nicht abgesagt?«

Breker schüttelt den Kopf. »Tut mir leid, dass ich Ihnen nicht helfen kann. Wenn Ihre Freundin schon so lange verschwunden ist, sollten Sie vielleicht die Polizei einschalten.«

»Das habe ich bereits.«

»Machen Sie sich keine Sorgen. Sicher klärt sich alles auf, Frau Keller.«

Katharina bedankt sich und lässt den Rechenbachhof hinter sich – so denkt sie jedenfalls. Hinter ihr nähert sich knatternd ein Traktor und entfernt sich wieder, nachdem er in eine Seitenstraße eingebogen ist. Der Waldsaum taucht das gegenüberliegende Seeufer bereits in seinen Schatten. Ein Schatten liegt auch auf Katharinas Stimmung: Der Besuch dieses idyllischen Ortes hat sie bei der Suche nach ihrer Schwester keinen Deut weitergebracht.

Sie erreicht den improvisierten Parkplatz. Sobald sie die Tür des Wagens geöffnet hat, schlägt ihr eine Hitzewelle entgegen. Das glühend heiße Lenkrad lässt sich nur mithilfe eines Tuchs anfassen. Katharina öffnet alle Fenster und wartet, bis das Saharaklima im Innenraum erträglich ist. Sie setzt ihre Sonnenbrille auf und lässt den Motor an. Hinter ihr wirbelt eine Staubwolke auf, als sie den Seitenstreifen verlässt. Nur sehr langsam rollt sie die Straße entlang, Grantzow scheint eine magnetische Anziehungskraft auf sie auszuüben.

Linker Hand liegt der Weiher. Auf der Obstwiese spielen Kinder wieder Fangen. Katharina schaltet das Radio ein – und sofort wieder aus, als Schlagermusik ertönt. Bevor sie in den Schatten des Waldes eintaucht, wirft sie einen letzten Blick auf die Kinder, aber die Kinder spielen gar nicht. Es sind drei Jungen und zwei von ihnen bedrängen den dritten. Der Unterlegene ist Niklas, Ursula Brekers Sohn. Der größere der beiden anderen, der ihr den Rücken zuwendet, schubst ihn – Niklas fällt rücklings ins Gras und versucht aufzustehen. Doch sein Gegner hebt die Hand, bereit, zuzuschlagen.

Mit einer Vollbremsung kommt Katharina zum Stehen. Sie steigt aus dem Wagen, bis zu den Streithähnen sind es mindestens zweihundert Meter zu Fuß.

»Hey!«

Die Jungen hören sie nicht oder sie wollen sie nicht hören.

Katharina ruft noch einmal, dieses Mal lauter. Der größere der beiden Jungen sieht zu ihr hinüber. Jetzt erkennt sie ihn: Es ist Raik, der ältere der Rossbach-Brüder. Obwohl er sie entdeckt hat, holt er aus und tritt den am Boden liegenden Niklas mit voller Wucht in den Rücken.

»Hört ihr wohl *sofort* damit auf!« Im Laufschritt eilt Katharina über die Wiese auf die Streithähne zu.

Raik tritt einen Schritt zurück und verschränkt die Arme vor der Brust. Als Katharina unter dem Apfelbaum angekommen ist, sieht sie, dass der Dritte im Bunde Raiks jüngerer Bruder Sten ist.

»Was geht hier vor?«, keucht sie.

Niklas liegt mit Tränen in den Augen und schmerzverzerrtem Gesicht im Gras. Das Blut, das aus seiner Nase läuft, hinterlässt dunkle Flecken auf seinem T-Shirt und seinem Handrücken. Sie ergreift seine Hand, zieht ihn hoch und reicht ihm ein Taschentuch.

»Was in euch gefahren ist, will ich wissen!« Ihre Stimme überschlägt sich fast. Sie hätte gute Lust, Raik zu packen und zu schütteln. Der Junge sieht sie herausfordernd an, schweigt aber. Sten blickt zu Boden. Der blonde Wuschelkopf kann ein Grinsen kaum unterdrücken.

»Niklas, warum prügelt ihr euch?«

»Das ist nur ein Spiel. Wir haben gerauft.«

»Mit blutiger Nase? Außerdem habe ich gesehen, wie Raik dich getreten hat.«

»War nicht so schlimm.«

Katharina dreht ihn gegen seinen Willen um und hebt sein T-Shirt hoch. Im unteren Rückenbereich befindet sich ein roter Fleck, wie ein Brandmal. Niklas stöhnt vor Schmerz auf, als sie mit dem Finger darüberstreicht.

»Das war ein Tritt in die Nieren. So etwas kann gefährlich sein. Jemand muss dich zum Arzt bringen.«

»Bitte, können Sie nicht einfach weiterfahren? Wir kommen schon alleine zurecht«, bettelt Nick.

»Ihr beide geht nach Hause, mit euren Eltern spreche ich noch«, befiehlt Katharina und sieht zu, wie Raik und Sten provozierend langsam davonschlendern. Sie hört die beiden kichern. Und das Wort »Pimpf«.

»Und dich bringe ich zu deiner Mutter.«

Sie stützt den Jungen, als sie zum Wagen gehen. Vorsichtig hilft sie ihm auf den Beifahrersitz und schnallt ihn an. »Also: Worum ging es bei dem Streit?«

Niklas starrt düster auf das Armaturenbrett.

»Komm schon.«

Er hält ihr das tiefrote Taschentuch hin. »Blutet nicht mehr.«

Katharina verstaut es in einer Plastiktüte, die sie hinter dem Sitz ablegt.

Nach langem Schweigen begreift Niklas, dass seine Retterin nicht losfährt, bevor er ihr eine Erklärung gegeben hat.

»Es ging um meine Schwester. Sie haben sich lustig über sie gemacht. Das konnte ich nicht so hinnehmen.«

»Was ist denn an ihr so lustig?«

Doch Niklas hat beschlossen, kein weiteres Wort mehr zu sagen. Sie seufzt und wendet den Wagen und fährt zurück ins Dorf. In Höhe des Parkplatzes überholt sie Raik und Sten Rossbach. Katharina sieht in den Rückspiegel. Der Jüngere formt mit dem Zeigefinger den Lauf einer Pistole und tut so, als würde er auf das Auto schießen. Sein älterer Bruder drückt seinen Arm herunter. Katharina schüttelt fassungslos den Kopf. Wenige Augenblicke später rollen sie in die Einfahrt des Rechenbachhofs.

Ursula Breker wäscht mit einem feuchten Lappen das Blut von Nicks Gesicht, während Katharina ihm einen Eisbeutel auf den Rücken drückt. Seine kleine Schwester steht vor der offenen Badezimmertür und umklammert verstört ihren fadenscheinigen Teddy.

»Ich hab dir gesagt, du sollst dich von den Rossbach-Jungs fernhalten.«

»Mhmhm.«

»Und ich habe dir und deiner Schwester *ausdrücklich* verboten, am Weiher zu spielen. Zumindest, bis ihr richtig schwimmen könnt.«

Niklas sieht zu seiner Schwester hinüber, die ihren Teddy in diesem Moment noch ein bisschen fester an sich drückt. »*Ich* kann doch schwimmen, Mama«, wendet er kleinlaut ein, aber das lässt sie nicht gelten.

Nachdem sie ihn verarztet hat, weigert er sich, in Katharinas Anwesenheit das T-Shirt zu wechseln, auch alle Schmeicheleien und Drohungen seiner Mutter können ihn nicht dazu bewegen.

Draußen tanzen die Mücken in Scharen über dem Jasmin, der vor dem Küchenfenster wächst.

Katharina und Ursula gehen hinunter ins Wohnzimmer. Sie nehmen an dem langen Holztisch Platz. Die Bäuerin schenkt zwei Gläser Saft ein, ihre Hand zittert. Dankbar leert Katharina ihr Glas – sie hatte nicht bemerkt, wie durstig sie schon wieder ist. Sie sitzen eine Weile schweigend beisammen, lauschen den Geräuschen, die oben aus dem Badezimmer zu ihnen dringen, bevor Ursula das Wort ergreift.

»Vielen Dank, dass Sie ihn nach Hause gebracht haben. Ich glaube, es sieht viel schlimmer aus, als es ist.«

»Sie müssen mit den Eltern reden.«

Breker lächelt milde. »Ich denke, das wäre ähnlich, als würde man mit Kanonen auf Spatzen schießen.«

»Ich habe gesehen, wie Raik Niklas mit voller Wucht in den Rücken getreten hat, obwohl Ihr Sohn schon am Boden lag.«

»Streitereien zwischen Kindern gibt es immer wieder. Die Rossbach-Kinder sind ein bisschen wild. Das weiß Niklas und er hat die klare Ansage, ihnen aus dem Weg zu gehen. Er muss es wohl auf die harte Tour lernen.«

»Über eine Schulhofrauferei ging das weit hinaus.«

»Die Kinder müssen so etwas untereinander ausmachen. Außerdem ist doch nichts wirklich Schlimmes passiert.«

»Wenn Sie nicht hingehen, Frau Breker, dann tue ich es. Die Rossbachs sind nette und vernünftige Leute, sie werden die Jungs in ihre Schranken weisen. Ich war heute Nachmittag dort zu Kaffee und Kuchen eingeladen.«

»Dass es dort Kaffee gab, halte ich für ein Gerücht.«

Katharina ist verwirrt. Das war nur so dahingesagt, es gab tatsächlich Tee statt Kaffee, aber was hat das mit der Schlägerei zu tun?

Ursula Breker wischt unsichtbare Krümel von der Tischplatte. »Also, wenn es Sie beruhigt, gehe ich morgen hin und spreche mit Gerd und Hiske. Aber jetzt muss ich den Kindern Abendessen machen.«

»Es geht nicht darum, mich zu beruhigen, sondern darum, dass jemand den Rossbach-Kindern Grenzen aufzeigen muss. Dass es die Kerle ihren Eltern nämlich aus eigenen Stücken beichten, bezweifle ich.«

Darauf weiß Ursula Breker keine Antwort. Aber das muss sie auch nicht. Es reicht, ihr Gesicht zu beobachten, um zu erkennen, dass sie den Rossbachhof vermutlich auch morgen nicht aufsuchen wird. Weil sie Angst davor hat.

»Mama?«

Katharina sieht hoch: Niklas steht am Treppenabsatz, sein Mund ist mit Zahnpasta verschmiert.

»Kann Katharina über Nacht bleiben?«

»Frau Keller muss jetzt leider wieder nach Hause fahren.« Ursula Brekers Blick spricht Bände.

»Kann sie dann wenigstens eine Gutenachtgeschichte vorlesen?«

»Ein andermal, Nick.«

»Bitte, Mama, nur eine Geschichte! *Eine einzige!*«

Und tatsächlich bettelt Niklas so lange, bis er den Widerstand seiner Mutter gebrochen hat. Sie begibt sich nach oben, um die Kinder beim Zubettgehen zu beaufsichtigen, Katharina hingegen bleibt noch einen Moment am Tisch sitzen. Niklas' Zuneigung rührt sie. In ihrer Vorstellung als Teenager hat nicht sie, sondern Sara Kinder bekommen. Ihr ist die Rolle der lustigen und beliebten Tante vorbehalten. Dieses Szenario ist für Katharina im Moment ebenso nebulös wie der Aufenthaltsort ihrer Schwester. Schließlich folgt sie der Hausherrin nach oben.

Niklas und seine Mutter sind noch im Bad beschäftigt. Durch die einen Spaltbreit geöffnete Tür beobachtet Katharina, wie Ursula ihrem Sohn das blutige T-Shirt über den Kopf streift und erhascht einen Blick auf seinen Oberkörper. Als Ursula Breker sich zu ihr umdreht, wendet sich Katharina schnell ab. Aber sie hat mehr gesehen, als ihr lieb ist.

Nicks Rumpf und seine Arme sind voller blauer Flecken.

Es wird dunkel, als Katharina Grantzow nun endgültig verlässt. Am Ortsausgang bemerkt sie eine Veränderung: Tisch und Stühle wurden vom Parkplatz direkt an den Straßenrand gerückt. Katharina erkennt die Umrisse von zwei Männern, die im Dunkeln am Tisch sitzen. Das Gesicht des einen wird durch die Glut seiner Zigarette erhellt. Vor den Männern stehen zwei Flaschen. Daneben leuchtet das kalte Licht eines Handydisplays auf.

Die schwarz gekleideten Männer sehen ihr ausdruckslos nach, als sie in ihrem Wagen davonbraust.

Vom See her wabern Nebelschwaden über die Straße, vor ihr taucht düster der Wald auf. Undurchdringliche Dunkelheit herrscht dort. Das Licht der Sterne verschwindet über den Baumkronen, die dicken Baumstämme rundum sehen aus wie die Gitterstäbe einer Gefängniszelle.

Das Licht ihres Wagens ist schwach und leuchtet nur auf der rechten Seite. Vermutlich ist der linke Scheinwerfer defekt. Sie nimmt sich vor, ihn in Rostock überprüfen zu lassen. Was sich weiter als zehn Meter vor ihrer Stoßstange abspielt, kann sie kaum erkennen.

Katharina tastet nach dem Radio. Wieder nur Helene Fischer. Sie startet den Sendersuchlauf, vielleicht gibt es ja irgendwo vernünftige Musik. Das statische Rauschen weckt den Verdacht, dass ihr Radio gar nicht auf UKW eingestellt ist.

Sie wendet die Augen nur kurz von der Fahrbahn ab, um umzuschalten. Als sie den Blick wieder auf die Straße richtet, ist es bereits zu spät.

Ein dumpfer Schlag.

Ein schmales Gesicht mit weit aufgerissenen braunen Augen prallt gegen die Windschutzscheibe. Die Scheibe zerspringt. Aber das Sicherheitsglas splittert nicht. Katharina tritt in Panik die Bremse durch und wird in den Gurt gepresst. Der Wagen schlingert und rumpelt und kommt schließlich auf dem Waldboden zum Stehen.

Katharina atmet tief durch. Auf der von Rissen durchzogenen Windschutzscheibe klebt Blut. Mit klopfendem Herzen und wackligen Beinen steigt sie aus. Nur Zentimeter vor ihrer Stoßstange blockiert ein Baumstamm den Weg. Die Wagenfront ist stark beschädigt, Blut und Haarreste haften am Kühlergrill und auf der Motorhaube. Jetzt ist auch der zweite Scheinwerfer hin.

Katharina blickt sich um. Das Licht aus dem Inneren des Wagens reicht gerade aus, um die unmittelbare Umgebung zu erhellen. Das tote oder verletzte Reh ist nirgendwo auszumachen. Katharina will nicht ziellos im Wald umherlaufen, um es zu finden, und sich womöglich noch verirren. Sie holt ihr Handy vom Beifahrersitz, aber es gibt keinen Empfang. Erschöpft lässt sie sich hinters Lenkrad sinken. Hier mitten im Nirgendwo kann sie nicht bleiben. Nachdem sich ihr Herzschlag normalisiert hat, betätigt sie den Anlasser. Nach einigen bangen Sekunden springt der Wagen an. Auch die Warnblinkanlage funktioniert noch, aber da einer der Blinker bei der Kollision abgerissen wurde, läuft sie mit doppelter Geschwindigkeit.

Katharina hat keine andere Wahl, als im Schritttempo nach Grantzow zurückzufahren. Ursula Breker wird sie ein drittes Mal in ihrem Haus aufnehmen müssen – zumindest bis der Abschleppdienst kommt und sie nach Rostock bringt.

Sie legt den Rückwärtsgang ein. Die Reifen drehen im weichen Waldboden durch, Dreck und kleine Äste werden hochgeschleudert. Nach dem dritten Versuch hat sich der Wagen so tief eingegraben, dass der Auspuff bei jeder Bewegung bedrohlich knirscht.

Katharina resigniert. Plötzlich spürt sie, wie Tränen ihre Wangen hinunterlaufen, und ihr ist furchtbar kalt. Schluchzend zieht sie eine Jacke an, rafft ihre Handtasche und das Mobiltelefon zusammen und schließt das Auto ab. Dann macht sie sich zu Fuß auf den Rückweg nach Grantzow, sie schätzt die Entfernung auf etwa drei bis vier Kilometer. Das Licht ihres Handybildschirms dient ihr als Taschenlampe.

Eine Dreiviertelstunde später – kurz nachdem sie das Ende des Waldes erreicht hat – gibt der Handyakku den Geist auf, als wollte er sie verhöhnen: bis hierher und nicht weiter. Die Straße und die Umgebung sind in dichten Nebel gehüllt, der See ist nicht auszumachen, auch wenn sie gelegentlich ein leises Platschen vernimmt. Vermutlich schnappt ein übermütiger Fisch nach Luft. Achtsam wandert sie am Straßenrand entlang dem Dorf entgegen, lauscht angestrengt auf mögliche entgegenkommende Autos.

Fünfzehn Minuten später tauchen das Ortsschild und der Tisch, an dem nach wie vor die beiden Männer sitzen, aus dem Dunst auf. Katharina sieht auf die Uhr: kurz vor Mitternacht. Als sie sich nähert, erhebt sich der eine und geht langsam auf sie zu. Erst als er wenige Schritte vor ihr steht, erkennt sie den Schlagstock in seiner Hand. In der anderen Hand hat er eine monströs große Taschenlampe, an seiner Hüfte ein Holster, aus dem der Griff einer Waffe hervorlugt. Was hat ein privater Sicherheitsdienst – denn um einen solchen handelt es sich zweifelsohne – in einem verschlafenen Nest auf dem Lande verloren?

»Wer da?«

Katharina wundert sich über die altertümliche Formulierung. Außerdem steht sie ja schon fast vor ihm, er muss doch sehen, wer da ist.

»Mein Name ist Katharina – Keller. Ich hatte einen Autounfall im Wald. Mit einem Reh.«

Der Mann blinzelt über ihre Schulter hinweg in Richtung Wald, als ob er in der Dunkelheit und im Nebel etwas erkennen könnte. Dann leuchtet er ihr direkt ins Gesicht.

»Warum rufen Sie keinen Abschleppdienst?«

Der ostdeutsche Dialekt ist nicht zu überhören. Der Kerl ist stark übergewichtig, hat raspelkurze Haare und einen fusseligen Kinnbart. Auf seinem schwarzen T-Shirt ist kein Logo eines Sicherheitsunternehmens zu erkennen. Sein Atem riecht nach Bier.

»Im Wald hatte ich keinen Empfang und jetzt ist mein Akku leer«, erklärt Katharina.

Der Strahl der Taschenlampe wandert ihren Körper auf und ab, in Höhe ihrer Brüste pausiert er besonders lange.

Ich habe keinen BH an, denkt Katharina und ärgert sich sogleich darüber, dass ihr so etwas in diesem Moment überhaupt durch den Kopf geht. Als müsste sie sich rechtfertigen. Unwillkürlich weicht sie einen Schritt zurück. Außer ihr und den beiden Männern ist weit und breit niemand zu sehen. Im Dorf ist alles dunkel. Der Mann massiert nachdenklich die Wülste seines mächtigen Doppelkinns, während er noch einen Schritt auf sie zumacht.

Wie eine Theaterkulisse schiebt sich eine Szene aus ihrer

Vergangenheit vor ihr geistiges Auge. Drei betrunkene Männer am Heiliggeistfeld in Hamburg, die ihr den Weg versperren und sie bedrängen. *Ich mach dich aus, Schlampe.* Aber Katharina schafft es, sich nicht der Panikwelle zu ergeben, die sie überflutet. Sie atmet tief, ballt mehrmals die Hände zu Fäusten, öffnet sie wieder, spürt dem Prickeln nach. Das Bild in ihrem Kopf verblasst.

»Was hat ein sauberes Mädel wie du überhaupt um diese Uhrzeit hier draußen verloren?«

Diese Unterhaltung nimmt eine Wende ins Surreale. Und dass der Kerl sie ungefragt duzt, trägt auch nicht zu ihrer Beruhigung bei.

Nun taucht auch die Silhouette des zweiten Mannes auf.

»Gibt's ein Problem, Ronnie?«, ertönt seine Bassstimme. Er tritt ins Licht der Taschenlampe. Er ist gut zwanzig Jahre älter als sein Kumpan, sein verhärmtes Gesicht ziert ein Schnauzer und seine Unterarme sind über und über mit Tattoos versehen.

»Ich hatte einen Autounfall und jetzt möchte ich bitte zu Ursula Breker nach Grantzow, um einen Abschleppdienst zu rufen.«

»Kann ich bitte mal Ihren Ausweis sehen?«, sagt der Ältere.

»Meinen Ausweis?« Katharina verliert die Fassung. Ist sie, ohne es zu wissen, in ein Bürgerkriegsland geraten, mit Straßensperren und Kontrollposten?

»Sind Sie etwa von der Polizei?«

»Hören Sie: Nach zweiundzwanzig Uhr kann hier nicht jeder rein, wie es ihm passt. Entweder weisen Sie sich aus oder Sie gehen wieder zurück.«

Die Aussicht, den ganzen Weg zurückzumarschieren, womöglich die Nacht mitten im Wald im Auto zu verbringen, treibt ihr die Tränen in die Augen. Sie gibt auf: Kopfschüttelnd fördert sie ihren Personalausweis aus der Handtasche zutage und reicht ihn dem Schnauzbart. Die ganze Zeit über betrachtet der Fettsack sie mit gierigen Augen.

»Breker, sagen Sie?«, will der Schnauzbart wissen.

Als Katharina bestätigend nickt, zückt er sein Handy. Während die Verbindung aufgebaut wird, dreht und wendet er den Ausweis, als hätte er das Werk eines besonders gerissenen Fälschers vor sich. Nach einem kurzen Wortwechsel gibt er ihr das Dokument zurück.

»Sie dürfen passieren. Soll Ronnie Sie begleiten?«

Die Lippen des Dicken glänzen schon von der Feuchtigkeit.

»Danke, ich kenne den Weg.«

Mit klopfendem Herzen eilt Katharina davon. Der Strahl der Taschenlampe folgt ihr noch eine ganze Weile. Nun hat sich auch der Nebel gelichtet. Sie dreht sich noch einmal um.

Der Tisch mit den zwei Stühlen neben dem Ortsschild steht wieder verwaist da.

Ursula Breker erwartet sie bereits. Es mag an Katharinas sichtlicher Verwirrung und Erschöpfung liegen, dass die Inhaberin des Rechenbachhofs sie wortlos durch die Tür ins Wohnzimmer schiebt, ihr eine Häkeldecke umlegt und in die Küche geht, um Teewasser aufzusetzen.

Zehn Minuten später sitzen die beiden Frauen am Tisch, jede mit einem dampfenden Becher vor sich, während Katharinas Handy an der Steckdose aufgeladen wird.

»Da waren zwei Kerle am Ortsschild, die wollten mich fast nicht ins Dorf lassen.«

Ursula Breker lächelt. »Unsere Sheriffs? Die können einem schon ein bisschen Angst machen. Sind aber eigentlich ganz harmlos.«

Harmlos wirkten die Männer auf Katharina nicht unbedingt.

»Ich hoffe, Sie sind wenigstens Mitglied im ADAC?«

Da ist Katharina letztes Jahr ausgetreten. Und ob ihre Mutter einen Schutzbrief für den Wagen hat, weiß sie nicht.

Die Autounterlagen befinden sich im Handschuhfach, und da kommt sie so schnell nicht ran.

»O Gott, das gibt bestimmt Ärger mit der Versicherung.« Sie trinkt schnell einen Schluck heißen Tee und schließt die Augen, bevor sie wieder in Tränen ausbricht.

»Gibt es jemanden, den Sie anrufen können? Eine Freundin, die Sie hier abholen könnte?«

Katharina schüttelt langsam den Kopf. Familie, Freunde – verschollen oder weit weg. Ihre Mutter würde ganz sicher nicht mitten in der Nacht von Bremen hierherfahren.

»Wo müssen Sie denn überhaupt hin?«

Hamburg scheint Welten entfernt zu sein, fast eine andere Galaxie. »Nach Rostock.«

»Oje.«

Die Frauen sitzen eine Weile schweigend da und sehen dem Dampf nach, der über den Tassen aufsteigt. Katharinas Verzweiflung nimmt mit jeder Minute zu, genau wie ihre Müdigkeit. Plötzlich knarrt es oben an der Treppe und Nicks verschlafenes Gesicht taucht auf. Er drückt ein undefinierbares grünes Kuscheltier an sich – bei einem Jungen dieses Alters reichlich ungewöhnlich, wie Katharina findet.

»Katharina!« Ein Strahlen breitet sich auf seinem Gesicht aus. »Du bleibst doch über Nacht – wie toll!«

Katharina sieht Niklas an, dann seine Mutter, die den Eindruck erweckt, als hätte man ihr gerade ohne Vorwarnung einen neuen Chef vor die Nase gesetzt. Ursula Breker schiebt den Stuhl beiseite und rekelt sich.

»Na, wenn das so ist, dann mache ich mal das Gästezimmer für deine neue Freundin zurecht.«

Als sie ihn oben auf den Arm nimmt, lugt Niklas' Gesicht über die Schulter seiner Mutter. Er winkt Katharina schläfrig zu.

Sie winkt zurück. »Schlaf gut, Niklas.«

Wenig später vernimmt sie die gedämpften Stimmen von Ursula und ihrem Sohn. Katharina schmunzelt, als sie Niklas fragen hört, ob Katharina nicht seine Tante sein könne. Dass er bereits eine leibliche Tante hat, wie ihm seine Mutter erklärt, scheint für ihn kein Hinderungsgrund zu sein.

Im Kinderzimmer kehrt wieder Ruhe ein. Ursula Breker kehrt zurück und greift zum Telefon. Katharina wundert sich, wen sie so spät noch aus dem Bett klingelt.

»Martin? Ursel hier. Tut mir leid, dass ich dich um diese Uhrzeit noch belästige. Mein Gast hatte einen Autounfall.« Dabei sieht sie zu Katharina hinüber. Sie erklärt, was Katharina zugestoßen ist. Das Gespräch endet nach wenigen Sätzen.

»Martin Ernst, der Dorfschmied, repariert auch Autos. Für den Bruchteil der Kosten einer Autowerkstatt. Er kommt gleich vorbei und holt den Wagenschlüssel. Den haben Sie doch bei sich, oder?«

Katharina nickt.

»Er schleppt den Wagen heute Nacht noch zu sich auf den Hof.«

Katharina steht schwankend auf und nimmt die Jacke von der Stuhllehne. Sie macht Anstalten, sie anzuziehen, um Martin Ernst in den Wald zu begleiten. Ursula Breker legt ihr die Hand auf die Schulter.

»Nein, nein. Bleiben Sie hier. Martin macht das schon. Geben Sie ihm einfach den Schlüssel.«

Zehn Minuten später hört man einen Wagen vorfahren. Leises Klopfen an der Haustür. Es ist Erik, der Sohn des Schmieds. Unter seiner Lederjacke lugt ein Pyjamaoberteil hervor – vermutlich hat sein Vater ihn aus dem Bett geholt. Er grinst, als Katharina ihm den Autoschlüssel übergibt. Über seine Schulter hinweg wirft sie einen Blick nach draußen: Martin Ernst sitzt bei laufendem Motor in einem rostigen und verbeulten Abschleppwagen und nippt an einem Thermosbecher.

»Wo ist es denn passiert?«, will Erik wissen.

Katharina erklärt ihm, wo das Auto steht.

»Aber Ihnen geht es hoffentlich gut?«

Katharina beruhigt ihn. Sie fühle sich lediglich etwas zittrig.

»Was haben Sie für ein Auto?«

»Einen alten Polo.«

»Gut. Wir reparieren nicht so gerne ausländische Fabrikate. Schlechte Qualität.«

Katharina zuckt mit den Schultern. Mit Autos kennt sie sich nicht aus.

Kurze Zeit später verlassen Erik und Martin Ernst mit ihrem Abschleppwagen den Hof. Als die beiden Frauen wieder am Tisch sitzen, brechen bei Katharina alle Dämme. Ursula Breker reicht ihr ein Taschentuch.

»Ich weiß gar nicht, wie ich mich bei Ihnen bedanken soll«, schluchzt Katharina. »Alle sind so nett zu mir, Frau Breker.« Sie putzt sich geräuschvoll die Nase.

»Wie wäre es, wenn wir uns duzen? Ich bin die Ursel.«

»Katharina.«

Sie prosten sich lachend mit den Teebechern zu. Eine halbe Stunde später, es geht bereits auf halb zwei Uhr morgens zu, fällt Katharina Hofmann ins Bett und sinkt sofort in einen tiefen und traumlosen Schlaf.

*

Früh am nächsten Morgen im Wald zwischen Grantzow und Dalkendorf ertönt in dem dunklen Van ein leises Klingeln. Der Dicke sitzt Kaugummi kauend am Laptop und öffnet die soeben eingegangene E-Mail. Seine Augen überfliegen die Daten im angefügten Anhang.

»Max?«

Klee schlummert auf dem Beifahrersitz. Er schnarcht leise.

»Max!«

Der Polizist dreht sich träge um und reibt sich den Schlaf aus den Augen.

»Wir haben die Namen der Halter von gestern.«

»Und?«

»Einen hat der VS in seiner Datenbank, bei den Linken. Der ist durchgefahren und hat nirgendwo angehalten. Wollte bestimmt nur glotzen. Und dann war da noch eine Marlies Hofmann aus Bremen.«

Klee schüttelt die Schläfrigkeit ab. »Hast du in der Fahndung nachgesehen?«

»Bin gerade dabei.«

Klee gähnt.

»Ein Rüdiger Hoffmann aus Ludwigsburg, eine Sara Hofmann aus Rostock, aber keine Marlies aus Bremen.«

»Lass mal sehen.« Große Hoffnung macht Max sich nicht, Hofmann kommt häufig vor, es wird wohl eine zufällige Namensgleichheit sein.

Sara Hofmann wurde von einer Katharina Hofmann aus Hamburg als vermisst gemeldet. Bei Max ertönen zum ersten Mal die Alarmglocken, wenn auch leise: Hamburg – Bremen. Eine gewisse Nähe, kann aber Zufall sein.

»Hol mir mal die Daten vom Einwohnermeldeamt von dieser Sara Hofmann.«

Der Dicke öffnet ein anderes Programm, tippt etwas in eine Suchmaske, vergleicht Geburtsdaten. Schließlich dreht er den Bildschirm in Max' Richtung. Dessen Augen wandern über die Informationen.

»Das ist ein *Bingo!* Sagt man das so? *›Ein Bingo‹*?«, gackert der Dicke.

Klee schüttelt den Kopf. »Das ist sicher wieder eins von deinen dämlichen Filmzitaten, stimmt's?«

»Richtig, aus einem Quentin-Tarantino-Film«, klärt ihn sein Kollege auf.

Aber *bingo* ist richtig: Marlies Hofmann aus Bremen ist die Mutter der vermissten Sara Hofmann. Und Katharina Hofmann ist die jüngere Tochter, also Sara Hofmanns Schwester.

»Hast du noch mehr über Sara Hofmann?«

Der Dicke schiebt Fenster hin und her. »Sie ist Gerichtsvollzieherin in Rostock.«

Wieder schrillt die Alarmglocke, dieses Mal lauter. »Gehört Grantzow zum Einzugsbereich von Rostock?«

Der Dicke zuckt mit den Schultern.

Max stöhnt. »Dann ruf das Amtsgericht in Rostock an und erkundige dich!«, schnappt er und schiebt ein gemurmeltes »Muss man hier alles selber machen« hinterher.

Der Dicke telefoniert, fragt, erhält eine Antwort von einer gewissen Frau Marcks und kommt glücklicherweise ganz von selbst auf die Idee, sie nach den Kontaktdaten von Sara Hofmann zu fragen. Die sei krankgeschrieben, erfährt er, und gibt diese Information direkt an Max weiter.

Der lässt sich von seinem Kollegen die Telefonnummer von Marlies Hofmann sowie Marke, Modell und Farbe des Wagens geben, den sie bei der Einfahrt nach Grantzow registriert haben.

Nach dem fünften Klingeln wird abgenommen. Es ertönt eine Stimme wie von einer distinguierten norddeutschen Kaufmannswitwe. Ihre etwas undeutliche Aussprache legt den Schluss nahe, dass sie getrunken hat – am frühen Morgen. Kaufmannswitwe eben, denkt Klee.

»Frau Hofmann, der türkisfarbene Polo, der in unserer Einfahrt steht, der gehört doch Ihnen?«

»Wer sind Sie denn?«

»Klee ist mein Name.«

Frau Hofmann scheint nachzudenken. Plötzlich bricht es hanseatenuntypisch aus ihr heraus. »Ach, der Polo. Der ist auf mich angemeldet, aber meine Tochter fährt ihn.«

»Ihre Tochter Sara?«

»Nein, Katharina, meine jüngere Tochter.«

Max Klee bedankt sich und legt auf. »Katharina Hofmann aus Hamburg. Was haben wir über die Frau?«

Wenige Minuten später sind sie auch über Saras Schwester im Bilde. Und Max Klee zieht seine Schlüsse: Katharina Hofmann ist nach Grantzow gekommen, um ihre vermisste Schwester zu suchen, da ist er sich ganz sicher.

»Und warum ausgerechnet hier?«, will nun der schnauzbärtige Glatzkopf wissen, der sich bisher durch Schweigen hervorgetan hat.

»Vielleicht hat sie in Saras Sachen etwas gefunden, das auf Grantzow hinweist. Ruf die Kollegen in Rostock an, sie sollen zum Amtsgericht fahren und in Erfahrung bringen, ob Sara Hofmann einen Klienten in Grantzow hat.«

Der Dicke ist nun eine Weile beschäftigt, das gibt Max Zeit zum Nachdenken.

»Die junge Forelle schwimmt am Grund umher und wühlt den Morast auf. Und die Hechte sehen nichts mehr.«

»Als Hecht hat mich noch keiner bezeichnet«, feixt der korpulente Kollege, der gerade weiterverbunden wird und sich Fahrstuhlmusik der schlimmsten Sorte anhören muss.

Karpfen würde eher passen, denkt Klee, hält sich aber diplomatisch zurück.

»Karpfen wohl eher als Hecht«, sagt der andere Kollege, dem jegliches diplomatisches Gespür abgeht.

Der Dicke verzieht das Gesicht, muss aber selbst lachen.

»Und was jetzt?«, sagt der Glatzköpfige.

Im Wagen riecht es nach Schweiß, den hauptsächlich der dicke Kollege am Laptop absondert. Die Vorstellung, keinen blassen Schimmer zu haben, wie es weitergehen soll, löst in Klee alles andere als Euphorie aus.

Der Glatzkopf schiebt wiederkäuend seinen Kaugummi von einer Backe in die andere.

Hoffentlich wird es Max helfen, den Kopf freizubekommen, indem er das macht, was er fast jeden Morgen macht, seit sie hier im Wald auf der Lauer liegen. Er angelt seine Sporttasche unter dem Sitz hervor. Eine Dusche gibt es im Grantzower Forst natürlich nicht, aber der Rechenbachweiher ist nach einem Waldlauf ein hervorragender Ersatz.

*

Trotz der langen Nacht beginnt der Tag auf dem Rechenbachhof früh. Katharina wacht vom Geschirrklappern in der Küche und dem Geplapper der Kinder auf. In einem Pyjama, den Ursula Breker ihr geliehen hat, geht sie die Treppe hinunter. Niklas und Esther-Marie sitzen am Tisch und essen ihr Frühstück. Beide haben Servietten umgebunden. Katharina bemerkt die ungewöhnliche Kleidung, die Niklas trägt: ein gestärktes weißes Hemd und eine hellbraune Kniebundhose mit Hosenträgern.

»Katharina! Bringst du mich zur Schule?«

»Lass deine *Tante* erst mal wach werden, Niklas«, ruft Ursel aus der Küche. »Hast du dein Mathebuch eingepackt?«

»Hast du mich schon zwei Mal gefragt, Mama.«

»Und, hast du?«

Nick rollt mit den Augen. »Bringst du mich?«

»Wann musst du denn los?« Katharina gähnt herzhaft.

Nick sieht auf die Wanduhr. »In einer Viertelstunde.«

»Oh, dann ziehe ich mich wohl besser gleich an.«

Ursel kommt aus der Küche und stellt eine Tasse auf den Tisch, aus der es wunderbar duftet. »Jetzt trinkst du erst mal deinen Kaffee. Katharina kann dich doch auch von der Schule *abholen,* Niklas.«

Der Junge bedenkt seine Mutter mit einem absolut unwiderstehlichen Augenaufschlag.

»Kein Problem, ich gehe gerne mit«, lacht Katharina, »Sollte ich nicht auch gleich bei der Schmiede vorbeischauen?«

Ursel Breker schüttelt den Kopf: »Martin meldet sich, wenn er weiß, was alles repariert werden muss.«

Zwanzig Minuten später treten Niklas und Katharina durch das Tor auf die Straße. Die Luft ist erfrischend kühl, die Vögel beschallen den in goldgelbes Licht getauchten Ort mit einem fröhlichen Konzert, es riecht nach Landluft.

»Mist, das Mathebuch!«

Niklas macht kehrt und rennt ins Haus. Einen Augenblick später drückt er Katharina ein dickes Schulbuch in die Hand. »Kannst du das bitte in meinen Ranzen stecken?«

Das Werk ist abgegriffen und altertümlich. Heinrich Grünholz, Schulmathematik, Band I: Geometrie, lautet der Titel in Frakturschrift auf einem roten Leineneinband.

Katharina öffnet das Schloss und steckt das Buch zu den übrigen in den Ranzen. Das vertraut nach Fett duftende Leder weckt Erinnerungen an ihre Kindheit. Die anderen Bücher sehen nicht weniger altmodisch aus.

»Schöner Ranzen. Hast du den von deinem Opa geerbt?«

»Nee. Der ist von der Schule.«

»Die Schule schenkt euch den Ranzen?«

»Alles ist von der Schule. Ranzen, Bücher, Hefte, Stifte. Auch die Uniform. Auf die muss ich besonders gut aufpassen. Wenn da ein Fleck draufkommt, gibt's Ärger.«

»Daher also die Serviette beim Essen.«

Niklas lächelt gequält.

»Und was ist da drin?« Katharina zeigt auf eine lederne Tasche am Hosenbund.

»Mein Fahrtenmesser. Der Griff ist aus echtem Büffelhorn.« Mit sichtbarem Stolz zieht Niklas ein beeindruckendes Messer aus der Scheide und präsentiert es seiner neuen Freundin.

»Und so was Gefährliches dürft ihr in die Schule mitnehmen?«

»Müssen wir sogar. Gehört zur Ausrüstung wie das Federmäppchen.«

»Scheint ja eine tolle Schule zu sein«, wundert Katharina sich.

»Es ist wirklich eine tolle Schule mit einem alternativen Unterrichtsmodell. Die Kinder aller Klassen werden gemeinsam in einem Raum unterrichtet«, erklärt Ursel Breker wenig später, als Katharina wieder auf den Hof zurückgekehrt ist und ihr im Hühnerstall zur Hand geht. Niklas' altertümliche Schuluniform und seine Ausrüstung haben sie auf dem Rückweg von der Schule ins Grübeln gebracht.

Inzwischen trägt Katharina einen Blaumann, den ihre Gastgeberin aus einem Spind in der Scheune gezogen hat, und grüne, dick mit Hühnermist verschmierte Gummistiefel. Jetzt noch ein gepunktetes Kopftuch und jeder würde ihr sofort die Landfrau abnehmen.

»Wie früher.«

Ursel Breker lacht. »Ja, ziemlich viel hier in Grantzow ist wie früher. Früher war eben auch vieles besser.«

Die Hühner flattern gackernd auf, als Katharina mit der Schaufel Kot vom Boden kratzt. Der strenge Geruch macht ihr nichts aus. Vom Krankenhaus ist sie Schlimmeres gewöhnt.

»Der gemeinsame Unterricht fördert die Disziplin. Die Großen unterstützen die Kleinen«, fährt Ursel fort, »das stärkt den Gemeinschaftssinn und die soziale Kompetenz. In den anderen Schulen im Kreis herrscht heutzutage brutaler Konkurrenzdruck. Der reinste Notenterror. Bei uns nicht.«

»Und warum fördert das Land nicht mehr Schulen dieser Art?«

»Diese Volksschule ist nicht staatlich, sondern eine Privatschule.«

Katharina ist baff. Unter einer Privatschule hatte sie sich bislang eher ein elitäres Internat vorgestellt oder zumindest eine weiterführende Schule für Besserverdienende. Von einer privaten Volksschule in einer bäuerlichen Kommune hört sie zum ersten Mal. »Ist das nicht ziemlich teuer?«

»Hier in Grantzow nicht. Die Schule wird von der Sippe finanziert.«

»Von der Sippe?« Den Begriff hört sie zum ersten Mal.

»Von der Dorfgemeinschaft. Tut mir leid, wir haben hier manchmal sogar eine etwas altertümliche Sprache.« Ursel redet schneller als sonst, als hätte sie sich verplappert.

»Und die Uniform?«

»Stellt auch die Schule. So entsteht kein sozialer Druck, weil die einen sich Markenkleidung und teure Turnschuhe leisten können, die anderen aber nicht. An den englischen Schulen gilt seit Jahrhunderten Uniformzwang. Und dadurch kann ich eine Menge Geld sparen, so schnell wie Nick in diesem Jahr wächst.«

»Dann muss die Sippe ja ziemlich wohlhabend sein.«

Ursel Breker lächelt rätselhaft. »Das könnte man so sagen.«

Ein weiteres Mal wundert sich Katharina. Dass man mit Biohöfen, Papiermanufakturen und Kunstschlossereien Geld genug verdienen kann, um damit eine ganze Schule zu finanzieren, hat sie nicht gewusst.

Esther-Marie straft Katharina mit Nichtachtung. Eine kurze Befragung durch ihre Mutter enthüllt die Ursache: Ihr großer Bruder, der sich sonst tagein tagaus um sie gekümmert hat, hat eine neue Freundin und sie ist abgemeldet. Esther-Marie ist eifersüchtig.

Weil Katharina ihr jedoch verspricht, sie gemeinsam mit Ursula zur Tagesmutter zu bringen, ihr sogar in Aussicht stellt, den ganzen Weg *Engelchen flieg!* zu spielen, taut Nicks kleine Schwester endlich auf und geht zufrieden Zähne putzen.

Als die drei beim Haus der Familie Heynes ankommen, schmerzen Katharinas Schultern. Zehn Minuten *Engelchen flieg!* haben mehr Schaden in ihrem Rücken angerichtet als eine Stunde Stallarbeit. Sie hat Esther-Maries Gewicht unterschätzt.

Das Haus der Familie Heynes war früher wohl ziemlich unscheinbar. Vermutlich wurde es in den Fünfziger- oder Sechzigerjahren des letzten Jahrhunderts errichtet, signalisiert jetzt aber durch seinen farbenfrohen Anstrich und die Fingerfarben an den Fenstern jedem Passanten, dass hier ein neuer Wind weht.

Der hölzerne Briefkasten neben dem Eingangstor wirkt selbst gezimmert, auf der Klappe befinden sich drei Schilder:

Familie Heynes – Kindertagesbetreuung, Institut für Lebensreform e. V. und *Gesellschaft für Zivilcourage e. V.* Wieder keine Klingel, sondern eine Glocke.

»Sollen wir dich reinbringen, Esther-Marie?«, will Ursel wissen.

»Du sollst mich nicht so nennen, Mama.«

»Also gut. Sollen wir mit reinkommen, Marie?«, seufzt ihre Mutter.

Esther-Marie nickt und geht tapfer voraus.

Katharina setzt einen fragenden Blick auf, den Ursel mit einem Schulterzucken beantwortet. »Keine Ahnung, was das mit ihrem Namen ist. Seit ein paar Wochen will sie nur noch Marie genannt werden.«

»Man steckt nicht drin.«

»Tu mir einen Gefallen, Katharina: Wenn du je Kinder kriegst, gib ihnen bloß keine Doppelnamen. Noch so ein Spleen meines Verflossenen.«

Im Garten steht ein großer hölzerner Waschzuber, in dem liebevoll geschnitzte und handbemalte Schiffchen schwimmen, und es gibt einen Sandkasten, auf dessen Umrandung in Reih und Glied Spielzeug drapiert ist, ausschließlich aus Metall oder Holz. Sogar das Rutschauto auf der Zufahrt ist aus natürlichen Materialien, mit einem dunkelbraunen, wunderbar weich aussehenden Wildledersitz.

Drinnen hört man Kinderlärm. Die Tür geht auf – heraus tritt eine Frau, die aussieht wie Hiske Rossbachs jüngere Schwester. Sie trägt sogar ein geblümtes Trägerkleid aus Stoff, ganz ähnlich wie die Biobäuerin, und in diesem Moment fragt Katharina sich zum wiederholten Mal, ob sie in Grantzow in eine Sekte mit besonders rigiden Kleidervorschriften geraten ist. Oder in eine Zeitmaschine.

Unter dem bieder wirkenden Kleid zeichnet sich die Rundung einer weit fortgeschrittenen Schwangerschaft ab.

»Hallo, ich bin Antke.« Sie gibt Katharina eine kräftige rundliche Hand. Ein kleines Tattoo auf der Unterseite ihres

Handgelenks wird kurz sichtbar, die Form hat Katharina schon irgendwo gesehen, wo fällt ihr im Moment jedoch nicht ein. Antke Heynes' Gesicht ist ungeschminkt, die Wangen sind rosig. Alle in Grantzow sehen so frisch und gesund aus.

»Wie geht's Nummer sieben?«, fragt Ursula.

»Nummer sieben macht Purzelbäume und hält mich vom Schlafen ab«, lacht die Tagesmutter, deren blitzende Augen gar nicht aussehen, als litte sie unter Schlafmangel.

Marie und die drei Frauen gehen zu einer langen Holztafel mit Kinderstühlen, auf der ein Strauß Wildblumen in einer handgetöpferten Vase steht. Auch der Saftkrug und die Trinkbecher scheinen allesamt aus eigener Werkstatt zu sein. Etwas im Garten und am Haus kommt Katharina ungewöhnlich vor. Genau wie auf dem Rossbachhof. Endlich kommt sie darauf: »Nirgendwo gibt es Plastik«, sagt sie laut.

»Das stimmt«, bestätigt Antke Heynes. »Wir vermeiden alles, was aus Kunststoff hergestellt ist.«

»Und warum?«

Die Tagesmutter dreht sich abrupt zu Katharina um. Aus dem Blitzen in ihren Augen ist in Sekundenschnelle Angriffslust geworden. »Weil es künstlich ist, unnatürlich und entartet. Weil es in Billiglohnländern in Massenproduktion hergestellt wird. Wir arbeiten daran, dass die Kinder wieder ein Gefühl für ihre Umwelt bekommen. Fast alles hier wird von uns in Eigenarbeit hergestellt. Mit dem, was der Lebensraum unserem Volk zur Verfügung stellt.«

Katharina schweigt beeindruckt. So hat sie das noch nie gesehen. Außerdem irritiert sie die antiquierte Art, wie Antke sich ausdrückt.

»Weißt du, was wir heute machen, Marie?« Antke Heynes legt dem Mädchen die Hand auf den Kopf, als wollte sie es segnen.

Esther-Marie schüttelt den Kopf.

»Wir gehen rüber in die Mühle zu Tjark und mahlen Mehl.

Daraus machen wir Brotteig. Heute ist doch Backtag im Dorf.«

»Einmal im Monat feuern wir den Dorfofen an«, erklärt Ursel stolz. »Antke und ihr Mann haben ihn im Frühjahr in Betrieb genommen.«

»Früher war es gang und gäbe, dass die Frauen und Mädchen des Dorfes sich zum gemeinsamen Backen getroffen haben«, führt Antke Heynes aus. »Es war ein soziales Ereignis, das die Gemeinschaft zusammenschweißte. Aber die emanzipierte Frau von heute macht lieber Karriere, statt natürlich und gesund selbst zu kochen und zu backen.«

»Das ist doch auch eine Zeitfrage«, wendet Katharina ein.

»Das ist vor allem eine Frage der Einstellung«, sagt Antke Heynes und es klingt, als dulde sie keinen Widerspruch.

»Und alle aus dem Dorf kommen und backen mit?« Katharina muss lachen, als sie sich vorstellt, wie sich ganz Grantzow um einen Ofen schart, um den Backwaren beim Bräunen zuzusehen.

»Alle Frauen, ja.«

»Männer nicht?«

Nun lacht auch Antke Heynes. »Nein, Backen und Kochen sind Frauenarbeit. Männer haben in der Küche nichts verloren.«

Katharina wirft Ursel einen ungläubigen Blick zu, aber die gibt sich gleichgültig.

»Und wenn eine Frau keine Lust dazu hat? Sondern lieber – ich weiß nicht – ins Büro geht?«

Antke Heynes bleibt stehen. Sie stützt die Hand in den Rücken, wie viele Hochschwangere. »Wir haben sehr viel Arbeit investiert, um unsere Gemeinschaft in Grantzow zu formen. Wenn jemand mit dieser Art des Zusammenlebens nicht zufrieden ist, steht es ihm frei, sein Glück anderswo zu suchen.«

Den Rückweg legen Katharina und Ursel überwiegend schweigend zurück. Als sie sich ein paar Schritte vom Haus entfernt haben, erklingt in ihrem Rücken Gesang. Die Kinder haben sich am Holztisch im Garten eingefunden und singen, die Hände ineinandergelegt, ein Lied, dessen Text Katharina bis zu diesem Moment unbekannt war:

Erde, die uns dies gebracht
Sonne, die es reif gemacht
liebe Sonne, liebe Erde
euer nie vergessen werde

Katharina denkt an ein afrikanisches Sprichwort, das sie einmal gehört hat: ›Um ein Kind zu erziehen, braucht es ein ganzes Dorf.‹

»Die Tagesmutter ist bestimmt auch kostenlos, oder?«, sagt sie nachdenklich, als sie schon beinahe den Rechenbachhof erreicht haben.

Ursel sieht sie an, ihr Blick hat etwas Verklärtes: »Jetzt hast du es begriffen.«

*

Am Abend duftet es im Rechenbachhof nach frisch gebackenem Brot und Hefezopf. Ursula hat noch einmal den Dorfofen aufgesucht und Katharina gebeten, für eine halbe Stunde ein Auge auf die Kinder zu haben. Niklas sitzt am Esstisch und kämpft mit seinen Matheaufgaben. Seine kleine Schwester kämmt in ihrem Zimmer versonnen ihren Barbiepuppen die Haare und bettet dann liebevoll eine nach der anderen in einen Pappkarton. Mit einer Mischung aus Stolz und Traurigkeit hat sie Katharina am Nachmittag erklärt, dass die Barbies bald verschwinden werden; dass sie neue Puppen bekommt, die sie bei der Tagesmutter selbst fertigen. Puppen, die besser zu *deutschen Mädels* passen, so lautete Maries Formulierung – eine für Katharina ziemlich kuriose Wortwahl. Aber wahrscheinlich ist auch die Sprache ein

Teil der Grantzow'schen Zeitmaschine. Esther-Maries absolute Hingabe an die Haarpflege ihrer Puppen ist wohl ihr persönliches Abschiedsritual.

Martin Ernst hat sich gegen Mittag gemeldet. Er wartet auf die Auskunft seines Ersatzteilhändlers. Vor übermorgen könne er den Wagen keinesfalls instandgesetzt haben, eher wird es noch länger dauern. Ursula Breker hat ohne Umschweife angeboten, Katharina noch eine Weile zu beherbergen. Sie fängt an, Katharinas Gesellschaft zu genießen, außerdem ist eine weitere Helferin im Haus praktisch.

Nachdem Katharina ihre persönlichen Sachen aus ihrem Auto geholt hat, setzt sie sich mit Saras Laptop zu Niklas an den Tisch. Sie muss lächeln, als sie hört, wie der Junge konzentriert vor sich hin flüstert – genauso hat auch sie als Kind ihre Hausaufgaben ›verflüstert‹.

Ursel hat ihr das Passwort für das WLAN gegeben. Katharinas kecke Frage, ob so etwas wie drahtloses Internet in Grantzow überhaupt erlaubt sei, hat sie überhört.

W01stD31n3Schw3st3rK4th4r1n4?

Katharina gibt das Passwort ein. Sobald sich ihr das Strandpanorama präsentiert, öffnet sie den Internet-Explorer. Die Dokumente in Saras Ordnern haben sie zwar nicht weitergebracht, aber vielleicht sind die von ihrer Schwester besuchten Internetseiten hilfreicher. Sie ruft sich die Verlaufshistorie auf. Es gibt eine Menge Hinweise darauf, dass ihre Schwester sich über potenzielle Urlaubsziele an der Ostsee informiert und als Netflix-Abonnentin mehrere Folgen einer Serie nacheinander angesehen hat. Besonders springen ihr jedoch die Webseiten von Saras Hausbank, von der Kreditkartenfirma und von der Telefongesellschaft ins Auge. Dann gibt es noch einen Verweis auf einen Cloud-Dienst, den sie später begutachten wird.

Sie beschließt, mit der Bank zu beginnen. Als sie auf der Log-in-Seite landet und spaßeshalber in das Feld für die Eingabe eines Benutzernamens klickt, geschieht genau das, was sie sich insgeheim erhofft hat: Der Browser meldet, er habe für diese Seite Usernamen und Passwort gespeichert und bietet an, diese automatisch auszufüllen. Mit klopfendem Herzen stimmt Katharina zu. Einen Augenblick später präsentiert ihr die Bank die Liste der Konten und Saras Finanzstatus.

Auf dem Girokonto sind etwas über zweitausend Euro. Auf einem Kapitalsparkonto noch einmal achttausend und dann gibt es noch einen Bausparvertrag, in den ihre Schwester gut fünfundzwanzigtausend Euro eingezahlt hat. Der Bausparvertrag überrascht Katharina nicht im Geringsten.

Einen Klick später sieht sie die Umsätze des Girokontos.

Nichts, kein einziger Eintrag.

Natürlich – es werden nur die Umsätze der letzten Woche angezeigt.

Katharina erweitert die Suche auf die letzten vier Wochen und die Liste füllt sich: Barauszahlungen, Abbuchungen für Miete und Zeitung, ein Streaming-Abo, die Kredite für das Auto – einen babyblauen VW Beetle, für den Katharina Sara am Tag, als sie den Wagen beim Händler abgeholt hat, einen kleinen Christophorus aus Plastik geschenkt hat. Es war als Gag gedacht, nicht als Dekoration, aber Sara fand es tatsächlich amüsant, die Figur mit einer Spirale ans Armaturenbrett zu pinnen, sodass der Schutzheilige beim Fahren ständig hin und her schaukelte und man allein vom Zusehen seekrank wurde.

Ein Eintrag allerdings macht Katharina stutzig: Am Tag ihres Verschwindens hat Sara getankt. In Dalkendorf.

Aufgeregt prüft Katharina bei Google Maps nach, wie viele Orte namens Dalkendorf es in Deutschland gibt; es könnte ja ein Zufall sein. Aber das Ergebnis ist eindeutig. Sara hat an derselben ARAL-Tankstelle getankt, an der auch sie sich mit Benzin versorgt hat. In dem Dalkendorf, das auf der anderen Seite des Forstes liegt.

*

Die Kinder schlafen. Die zweite Nacht in Folge verbringt Katharina in Ursel Brekers Haus, aber heute fühlt sie sich nicht mehr wohl auf dem Rechenbachhof. Als Ursel vom Backtag zurückkehrt und sich nach dem Verlauf des Abends erkundigt, ist Katharina kurz angebunden. Ursel hat sie angelogen, als sie sagte, Sara sei nicht dagewesen. Oder hat die Gerichtsvollzieherin es nicht von Dalkendorf bis nach Grantzow geschafft?

Einen Moment lang spielt Katharina mit dem Gedanken, Sara könne ebenfalls einen Wildunfall gehabt haben. In ihrer Vorstellung liegt das demolierte Auto irgendwo im Wald, gar nicht weit von der Stelle entfernt, an der sie den Zusammenstoß hatte. Sie sieht ihre Schwester vor sich, hinter dem Steuer zusammengesunken, während Fliegen ihre Leiche umschwirren.

Aber das wäre ein zu großer Zufall. Außerdem dürfte ihre Schwester tagsüber unterwegs gewesen sein, ein Zusammenstoß mit einem Reh ist da eher unwahrscheinlich.

Also doch eine Lüge? Hat Ursel etwas zu verbergen? Katharina ist verwirrt. Sie vermutet, sie muss Ursula gegenüber reinen Tisch machen, dann wird es im Gegenzug auch die Bäuerin des Rechenbachhofs tun.

Jetzt räumt Ursel unten die Küche auf und Katharina beschließt, sie eine Weile zu beobachten, sie doch erst später mit dem Tankaufenthalt in Dalkendorf zu konfrontieren. Denn wenn sie Ursula gegen sich aufbringt, wird sich Martin Ernst möglicherweise weigern, ihr Auto zu reparieren. Dann ist sie wieder dort angekommen, wo sie gestern Abend war: vor einem Ortsschild im Nebel mit zwei zudringlichen Sheriffs, die das Dorf und seine Bewohner bewachen.

Außerdem will sie noch etwas anderes von Ursel wissen.

»Findest du es nicht übertrieben, das deine Tochter nicht mehr mit Barbies spielen darf?«, fragt sie, als sie beide an dem wackligen Holztisch im Garten Platz genommen haben und an Teetassen nippen. Hinter der Grundstücksgrenze zirpen Grillen und der süßliche Duft des Schmetterlingsflieders hängt in der Luft.

»Wer sagt das?« Ursel wirkt zugeknöpft.

»Esther-Marie. Sie ist traurig, weil sie ihre Puppen gegen neue tauschen muss.«

»Sie, Antke und ich haben das gemeinsam beschlossen, nachdem Antke mir diesen Artikel gezeigt hat.« Ursel geht ins Haus, holt ein paar zerfledderte Fotokopien, von denen sich schon die Heftklammern lösen, und legt sie vor Katharina auf den Tisch. Die überfliegt die Informationen, die aus einem Ökomagazin zu stammen scheinen. Darin ist die Rede von gefährlichen Lösungsmitteln und Weichmachern, die aus den Puppenkörpern, den Haaren und vor allem aus der billig in Fernost gefertigten Bekleidung austreten können und im Verdacht stehen, Allergien und Krebs auszulösen.

»Glaubst du wirklich, dass das so schlimm ist?«

»Glaub mir, Katharina: Ich weiß, wovon ich rede, und diese turbokapitalistischen Weltkonzerne erzählen uns nur die Hälfte. Dann kommt noch das Frauenbild dazu, dass diese Barbies den Kindern vermitteln: Beine bis zum Hals, eine magersüchtige Figur, die mit Frauenkörpern nicht das Geringste zu tun hat, diese totale Fixierung darauf, sich ständig mit Mode, Diäten und Frisuren zu beschäftigen.«

»Gibt es nicht inzwischen auch Barbie als Agentin und Tierärztin?«

Ursula seufzt nachsichtig: »Darum geht's doch nicht, sondern um den allgemeinen Eindruck, den die Mädchen bekommen. Und dass diese Spielzeugkonzerne nichts gegen die schlechten Arbeitsbedingungen in Billiglohnländern tun. Dass sie von den Regierungen begünstigt werden, indem sie oft nicht mal Steuern zahlen müssen.«

Katharina hat eigentlich keine Lust auf eine Grundsatzdiskussion über Weltwirtschaft oder Emanzipation oder die Wechselwirkungen zwischen beidem, also lässt sie es auf sich beruhen, auch wenn sie findet, dass man trotz dieser unangenehmen Wahrheiten einem Mädchen nicht seine Barbies verbieten sollte.

»Ich beneide dich ja schon ein bisschen um dein Landleben.«

»Es gab Zeiten, da hätte ich das alles hier am liebsten hingeworfen.«

»Ach ja?«

Ursel verschwindet noch einmal im Haus und holt Decken. Obwohl es tagsüber heiß ist, können die Nächte in Grantzow ziemlich kühl sein. Doch Katharina lehnt die angebotene Decke ab. Sie genießt das Kribbeln auf der Haut, sie fühlt sich lebendig.

Als Ursel gemütlich eingemummelt auf ihrem Stuhl sitzt, schüttet sie Katharina ihr Herz aus. Katharina hat das Gefühl, dass ihre Gastgeberin schon lange auf diesen Moment gewartet hat. »Tom und ich waren bei einer großen Unternehmensberatung in Berlin. Das volle Programm: Sechzigstundenwoche, jede Nacht in einem anderen Hotelbett, Flüge in der Businessclass und täglich Pillen, um den Stress durchzuhalten. Aber natürlich auch Traumurlaube, ein fast unbegrenztes Spesenkonto und drei schicke Autos in der Garage.«

»Dann kam irgendwann der Zusammenbruch«, mutmaßt Katharina und Ursel sieht sie erstaunt an.

»Stimmt, woher weißt du das?«

»Fast jede Woche wird bei uns jemand eingeliefert, der aus den Latschen gekippt ist. Die meisten aus der Werbebranche oder Berater Anfang vierzig.«

»Der Grund für meinen Zusammenbruch war Nick. Ich war schwanger, das haben sie bei den Untersuchungen im Krankenhaus herausgefunden. Ich war ziemlich baff. Ich dachte, meine Regel sei wegen des Stresses ausgeblieben.« Ursel schließt die Augen. Ihre Lippen werden schmal. »Verrate das niemals Nick, aber ich wollte ihn abtreiben lassen. Ich hatte vor, Karriere zu machen. Ein Kind kam mir wie eine Last vor. Gott sei Dank habe ich mich anders entschieden.«

Jetzt lächelt sie wieder. Irgendwie sonderbar findet Katharina es, dass Ursel einer ihr völlig fremden Frau derart private Dinge anvertraut.

»Nach Nicks Geburt wollte ich wieder in den Beruf einsteigen. Aber Teilzeit-Unternehmensberater – so etwas gibt es leider nicht. *Up or out,* so heißt das im Jargon.«

»Und wie hat es euch hierher verschlagen?«

»Tom war es, der kurz nach Esther-Maries Geburt vorgeschlagen hat, aus der Stadt wegzuziehen, raus aufs Land. Etwas ganz anderes zu machen. Ehrliche Arbeit, mit den eigenen Händen in der Erde wühlen, statt endlose Powerpoint-Präsentationen und Excel-Tabellen zu erstellen. An einem Ort, an dem Kinder behütet aufwachsen können. Er hatte es plötzlich ziemlich eilig, aus der Stadt wegzukommen.«

»Da seid ihr nach Grantzow gezogen?«

»Am Anfang war alles gut. Eine aufregende neue Welt. Wir waren ein bisschen naiv, ich habe vorher noch nie auf einem Traktor gesessen, kannst du dir das vorstellen?«

Das kann Katharina sehr gut. Sie denkt an den ersten Eindruck, den Ursel auf sie gemacht hat. Eine Städterin auf Besuch.

»Mithilfe der Nachbarn aus dem Dorf haben wir uns gut eingelebt. Damals war Grantzow noch ganz anders, mit anderen Bewohnern. Aber ich habe auch gemerkt, dass Tom immer verschlossener wurde. Eine Phase, die wieder vorübergeht, habe ich mir eingeredet. Dass ihm die Stadt fehlt. Ich hatte ja keine Ahnung.«

Ursel nippt am Tee und sieht in die Nacht hinaus. »Er hat angefangen, sich abzuseilen. Erst am Wochenende, dann auch unter der Woche. Hat gesagt, er braucht Abstand.«

Katharina ahnt, was jetzt kommt. Auch mit verheirateten Männern kennt sie sich aus.

»Irgendwann habe ich rausgefunden, dass er eine Affäre hatte. Eine ehemalige Kollegin von uns beiden. Ich habe ihn damit konfrontiert. Er hat zugegeben, dass das schon jahrelang lief. Schon bevor Nick geboren wurde. Und dass unsere Landflucht eigentlich sein Versuch war, die Sache zu beenden. Aber er konnte nicht aufhören. Zwei Tage später hat er seine Sachen gepackt und mich mit den Kindern sitzen lassen. Ich hab dann von einer Freundin gehört, dass er wieder bei einer Consultingfirma arbeitet.«

Katharina spricht Ursel ihr Mitgefühl aus. »Ich bewundere dich, wie du das alles trotzdem geschafft hast – alleine und ohne fremde Hilfe.«

»Ganz ohne fremde Hilfe ging es nicht.« Ursel ignoriert das Klingeln des Telefons im Haus. »Das alles hier ging erst mal den Bach runter. Dazu kam, dass Grantzow immer mehr zum Geisterdorf wurde. Die ursprünglichen Bewohner sind weggezogen, weil es keine Arbeit und keine Perspektive gab. Wir haben das nicht sehen wollen, als wir uns diesen Ort ausgesucht haben. Wir sahen nur die hübschen halb verfallenen Gehöfte und was man daraus machen konnte. Als wir angefangen haben, lief unser Onlineshop mit dem Lieferdienst ganz gut. Ich habe nach Toms Abgang zwei jüngere Männer aus dem Dorf engagiert, die auf Stundenbasis gearbeitet haben. Doch von einem Tag auf den anderen sind sie weggezogen. Wer noch im Dorf blieb, war entweder zu jung oder zu alt zum Arbeiten. Ich hab mich zu Tode geschuftet, um alles irgendwie über Wasser zu halten, aber du kannst als alleinstehende Frau keinen Biohof mit Onlineshop managen. Manchmal habe ich darüber nachgedacht, ins Wasser zu gehen. Wenn die Kinder nicht gewesen wären ...« Ursula sieht zum ersten Stock hinauf, wo die Kinderzimmer vom fahlen Schein der Nachtlichter erhellt werden. »Stattdessen habe ich angefangen, meine Kinder anzuschreien und zu trinken, was alles nur noch viel schlimmer machte. Ich war total überfordert.«

»Aber du bist da rausgekommen.«

»Aus heiterem Himmel tauchten Gerd und Hiske, Martin und sein Sohn Erik im Dorf auf. Und die Familien Heynes –

Tjark und Antke und Tjarks Bruder Ulf mit seiner Freundin. Das war wie ein Wunder.« Sie hält kurz inne. »Nein – das *war* ein Wunder.«

Der Ausdruck Wunder kommt Katharina in diesem Zusammenhang ein bisschen übertrieben vor, auch wenn sie Ursels Enthusiasmus nachvollziehen kann.

»Die vier Familien – Martin ist übrigens Hiskes Cousin und die Heynes sind über sieben Ecken auch irgendwie mit den Rossbachs verwandt – haben die leer stehenden Häuser gekauft und den Ort innerhalb von einem Jahr völlig umgekrempelt.«

»Und was hat das mit dir zu tun?«

»Sie haben mich unterstützt. Nicht nur mich, alle im Dorf, die am Rande des Abgrunds standen. Haben die Kinderbetreuung organisiert und Fahrdienste, solange wir noch nicht unsere eigene Schule im Ort hatten. Der Landkreis hat ja Zug um Zug alle Schulen und Kindertagesstätten im Umkreis geschlossen. Sie haben kranke Nachbarn gepflegt. Und sie haben hier auf dem Hof mitgearbeitet. Das Dach auf dem Wohnhaus hat Gerd neu gedeckt. Ich habe nur das Material bezahlt.«

»Alles ohne Gegenleistung?«

Abendliche Ruhe umgibt die beiden Frauen, angefüllt mit den Geräuschen der Nacht: Grillenzirpen, das Kreischen von zwei streitenden Katzen, das über den See herüberweht, das Rauschen eines am Himmel dahingleitenden Flugzeugs.

»Die sind nicht so, Katharina. Das sind tolle Menschen, unheimlich hilfsbereit. Gemeinschaft geht denen über alles. Ein bisschen schräg in ihrem Auftreten und auch in manchen Ansichten vielleicht. Aber ohne die Rossbachs – und ohne Freyr – wäre ich nicht mehr hier. Und alle anderen auch nicht.«

Ob Ursel mit ›nicht mehr hier‹ Grantzow oder ihr Leben meint, will Katharina lieber nicht so genau wissen. Und was Freyr, der Mann auf der Schaukel in Rossbachs Garten mit all dem zu tun hat, damit möchte sie sich im Moment ebenfalls nicht befassen. Die Bestimmtheit von Ursels Aussage spricht Bände.

Katharinas Handy summt. Eine Nachricht von Roland. Der erste Kontakt, seit sie aus dem Krankenhaus entlassen wurde. Die Nachricht ist ziemlich lang, voller Emojis, und sie ist ziemlich schwülstig formuliert.

Im Wesentlichen besagt sie, dass er ihr den Laufpass gibt.

Katharina lässt ihren Tränen freien Lauf.

Sie weint vor allem, weil sie wütend ist. Seit dem Aufenthalt in der Klinik, genauer gesagt, schon seit ihrem letzten Schäferstündchen im Hotel hat sie sich vorgenommen, diese unselige Liaison zu beenden. Auf der Fahrt von Rostock hierher hatte sie mehr als genug Zeit, um über die Beziehung nachzudenken. Jetzt ist Roland ihr zuvorgekommen. Und obwohl es für sie beide das Beste ist, trifft sie die Zurückweisung wie ein Schlag ins Gesicht.

Ursel rückt ihren Stuhl heran und legt den Arm um sie. Bevor Katharina darüber nachdenken kann, dass sie ihr noch vor einer Stunde misstraut hat, hat sie ihren Kopf auf Ursels Schulter gelegt. Als die Tränen endlich versiegen, geht Ursel hinein und kehrt mit einem Glas und einer Flasche Selbstgebranntem zurück. Sie schenkt bis zum Rand ein und stellt Katharina das Glas hin.

»Und du? Trinkst du nicht mit?«, schnieft sie.

Ursel schüttelt den Kopf.

»Ich verstehe. Wenn man einmal am Rand des Abgrunds stand …«

»Das auch.« Ursel lächelt.

Es ist nicht der letzte Schnaps, den Katharina in dieser Nacht kippt. Nach dem zweiten schüttet *sie* Ursel ihr Herz aus. Die unglückliche Beziehung zu einem verheirateten Mann, die Enttäuschung über die ihr vorenthaltene Beförderung in der Klinik, die versuchte Vergewaltigung und der darauffolgende Zusammenbruch. Es sprudelt geradezu aus ihr heraus.

Ursel ist mehr als nur verständnisvoll. Sie gesteht, dass es ihr ähnlich wie Katharina ergangen ist, bevor sie nach Grantzow kam. Die Unrast, das Gefühl, das völlig Falsche zu tun, die latente Gefahr, sich zu überfordern, und der daraus folgende Zusammenbruch.

Spätnachts ist Katharina betrunken und bereit, Ursel alles zu beichten. Doch als sie dazu ansetzen will, hören die Frauen Weinen aus einem der Kinderzimmer.

»Nick hat fast jede Nacht Albträume. Seit der Trennung geht das so. Ich bin gleich wieder da.« Ursel verschwindet im Haus.

Schwankend räumt Katharina den Tisch ab; als sie die Sachen in die Küche trägt, geht ein Schnapsglas zu Bruch. Eine Ewigkeit später – sie hat völlig das Zeitgefühl verloren – steht Ursel ihr gegenüber in der Küche. Sie fasst sie an beiden Schultern.

»Weißt du was, Katharina? Was hältst du davon, eine Weile hier bei mir zu bleiben? Du wohnst im Gästezimmer und hilfst mir ein bisschen auf dem Hof. Du bist ja sowieso noch eine Weile krankgeschrieben. So gewinnst du Abstand. Die Kinder und ich würden uns freuen.«

Katharina ist sprachlos vor Rührung. Und ihre Beichte wird sie auf einen anderen Tag verschieben müssen.

*

Anders als ihr Lebensgefährte Ulf Heynes ist Ulrike Hauff Katharina vom ersten Augenblick an unsympathisch. Das trifft sie umso mehr, als sie in Grantzow bislang nur nette Menschen kennengelernt hat, wenn man Gerd Rossbachs Verschlossenheit außer Acht lässt.

Doch das hat Katharina in ihrem Leben gelernt: Manchmal setzen sich die Gefühle durch und man kann nicht viel mehr tun, als ihnen die Führung zu überlassen und zu hoffen, dass sich das Blatt später wendet. Bis dahin ist man gut beraten, freundlich zu bleiben.

Hauff ist eine dürre Frau mit Fingern wie Spinnenbeine, die unablässig an einer E-Zigarette zieht. Sie trägt eine Brille, dick wie Glasbausteine, und ein viel zu weites schwarzes T-Shirt mit dem Aufdruck eines Raben, der den Mond ankrächzt. Im kleinen Verkaufsraum der Papiermanufaktur riecht es nach dem künstlichen Erdbeeraroma, das ihre elektrische Zigarette verströmt.

Ursel hat Katharina dorthin geschickt, um eine Schneide- und eine Laminiermaschine auszuleihen. In Grantzow sei es üblich, dass man sich gegenseitig Maschinen oder Geräte leiht. Ursel muss Preisschilder für die Waren im Schuppen herstellen, der auch als improvisierter Hofladen dient, allerdings nur selten Besucher anzieht. Meistens, wie sie Katharina erklärt hat, sind es Städter auf der Durchreise, die sich mit Proviant eindecken.

Ulrike Hauff starrt Katharina durchdringend an. Als sie den Mund aufmacht, wird ein ziemlich vernachlässigtes Gebiss sichtbar.

»Hier warten«, blafft sie und verschwindet in einem Nebenraum.

Katharina wundert sich, wie die filigranen, mit so viel Liebe hergestellten Notizbücher, Hefte und Grußkarten mit dem Auftreten und Erscheinungsbild dieser Frau zusammenpassen.

Während Ulrike Hauff die Sachen zusammensucht, öffnet sich mit einem Klingeln die Ladentür. Ein älterer Mann, gekleidet in einen Blaumann, betritt den Laden. Er grüßt Katharina kurz und mit einem erkennbar osteuropäischen Akzent. Dann sucht er sich, mit einem Einkaufszettel bewaffnet, ein paar Schulhefte zusammen und legt sie auf den Tresen.

Als Ulrike Hauff wieder auftaucht und den Mann erblickt, bleibt sie abrupt stehen. Sie stellt die beiden Maschinen vor Katharina ab, tritt hinter den Tresen und verschränkt mit halb amüsiertem Blick die Arme hinter dem Rücken. Der Alte hält ihr einen Zehneuroschein hin.

»In Stettin gibt's bestimmt auch einen Schreibwarenladen.«

»Aber Sie haben doch alles, was ich brauche.«

»Zisch ab. An solche wie dich verkaufen wir hier nichts.«

Der Mann hält ihr ratlos den Schein hin. Als er begriffen hat, dass Hauff ihn nicht bedient, murmelt er einen unverständlichen Fluch und stapft aus dem Laden.

»Hüte deine Zunge, Polacke«, ruft Hauff ihm hinterher und zieht grinsend an ihrer Zigarette.

Katharina stopft die Gerätschaften in eine Stofftasche. »Warum sind Sie so unfreundlich zu dem Mann? Der hat Ihnen doch gar nichts getan.«

»In den letzten Wochen ist hier ein halbes Dutzend Mal eingebrochen worden. Das sind marodierende Banden, die über die polnische Grenze herkommen. Die schicken ihre Kundschafter vor.«

»Hier im Laden ist eingebrochen worden?«

Ulrike Hauff lächelt süffisant. »Nee, wir sorgen in Grantzow schon dafür, dass das nicht passiert. Aber in Güstrow.«

Katharina denkt an die schwarzen Sheriffs, die nachts den Ortseingang bewachen.

»Schönen Gruß an Ursel«, gibt ihr Ulrike Hauff mit auf den Weg.

Katharina eilt wortlos davon.

Auf dem Rückweg macht sie einen Abstecher zur Schmiede. Sie will sich nach ihrem Wagen erkundigen, doch vor allem möchte sie sich bei Martin und seinem Sohn für ihre Hilfe bedanken.

Als sie vor dem Gebäude steht, beeindruckt sie einmal mehr die Steinsäule, die das Tor bewacht. Sie stellt sich vor, wie ein mittelalterlicher Steinmetz mit Lederschürze und

Leinengewand das Monument in jahrelanger schweißtreibender Arbeit aus einem Granitblock geschlagen hat, wie sein Sohn das halb fertige Werk übernommen und dessen Sohn vierzig Jahre später daran weitergearbeitet hat, bis die Säule nach drei oder vier Generationen vollendet war.

Martin Ernst kommt aus der Werkstatt. Hinter der offenen Tür erkennt sie ihren Wagen auf der Hebebühne. Die Frontseite ist ein bisschen zerknautscht und dort, wo gestern noch eine zerborstene Windschutzscheibe war, klafft nun ein großes Loch.

Martin gibt ihr eine schwielige rußverschmierte Hand, aber das stört Katharina nicht. »Die Windschutzscheibe ist bestellt, aber es gibt Lieferschwierigkeiten.«

»Ist schon in Ordnung, ich werde ein bisschen länger bleiben. Ursula hat mich eingeladen.«

Auf diese Neuigkeit reagiert Martin verhalten. »Wissen Gerd und Freyr davon?«

»Dass ich vorhabe, zu bleiben?«

Martin nickt.

»Ich glaube nicht, wieso?«

»Sie sollten es wissen.«

»Ich …« Katharina ist sprachlos. Muss jemand, der in Grantzow bleiben möchte, die Rossbachs um Erlaubnis fragen?

»Jedenfalls vielen Dank für deine Hilfe.«

»Sag Gerd Bescheid. Ist besser so.« Martins Blick spricht Bände. Es klingt nicht, wie »gib Bescheid«, sondern eher wie »hol dir die Genehmigung«.

Er macht kehrt und geht zurück in die Werkstatt. Kurz bevor er hinter der Eingangstür verschwindet, erinnert Katharina sich, was sie ihn auch noch hat fragen wollen.

»Die Säule, wie alt ist die?«

Martin grinst. »Erik hat sie letztes Jahr gemacht. Er ist ein begabter Steinmetz.«

Wenige Augenblicke später schickt Martin seinen Sohn

heraus. Mit spürbar stolzer Miene und Stimme klärt er Katharina über das Kunstwerk auf: »Das ist die Irminsul, der Lebensbaum.«

Mit der Assoziation eines Baumes lag Katharina also gar nicht so falsch.

»Er soll unsere Artgemeinschaft schützen. Es gehört alles zusammen: der Mjölnir, die Irminsul, die Wolfsangel. So wie wir in der Sippe alle zusammengehören.« Schon ist Erik wieder in der Werkstatt verschwunden. Der vertraute Klang von Metall auf Metall dringt nach draußen.

Während sie zurück zu Ursels Haus geht, wird Katharina klar, dass sie keine Ahnung hat, was Erik mit der Wolfsangel gemeint hat.

Der Vormittag geht rasend schnell vorüber. Katharina bastelt nach Ursels Anleitung die Preisschilder für den Hofladen, während die Bäuerin andere Arbeiten verrichtet. Um zwölf übernimmt Katharina die Aufgabe, Nick von der Schule abzuholen und das Mittagessen zu kochen. Und obwohl sie sich nicht für eine begnadete Köchin hält, macht es ihr überraschend viel Spaß. Teil von etwas Größerem zu sein, eine sinnvolle Arbeit zu verrichten, verleiht ihr Sicherheit. Durch das Küchenfenster sieht sie Nick im Garten auf dem Trampolin herumtoben. Einen Moment lang kommt sie sich fast selbst vor wie eine Mutter, die ihre Kinder bekocht. Eine Vorstellung, die sofort ihre Stimmung hebt.

Nach dem Essen schickt Ursel sie auf den Rossbachhof, um einige Exemplare einer Ökozeitschrift zu holen, die Gerd für alle im Ort bestellt und die Ursel jeder Bestellung beilegt. Während Hiske Rossbach einen ganzen Stapel Hefte mit dem Titel *Umwelt & Aktiv* in eine grobe Leinentasche steckt, erzählt Katharina ihr beiläufig von der Übereinkunft mit Ursel. Sie bemüht sich, es absichtlich nicht so klingen zu lassen, als frage sie um Erlaubnis.

Hiskes lapidare Antwort lautet: »Ich richte es Gerd aus.«

Gerade als Katharina sich auf den Rückweg machen will, erblickt sie im Garten Freyr, den esoterischen Seminarleiter, der seine Tage auf der Kinderschaukel zuzubringen scheint. Er beobachtet sie. Nun, wo der Beschluss gefasst ist, dass sie länger im Ort bleibt und wohl auch öfter auf dem Rossbachhof ein und aus gehen wird, scheint es ihr geboten, sich dem Aushilfs-Winnetou vorzustellen.

Mit einem Gefühl der Anspannung läuft sie durch den Obstgarten, bis sie vor der Schaukel steht.

Freyr lässt sie nicht aus den Augen. Sein Lächeln lässt die Falten um seine wachen Augen zur Geltung kommen und verleiht ihm eine Aura der Weisheit.

»Hallo, Katharina.« Ein österreichischer Dialekt schimmert durch. Und offensichtlich hat ihm jemand ihren Namen verraten. Er nimmt ihre ausgestreckte Hand. »Ich bin Jo. Aber hier nennen mich alle Freyr.«

Also doch nicht die Karl-May-Festspiele.

»Woher kommt der Name Freyr?«

»Es ist der Name einer nordischen Gottheit. Die nordische Mythologie genießt hier im Ort hohes Ansehen, musst du wissen.«

»Du bist also so eine Art Gott für die Grantzower?«

Jo lacht lauthals. »Ja, der Gott des Himmelslichtes, der Wärme und des Friedens.« Er senkt die Stimme: »Und der Fruchtbarkeit, aber sag das ja niemandem.«

Auf Katharinas Armen stellen sich feine Härchen auf.

Jo schüttelt grinsend den Kopf. »Ich bin wohl eher so etwas wie ein spiritueller Berater. Die Leute kommen zu mir und vertrauen mir ihre Sorgen an. Und manchmal kann ich sie sogar heilen.«

»Erwartest du jetzt, dass ich dir mein Herz ausschütte?«

»Das musst du gar nicht. Ich sehe dir einmal tief in die Augen und weiß, was dir fehlt.«

Katharina runzelt die Stirn. Gleich muss sie mit dem Typen eine Friedenspfeife rauchen.

»Stell mich auf die Probe«, ermuntert er sie.

»Ich weiß nicht …«

»Warum? Hast du etwas zu verbergen?«

Wohl oder übel wird Katharina das Spiel mitspielen müssen, wenn sie sich nicht unbeliebt machen will. Und was kann dieser Hippie schon anrichten?

Jo erhebt sich von der Schaukel und führt sie zu einer Picknickdecke, die im Schatten eines nahen Birnbaums ausgebreitet ist. Sie nehmen Platz, Jo Katharina gegenüber.

»Darf ich deine Hand nehmen?«

Sie nickt zögerlich. Seine Hände sind gepflegt und wie seine ganze Haut leicht gebräunt. Sie sehen nicht aus, als würde er damit schwere Arbeiten verrichten. Die Adern auf seinen Handrücken treten deutlich hervor. Seine Finger umgreifen behutsam und zugleich fest ihr Handgelenk. Er dreht ihre Handinnenfläche nach oben, legt den Daumen auf das Gelenk, als wolle er ihren Puls fühlen. In langsamen Kreisbewegungen streicht sein Daumen über ihre Haut. Die Berührung dieses Fremden wirkt auf Katharina unangenehm intim. Er sieht ihr tief in die Augen.

»Du bist ein Mensch, der das Wohl anderer im Auge hat. Das ist schön. Es spiegelt sich in deinem Beruf wieder. Du bist – vielleicht Lehrerin, Ärztin oder Krankenschwester.«

Noch ist Katharina wenig beeindruckt. Das kann genauso gut ein Zufallstreffer sein. Ein taktisch kluger Versuch, ihr zu schmeicheln.

»Aber mit dir selbst ist das Schicksal in den letzten Wochen nicht besonders gut umgegangen.«

»Ich …«

»Nichts sagen.« Jos Blick durchdringt sie. »Du bekommst in deinem Beruf nicht die Anerkennung, die du verdienst.«

Auch diese Aussage würden wahrscheinlich drei Viertel aller Arbeitnehmer unterschreiben, denkt Katharina.

»Du bist bei einer beruflichen Chance übergangen worden. Und das verbittert dich.«

Nun beginnt Katharina, sich zu wundern. Vielleicht ist dieser Freyr doch nicht nur ein esoterischer Spinner mit Ausstrahlung. Sie will etwas sagen, aber Jo winkt ab.

»Außerdem hast du eine gescheiterte Beziehung hinter dir. Du hast diese Liaison abgebrochen.«

Katharina lächelt. Unfehlbar ist Winnetou also nicht.

»Nein, falsch, du *wolltest* die Beziehung abbrechen, aber er ist dir zuvorgekommen.«

Langsam wird es Katharina unheimlich. »Jo, ich muss wieder zurück, Ursel wartet auf mich.«

Sein Griff wird fester. »Manchmal, Katharina, muss man eine vereiterte Wunde öffnen, um das Blut zu reinigen. Alte Schamanenweisheit. Während ich mich mit dir verbinde, wandern die schlechten Energien von dir zu mir. Glaub mir, es wird dir danach viel besser gehen.«

Sie fühlt sich plötzlich zu schwach, um Widerstand zu leisten. Jo schließt die Augen und atmet tief durch. Eine Ewigkeit sitzen sie schweigend da, nur das Geräusch der Vögel in den Bäumen über ihr dringt zu Katharina durch.

»Du hast Gewalt erlebt. Nur ganz knapp bist du einer Katastrophe entkommen. Aber das hat Narben hinterlassen.«

Es fühlt sich an, als würde jemand auf ihrem Brustkorb sitzen und ihr die Luft abschnüren.

Eine Träne rinnt über ihre Wange. Sie fühlt sich Jo ausgeliefert, aber gleichzeitig tut es gut, nichts zugeben zu müssen. Nicht erzählen zu müssen, sondern ihn die Wahrheiten entdecken, ihn reden zu lassen.

»Alles hängt zusammen. Deine Arbeit, deine Beziehungen, das Gefühl, Opfer zu sein. Alles ist in dir selbst angelegt. Aber da ist noch eine verschlossene Tür in dir. Du hältst sie von innen zu. Du versuchst, etwas zu verbergen. Was ist es, das du mich nicht sehen lassen willst, Mädchen?«

Katharina fühlt sich erschöpft. Sie will die Anspannung in ihrem Innern auflösen. Sie will ihm offen sagen, weshalb sie in Grantzow ist. Es gibt außer ihrem intuitiven Gefühl keinen Grund, irgendjemandem im Dorf ihre wahre Identität zu verheimlichen.

»Katharina?«

Es ist Ursels Stimme, die sie aus ihrer Trance reißt. Die Bäuerin steht hinter ihr und funkelt sie wütend an. »Ich warte darauf, dass du endlich mit den Magazinen zum Hof kommst, und du sitzt Händchen haltend mit Freyr im Gras!«

Reflexartig entzieht Katharina Jo ihre Hand. Sie sieht auf die Uhr. Jemand muss die Zeiger verstellt haben. Erschrocken springt sie auf.

»Tut mir leid, Ursula.«

»Ist schon gut. Komm jetzt, ich brauche dich auf dem Hof.«

Jo verfolgt die Szene mit neutralem Gesichtsausdruck. Nicht *ganz* neutral, wenn Katharina ehrlich ist. Ein fast unsichtbares Lächeln umspielt seine Lippen, als amüsiere er sich über den Händel der Frauen. Auch der tadelnde Blick, den Ursel ihm zuwirft, entgeht ihr nicht. Ursel macht kehrt und stapft zum Garten hinaus, Katharina im Gefolge.

Die Biobäuerin ist mit dem Auto gekommen. Die Rückfahrt erfolgt schweigend. Erst, als sie wieder vor dem Haus stehen, richtet Ursel das Wort an ihren Gast.

»Katharina, mir wäre es lieber, du hieltest dich von Freyr fern.«

Katharina will fragen, warum, aber sie traut sich nicht. Abgesehen davon, bezweifelt sie, dass Ursel ihr darauf eine ehrliche Antwort geben würde.

*

Im Wagen hängt der Geruch nach Käsefüßen – Max Klee hat den Dicken im Verdacht. Klee notiert etwas auf einen Block. Um in verzwickten Gemengelagen die Übersicht zu behalten, hilft es ihm immer, die wichtigsten Fakten auf einem

Blatt Papier zu notieren. Je komplizierter und langwieriger, desto mehr Zettel. Überall im Van liegen schon welche mit Max' Handschrift herum.

Allem Anschein nach hat Katharina Hofmann das Dorf seit ihrer Ankunft vor zwei Tagen nicht mehr verlassen.

»Sie ist also immer noch dort«, sinniert er laut.

Der Dicke, der sich angesprochen fühlt, zuckt mit den Schultern, sein Doppelkinn schwabbelt dabei auf und ab. »Vielleicht kennt sie einen von den Dorfbewohnern.«

»Glaube ich nicht. Das wäre ein zu großer Zufall.«

»Der Wagen stand kurz auf dem Hof von Martin Ernst, dann ist er plötzlich verschwunden. Vermutlich ist er in der Werkstatt. Ein uralter Polo, würde mich nicht wundern, wenn der schlappgemacht hat.«

Klee kaut auf seiner Unterlippe herum. Katharina Hofmann kann nicht ewig in dem Dorf bleiben. Früher oder später …

»Da hast du deine Informantin Nummer zwei«, schlägt der Glatzköpfige mit dem Schnauzbart vor, der wieder nur Augen für sein Smartphone hat.

Max sieht ihn an, als habe der Kollege den Verstand verloren. »Du kannst keinen Amateur mit hineinziehen.«

»Hast du etwa eine Idee, wie wir uns in drei Tagen jemanden beschaffen, der besser geeignet ist?«

Aber diesen Vorschlag schließt Max kategorisch aus. »Wir müssen die Frau so schnell wie möglich aus Grantzow rausbekommen. Sonst macht sie im schlimmsten Fall noch irgendwelche gefährlichen Entdeckungen.«

»Und wie willst du das machen? Willst du sie etwa festnehmen lassen?«, fragt der Dicke belustigt.

»Schau noch mal alles an Datenbanken durch, worauf wir Zugriff haben, auch alles über ihre Familie. Vielleicht fällt mir dann was ein.«

Der Dicke zieht die Augenbrauen hoch und fängt seufzend an zu tippen. Auf seine Befindlichkeiten kann Max

Klee keine Rücksicht nehmen. Doch die Vorteile, Katharina Hofmann als Kontaktperson im Dorf zu haben, sind auch für Max unbestreitbar.

*

Der Sonntag wartet mit einer weiteren Überraschung auf: Das Frühstück auf dem Rechenbachhof fällt aus. Die Kinder wirbeln aufgeregt durchs Haus. »Die Tafel, die Tafel!«, ruft Nick und seine kleine Schwester kräht es ihm nach.

»Die Tafel?«, will Katharina von Ursula wissen, während sie ihr hilft, Obst und Gemüse in zwei große Körbe zu packen.

»Ein großes gemeinsames Kochen und Essen des ganzen Dorfs auf dem Rossbachhof. Bei schönem Wetter im Garten, sonst im Seminarhaus.«

»Macht ihr das öfter?«

»Jeden Sonntag.«

»Und alle machen mit?«

»Das lässt sich niemand freiwillig entgehen.«

Von Ferne hört man ganz leise Glockengeläut.

Ursel sieht auf die Uhr. »O Gott, schon kurz vor zehn. Wir müssen schleunigst los!«

Sie verstauen die Körbe auf einem hölzernen Handwagen und ziehen durchs Dorf. Beim Anblick des Rossbachhofs traut Katharina ihren Augen kaum. Der Garten gleicht einer Szene aus einem Werbefilm für ein französisches Landfrühstück: Im Schatten der Obstbäume ist eine meterlange Holztafel aufgebaut, auf der sich das Essen türmt: Selbstgebackenes, Wurst und Käse, Gemüse und Obst, große Steingutkannen mit Saft. Das meiste sieht aus wie hausgemacht, nur ganz wenige Lebensmittel scheinen im Supermarkt gekauft zu sein. Geschirr und Besteck wirken bäuerlich, manches gar antik. Eine Horde Kinder springt kreischend durch den Garten, Raik und Sten, die Söhne von Gerd und Hiske, führen kleine Ponys am Zaun entlang, auf denen rotwangige

Kinder sitzen, die Gesichter stolz, glücklich und eine Spur ängstlich.

Alle sind gekommen: Ursel Brekers Nachbarin, die Katharina etwas zu trinken brachte, Erik Ernst mit seinem Vater, Ulrike Hauff und ihr Lebensgefährte Ulf, Ulfs Bruder Tjark, der Müller, und seine Frau Antke, die seit der letzten Begegnung noch ein bisschen rundlicher geworden scheint. Und ein gutes Dutzend weitere Teilnehmer, die wohl alle in Grantzow leben, den Volksschullehrer eingeschlossen, der auch am Sonntag seinen Anzug trägt. Die Frauen schnippeln gemeinsam Obst und Gemüse am Tisch und brechen immer wieder in lautes Gelächter aus. Martin Ernst deutet auf einen neben ihm im Gras stehenden altertümlichen Handmäher und erklärt den Umstehenden, wie er das Gefährt für Gerd wieder flottgemacht hat. Die Männer nicken anerkennend und streichen behutsam über die glänzende Mechanik. Der Lehrer fährt sich über das spärliche mit Brillantine geglättete Haupthaar.

Es scheinen wirklich fast alle Grantzower versammelt zu sein. Nur Jo glänzt durch Abwesenheit.

Hiske Rossbach steht vom Tisch auf und hakt sich bei Katharina unter. »Schön, dass du da bist. Du passt gut zu uns.«

Ein Kompliment, das Katharina guttut.

Hiske hält ihr ein hohes Stielglas hin: »Ein Glas deutschen Sekt für dich?«

»Gibt's denn auch anderen?«, kontert Katharina mit einer eigentlich rhetorischen Frage.

»Nicht bei uns«, erwidert Hiske mit einem süffisanten Lächeln.

Katharina prostet ihr zu.

»Ich sehe schon – wir verstehen uns. Komm zu uns an den Tisch, wir können noch Hilfe gebrauchen.«

Die Frauen nehmen Platz, Katharina wird allen vorgestellt, die sie noch nicht namentlich kennt, und jemand drückt ihr ein Gemüsemesser in die Hand.

»Wird es nicht langsam beschwerlich, Antke?«, fragt Ursel Brekers Nachbarin.

Antke Heynes lacht. »Inzwischen bin ich froh, wenn es vorbei ist. Die letzten Tage bei der Hitze waren schon ziemlich anstrengend. Und zum Einschlafen hilft mein Hopfenzapfentee auch nicht mehr so richtig.«

Die Frauen tauschen kichernd und glucksend ihre zum Teil nicht mehr taufrischen Schwangerschaftserfahrungen aus.

»Ich bewundere euch ja, Antke. Sechs Kinder und bald sieben, wie du das schaffst«, sagt die Nachbarin.

»Kinder sind wichtig für die Arterhaltung. Wir dürfen die Reproduktion nicht den Ausländern überlassen, man sieht ja, wohin das führt, so fruchtbar wie der Muselmane ist.«

Die Frauen lachen. Eine Nachbarin gibt zum Besten, wie einmal im fernen Berlin eine türkische Familie mit einem ganzen Tross Kindern auf dem Sozialamt eingefallen ist. Antke Heynes verzieht das Gesicht, Katharina hofft, nicht deswegen, weil gerade die Wehen einsetzen.

»Leider ist nicht jede im Artam so fruchtbar«, gibt eine andere Nachbarin mit einem provozierenden Seitenblick zu Hiske Rossbach zu bedenken.

»Lass Hiske in Ruhe«, weist Antke sie in ihre Schranken. »Sie hat andere wichtige Aufgaben.«

»Hab ich euch eigentlich schon das hier gezeigt?« Mit sichtbarem Stolz zieht Antke ein offiziell aussehendes Schreiben aus ihrer Kittelschürze.

Der Brief geht unter Staunen und Glückwunschbekundungen herum. Schließlich darf auch Katharina ihn lesen.

Absender ist das Bundespräsidialamt. Die Behörde beglückwünscht Antke Heynes zu ihrer Schwangerschaft und bestätigt, dass der Bundespräsident, wie es Tradition ist, die Patenschaft für das siebte Kind übernehmen wird. Eine Patenschaftsurkunde werde mit dem Nachweis der Geburtsurkunde ausgestellt.

»Dass dir das so wichtig ist«, knurrt Ulrike Hauff, die am Ende der Tafel sitzt und ihre E-Zigarette nicht mal beim Schälen der Mohrrüben aus dem Mund nimmt. »Der Wisch ist bald nicht mehr das Papier wert, auf dem er gedruckt ist.«

Die Gespräche verstummen, Hiske und Antke funkeln Hauff an. »Ich mein ja nur«, gibt diese klein bei und widmet sich weiter ihrer Arbeit.

In diesem Moment kommt Jo aus dem Seminarhaus. Er ist barfuß und schlendert lässig auf die Gruppe Männer zu, die inzwischen vom Handmäher zu einem altertümlichen Musikinstrument weitergewandert sind, das Gerd selbst gebaut hat und das er nun vorführt. Den Gesichtern der Versammelten nach zu urteilen, ist seine Musikalität nicht ganz so ausgeprägt wie sein handwerkliches Talent.

Man gibt sich die Hand, Jo begrüßt alle auf seine vertrauliche Art, indem er ihnen neben einem kräftigen Händedruck kurz die Hand auf den Oberarm legt. Nachdem sie eine Weile geplaudert haben, kommt Jo zu den Frauen an den Tisch.

»Ich grüße euch«, sagt er mit – wie Katharina findet – einem gewissen Pathos in der Stimme. Er legt Antke und Hiske, die nebeneinandersitzen, die Hand auf die Schulter. »Die Keimzellen der Sippe, fleißig wie die Bienen, ich bin stolz auf euch.« Nun fixiert er Katharina und wie sie selbst verblüfft zur Kenntnis nimmt, löst sein Blick ein Gefühl der Wärme in ihrem Unterleib aus. »Wie macht sich unsere Neue?«, fragt er in die Runde, worauf er ein Kichern erntet.

»Oh, sie wird bestimmt eine gute Arbeiterin in unserem Bienenstaat abgeben«, feixt Antke.

In diesem Moment rutscht Katharina das Messer ab und sie schneidet sich in den Zeigefinger. Blut tropft auf den Tisch. »Scheiße«, flucht sie.

»Na, na, na«, tadelt Hiske Rossbach. Es klingt nicht scherzhaft.

Jo kommt zu Katharinas Seite des Tisches und nimmt ihre

Hand. Bevor sie sich wehren kann, hat er ihren Finger in den Mund geschoben und presst seine warme Zunge gegen den Schnitt. Atemlos sehen die anderen Frauen zu. Katharina ist das so peinlich, dass sie sich am liebsten unter dem Tisch verkriechen würde. Einige Frauen am Tisch erwecken den Eindruck, als überlegten sie, sich ebenfalls in den Finger zu schneiden. Ursels Mund wird besonders schmal.

Hiske Rossbach verlässt die Gruppe und kehrt mit einer Hand voller grüner Blätter zurück, die sie Jo reicht. Der zerreibt die Blätter mit den Fingern zu einem Brei und trägt diesen auf die feucht glänzende Fingerkuppe auf. Es brennt ein bisschen, aber innerhalb weniger Augenblicke ist die Blutung gestillt.

»Was ist das?«, will Katharina wissen.

»Hirtentäschelkraut«, erklärt Hiske, »ein bewährtes Hausmittel, das in den kleinsten Ritzen wächst.«

»Aber die von der jüdischen Mafia kontrollierte Pharmaindustrie erfindet lieber jedes Jahr ein neues Spezialpflaster«, lässt sich Ulrike Hauff vom Kopfende des Tisches vernehmen.

»Es reicht, Uli«, ermahnt Jo sie.

Katharina sieht sich um: Die Frauen am Tisch widmen sich still dem Gemüse.

In diesem Moment ertönen wieder die Kirchenglocken vom Nachbarort.

»Die Zecke hängt am Glockenseil«, murmelt Ulrike Hauff und schiebt sich zur Abwechslung mal eine echte Erdbeere in den Mund.

»Was meint sie denn damit?«, will Katharina wissen.

»Kennst du nicht den Spruch: Religion ist Opium für das Volk?«, fragt Jo.

»Stammt der nicht von Karl Marx?«

»Leider ja«, lacht Jo und die Frauen am Tisch stimmen in sein Lachen ein.

»Wir sind nicht so gut auf den Pfarrer zu sprechen«, erklärt Hiske. »Darum haben wir kurz nach unserem Eintreffen in Grantzow dieses Sonntagsessen eingeführt. Die *Tafel* ist unser spirituelles Alternativangebot zum Gottesdienst.«

Katharina lässt den Blick durch den Garten schweifen. Wo bei diesem Sonntagsbrunch die spirituelle Komponente liegen soll, kann sie sich nicht erklären. Aber vielleicht kommt das ja noch.

Das Handy dudelt in ihrer Tasche. Sofort erntet sie tadelnde Blicke. Mit hochrotem Kopf entschuldigt sie sich und eilt aus dem Garten, bis sie vor dem massiven Findling steht, der die Einfahrt zum Rossbachhof schmückt. Die seltsame metallene Rune scheint ein paar Zentimeter über dem Stein zu schweben. Die Nummer des Anrufers ist unbekannt. Katharina nimmt das Gespräch an.

»Frau Hofmann? Hier ist die Polizeidienststelle in Rostock. Sie hatten bei uns vor einigen Tagen eine Vermisstenmeldung aufgegeben.«

Katharinas Herzklopfen steigert sich zu einem wilden Trommelwirbel. Ihre Stimme versagt.

»Frau Hofmann, sind Sie noch dran?«

»Ja«, krächzt sie.

»Wir konnten den Aufenthaltsort Ihrer Schwester ermitteln.«

»Wo ist sie?«

»Sie befindet sich auf Gran Canaria. Im Hotel … Moment …«, sie hört Papier rascheln, »… *Hotel Rural Fonda de la Tea.*«

In Katharinas Kopf dreht sich alles. Das *Hotel Rural Fonda de la Tea* ist ihr bekannt. Sie hat selbst schon dort Urlaub gemacht. Ohne Sara.

»Kann ich – kann ich vorbeikommen und – ich meine – mehr darüber erfahren?«

»Können Sie, natürlich. Aber viel mehr als die eingescannte Meldebescheinigung vom Hotel, die uns die spanischen Kollegen übermittelt haben, kann ich Ihnen auch nicht zeigen.«

Das ist Katharina egal. Sie hat bereits beschlossen, nach

Rostock zu fahren. Bei der Information, die sie gerade erhalten hat, muss es sich um einen Irrtum handeln. Und den muss sie schnellstmöglich aufklären, sonst verliert sie den Verstand.

Als sie das Gespräch beendet hat, wird ihr schmerzhaft klar, dass sie kein Fortbewegungsmittel hat. Sie kehrt zum Tisch zurück. Jo hat wieder auf seiner Schaukel Platz genommen und ist in eine Unterhaltung mit Niklas vertieft.

Hiske Rossbach ist die Erste, der auffällt, dass mit Katharina etwas nicht stimmt. »Ist etwas passiert?«

»Meine Mutter liegt im Krankenhaus und – ich muss hin.«

»Etwas Schlimmes?«

»Sie wissen es noch nicht. Sie ist einfach umgekippt.« Das Lügen geht Katharina immer noch leicht über die Lippen.

Ursel steht auf und nimmt sie in den Arm. »Soll ich dich fahren?«

Katharina schüttelt den Kopf. »Vielleicht kannst du mir dein Auto leihen?«

Ursel dreht sich um und schreit in den Garten hinaus: »Nick und Marie? Ich bringe Katharina zum Hof. Bin gleich wieder da!«

»Darf ich mitkommen?«, bettelt Nick.

Ursel schüttelt den Kopf.

»Wir geben auf die Kinder Acht«, bietet Antke Heynes an.

Zwanzig Minuten später sitzt Katharina in Ursels Familienkutsche. Im Kofferraum stehen zwei Lagen Setzlinge, die sie in der Eile vergessen haben, auszuladen. Es riecht nach Erde, aber den Geruch nimmt Katharina kaum wahr.

Als sie in den Wald eintaucht, blitzt irgendwo zwischen den Bäumen ganz kurz etwas metallisch auf.

*

Es muss ein Irrtum sein. Katharina wird das Papier ansehen, sehr schnell wird sich herausstellen, dass es sich um eine

Verwechslung handelt. Sara Hofmann ist kein ungewöhnlicher Name, wahrscheinlich liegen auf Gran Canaria im Moment Dutzende Sara Hofmanns am Strand. Wieder ist es der junge Polizist mit der Halbglatze, der sie in das Besprechungszimmer führt. Seine Kollegin hat heute offensichtlich frei.

Der Ausdruck mit der Meldebescheinigung aus dem *Hotel Rural Fonda de la Tea* im Städtchen Tejeda liegt bereits auf dem Tisch. Katharina wartet, bis der Polizist das Papier zu ihr herüberschiebt.

»Die Kollegen in Spanien haben Zugriff auf alle touristischen Meldebescheinigungen. Sie haben uns das hier geschickt.«

Sie überfliegt den Ausdruck. Ihre Spanischkenntnisse beschränken sich auf wenige touristische Floskeln, aber nicht einmal die benötigt sie. Auf dem eingescannten Formular gibt es Felder, in denen Name, Geburtsdatum und Heimatadresse des Gastes sowie die Aufenthaltsdaten eingetragen werden. Die Felder sind in Deutsch und Spanisch beschriftet. Vermutlich wurden sie von einem Hotelangestellten ausgefüllt, die Schrift ist jedenfalls ziemlich unleserlich. Dann gibt es ein Feld, in dem der Gast seine Signatur einträgt. Unterschrieben ist die Anmeldung mit *Sara Hofmann*.

Es ist nicht die Schrift ihrer Schwester.

Das teilt sie dem Polizisten mit.

»Aber das Geburtsdatum und die Adresse am Blockmacherring stimmen«, gibt er zu bedenken.

Katharina begutachtet noch einmal das Geburtsdatum. Der Mann hat vollkommen recht. Und trotzdem: »Es ist *nicht* ihre Unterschrift.«

»Es gibt noch eine zweite Seite«, sagt der Polizist. Tatsächlich, nach dem Umblättern kommt ein zweiter Ausdruck zum Vorschein. Auch der Personalausweis ihrer Schwester wurde eingescannt. Ihre ernsten Augen starren Katharina an, sie schaut ein bisschen vorwurfsvoll.

Katharina schiebt die Blätter über den Tisch und positioniert sie direkt nebeneinander, sodass der Polizist es erkennen kann. »Sehen Sie doch, nicht mal annähernd identisch!«

Sein Blick wandert wiederholt von einem Blatt zum andern. Er schüttelt den Kopf. »Ich sehe da schon eine gewisse Ähnlichkeit.«

»Hören Sie, ich kenne die Handschrift meiner Schwester seit über zwanzig Jahren, Sie müssen mir schon glauben, dass dieses Formular nicht von ihr persönlich unterschrieben wurde.«

Die Halbglatze seufzt. »Frau Hofmann: Sie haben eine Aufenthaltsermittlung eingeleitet. Die Kollegen in Spanien haben herausgefunden, dass sich Ihre Schwester auf Gran Canaria befindet, und damit ist unsere Arbeit abgeschlossen. Seien Sie doch froh, dass alles gut ist. Und es sind nicht einmal Kosten für Sie entstanden. Oder wollen Sie etwa unterstellen, mit dem Dokument sei etwas nicht in Ordnung?«

»Sie meinen, ob es eine Fälschung ist? Das frage ich Sie.«

»Das Dokument ist echt. Da habe ich hundertprozentiges Vertrauen in meine spanischen Kollegen. Warum sollte sich auch jemand die Mühe machen, die Unterschrift Ihrer Schwester zu fälschen? Unterschriften verändern sich im Lauf der Zeit.«

»Meine Schwester ist krankgeschrieben. Ihre Wohnung sieht nicht so aus, als wäre sie von jemandem zurückgelassen worden, der eine Urlaubsreise antritt. Und das Wichtigste: Ich kenne dieses Hotel auf den Kanarischen Inseln. Ich selbst habe dort vor ein paar Jahren Urlaub gemacht.«

Plötzlich schießt Katharina ein Gedanke durch den Kopf – ein ungeheuerlicher Gedanke, der wohl eher auf einer Internetseite zu Verschwörungstheorien als in einer Polizeiwache in Rostock angebracht wäre. Und sie beginnt, sich zu fragen, wem sie vertrauen kann.

»Und?«, hakt der Polizist nach.

»Nichts und«, antwortet sie mit einem flauen Gefühl im Magen, das sich schnell zu einer Übelkeit auswächst. »Mir – ist nicht gut, kann ich …«

Im allerletzten Moment schafft sie es zu dem kleinen Handwaschbecken in der Ecke.

Der freundliche Polizist reicht ihr ein paar Papiertaschentücher, nachdem sie sich den Mund ausgespült hat.

»Soll ich einen Arzt kommen lassen?«

»Ist schon gut, danke.«

Er führt Katharina zu einem Stuhl. Ihre Beine zittern und ihr ist kalt.

»Was war denn jetzt mit diesem Urlaub?«

Obwohl sie sich völlig schutzlos fühlt, vielleicht aber auch gerade deswegen, hat sie beschlossen, den Rest der Geschichte für sich zu behalten. »Vergessen Sie es. Sie haben vermutlich recht mit der Unterschrift. Ich will es wohl einfach nicht wahrhaben.«

»Hatten Sie möglicherweise Streit mit Ihrer Schwester?«

»Sie hat mich angerufen. Vielleicht wollte sie sich mit mir versöhnen. Und ich habe den Anruf weggedrückt.«

»Wenn sie wieder zurück ist aus Gran Canaria, sollten Sie beide sich mal richtig aussprechen. Und jetzt fahren Sie zurück nach Hamburg. Vermutlich liegt schon eine Ansichtskarte in Ihrem Briefkasten.«

Katharina steht auf und nimmt das Papier vom Tisch. »Darf ich das mitnehmen?«

»Leider nein, das sind interne Unterlagen.«

Das überrascht sie nicht. Sie lässt die Ausdrucke wieder auf den Tisch gleiten. Nachdem sie sich noch einmal im Raum umgesehen hat, bittet sie den Beamten höflich um ein Glas Wasser. Er muss kurz den Raum verlassen, um ein Glas zu besorgen. Diesen kurzen Moment nutzt sie, um das Dokument mit ihrem Handy abzufotografieren. Gerade rechtzeitig, bevor er wieder auftaucht, hat sie das Telefon mit klopfendem Herzen in ihrer Handtasche verstaut.

»Danke für Ihre Bemühungen.«

Er hält ihr die Tür auf. »Soll ich nicht doch lieber …«

Sie schüttelt energisch den Kopf. Bevor sie aus dem Büro verschwindet, dreht sie sich noch einmal um. »Sagen Sie, wer hat eigentlich alles Zugriff auf dieses System, in dem Sie diese Bestätigung gespeichert haben?«

»Mitglieder der europäischen Polizeibehörden. Polizeidienststellen, das LKA, das BKA, Europol und Interpol. Die Kollegen in den anderen Ländern und deren Landesbehörden.«

»Und da kann sich kein Hacker Zugang verschaffen?«

Sein Blick verdüstert sich wieder.

»Schon gut, reine Neugierde.«

Während sie zu Ursulas Auto geht, das mit seiner freundlichen Beschriftung auf dem Parkplatz wie ein Fremdkörper wirkt, spürt sie den Blick des Polizisten im Nacken. Sie lässt den Motor an, biegt um zwei Ecken und stellt den Wagen auf dem Seitenstreifen ab.

Eine geschlagene halbe Stunde starrt sie auf das Display ihres Handys, den Tränen nahe.

Doch das ändert nicht das Geringste daran, dass allem Anschein nach eine Frau in dem Hotel in Gran Canaria eingecheckt hat, die nicht ihre Schwester Sara ist.

Weil Sara schon damals den gebuchten Urlaub mit ihrer Mutter und ihr nicht anzutreten in der Lage war.

Katharina sucht die Telefonnummer des Hotels im Internet heraus, auch wenn das angesichts der überwältigenden Tatsachen sinnlos scheint. Es klingelt lange, schon das Freizeichen klingt fremdländisch, schließlich eine Frauenstimme. Katharinas Spanisch reicht kaum aus, um ihr Anliegen zu formulieren. »Se puede hablar con Sara Hofmann?«

Die Antwort ist ein abgehackter unverständlicher Wortschwall, die große Entfernung und die atmosphärischen Störungen in der Leitung tragen auch nicht gerade zur Verständigung bei.

Wortlos legt Katharina wieder auf. Sie hat die Antwort nicht Wort für Wort verstanden, aber begriffen hat sie sie trotzdem.

Es ist später Nachmittag, als Katharina nach Grantzow zurückkehrt. Schon bald werden die Bäume lange Schatten werfen und die ersten Fledermäuse ihre Runden über dem See ziehen.

Katharina fährt langsam; der Tisch am Ortsrand ist noch verwaist. Auf dem Ortsschild, direkt über dem kleinen ›o‹, tankt eine kleine Eidechse Sonne. Obwohl sie während der Fahrt von Rostock genug Zeit hatte, sich zu überlegen, wie es jetzt weitergehen soll, fühlt sie sich ratlos und verwirrt. Sie wird alles einfach auf sich zukommen lassen müssen.

»Und?« Ursel nimmt den Autoschlüssel entgegen und legt ihr mitfühlend die Hand auf den Unterarm.

»Alles in Ordnung«, erwidert Katharina, aber sie sieht in Ursels Augen, dass sie ihr nicht glaubt.

»Dusch erst mal, wir reden später«, sagt Ursel. »Die Kinder sind noch bei Gerd und Hiske. Ich habe ihnen gesagt, sie müssen in einer halben Stunde zu Hause sein.«

Katharina geht ins Haus und stellt sich unter die Dusche. Sie ist völlig durchgeschwitzt. Als sie wieder nach unten kommt, gießt Ursel gerade für sie beide Eiswasser in zwei Gläser und stellt sie auf den Esstisch.

»Draußen fressen uns jetzt die Mücken auf. Das ist der Nachteil, wenn man einen See quasi vor der Haustür hat.«

Die Frauen nehmen Platz. Das eiskalte Getränk wirkt wie ein Messerstich im Magen. Katharina verzieht das Gesicht, aber die Erfrischung tut gut. Sie hat wieder einmal gar nicht gemerkt, dass sie zu wenig getrunken hat.

»Gar nichts ist in Ordnung, stimmt's?«, sagt Ursel.

»Ursel ich …«, Katharinas Stimme schwankt, »… ich habe dich angelogen. Euch alle hier in Grantzow.«

Ursel schweigt erwartungsvoll.

»Sara Hofmann ist nicht meine Freundin, sondern meine Schwester. Ich lebe in Wahrheit in Hamburg. Der Anruf heute drehte sich nicht um meine Mutter, sondern um Sara. Die Polizei in Rostock hat mir mitgeteilt, dass Sara in einem Hotel auf Gran Canaria eingecheckt hat.«

»Aber das hört sich doch wunderbar an. Dann weißt du jetzt, wo sie ist«, wendet Ursel verwirrt ein.

»Sie haben mir eine Kopie der Meldebescheinigung gezeigt. Aber das wäre gar nicht nötig gewesen, denn es ist absolut undenkbar, dass Sara so eine Urlaubsreise angetreten hätte.«

»Das verstehe ich nicht.«

»Sara hat panische Flugangst. Nie im Leben würde sie in ein Flugzeug steigen. Darum kann die Unterschrift auf dem Formular nicht von Sara sein.«

Und um ihren Verdacht zu beweisen, legt sie das Handy mit der Fotografie der spanischen Meldebescheinigung vor Ursel auf den Tisch.

»Also handelt es sich um eine Verwechslung?«

»Das würde ich gerne glauben. Aber da gibt es einige beunruhigende Tatsachen. Erstens: Das Hotel hatte eine Kopie von ihrem Personalausweis. Zweitens: Die Daten auf der Meldebescheinigung sind korrekt – Saras Adresse und Geburtsdatum. Und drittens, und das ist wirklich unheimlich: Vor ein paar Jahren hat meine Mutter anlässlich meiner bestandenen Schwesternprüfung für uns drei einen Urlaub in diesem Hotel bezahlt.«

»Aber du hast doch gesagt, deine Schwester fliegt nicht.«

»Richtig. Das haben wir in diesem Urlaub herausgefunden. Wir sind durch die Passkontrolle, haben unsere Plätze in der Maschine eingenommen und in dem Moment, als das Flugzeug von der Parkposition losrollte, bekam Sara eine Panikattacke. Es hätte ihr erster Flug werden sollen. Es wurde ihr letzter und er endete schon vor dem Start. Sie ist dermaßen ausgeflippt, dass Mutter und sie das Flugzeug verlassen mussten. Ich bin alleine vorausgeflogen. Mutter meinte, sie würden mit einem späteren Flug nachkommen. Aber sie kamen nicht. Ich habe diesen Urlaub allein in dem Hotel auf Gran Canaria verbracht.«

Ursel sitzt mit offenem Mund da. »Kann es nicht sein, dass deine Schwester ihre Flugangst überwunden hat? Ich weiß, dass die Fluggesellschaften entsprechende Kurse anbieten.«

»So etwas hätte Sara mir erzählt. Und sie hätte mir sicher auch gesagt, dass sie sich genau dieses Hotel ausgesucht hat, auch wenn wir in der letzten Zeit kaum noch miteinander gesprochen haben.«

»Ihr hattet also Streit?«

Katharina nickt stumm und nippt am Eiswasser.

»Du bist aus Hamburg hierhergekommen, um deine Schwester zu suchen?«

Ein weiteres Nicken.

»Ich sollte dir wohl böse sein, weil du mich zum Narren gehalten hast.«

Katharina blickt demütig zu Boden.

»Das mit dem Hotel ist allerdings wirklich eigenartig.«

»Das klingt jetzt bestimmt verrückt, Ursel, aber mir kommt das vor, als ob jemand, der weiß, dass Sara und ich vor ein paar Jahren nach Spanien fliegen wollten, mir weiszumachen versucht, sie sei dort. Aber derjenige weiß nicht, was sich damals abgespielt hat.«

»Jemand bei der Polizei.«

Katharina nickt langsam. »Ich sag's ja. Klingt nach einem schlechten Krimi.«

»Aber warum sollte derjenige das tun?«

Darüber nachzudenken, hatte Katharina ebenfalls viel Zeit. Und die Antwort zu finden, fiel ihr leicht. »Es ist ein Ablenkungsmanöver, Ursel.«

»Warum gerade jetzt? Nachdem sie ja schon eine ganze Weile verschwunden ist? Wäre es nicht einfacher gewesen, das zu tun, als du noch in Hamburg warst oder in der Wohnung deiner Freundin – ich meine deiner Schwester – in Rostock?«

»Man will mich aus Grantzow weglocken.«

Ursel sieht sie mit tellergroßen Augen an. Dann legt sie die Stirn in Falten. »Ich weiß nicht, Katharina, sei mir nicht böse, aber das hört sich sehr nach Paranoia an.«

»Das tut es für mich auch, Ursel. Aber mir fällt keine bessere Begründung ein.«

In diesem Moment steht Ursel auf und eilt zur Gästetoilette, die sich direkt neben der Eingangstür befindet. Katharina hört Würgegeräusche, dann die Spülung. Ursel setzt sich wieder an den Tisch, sie sieht ein wenig bleich aus.

»Bist du krank?«, will Katharina wissen.

Ursel lächelt matt. »Vielleicht habe ich mich bei Esther-Marie angesteckt. In der Gruppe geht gerade die Darmgrippe um.«

Plötzlich tauchen Nick und Esther-Marie in der Tür auf. Sie sehen müde aus, aber glücklich. Katharina nimmt es Ursula ab, die Kinder zu Bett zu bringen, und geht dann nach einem Imbiss im Stehen vor dem offenen Kühlschrank selbst früh schlafen.

*

Als oben alles ruhig ist, setzt Ursel sich mit dem Telefon an den Tisch. Endlose Minuten lang starrt sie den Hörer an. Zwei Mal nimmt sie ihn auf, einmal wählt sie, legt aber wieder auf, bevor das erste Freizeichen ertönt.

Schließlich legt sie den Hörer wieder zurück. *Wichtige Dinge nicht am Telefon,* hat man ihr eingeschärft. Sie streift sich eine Jacke über und verlässt das Haus. Katharina wird für die Kinder da sein, wenn sie Hilfe benötigen.

Heute ist eine perfekte Nacht für einen Spaziergang.

*

Katharina schläft schlecht. Sie hilft Ursel am nächsten Morgen, wo sie kann, aber sie ist unkonzentriert und hat ständig das Bedürfnis, sich umzusehen und nach einem Beobachter Ausschau zu halten.

Die Episode auf dem Polizeirevier in Rostock hat sie völlig verunsichert. Nicht wegen des spanischen Dokuments an sich, sondern wegen der Art, wie dieser Polizist mit ihr gesprochen hat: wie ein Arzt, der einer Geisteskranken die ihr entglittene Realität erklärt.

Irgendwie zieht der Vormittag an Katharina vorbei, und als die Sonne im Zenit steht, ist sie mangels Energie keinen Schritt weiter, was die Aufklärung von Saras Schicksal angeht. Zu allem Übel hat sie den Eindruck, dass Ursel sie meidet. Am frühen Nachmittag fährt die Biobäuerin mit den Kindern zu einem Lieferanten, ohne sich zu verabschieden.

Auf einmal steht Jo vor dem Gartentor und fragt, ob Katharina Lust hat, mit ihm im Rechenbachweiher schwimmen zu gehen. Ihren Einwand, sie habe keinen Badeanzug, tut er mit der saloppen Antwort ab, den habe er auch nicht – er schwimme, wie die Natur ihn erschaffen habe. Weil Katharina sich gut erinnert, wie verwirrend, aber auch wie wohltuend ihre letzte Begegnung war, überwindet sie ihre Bedenken – und ihre Scham. Ursel, der diese gemeinsame Aktivität bestimmt nicht gefallen würde, kommt sowieso erst später zurück.

Jo lächelt jungenhaft, als sie das Tor hinter sich schließt und sich neben ihm in Marsch setzt. Sie wandern zwischen den Obstbäumen hindurch und lassen ihre Kleider am Ufer ins Gras gleiten. Ohne Vorwarnung nimmt Jo Anlauf und springt mit einem eleganten Kopfsprung ins grünbraune Wasser. Katharina lässt sich mehr Zeit. Als sie bis zu den Oberschenkeln im See steht und mit dem kühlen Wasser vorsichtig die Oberarme benetzt, bemerkt sie, dass ihre Brustwarzen aufgrund der Kälte steil aufgerichtet sind, und das ist ihr ein bisschen peinlich. Aber Jo, der ihr abgewandt bereits zur Mitte des Sees schwimmt, bemerkt nichts. Schließlich taucht auch Katharina in den Rechenbachweiher ein. Die sie einhüllende Kälte raubt ihr im ersten Moment den Atem, schnell jedoch legt sich das brennende Gefühl auf der Haut, und als sie auftaucht, fühlt sie sich wunderbar erfrischt.

Das Wasser läuft ihr in die Augen, sie streicht die Haare zurück und sieht sich um. Jos Kopf über der stillen Oberfläche ist nirgendwo auszumachen, sie dreht sich im Wasser, aber er scheint wie vom Erdboden verschluckt. Der See liegt so glatt da wie ein frisch gemachtes Bett. Auf einmal überfällt sie ein Gefühl der Schwäche. Ein schmerzhaftes Ziehen fährt in ihre rechte Wade und ergreift in Windeseile von ihrem Unterschenkel Besitz – ein Krampf. Panik macht sich in ihr breit – wo zum Teufel ist Jo?

Das Ziehen wird stärker, greift auf den Oberschenkel über und nimmt ihr die Luft zum Atmen. Nach zwei Schwimmzügen muss sie aufgeben und greift an die Wade. Dabei verliert sie den Auftrieb und gerät für einen Moment unter Wasser; sie schluckt versehentlich, prustet, rudert mit den Armen, kommt an die Oberfläche, geht wieder unter.

Jemand greift ihr unter den Arm und zieht sie hoch. Sie hustet, spuckt Wasser, reißt die Augen auf, sieht aber nichts als den blauen Himmel, der sich freundlich über ihr aufspannt, wie sich das für einen Sommertag gehört.

»Ganz ruhig«, sagt eine Stimme hinter ihr. »Tief durchatmen. Ich strecke dein Bein durch, dann geht der Krampf weg.« Das Schmeichlerische von Jos österreichischem Dialekt tut seine Wirkung. Eine Hand drückt an ihrem Fuß, gleich entspannt sich Katharinas Wade. Dann presst sich Jos Hand auf ihren Oberschenkel, seine Wärme durchströmt sie und einen winzigen Moment lang ist ihr bewusst, wie nahe seine Finger, die Finger eines Unbekannten, ihrer nackten Scham sind.

Noch drei Mal holt sie tief Luft, dann ebbt die Panik endgültig ab.

Jo sieht sie besorgt an. »Wieder besser?«

Katharina nickt, hat einen Kloß im Hals. Ohne weitere Worte schwimmen sie langsam zurück ans Ufer. Im Schilf stützt Jo ihren Arm, an einem schmalen sonnigen Flecken lassen sie sich ins Gras sinken. Auf dem Rücken liegend, starrt Katharina in den Himmel. Eine winzige Wolke hängt scheinbar bewegungslos am blauen Firmament. Tränen laufen über ihre Wangen. Jo, der direkt neben ihr im Gras liegt, wischt die Tränen mit den Fingerrücken weg. Seine blauen Augen erscheinen in ihrem Sichtfeld.

»Alles gut. Ich bin da. Ist nichts Schlimmes passiert.«

Und ohne dass Katharina später sagen könnte, was sie dazu gebracht hat, legt sie ihre Hand auf Jos Nacken, zieht sein Gesicht zu sich herunter und küsst ihn. Noch vor wenigen Tagen hat sie sich insgeheim über ihn lustig gemacht: *Hippie* hat sie ihn genannt, und *Aushilfs-Winnetou*. Wie hat Jo es geschafft, sie in so kurzer Zeit für sich einzunehmen? Vielleicht ist es besser, nicht darüber nachzudenken.

Als sie sich voneinander lösen und Katharina den Kopf zur Seite dreht, taucht am weit entfernten Ende des Weihers ein Auto zwischen den Kiefern auf und hält auf Grantzow zu. Es ist Ursulas Kombi.

*

Der Holzsstoß, der am Dienstagabend auf dem Feld neben dem Rossbachhof entzündet wird, scheint sogar noch größer zu sein als die gigantischen Bergfeuer, die Katharina als Kind einmal im Urlaub in der Nähe der Zugspitze zu Gesicht bekommen hat. Wieder steht fast das ganze Dorf im Kreis um den Meiler, der wie ein mittelalterlicher Wehrturm hoch über ihren Köpfen aufragt. Und diesmal sind auch Besucher da, Dutzende junge Männer und Frauen, einige wenige in Schwarz, viele in selbst genähter Tracht, und auch Familien mit kleinen Kindern. Vor dem Rossbachhof steht ein großer Reisebus mit Berliner Kennzeichen. Ursula hat Katharina einen Rock geliehen, da sie nicht in Jeans zu dieser Feierstunde erscheinen sollte.

Mit todernstem Gesicht tragen die Männer der Familien Rossbach, Heynes und Ernst ihre brennenden Fackeln. Ihre Schlapphüte haben sie tief ins Gesicht gezogen, die Augen sind für die Umstehenden kaum sichtbar. Martin Ernsts Sohn Erik marschiert als Letzter in der Kolonne mit.

Niemand gibt auch nur einen Mucks von sich. Selbst die Kinder spüren die ehrfurchtsvolle Stimmung und klammern sich ängstlich an ihre Eltern. Mit den feuchtfröhlichen Dorffesten, bei denen betrunkene Jugendliche spätestens bei Einbruch der Dunkelheit lachend zusammenstehen und die Musik einer Blaskapelle mitgrölen, hat das hier nichts zu tun. Alles ist von einem fast religiösen Ernst beseelt, der dafür sorgt, dass sich Katharinas Nackenhaare sträuben.

Die Männer verteilen sich um den Meiler. Gerd Rossbach erhebt seine Stimme, tief und klar und voller Pathos: »Feuer ist Reinigung. Feuer ist Segen. Feuer ist Heilung. Das Holz wurde unter der gemeinschaftlichen Anstrengung der Sippe gesammelt. Jeder von euch hat seinen Teil dazu beigetragen, wie es sich für eine echte Gemeinschaft gehört. Wir feiern heute die Macht des Schicksals und die Leben spendende Kraft des Sonnenfeuers. Das Feuer gibt uns Wärme, Helligkeit und Fruchtbarkeit in einer verkommenen und pervertierten Welt. Die Sonnenwende ist auch eine Lebenswende: Die Sonne hat nun ihren höchsten Stand erreicht, doch wie die Sonne dürfen auch wir es uns nicht in der Fülle bequem machen, sondern müssen den Kampf des Lebens weiterführen. Sommer und Winter, Licht und Dunkel, Leben und Tod, Sieg und Untergang: Die natürliche Ordnung der Völker kettet uns an den ewigen Kreislauf des Universums.

Der Blick in den Nachthimmel und die auflodernden Flammen lassen uns Rückschau, aber auch Vorschau halten. Fehler, Unstimmigkeiten, Kleinmut, Selbstsucht, Schwarzseherei und Verweichlichung geben wir heute dem reinigenden Feuer anheim. Jeder lege Rechenschaft ab über sein Leben und gelobe Treue und Ehre: dem eigenen Wesen, der Sippe, den Kameraden, den Toten und dem Volk. Das Feuer stähle die Wehrhaftigkeit unserer Herzen gegenüber der Leichtfertigkeit einer sittenlosen Gesellschaft. Das Feuer schmiede uns zusammen im Kampf für unser Volk – verbunden durch *ein* Blut und *ein* Schicksal. Wie die Glut wollen wir brennen für diesen Kampf, wie die emporschießenden Flammen wollen wir nach Höherem streben, wie die Rauchsäule wollen wir über die Feinde unserer Art aufsteigen und nichts von ihnen übrig lassen als ölige graue Asche.«

Katharina sieht sich um und erstarrt. Direkt neben Ulf Heynes steht Ulrike Hauff; sie hat den rechten Arm zum Hitlergruß erhoben. In ihren Brillengläsern spiegelt sich das Lodern der Fackeln wider. Ihre Wangen sind mit Tränen benetzt. Auch einige der weiter vom Feuer entfernten Besucher stehen mit hochgerecktem rechten Arm und verkniffenen Mienen da.

Katharina traut ihren Augen nicht. In was für eine Art Sonnwendfeier ist sie da geraten? Ist Grantzow etwa eine Art Enklave für Rechtsradikale? Aber mit Ausnahme von Ulrike Hauff scheinen alle, die den verbotenen Gruß zeigen, Auswärtige zu sein.

Nun legen die Männer die Fackeln an den Meiler und treten danach in die zweite Reihe zurück. In wenigen Sekunden schlagen die Flammen hoch. Die Frauen fassen sich bei den Händen, auch Katharinas Hände werden ergriffen, und ohne dass sie sich dagegen zu wehren vermag, setzt sich der Ring der Frauen in Bewegung und tanzt in gemessenen Schritten um das Feuer. Katharina braucht nicht lange, bis sie die Schrittfolge begriffen hat, bald fügt sie sich in den Tanz ein, als sei es das Natürlichste der Welt. Immer schneller dreht sich der Kreis der Frauen, die Röcke fliegen, während die Flammen in den nächtlichen Himmel steigen und die Funken aufstieben. Als die Hitze unerträglich wird, löst sich der Ring der Tänzerinnen auf, fröhlich lachend, schwärmen sie auseinander, und auf einmal kippt auch die getragene Stimmung: Kleine Jungen in kurzen Lederhosen und Mädchen in Tracht und mit geflochtenem Haar rennen lachend über das Feld, während der Schulchor sich sammelt und unter Führung des Lehrers ein Lied anstimmt:

Setzt ihr euren Helden Steine
baut ihr einem Mann das Mal
dann vergesst der Mütter keine
die da starben hundertmal

Zwei weitere Strophen gibt es, gekrönt von lautstarken Wohlwollensbezeugungen der Umstehenden. Beifall scheint hier verpönt. Hiske Rossbach übergibt Katharina ein kleines Leinensäckchen.

»Wirf es ins Feuer, wie die anderen.«

Auch Ursula, Antke Heynes und ein paar der älteren Mädchen aus dem Dorf, die ihre Haare ebenfalls in geflochtenen Kränzen tragen, erhalten ein Leinensäckchen und alle übergeben sie es unter den anerkennenden Blicken der Männer dem Feuer. Erik sucht unter seinem Schlapphut Blickkontakt zu Katharina. Sie antwortet ihm mit einem Lächeln, das er schüchtern erwidert, bevor er sich wieder ganz lässig den Hut in die Stirn zieht und auf sie zuschlendert.

»Wie findest du unser Feuer?«

»Sehr beeindruckend. Habt ihr lange gebraucht, um so viel Holz zu sammeln?«

»Ein Wochenende. Wir singen dabei die Lieder der Altvorderen.«

Katharina macht ein beeindrucktes Gesicht.

Erik greift in seine Tasche und holt etwas heraus: den Mjölnir aus der Auslage an der Schmiede. »Diesmal kannst du ihn nicht ablehnen«, sagt er mit einem schelmischen Lächeln.

Mit einem Seufzer sieht Katharina sich um. Es scheint, als blicken alle auf Erik und sie, und natürlich hat er genau darauf kalkuliert. Sie nimmt den Anhänger aus seiner Hand und steckt ihn in ihre Tasche.

»Ich lege ihn später an«, erwidert sie und setzt dabei einen Blick auf, der hoffentlich jegliche Widerrede im Keim erstickt. Erik verabschiedet sich, immer noch lächelnd, indem er den Zeigefinger an die Hutkrempe legt.

Katharina wandert ein bisschen herum und nimmt die Atmosphäre in sich auf. Am Rand der Szenerie hat jemand eine Holzscheibe aufgestellt, die älteren Jungen üben sich dort im Axtwurf und Armbrustschießen, die Frauen legen auf einem Tisch Handarbeitswaren aus. An einer offenen Feuerstelle bereiten Antke Heynes und ein paar weitere Grantzower Frauen frisch gebackene, mit Sauerrahm und Kräutern bestrichene Teigfladen.

Katharina kommt ihr heimlicher Verdacht, bei der Sippe handle es sich möglicherweise um Neonazis, plötzlich ein bisschen kindisch und ungerecht vor. Hier sieht es doch viel eher aus wie auf einem Mittelaltermarkt als bei einem NPD-Aufmarsch. Und dass in dieser Gegend Deutschlands bei öffentlichen Veranstaltungen, bei denen es billiges Bier und kostenloses Essen gibt, der eine oder andere stramme Deutsche erscheint und aus seiner Gesinnung keinen Hehl macht, lässt sich wahrscheinlich nicht verhindern. Dafür die Schuld bei Gerd und Hiske und ihrem Stamm zu suchen, wäre unfair.

Andererseits gibt es da noch Ulrike Hauff. Sie und ihr Freund stehen beisammen und trinken aus einem Gefäß, das aussieht wie das Horn einer Kuh. Sie winken Katharina heran.

»Der Rock steht dir. Fesch schaust du aus, wie ein echtes deutsches Mädel«, lobt Ulf, ein pausbackiger Mittvierziger mit intelligent blickenden Augen. Ulrike Hauffs Wangen sind immer noch feucht. In ihrer Miene liegt eine Art überirdischer Ruhe. Sie scheint geradewegs durch Katharina hindurchzusehen.

»Du tust uns gut. Viele hier würden sich freuen, wenn du im Artam bleibst«, sagt Ulf.

»Artam?« Diesen Begriff hat Katharina nun schon zum wiederholten Mal gehört. »Ist das so was wie die Amish? Eine Glaubensgemeinschaft?«

Ulf und Ulrike werfen sich einen amüsierten Blick zu. »So etwas Ähnliches, ja. Wir leben hier nach unseren eigenen Gesetzen. Naturgesetze, die über den weltlichen Gesetzen stehen.«

Katharina sieht Ulf neugierig an.

»Wir erlauben nicht jedem, bei uns zu bleiben, musst du wissen. Unsere Gemeinschaft ist rein. Und das soll sie auch bleiben. Wenn wir dich einladen, hierzubleiben, setzen wir großes Vertrauen in dich.«

»Ich …« Katharina ist unsicher, wie sie darauf reagieren soll.

»Du musst nicht sofort darauf antworten«, erklingt eine Stimme hinter ihr. Jo legt ihr seine Hand auf die Schulter. Sie dreht sich um; im Widerschein des Feuers wirken Jos asketische Züge noch ein bisschen härter als sonst, ein Umstand, an dem auch sein Lächeln nichts ändert. »Gehen wir ein Stück?«

Ulf und Ulrike nicken ihr aufmunternd zu. Katharina und Jo lassen das Feuer und die Menschenansammlung hinter sich. Sie überlässt ihm die Führung, und obwohl ihr Spaziergang zuerst ziellos wirkt, erkennt Katharina bald eine Absicht: Jo macht mit ihr einen Rundgang durch das Dorf.

»Ohne die Sippe wäre Grantzow längst eine Ruine«, sagt Jo, als sie die Schule passieren. In einem Schaukasten vor dem Zaun klebt ein verblichenes Veranstaltungsplakat vom Januar: In der Schulturnhalle wurde der Film *Glückskinder* mit Lilian Harvey und Willy Fritsch gezeigt.

»Ein Glücksfall für das Dorf«, antwortet Katharina.

»Weißt du, *warum* das alles hier ohne Gerd und seine Leute Vergangenheit wäre?«

»Weil die Menschen keine Perspektive haben?«

»Weil das Machwerk, das sich BRD nennt, diesen Landstrich aufgegeben hat. Weil dieser sogenannte Staat die Menschen mit ihren Problemen alleine lässt.«

Katharina schweigt, sie möchte nichts Dummes sagen.

»Die Politiker: manipuliert. Die Gerichte: beeinflussbar. Die Exekutive: dumm gehalten.«

»Ist das nicht ein bisschen …«

»Paranoid?«

Katharina zuckt mit den Schultern. Das Wort findet sie ein wenig zu hart.

Jo bleibt stehen und sieht sie an. »Nimm nur die Polizei: Die drehen sich die Tatsachen hin, wie es ihnen passt. Wenn sie von oben vorgegeben bekommen, dass sie etwas erreichen müssen, erpressen sie Zeugenaussagen und manipulieren Beweise.«

Manipulieren Beweise. Katharina denkt an ihren Besuch auf dem Rostocker Polizeirevier und daran, dass diese Unterhaltung im Schatten der Linde vor der Schule wahrscheinlich weniger zufällig ist, als es zunächst den Anschein hatte.

Wieder dieser intensive Blick, der bis auf den Grund ihrer Seele dringt. »Ich langweile dich, gib's ruhig zu.«

»Nein, nein, gar nicht«, weicht Katharina aus. »Ich war nur … schockiert, weil Ulrike und ein paar andere Besucher den Arm zum Hitlergruß erhoben haben.«

Ein Schatten huscht im Dunkel hinter Jo über die Straße. Eine Katze vielleicht.

»Seid ihr Neonazis?«

Jo streicht ihr eine Haarsträhne aus dem Gesicht. »Hör auf dein Herz, Katharina. Du weißt, wer dein Vertrauen verdient – und wer es verspielt hat.«

Seine Lippen berühren ihre, sie küssen sich lange und leidenschaftlich; währenddessen wandern Jos Finger unter ihre Bluse und liebkosen ihre Brust. Wärme breitet sich in ihrem

Unterleib aus. Sie spielt mit dem Gedanken, ihn einfach mitzunehmen in Ursulas Haus, ihn die Treppe hinaufzuziehen ins Gästezimmer, ihm dort die Kleider vom Leib zu reißen und mit ihm zu schlafen. Seit Langem schon hatte sie nicht mehr so viel Lust auf Sex.

Sie öffnet die Augen, weil sie ein Geräusch hört: das Brummen eines Lastwagens. Die Scheinwerfer nähern sich, dann gleiten sie an ihnen vorbei. Es handelt sich um den Transporter einer Umzugsfirma, der Slogan *Hin und weg mit* – der halb abgeblätterte Name bleibt für sie unleserlich – flackert im Widerschein der Feuersäule, die ihr Licht bis zur Hauptstraße verbreitet. Die Innenbeleuchtung der Kabine ist eingeschaltet. Am Steuer sitzt ein Mann mit schwarzem Schnauzer, auf dem Beifahrersitz hat jemand Platz genommen, den Katharina kennt: Es ist der Alte im Blaumann, den Ulrike Hauff in ihrer Papiermanufaktur beschimpft hat.

Sie sehen dem Lkw nach.

»Wie geht es übrigens deiner Mutter?«, will Jo plötzlich wissen.

»Wieder besser.«

»In welchem Krankenhaus liegt sie eigentlich?«

»Im Marienhospital in Hamburg«, sagt Katharina, ohne lange nachzudenken.

»Sagtest du nicht, deine Mutter wohnt in Bremen?«

Katharinas Herz beginnt zu rasen. »Sie war bei einer Verwandten in Hamburg zu Besuch.«

Jo sieht sie lange an, ohne etwas zu sagen. Das Geräusch des Lasters verklingt, wieder hört man die entfernten Stimmen vom Fest hinter dem Rossbachhof. Katharinas Lust auf Jo ist schlagartig verflogen.

»Sollen wir wieder zurückgehen?«, schlägt Jo vor.

Auf dem Rückweg wechseln sie kein Wort miteinander.

Schweigend treten auch Ursel und Katharina den Heimweg an, nachdem das Feuer auf dem Rossbachacker erloschen ist und der Bus voller Menschen den Ort verlassen hat. Nick fallen vor Müdigkeit beinahe die Augen zu, Esther-Marie schläft auf Ursels Arm tief und fest.

Ursels Gesicht ist noch gerötet – von der Hitze des Feuers, aber auch vom Tanz und von der inneren Wärme, die der Zusammenhalt im Dorf bei ihr erzeugt, so ähnlich jedenfalls hat sie es Katharina gegenüber ausgedrückt.

Als der Rechenbachhof schon in Sicht ist, tauchen auf der gegenüberliegenden Straßenseite zwei Gestalten auf: der tätowierte Wachmann vom Ortsausgang mit dem Schnauzer und der tiefen Stimme und ein neuer Kollege – ein junges Bürschchen mit pickligem Gesicht. Diesmal tragen sie schwarze Uniformen mit Schulterklappen, etwas zu groß wirkende Uniformmützen und – Katharina muss zwei Mal hinsehen – Sheriffsterne auf der Brusttasche. Zudem sind ihre Hüften mit allerlei martialischen Gegenständen behängt: überdimensionale Taschenlampen, Schlagstöcke und Handschellen. Sogar Pistolenholster haben sie, aus denen metallisch glänzende Griffe herausragen. Als die Männer die Frauen bemerken, legt das Pickelgesicht zum Gruß Zeige- und Mittelfinger an die Hutkrempe. Ursel deutet ein Nicken als Antwort an.

Der Junge löst den Schlagstock von der Hüfte und hebt ganz beiläufig den Deckel einer auf dem Gehweg stehenden Mülltonne an, um einen Blick hineinzuwerfen. Katharina sieht den Männern verwundert nach und beobachtet, wie sich das gleiche Schauspiel bei jeder weiteren Mülltonne auf dem Gehweg wiederholt.

»Was machen die da?«, flüstert sie Ursel zu.

»Die gehen Streife. Zu unserer Sicherheit.«

Katharina hört die Männer hinter sich lachen und dreht sich um. Der Junge stößt mit dem Schlagstock in eine der Mülltonnen hinein, immer und immer wieder. Das Lachen übertönt ein weiteres, weniger fröhliches Geräusch, von einem Tier, das sich offenbar in der Mülltonne versteckt hat und Todesqualen leidet. Immer schwächer wird das klägliche Fiepen und schließlich verstummt es.

»Außerdem halten sie das Ungeziefer in Schach.«

*

Katharina kribbelt es in den Füßen, sobald die Sonne über den Baumwipfeln steht. Sie ist früher nicht oft laufen gegangen, aber wenn sie Lust dazu verspürt, muss es sofort sein. Sie fragt Ursel vorsichtig nach passender Kleidung und Schuhen und zu ihrer Überraschung kann ihr die Bäuerin nicht nur mit Shirt und Shorts, sondern sogar mit brauchbaren Laufschuhe in der passenden Größe aushelfen.

Zehn Minuten später läuft Katharina mit wippendem Zopf aus dem Dorf hinaus Richtung Wald. Dampf steigt vom Rechenbachweiher auf. Im Gras am Ufer steht ein Graureiher, reglos wie ein Standbild. Ursel hat ihr von einem Pfad erzählt, der hinter dem See in den Wald führt, ein etwa fünf Kilometer langen Rundweg durch den Forst – eine für Katharina angemessen wirkende Entfernung. Sobald sie den weichen Waldboden im Schatten der Bäume erreicht, kühlt es merklich ab, aber da ist sie schon warm gelaufen.

Etwa auf halbem Weg durch den Wald taucht plötzlich ein anderer Jogger zwischen den Bäumen auf. Katharina ist mehr als überrascht: dass sich um diese Uhrzeit noch jemand in dieser verlassenen Gegend aufhält, findet sie seltsam. Seine leuchtend bunte Bekleidung lässt den Schluss zu, dass es niemand aus dem Dorf ist, in dem Kunstfasern verpönt sind. Es ist ein junger Mann ungefähr in ihrem Alter, fast einen halben Kopf kleiner als sie selbst, attraktiv, wenn auch etwas bleich und übernächtigt wirkend mit dem Dreitagebart. Als sie sich begegnen, meint sie in seinem Ausdruck ein Wiedererkennen zu bemerken. Dabei ist sie sich sicher, den Mann noch nie vorher gesehen zu haben.

Sie ziehen auf dem schmalen Pfad aneinander vorbei, trotz

des feinen Schweißfilms auf seiner Stirn hängt ihm nicht wie vielen anderen Läufern ein unangenehmer Duft an. Seine Schritte auf der federnden Erde werden leiser, dann verstummen sie plötzlich.

»Frau Hofmann?«

Sie dreht sich um. Der Mann hat sich ihr zugewandt.

»Sie sind doch Katharina Hofmann, oder?«

Auf einmal spürt sie deutlich ihren Herzschlag.

Max Klee weiß durchaus, wie unvorsichtig es ist, am helllichten Tag im Grantzower Forst joggen zu gehen. Aber von morgens bis abends beinahe bewegungslos im Van zu sitzen und auf bessere Zeiten zu hoffen, hält er nicht aus. Laufen hilft ihm, den Kopf freizubekommen. Das Risiko, dabei entdeckt zu werden, geht er ein.

Als Max die junge Frau auf sich zulaufen sieht und ihm bewusst wird, um wen es sich handelt, gewinnt seine Intuition die Oberhand.

Er bleibt stehen, dreht sich um und spricht sie an. Wie erwartet, ist sie erschrocken.

»Mein Name ist Max Klee vom Landeskriminalamt Mecklenburg-Vorpommern. Sollen wir ein Stück gemeinsam laufen?«

»Woher kennen Sie meinen Namen?« Sie blickt ihn misstrauisch an.

Wenn er nur genug Zeit hätte, ihr alles zu erklären. Aber Zeit ist die Ressource, die im Moment am knappsten ist. Er läuft wieder los. Völlig perplex steht sie auf dem schmalen Pfad und sieht ihm nach.

»Kommen Sie! Wir reden beim Laufen.«

Langsam setzt sie sich in Bewegung, in wenigen Augenblicken hat sie zu ihm aufgeschlossen.

»Wir überwachen die Zugangsstraße nach Grantzow«, erklärt er ihr. »Wir wissen über fast alle Personen Bescheid, die das Dorf betreten und verlassen.«

»Wozu denn das?« Sie klingt angestrengt, aber das ist vielleicht auch die Aufregung.

»Weil Grantzow kein normales Dorf ist. Das müssen Sie doch selbst schon gemerkt haben.«

Sie lässt nicht erkennen, was sie von seiner Mutmaßung hält. »Und was wollen Sie von mir?«

»Sie sind hergekommen, um Ihre Schwester Sara zu finden, nicht wahr?«

Katharina stolpert, beinahe stürzt sie.

»Woher wissen Sie *das* denn nun wieder?«

»Sie haben sich in Rostock beim Amtsgericht nach Ihrer Schwester erkundigt. Und bei der Polizeidienststelle in der Ulmenstraße eine Aufenthaltsermittlung angestoßen.«

Katharina sieht Klee konsterniert an. »Ist Ihre Form der Informationsbeschaffung eigentlich legal?«

»Wir tun das nicht, um Sie zu ärgern, sondern um Sie zu schützen.«

»Wovor denn schützen?«

»Frau Hofmann, es mag Ihnen nicht bewusst sein, aber Sie haben sich da in eine ziemlich gefährliche Lage begeben. Diese Dörfler sind nicht so harmlos, wie Sie vielleicht denken.«

»Was haben die Grantzower denn verbrochen?«

Während sie locker durch den Wald traben, legt er ihr seinen Stand der Dinge dar.

»Wir beobachten die Familien Rossbach, Ernst und Heynes schon ziemlich lange. Nicht erst, seit sie in Grantzow leben. Sie bezeichnen sich selbst als Neoartamanen, als völkische Siedler. Sie geben sich den Anschein harmloser Ökobauern und Kunsthandwerker, aber wir vermuten, dass sie gemeinsam mit anderen Neonazigruppierungen etwas Großes planen.«

»Sie meinen einen Anschlag oder so etwas?«

»So etwas Ähnliches.« Klee zieht es vor, diesen Teil nicht weiter auszuführen; es klingt so verrückt, dass nicht einmal seine Vorgesetzten, die die Szene kennen, seine Mutmaßungen ernst nehmen. Von einer Außenstehenden kann er das erst recht nicht erwarten. »In jedem Fall vermuten wir, dass sie irgendwo ein Waffenlager angelegt haben. Ein großes unterirdisches Depot. Aber wir wissen nicht, wo.«

»Und warum erzählen Sie mir das alles?«

»Weil ich Ihre Hilfe brauche. Wir benötigen Beweise, dass dieses Waffenlager existiert.«

Katharina schüttelt verwundert den Kopf. »Warum sollte ich so etwas Verrücktes tun?«

»Weil ich Ihnen dann helfe, Ihre Schwester aus Grantzow herauszuholen.«

Diesmal rennt er sie fast um, so abrupt ist ihr Stillstand.

»Sara ist hier? Wo?«

»Das wissen wir nicht genau.« Dünnes Eis.

»Sie ist also am Leben?«

»Vermutlich.« Sehr dünnes Eis.

»Was ist denn nur passiert?«

»Sie hatte beruflich in Grantzow zu tun. Vielleicht hat sie etwas gesehen, was nicht für ihre Augen bestimmt war.« Stochern im Nebel.

Katharina Hofmann sieht ihn lange an. Dann graben sich ein paar tiefe Falten in ihre Stirn. »*Sie* waren das mit dem Hotel auf Gran Canaria!«

»Ich wollte Sie aus der Schusslinie nehmen. Sie dazu bewegen, Grantzow zu verlassen. Was Besseres ist mir nicht eingefallen.«

»Ich finde das erschreckend, dass Sie so mir nichts, dir nichts auf alle möglichen Informationen zugreifen und sie manipulieren können«, sagt sie mehr zu sich selbst. Jo hatte völlig recht mit seinen Ausführungen über die manipulierende Staatsgewalt, das wird ihr jetzt bewusst.

Sie wischt sich den Schweiß von der Stirn. »Wenn Sie wissen, dass Sara in Grantzow festgehalten wird, warum marschieren Sie dann nicht einfach da rein und holen meine Schwester raus?«

»Ich kann nicht das ganze Dorf stürmen. Ein Haus durchsuchen – ja. Ein Gehöft – vielleicht. Aber nicht eine Ortschaft mit knapp hundert Einwohnern.«

»Und wer hindert mich daran, Sara in mein Auto zu laden und einfach wegzufahren, wenn ich sie finde?«

»Ich denke, diese Frage können Sie sich selbst beantworten, Frau Hofmann.«

Diesmal ist sie es, die ihm davonzieht. Er muss sich anstrengen, um ihr zu folgen.

»Lassen Sie es mich einfach wissen, wenn Ihnen etwas auffällt, etwas Ungewöhnliches.«

»Das ganze Dorf ist ungewöhnlich. Vielleicht sind die Bewohner deshalb so glücklich.«

Klee hält Katharina eine Visitenkarte hin. Darauf steht nur eine Mobilfunknummer, kein Name, nichts sonst.

Sie greift nach der Karte und legt Tempo zu.

»Glauben Sie mir: Die ganze Ideologie dieser völkischen Siedler ist revisionistisch, menschenverachtend und demokratiefeindlich. Glücklich wird damit auf lange Sicht niemand. Daran hat sich seit siebzig Jahren nichts geändert«

Sie ist schon so weit vorne, dass er sich nicht sicher ist, ob sie ihn überhaupt gehört hat.

»Kann ich auf Sie zählen, Frau Hofmann? Es geht um Ihre Schwester!«

Eine Antwort auf seine Frage erhält er nicht mehr.

»Sie können mich jederzeit erreichen, wenn Sie sich entschieden haben! Tag und Nacht.«

Um die Mittagszeit geht Katharina los, um Nick von der Schule abzuholen. Sie steckt ein paar Apfelschnitze ein, denn mit dem Mittagessen wird es noch etwas dauern. Auf dem Weg hat sie Zeit, um nachzudenken. Sie hat Ursel wohlweislich nichts von der Begegnung im Wald erzählt. Sie hat auch nicht nach völkischen Siedlern oder Artamanen gefragt oder wie Ursel zur Demokratie und zu den Menschenrechten steht.

Dass Ulrike Hauff, die Katharina sowieso nicht leiden kann, offensichtlich ein Neonazi ist, heißt nicht, dass alle im Dorf Gesinnungsgenossen sind. Ganz im Gegenteil: Niemand in Grantzow läuft mit Tätowierungen, Glatze und Springerstiefeln herum, wenn man von den Wachleuten absieht, aber Wachleute sehen in Hamburg ganz genauso aus. Vermutlich ist das einfach der Dresscode in Sicherheitsunternehmen.

Katharina denkt an die Visitenkarte von Max Klee und daran, dass diese Telefonnummer wie göttlicher Sarkasmus wirkt, weil sie nach der Mobilvorwahl 150148 lautet – bis auf die letzten beiden vertauschten Ziffern das genaue Geburtsdatum ihrer Schwester. Einen Moment lang erwägt sie die Möglichkeit, dass Klee diese Nummer absichtlich ausgewählt hat, aber so weit gehen vermutlich nicht einmal die Manipulationskünste der mecklenburgischen Polizei. Diese Nummer kann sie sich auch so merken und deshalb hat sie die Visitenkarte ohne viel Federlesens weggeworfen.

Die Kinder bauen sich wie gewohnt unter der Linde zur Verabschiedung auf und strömen schließlich durchs Tor. Als Katharina die Kinderschar betrachtet, drängt sich der Eindruck in den Vordergrund, dass die Schuluniformen militärisch wirken – mit Koppel, glatt polierten Lederstiefeletten und den bis nach oben zugeknöpften Hemden. Keiner der Jungen hat lange Haare, alle Mädchen tragen Zöpfe. Was hat ihr der Polizist da für einen Floh ins Ohr gesetzt?

Außerdem betrachtet sie jedes Haus im Ort nun als potenziellen Ort, an dem man ihre Schwester gefangen hält. Sie sucht nach Anzeichen für ein Versteck, mit Brettern vernagelte Kellerfenster zum Beispiel. Aber die schmuck renovierten Häuschen sehen so freundlich und einladend aus wie eh und je.

Nick wirkt jedoch weniger zutraulich als sonst. Bei der Begrüßung sieht er Katharina nicht an, seine Hände hat er tief in den Hosentaschen vergraben. Als sie ihm einen Apfelschnitz anbietet, schüttelt er den Kopf.

»Ist irgendetwas vorgefallen?«

Er schüttelt wieder den Kopf. Auf dem gesamten Heimweg reden sie kein Wort. Sie betreten das Haus, in der Küche bereitet Ursel das Mittagessen vor.

Niklas nimmt den Schulranzen von der Schulter und setzt ihn auf einem Stuhl am Esstisch ab. Schnell dreht er sich von Katharina weg, er will nicht, dass sie es sieht, aber es ist schon geschehen: Seine Hände sind leuchtend rot und an einigen Stellen sind deutlich weiße Striemen zu erkennen.

»Komm in die Küche zum Händewaschen, Nick.«

Niklas geht in die Küche. Katharina hält die Luft an. Sie erwartet, dass Ursel jeden Moment erschrocken aufschreit. Aber nichts dergleichen geschieht. Stattdessen kommt sie mit Nick aus der Küche und stellt lächelnd eine Schüssel Salat auf den Tisch.

»Essen in fünf Minuten.«

Ursels Gleichgültigkeit lässt Katharina frösteln. Nach dem Essen gibt sie vor, sich nicht wohlzufühlen, und zieht sich in ihr Zimmer zurück. Ihre Nachforschungen in Saras Laptop – ehrlicherweise sogar all ihre Bemühungen, den Verbleib ihrer Schwester aufzuklären – sind während der letzten Tage zum Erliegen gekommen. Und Katharina könnte nicht einmal genau sagen, warum. Ist sie von der anstrengenden körperlichen Arbeit so geschafft, dass sie abends keine Zeit mehr findet, den Laptop einzuschalten? Oder hat das Grantzower *Arkadien* schon angefangen, sie in eine bequeme Apathie einzuhüllen, aus der Max Klee sie endlich wachrüttelte? Wie auch immer – an ihrer Passivität muss sich schnellstens etwas ändern. Sie loggt sich ein und setzt ihre Suche in der Verlaufshistorie des Internetbrowsers fort.

Eine Adresse erregt ihre Aufmerksamkeit: Es handelt sich um eine Seite, mit der Sara den Standort ihres iPhones lokalisieren kann. Katharina kennt diese Funktion, sie hat sie selbst schon benutzt, als sie fälschlicherweise dachte, ihr Handy sei gestohlen worden. Am Ende fand sie das Gerät wieder, tief in den Kissen auf dem Wohnzimmersofa vergraben.

Katharina ruft die Seite auf und wie schon bei der Bank wird sie gefragt, ob die Felder mit Benutzernamen und Passwort automatisch ausgefüllt werden sollen. Nach dem Anmelden baut sich vor ihr ein Luftbild von Grantzow auf. Ein Hinweisfenster bittet sie um Geduld. Es dauert ziemlich lange, bis eine weitere Meldung auf dem Bildschirm erscheint: *Das Handy ist offline und kann derzeit nicht lokalisiert werden.*

Katharinas Mut sinkt.

Möchten Sie den letzten bekannten Standort angezeigt bekommen? Sie bestätigt.

Wieder die Warteschleife.

Schließlich erscheint ein kleiner blauer Punkt am anderen Ende von Grantzow.

Katharina zoomt in die Karte hinein. Der Punkt verharrt etwa dort, wo sich die Papiermanufaktur befindet.

Katharina wird übel. Sie stürmt ins Gästebad, schließt die Tür hinter sich ab und übergibt sich in die Toilette. Nachdem sie etwas Wasser getrunken und drei Mal tief durchgeatmet hat, reißt sie sich zusammen und geht nach unten, wo Nick Hausaufgaben am Esstisch macht. Ursel ist nirgends zu sehen.

»Mama ist im Gewächshaus«, erfährt sie von Nick.

Katharina leiht sich – ohne Ursel zu fragen – ein Fahrrad aus und radelt die Dorfstraße hinunter, biegt an der nun verlassen daliegenden Schule ab, folgt dem Weg, lässt die Schmiede rechts liegen und erreicht schließlich das windschiefe Gebäude, das die Papiermanufaktur beherbergt.

Hier sieht alles aus wie immer. Auf der Straßenseite gegenüber parkt ein schwarzer Opel Kombi mit rostigen Kotflügeln.

Katharina lehnt das Fahrrad, das keinen Ständer hat, an einen Laternenmast und sieht sich um. Die Vorhänge an den

Fenstern sind zugezogen. Von drinnen ist kein Laut zu hören. Es hat nicht den Anschein, als wäre jemand im Hause. Katharina späht die Straße hinunter. Keine Menschenseele weit und breit. Offenbar hält das ganze Dorf Mittagsschlaf.

Katharina geht durch das Tor und erklimmt die Treppenstufen hinauf zur Veranda. Aus dem Schaukasten entnimmt sie ein kleines schwarzes Notizbuch, ganz ähnlich dem, das sie letztens gekauft hat. Sie umklammert es so fest, dass der Schweiß das Leder an ihrer Haut kleben lässt. Mit der anderen Hand betätigt sie die Klingel, das gedämpfte Geräusch dringt durch die Eingangstür nach draußen. Sonst hört man nichts: Niemand macht Anstalten, die Tür zu öffnen.

Katharina hält die Luft an und greift nach dem Knauf. Just in dem Moment, als ihre Finger das Messing berühren, geht die Tür auf und Ulrike Hauff steht vor ihr. Ein paar Schritte hinter ihr befindet sich ein Mann, den Katharina bisher nur ein einziges Mal in Grantzow gesehen hat – und zwar am Brauchtumsabend. Er hielt sich hinten im Schatten, ein vierschrötiger Kerl mit blondiertem Bürstenhaarschnitt und Schweinsaugen, dessen Hände den Eindruck erwecken, als könne er damit jemanden erwürgen, ohne einen Schweißtropfen zu vergießen. Später am Abend hatte sie ihn noch mit Ulrike Hauff und Ulf Heynes zusammenstehen und Bier trinken sehen.

»Ja?« Ulrike Hauff sieht sie überrascht an.

Katharina starrt erst sie, dann den Bürstenschnitt an.

»Das ist Fritz«, stellt Ulrike Hauff vor.

»Hallo«, sagt Fritz mit düsterer Miene.

»Willst du was kaufen?«, fragt Ulrike.

Katharina erinnert sich wieder an das Notizbuch. Sie hält es ihr hin.

»Neun neunzig«, nennt sie ihr den Preis.

Katharina fasst in die Hosentasche, aber natürlich hat sie kein Geld dabei. Auf diese Situation war sie nicht vorbereitet.

»Sorry, ich – hab den Geldbeutel zu Hause vergessen.«

»›Sorry‹ heißt auf Deutsch ›Entschuldigung‹«, lässt sich Fritz von hinten vernehmen.

»Ich … Entschuldigung.«

Ulrike und Fritz sehen sich an. Ulrike Hauff seufzt und schiebt Katharina zur Seite. Die beiden ziehen die Haustür zu und gehen an ihr vorbei zu dem schwarzen Kombi.

»Bring das Geld einfach irgendwann vorbei«, ruft Ulrike über die Schulter zurück, während sie die Straße überquert.

Ihr Begleiter und sie steigen in den Wagen, Fritz klemmt sich hinters Steuer. Während er den Motor startet, lässt er Katharina nicht eine Sekunde aus den Augen. Endlich löst sie sich aus ihrer Starre und steigt die Verandatreppe herab.

Der Wagen braust davon und lässt eine wabernde Staubwolke zurück. An der Schule biegt er ab und entschwindet ihrer Sicht.

Katharina bleibt unschlüssig stehen. Jetzt, wo die beiden endgültig verschwunden sind, könnte sie unentdeckt in das Haus eindringen. Aber was, wenn Ulf noch drinnen ist? Außerdem zittern ihre Hände so stark, dass sie sich nicht dazu in der Lage sieht.

Ihr ganzer Mut hat sich in den letzten Minuten in Luft aufgelöst.

Auf dem Rückweg legt Katharina einen Stopp in der Schmiede ein. Sie wundert sich, dass ihr Wagen immer noch nicht fertig ist. Erik ist nirgends zu sehen, aber Martin steht mit Ohrenschützern ausgerüstet an einer Werkbank und schleift mit einer Flex unter ohrenbetäubendem Lärm ein Blech ab. Es dauert eine Weile, bis er sie bemerkt.

Das Kreischen der Schleifscheibe verebbt, nachdem er die Maschine ausgeschaltet hat, und er nimmt die Ohrenschützer ab.

»Kommst du wegen deines Autos?«

Katharina nickt. »Ich will dich nicht drängen. Auf ein paar Tage kommt's nicht an.«

Er schüttelt den Kopf. »Die kommen mit der Ersatzscheibe nicht rüber. Die Front habe ich so weit fertig.«

Sie gehen zur Hebebühne, die sich am anderen Ende der Halle befindet. Als Katharina die Werkbank passiert, erkennt sie, dass es sich bei dem Blech, an dem Martin arbeitet, um den Minutenzeiger der defekten Kirchturmuhr handelt. Sein kleiner dicker Bruder lehnt bereits frisch lackiert und glänzend an der Wand.

Tatsächlich sieht ihr Wagen vorne aus wie neu, sogar neue Blinker sind montiert, nur lackiert werden muss das verspachtelte Blech noch.

»Das kann ich nie bezahlen, Martin.«

»Da werden wir uns schon einig.«

Sie gehen um den Wagen herum. Katharina bemerkt, dass auch an der Heckklappe gespachtelt wurde. »War hier auch ein Schaden? Ich kann mich gar nicht erinnern.«

»Da war ein Aufkleber drauf. Den musste ich runtermachen, weil der den Lack beschädigt hat.«

Katharina erinnert sich an den Aufkleber – Sara hatte ihn vor einigen Jahren heimlich angebracht. Erst hatte Katharina sich geärgert, aber dann fand sie das Statement gut: *Alle Menschen sind Ausländer – fast überall.*

»Ich habe aber einen schönen Ersatz für dich, der greift den Lack auch nicht an.«

Martin langt in eine Schublade und zieht einen Sticker heraus: *Ein Herz für Deutschland* steht darauf, in der Mitte ein Herz in Schwarz-Weiß-Rot. Einen ganzen Packen dieser Klebefolien sieht Katharina in der Schublade liegen.

»Ich weiß nicht. Ich fand den alten eigentlich ganz nett.«

Aber Martins Miene lässt keinen Widerspruch zu. Er greift durch das offene Fahrerfenster und legt *Ein Herz für Deutschland* auf das Armaturenbrett. »Manchmal muss man Farbe bekennen.«

»Ich glaube, ich lass die Stelle lieber ganz frei«, kontert Katharina, doch es klingt ziemlich matt.

Sie hört das typische Rumpeln eines großen Fahrzeugs weiter unten auf der Straße und tritt neugierig auf den Vorplatz hinaus. Vor dem Rossbachhof hat ein Reisebus mit Hannoveraner Kennzeichen gehalten. Im Rückfenster hängt eine schwarz-weiß-rote Flagge mit einem Eisernen Kreuz in der Mitte, in einer Ecke ist, sehr klein, auch das Schwarz-Rot-Gold der BRD-Flagge zu sehen. Aus dem Bus steigt eine Handvoll Männer, die meisten kaum über zwanzig, aber auch drei ältere Herren; einer von ihnen hat eine farblich passende Schärpe mit dem zentrierten Kreuz umgebunden. Einer der Neuankömmlinge trägt etwas auf dem Kopf, was wie ein selbst gebastelter Hut aus Alufolie aussieht. Jo steht an der Tür und begrüßt jeden Besucher mit Handschlag. Die Männer trotten im Gänsemarsch durch den Garten der Rossbachs und verschwinden im Seminarhaus. Nachdem der letzte Besucher begrüßt ist, schließt sich die Bustür wieder mit einem Zischen.

Jo sieht zu Katharina herüber. Er lächelt. Dann winkt er ihr zu.

Natürlich winkt sie zurück.

Niklas räumt seine Schulsachen vom Esstisch. Es ist später Nachmittag. Katharina hat beim Unkrautjäten geholfen, jetzt setzt Ursel Kaffee auf und stellt einen Hefezopf auf den Tisch – selbstverständlich selbst gebacken. Im Hintergrund dudelt leise das Radio.

Auf der Tischplatte liegt die heutige Ausgabe der *Ostseezeitung*. Neben haufenweisen Berichten über die Flüchtlingskrise findet sich auch eine mit einem Foto versehene Polizeimeldung. Auf dem Foto ist ein fleckiges T-Shirt mit der Aufschrift *New York City* und der Zahl *89* abgebildet. Der Text neben dem Bild informiert den Leser, dass Mitarbeiter der Stadtwerke Rostock im Rosengarten den leblosen Körper eines jungen Osteuropäers gefunden haben. Der Notarzt konnte nur noch den Tod des jungen Mannes feststellen, dessen Alter auf 18 bis 22 Jahre geschätzt werde und dessen Identität bislang unbekannt sei. Der Leichnam habe vermutlich schon einige Tage an der Stelle gelegen und werde derzeit in der Gerichtsmedizin obduziert. Die Verletzungen legen nahe, dass der Tote Opfer einer Gewalttat wurde. Die Polizei bittet um Mithilfe bei der Identifizierung: Da der Kopf schwer deformiert sei, habe man darauf verzichtet, ein Porträt zu veröffentlichen, und stattdessen seine Kleidung fotografiert.

Katharinas Mund ist völlig ausgetrocknet. Sie muss sich setzen und starrt wortlos auf das Bild. Sie ist sich beinahe sicher, dass es sich um den Dieb ihres Portemonnaies handelt. Natürlich hat sie sich über seine Dreistigkeit geärgert. Natürlich hätte sie sich gefreut, wenn er seine gerechte Strafe bekommen hätte. Aber dass der Junge nun tot ist und offenbar auch noch das Opfer eines Verbrechens wurde, nimmt sie doch mit.

»Die kleine Zecke hab ich den Behörden übergeben« – so ähnlich hatte sich Gerd Rossbach an jenem Nachmittag auf dem Neuen Markt ausgedrückt.

Sie denkt an das Blut auf Gerd Rossbachs Arm.

»Hast du ein Gespenst gesehen?« Ursel stellt den Kaffee vor Katharina hin.

Einen kurzen Moment zieht sie in Erwägung, Ursel wissen zu lassen, was ihr durch den Kopf geht. Nach wie vor kann sie nicht einschätzen, wie Ursel zur Sippe steht. Ist sie ein Mitglied dieser Gemeinschaft? Oder sympathisiert sie lediglich mit den Neoartamanen, wie Klee diese Leute bezeichnet hat?

Egal – Katharina hat das Taktieren satt.

»Dieser Junge, der tot in Rostock aufgefunden wurde, er war es, der meinen Geldbeutel gestohlen hat. Den Gerd dann wieder zurückgeholt hat. Der Junge hatte genau dieses T-Shirt an.«

Ursel dreht die Zeitung um und überfliegt den Artikel.

»Gerd hat mir gegenüber behauptet, er hätte den Kerl der Polizei übergeben. Er hat ihn als Zecke bezeichnet.«

Ursel sieht Katharina lange an.

»Niklas, geh bitte rauf in dein Zimmer.« In ihrer Stimme liegt eine unüberhörbare Strenge.

Ihr Sohn sieht sie neugierig an. Er weiß intuitiv wie alle Kinder, dass nun interessante und für seine Ohren besonders ungeeignete Themen zur Sprache kommen werden. Er bettelt, zuhören zu dürfen, aber seine Mutter bleibt hart.

Als die Frauen alleine sind, setzt Ursel sich neben Katharina und liest den Artikel nun mit der gebotenen Gründlichkeit.

»Was genau meinst du?«, will Ursel wissen.

»Als Gerd zu seinem Stand zurückgekehrt ist, hatte er Blut am Ärmel. Glaubst du, er hat was mit dem Tod des Jungen zu tun?«

Ursel geht auf Abstand, indem sie ihren Stuhl ein paar Zentimeter vom Tisch wegschiebt. »Mach dich nicht lächerlich, Katharina!«, meint sie entrüstet. »Gerd ist der netteste, hilfsbereiteste Mann, den ich kenne.«

Von oben hört man ganz leise ein Kinderhörspiel, ansonsten ist es unangenehm still im Haus.

»Hast du schon mal den Verdacht gehabt, dass diese Sippe nicht ganz so harmlos ist, wie sie sich gibt?«

Ursel umklammert ein Glas Wasser, in dem eine Zitronenscheibe schwimmt.

»Dass diese Hilfsbereitschaft und diese Gemeinschaftsaktionen nur ein Vorwand sind, um die Leute auf ihre Seite zu ziehen?«, fährt Katharina fort.

»Ich habe keine Ahnung, wovon du redest, Katharina. Und ich möchte auch nicht, dass du diese Menschen und das was sie für uns tun, in den Schmutz ziehst.«

»Nimm nur mal die Schule, die fragwürdigen Bücher, die aussehen, als wären sie im letzten Weltkrieg geschrieben worden. Hast du dir die Matheaufgaben mal angesehen?«

Das hat Ursula natürlich.

»Da wird mit Juden und Ariern statt mit Zahlen gerechnet.«

»Die Schulbücher sind ein bisschen in die Jahre gekommen. Damals hatte man andere Ansichten. Die Rechenregeln haben sich deswegen doch nicht geändert.«

»Aber dass der Lehrer in dieser kostenlosen Privatschule die Prügelstrafe anwendet, ist dir nicht entgangen, oder? Das ist heutzutage verboten.«

»Als ich in dem Alter war, hat uns der Lehrer auch mal was mit dem Lineal auf die Finger gegeben, wenn wir besonders frech waren. Geschadet hat es uns nicht.«

»Weißt du, warum deine Tochter nicht mehr Esther genannt werden will, Ursel? Weil es ein jüdischer Name ist.«

»Hat sie dir das gesagt?«

»Nein, da bin ich von ganz alleine drauf gekommen.«

»Das ist doch Unsinn, Katharina. Meine Schwester wollte in der Pubertät auch von einem Tag auf den anderen nicht mehr Claudia, sondern Nicole genannt werden, ihr zweiter Name. Mit dem, was du da andeutest, hat das doch gar nichts zu tun.«

»Und diese Sheriffs, die nächtens durch den Ort laufen und Leute kontrollieren, wie in einem Polizeistaat? Macht dir das keine Angst, ständig unter dieser Überwachung zu leben?«

»Angst?« Ursula schüttelt fassungslos den Kopf. »Im Gegenteil. Hat dir Ulf von den Einbrüchen in den Nachbarorten erzählt? Seit diese Leute uns beschützen, fühlen wir uns sicher.«

»Wovor denn beschützen? Es gibt hier doch gar nichts Gefährliches.«

Nun zieht Ursula den Stuhl wieder näher an den Tisch. Ihre Augen spiegeln eine gewisse Unnachgiebigkeit wider. Sie geht zum Angriff über. »Muss ich dich erinnern, was dir in Hamburg passiert ist? Glaubst du, so etwas wäre in Grantzow möglich? Glaubst du, hier würden irgendwelche rumänischen Bauarbeiter nachts an der Ecke stehen und Frauen begrapschen?«

Katharina will antworten, sie wisse ja gar nicht, ob es Rumänen oder Türken oder sonst was gewesen seien, und Bauarbeiter gäbe es in Grantzow ohnehin keine, weil man hier alles selbst mache, aber Ursel lässt sie nicht zu Wort kommen. »Nein, so etwas gibt es bei uns nicht. Weil unsere Sheriffs dafür sorgen, dass solche asozialen Typen fernbleiben.« Ursel atmet tief durch. »Was die Schule betrifft: Ich hatte mit Niklas große Probleme, nachdem sein Vater uns im Stich gelassen hat. Riesige Probleme. Er wurde derart renitent, dass er seine Mutter als Hure beschimpft und angespuckt hat, kannst du dir das vorstellen? Nein? Dachte ich mir. Du kennst ja nur den Niklas von heute. Was glaubst du, wann aus meinem Sohn dieser höfliche, folgsame Junge geworden ist? Genau, seit er auf diese neue Schule geht. Und Niklas ist nicht das einzige Kind im Dorf, das diese Wandlung durchgemacht hat, das weiß ich aus Gesprächen mit anderen Eltern.«

»Das – das wusste ich nicht«, stottert Katharina.

»Du weißt einiges nicht, Katharina. Du bist eine Fremde, die hier gerade mal ein paar Tage im Dorf verbringt, und maßt dir bereits ein Urteil an. Ich denke nicht, dass dir das zusteht. Was wir allerdings erwarten können, ist ein wenig Dankbarkeit für die Unterstützung, die die Menschen dir hier angedeihen lassen.«

Katharina fühlt sich mit jedem Satz ein bisschen kleiner.

»Nur weil die Schule, die Uniform und alle Materialien kostenlos sind, genauso wie die Tagesmutter und die Verpflegung der Kinder, können wir uns nach drei Jahren endlich mal wieder einen kleinen Luxus gönnen: Esther bekommt ein neues Fahrrad und Nick darf bald ins Ferienlager nach Grabow. Dafür bin ich dankbar. Wenn ich das alles bezahlen müsste, müssten wir auf vieles, auf *sehr vieles* verzichten. Ich könnte es mir dann sicher auch nicht leisten, eine zusätzliche Person im Haushalt durchzufüttern, selbst wenn sie auf dem Hof mitarbeitet.«

Diese Breitseite geht in Katharinas Richtung, die schon rote Ohren bekommt anlässlich der Standpauke.

»Und das Sonnwendfeuer?«, gibt sie trotzdem zu bedenken. »Bei dem Leute strammstehen und den Hitlergruß praktizieren, ohne dass irgendjemand einschreitet?«

»Ich erzähle dir mal was, Katharina: Als wir noch in Berlin gewohnt haben, ging gerade der ganze Rummel mit Halloween los. Jedes Jahr kamen mehr Kinder, die als Figuren aus amerikanischen Horrorfilmen verkleidet waren und um Süßigkeiten bettelten. Kulturimperialismus der schlimmsten Sorte. Alles nur, weil ein paar Leute eine Lizenz zum Gelddrucken für die Herbstsaison entdeckt hatten. Und alte deutsche Bräuche, die seit Urzeiten bei uns gepflegt wurden, zum Beispiel das Julfest oder die Sonnwende, werden von diesem amerikanischen Quatsch gnadenlos verdrängt. In all den Jahren habe ich kein einziges Sonnwendfeuer in der Großstadt erlebt. Die Kinder laufen Gefahr, ihre Wurzeln zu verlieren. Hier in Grantzow besinnt man sich wieder darauf. Und was Ulrike Hauff und ihre Neonazikumpels betrifft: Das sind doch nur ein paar Spinner, die niemand ernst nimmt.«

»Ulrike Hauff war ja nicht die Einzige, da gab es noch ein paar mehr, die die Hand gehoben haben.« Katharina traut sich schon kaum mehr zu argumentieren. Und natürlich hat Ursel nicht ganz unrecht, was Halloween betrifft.

Ursel steht auf und schiebt den Stuhl an den Tisch. »Ich kann verstehen, dass dir dieser kleine ausländische Dieb leidtut. Niemand hat es verdient, so zu enden. Aber die Schuld dafür bei Leuten zu suchen, die so viel für uns alle getan haben, ist in meinem Haus völlig fehl am Platz.« Und sehr leise fügt sie hinzu: »Ganz ehrlich: Wer auch immer ihn getötet hat – ein bisschen ist dieser Junge bestimmt auch selbst an seinem Schicksal schuld. Das sind sie immer.«

Ursel geht in die Küche und Katharina bleibt sprachlos, benommen und mit klopfendem Herzen zurück.

Nach dem Abendessen schickt Ursel die Kinder nach oben, damit sie ihre Zimmer aufräumen. Katharina, die Ursel für den Rest des Abends lieber aus dem Weg gehen möchte, bietet Esther ihre Hilfe an – ein Angebot, das das Mädchen liebend gerne annimmt.

Während Katharina aufräumt, fühlt sie sich ein wenig wehmütig an ihre eigene Kindheit erinnert. Mit Ausnahme des Barbie-Exodus reicht der lange Arm der Sippe noch nicht in Esthers Spielzeug- und Bücherkisten: Es gibt reichlich Plastikspielzeug, etwa ein Playmobil-Puppenhaus und Bücher zu amerikanischen Fernsehserien, in denen Ponys mit glitzernder Mähne oder Meerjungfrauen tragende Rollen spielen. Nachdem alles verstaut ist, macht Katharina Anstalten, unters Bett zu schauen. Sie erinnert sich sehr gut an ein Pausenbrot, das wochenlang unter dem Bett in ihrem Bremer Jugendzimmer gelegen hatte. Als ihre Mutter es endlich entdeckte, hatte sich der Schimmel schon tief in den Teppich gefressen.

Doch Esther-Marie stellt sich vor ihr Bett. »Nicht hier.«

»Warum nicht?«, will Katharina wissen.

»Da ist nichts.«

Katharina begibt sich auf die Knie und versucht, einen Blick zu erhaschen. Dass Esther das Durcheinander peinlich ist, kann sie verstehen.

»Siehst du, da liegt doch noch einiges.«

Esther schiebt sich vor Katharinas Gesichtsfeld.

»Das kann ich selber.«

Katharina streckt einen Arm aus, was das Mädchen mit einem Aufschrei quittiert. Sie fördert einen goldfarbenen Plastikring zutage. »Guck mal, den hast du sicher schon vermisst.«

»Nein«, sagt Esther-Marie und streift sich gedankenverloren den Ring über den Finger.

Katharina streckt den Arm noch ein wenig mehr aus und Esther bemüht sich gleichermaßen, ihr den Weg zu versperren. Ganz hinten an der Wand liegt noch etwas. Schließlich bekommt Katharina es zu fassen und legt es vor sich auf den Teppich, um es zu begutachten. Sie kann ihr Fundstück zuerst gar nicht einordnen, da sie so etwas nie in einem Kinderzimmer vermutet hätte.

Es handelt sich um eine Christophorus-Plakette, wie manche Leute sie als Glücksbringer an ihrem Armaturenbrett befestigen. Diese hier ist aus Plastik, genau wie die kleine Spirale mit dem Saugnapf, die an ihrer Rückseite befestigt ist. Ein typischer Wegwerfartikel aus dem Ein-Euro-Shop. Das weiß Katharina so genau, weil sie die gleiche Christophorus-Plakette mit Spirale in einem Ein-Euro-Shop an der Neuen Großen Bergstraße in Hamburg gekauft und Sara für ihren VW Beetle geschenkt hat.

Die Wucht dieser Erkenntnis trifft sie erst einen Augenblick später.

Katharina hat sich bereits dem Schreibtisch des Mädchens zugewandt, um dort Ordnung zu schaffen, als ihr auf einmal klar wird, dass die Christophorus-Plakette nicht zufällig in Esthers Zimmer gelandet ist. Sie fühlt sich auf einmal so schwach, dass sie sich auf den winzigen Schreibtischstuhl setzen muss.

»Sag mal, Marie, diese Münze, woher hast du die?«, keucht sie.

Das Mädchen hockt auf dem Bett, die Hände in den Schoß gelegt, und sieht sie an wie versteinert, ohne ein Wort herauszubringen.

»Diese Christophorus-Plakette, hast du die gefunden? Oder geschenkt bekommen?«, versucht Katharina es aufs Neue.

Esther-Marie schüttelt stumm den Kopf. Offensichtlich hat sie etwas zu verbergen.

Katharinas Herz rattert in ihrer Brust wie eine Nähmaschine. »Weißt du«, erklärt sie mit belegter Stimme, »meine Schwester hatte auch so eine Plakette und sie hat sie verloren, und ich dachte – vielleicht weißt du, wo sie sie verloren haben könnte.«

Aber Esther ist bockig. Sie verschränkt die Arme vor der Brust und bringt kein Wort heraus.

Katharina wird wütend. Sie ist sich mittlerweile sicher, dass es sich um die Autoplakette handelt, die in Saras Wagen war, auch wenn es davon vermutlich Tausende gibt. Sie steht auf, geht vor Esther in die Knie und umfasst ihre Oberarme.

»Esther-Marie, du *musst* mir sagen, woher du diese Plakette hast! Hast du mich verstanden?« Ganz unbeabsichtigt ist Katharina laut geworden.

Das Mädchen fängt an zu weinen. »Du tust mir weh.«

»Esther …«, aber weiter kommt Katharina nicht. Die Tür zum Kinderzimmer geht auf und Ursel steht auf der Schwelle.

»Was ist denn hier los?«

Erschrocken lässt Katharina von Esther ab. Auf den dünnen Oberarmen des Mädchens zeichnen sich die Spuren ihrer Finger rot ab.

»Tut mir leid, ich …«

Ursel begutachtet die verräterischen Male auf Esther-Maries Haut, straft Katharina mit einem tadelnden Blick, nimmt das Mädchen in den Arm und beruhigt sie mit einem gesummten Lied. Schließlich setzt sie ihre Tochter wieder aufs Bett, drückt ihr zur Ablenkung ein Buch in die Hand und zieht Katharina vor die Tür.

»Was sollte das?«, faucht Ursel, die Arme ebenso vor der Brust verschränkt, wie es ihre Tochter gerade getan hat.

Katharina öffnet die Faust, zeigt ihr die Christophorus-Plakette und erklärt, was es damit auf sich hat.

»Vor mir hat sie die nicht«, sagt Ursel.

»Ich glaube, sie hat sie im Dorf gefunden«, gibt Katharina zu bedenken. »Ich muss wissen, woher Esther-Marie sie hat. Bitte lass mich noch mal mit ihr sprechen. Oder übernimm du das, vielleicht hast du mehr Erfolg bei ihr.«

Erst nach einer langen Bedenkzeit antwortet Ursel. »Ich werde sie nachher vor dem Einschlafen noch einmal fragen.«

»Danke, Ursel, ich …«

»Katharina – ich möchte, dass du morgen, allerspätestens übermorgen deine Sachen packst und von hier verschwindest.« Ursel atmet schnell und flach, als koste sie dieser Satz enorm viel Kraft.

Katharina wird von diesem Ultimatum so überrumpelt, dass ihr der Mund offen stehen bleibt. Schließlich stammelt sie: »Ursel, wenn du vor irgendetwas Angst hast …«

»Ich habe keine Angst, Katharina. Ich befürchte einfach, ich habe dich völlig falsch eingeschätzt.«

Und damit kehrt sie in Esther-Maries Zimmer zurück und schließt die Tür.

*

»Kommst du nicht rein?«

Jo lässt sich vom Ufer wegtreiben, nachdem er, ohne sich abzukühlen, kopfüber in den Rechenbachweiher gesprungen ist. Am Vormittag ist er wieder vorbeigekommen und hat sie zum Schwimmen eingeladen. Weil sie Ursel lieber aus dem Weg gehen will, hat sie seine Einladung zum zweiten Mal angenommen, auch wenn ihr eigentlich nicht der Sinn nach Baden steht.

Nun sitzt sie im Gras am Ufer und fühlt sich wie benommen. Ursel verlangt von ihr, dass sie ihr Haus verlässt. Aber wo soll sie hin? Von Martin Ernst hat sie früher an diesem Vormittag erfahren, dass die neue Scheibe erst übermorgen kommt, und er braucht dann noch etwa einen Tag, um den Wagen fertig zu machen. Ganz abgesehen davon, dass Sara immer noch irgendwo in Grantzow ist und Katharina sie finden muss.

»Katharina?«

Sie schreckt aus ihren Gedanken auf.

»Na komm schon, es ist wunderbar.«

Zögerlich legt sie ihre Kleider ab, stapft durch den Uferschlamm, bis sie bis zur Hüfte im Wasser steht. Jo grinst sie an, nur wenige Meter entfernt, dort wo man schon nicht mehr stehen kann. Nachdem sie ihre Arme mit Wasser benetzt hat, müsste sie eigentlich in den See eintauchen. Stattdessen ergreift Panik Besitz von ihr. Sie hat das Gefühl, als würde sich ein weiterer Krampf in ihrer Wade anbahnen, und auf einmal spielt sich die Situation, die sie erst vor ein paar Tagen hier erlebt hat, wieder in ihrem Kopf ab: das Untergehen, das Wasserschlucken, die schreckliche Angst vor dem Ertrinken.

»Alles in Ordnung?«

»Ich – ich kann nicht.«

Sie geht wieder zurück ans Ufer und wickelt sich in ein Handtuch ein, dass sie diesmal in weiser Voraussicht mitgenommen hat. Jo steigt aus dem Wasser und setzt sich neben sie. Das Wasser rinnt über seinen asketischen Körper und tropft auf die Grashalme. Er macht keine Anstalten, sich abzutrocknen. Er hat auch keine Gänsehaut – es scheint fast, als sei er unempfindlich gegen die Kälte. Seine Augen leuchten unnatürlich hell.

»Es ist wegen des Krampfs, nicht wahr?«

Katharina nickt. Ihre Augen füllen sich mit Tränen.

»Schhhh, ist alles gut«, versucht Jo, sie zu beruhigen. Er legt ihren Kopf auf seine Schulter und streicht ihr übers Haar.

»Gib dir noch ein paar Tage und dann probierst du es noch einmal. Irgendwann klappt es wieder.«

Nun fließen die Tränen. »So lange bin ich nicht mehr hier«, schnieft sie.

»Ist etwas vorgefallen?«

Sie beichtet ihm Ursels Ultimatum, lässt den Grund für den Konflikt unerwähnt, behauptet einfach, sie hätten sich gestritten und Jo ist höflich genug, nicht nachzuhaken.

»Ich rede mit Ursel«, schlägt Jo vor. »Und wenn sie stur bleibt, kommst du eben zu mir.«

»Ich weiß ja nicht mal, wo du wohnst.«

»Dann wird es höchste Zeit, dass ich dir mal meine Bude zeige«, lacht Jo und zieht sie vom Gras hoch.

Über den Ausdruck ›Bude‹ wundert sie sich fast noch mehr als über Jos spontane Einladung.

Sein Zimmer befindet sich über dem Seminarraum, der eher einer Seminarhalle gleicht. Es liegt direkt unter dem Dach, ist geräumig, mit einem wundervollen Ausblick auf den Obstgarten, aber sehr spartanisch eingerichtet: Außer einer auf dem Boden zusammengerollten Matratze, einer Kleiderstange und einem Tisch mit zwei Stühlen, auf dem eines von Ulrike Hauffs Notizbüchern und ein Zeichenstift liegen, gibt es keinerlei Mobiliar. Das Dach ist schlecht isoliert und das Zimmer heizt sich im Sommer schnell auf. Sofort spürt Katharina einen leichten Schweißfilm auf ihrer Haut. Sie nimmt auf einem der Stühle Platz und lässt den Blick durch den Raum schweifen. Die Vorstellung, aus Ursels gemütlichem Gästezimmer mit Familienanschluss hierher umzuziehen, in dieses karge Zimmer und in die direkte Nachbarschaft von Hiske und Gerd Rossbach mit ihren zwei verrohten Kindern, ist nicht gerade anheimelnd.

Jo kommt an den Tisch. Neugierig sieht Katharina zu, wie er das Notizbuch an der Stelle aufklappt, an der das Lesebändchen eingelegt ist, und es zu ihr herüberschiebt. Sie traut ihren Augen nicht. Jo hat ein Porträt von ihr gezeichnet und er verfügt offenbar über künstlerisches Talent. Ihre Gesichtszüge, ihre Nase, vor allem aber ihre Augen sind ziemlich gut getroffen. Ihre Haare jedoch hat Jo mit ein paar Bleistiftstrichen nur angedeutet.

»Ich weiß gar nicht, was ich sagen soll«, stammelt sie.

»Muss du auch nicht«, antwortet Jo. Er trennt vorsichtig das Blatt aus dem Buch und überreicht es ihr.

Hinter dem herausgerissenen Blatt liegt eine Visitenkarte in dem Notizbuch. Nur eine Nummer steht darauf, kein Name, nichts sonst.

Katharina wird von ihren Gefühlen überwältigt. Sie steht auf und umarmt Jo, dann finden sich auf einmal ihre Lippen und schließlich spürt sie, wie Jo die Knöpfe ihrer Bluse öffnet.

Fünf Minuten später rollt Jo die Matratze auf dem Boden aus.

Katharina versäumt es beinahe, Niklas von der Schule abzuholen. Sie hat es ihm heute Morgen versprochen. Jo und sie sind eingedöst, nachdem sie miteinander geschlafen haben, und nun werden sie vom Lärm des Traktors geweckt, mit dem Gerd durch den Obstgarten fährt. Als sie auf die Uhr sieht, ist es beinahe halb zwölf. Mit einem Aufschrei springt sie hoch und zieht sich an. Gott sei Dank sind es bis zur Schule nur wenige Minuten Fußweg.

Als sie bei der Dorflinde ankommt, steht Niklas schon missmutig wartend da. Katharina entschuldigt sich kleinlaut, doch als sie Niklas Jos Zeichnung präsentiert, lächelt er und verspricht, ebenfalls ein Porträt von ihr anzufertigen. Sie gehen eine Weile nebeneinander her und reden über die Schule. Als der Rechenbachhof in Sichtweite kommt, beschließt Katharina, ihn ins Vertrauen zu ziehen.

Sie erklärt ihm, was sie in Esthers Zimmer gefunden hat und wie wichtig es für sie ist, zu erfahren, wo seine Schwester diesen Schatz gefunden hat. Da sie zu ihm einen etwas besseren Draht hat als zu Esther-Marie, hofft sie, dass sie mehr von ihm erfährt – vorausgesetzt, er weiß überhaupt etwas.

Niklas kaut nervös an der Unterlippe.

»Ich sag Ursel nichts, fest versprochen!«, versucht sie, ihn auf ihre Seite zu ziehen.

Schließlich sieht er sich nach links und rechts um, als wollte er sichergehen, dass niemand sie belauscht.

»Am See. Meine Schwester hat das Ding am Seeufer gefunden. Wir dürfen dort nicht spielen, Mutter hat es verboten. Weil Esther doch nicht schwimmen kann. Darum hat sie es versteckt.«

Katharina unterdrückt ein Stöhnen. Sie bedankt sich bei Niklas und wiederholt noch einmal, dass seine Mutter nichts davon erfahren wird.

Am See. Diese beiden Worte kreisen in ihrem Kopf, wieder und wieder, bis sie vor dem Eingangstor zum Rechenbachhof stehen. Katharina hat nichts davon mitbekommen, was Niklas ihr von der Schule erzählt hat. Auch ihm scheint ein Stein vom Herzen gefallen zu sein – es war nichts Schlimmes, was Katharina von ihm wissen wollte.

Am See.

Im See.

Eine Idee formt sich in Katharinas Kopf.

Bevor Nick das Tor aufstößt, bittet sie ihn um einen letzten Gefallen. »Nick, hast du eine Taucherbrille?«

Er nickt verwundert.

»Leihst du mir die?«

»Die ist aber ziemlich klein.«

»Das macht nichts. Für das, was ich vorhabe, wird es reichen.«

»Was hast du denn vor?«

Sie vertröstet ihn auf später. Nur weiß sie noch nicht einmal, ob sie ihr Vorhaben auch tatsächlich durchführen kann. Heute Morgen sah es jedenfalls nicht so aus.

Sollte sie nicht vielleicht Max Klee anrufen?

»Nick?«

Er ist schon beinahe an der Tür. Er dreht sich noch einmal zu ihr um.

»Raik und Sten: Sie haben sich über Esthers Namen lustig gemacht, nicht wahr? Weil es ein jüdischer Name ist.«

Er nickt.

*

Katharina hat den Wecker auf halb fünf gestellt. Ursel steht um kurz nach fünf auf, um den Stall zu machen, bevor sie den Kindern das Frühstück richtet. Zu diesem Zeitpunkt will Katharina schon aus dem Haus sein. Am Tor sieht sie zur Sicherheit noch einmal die Straße hinunter, aber weder die Sheriffs noch sonstige Dorfbewohner sind draußen unterwegs. Der Himmel hellt bereits auf, aber über dem Wald liegt noch die Finsternis der vergehenden Nacht.

In einer kleinen Tüte hat Katharina Nicks Taucherbrille und ein Handtuch mitgenommen. Sie hat kurz erwogen, sich von Ursel einen Bikini zu leihen, das jedoch wieder verworfen. Sie war bereits zwei Mal nackt im Rechenbachweiher baden und nun wird sie es ohne Scham ein drittes Mal tun.

Sobald sie die Obstwiese betritt, hoppeln zwei Hasen aufgeschreckt davon. Das Kreischen der Vögel wird mit der aufgehenden Sonne immer lauter. Über den See wabert Dampf wie über einem riesigen Suppentopf.

Katharina legt ihre Kleider ab. Es ist noch ziemlich frisch, das bemerkt sie jetzt. Sie weiß nicht, ob sie es überhaupt schafft, ins Wasser zu gehen, ob sie die Panik besiegen kann, aber sie muss es auf jeden Fall versuchen. Was sie unternehmen wird, wenn ihr Verdacht sich bestätigt, weiß sie nicht.

Das Wasser ist wärmer als erwartet, sogar wärmer als die Luft. Das macht es ihr etwas leichter. Sie stapft durch den Schlamm, die Taucherbrille um den Oberarm geschlungen. Ohne sich diesmal abzukühlen – sie befürchtet, eine allzu lange Vorbereitung würde ihr jeden Mut rauben –, lässt sie sich ins Wasser gleiten und macht ein paar Schwimmzüge. Die Angst ist unterschwellig da, Katharina atmet tief und gleichmäßig, um der Panik keine Gelegenheit zu bieten, die Kontrolle über sie zu erlangen.

Sie kann schon nicht mehr stehen, da verspürt sie das altbekannte Ziehen in der Wade. Doch sie tut genau das, was

Jo getan hat: Sie zieht ihren Fuß an den Zehen hoch und streckt den Wadenmuskel. Der beginnende Krampf löst sich und mit ihm auch die Angst, unterzugehen.

Mit ein paar kräftigen Schwimmzügen begibt sie sich in die Mitte des Weihers. An ihrem Fuß spürt sie eine Schlingpflanze, die bis hier heraufreicht. Katharina streift die Schwimmbrille vom Oberarm, leckt die Innenseite des Glases ab und setzt die Brille auf. Sie atmet drei Mal tief durch und taucht ab.

Ein Rundumblick verschafft ihr eine Übersicht, soweit das im Morgengrauen und in dem trüben Gewässer überhaupt möglich ist. Unter ihr gleitet ein großer Schatten vorbei.

Eine Rückenflosse glitzert kurz auf, bevor sie wieder verschwindet. Vor Schreck schießt Katharina an die Wasseroberfläche. Nachdem ihr Puls sich wieder beruhigt und sie sich klar gemacht hat, dass es sich lediglich um eine Plötze oder einen Barsch handeln kann, nimmt sie einen neuen Anlauf. Diesmal zeigt sich kein Fisch.

In der folgenden Viertelstunde taucht Katharina an verschiedenen Stellen des Sees. Meistens bekommt sie den Grund nicht zu sehen, und wenn, dann gibt es dort nur Schlamm, Pflanzen mit fleischigen grünen Blättern wie Tentakeln und bemooste Steine. Schließlich schwimmt sie erschöpft und deprimiert an die Oberfläche und sieht sich um.

Am gegenüberliegenden Ufer des Weihers, am Rand des Waldes, entdeckt sie eine Lücke im Schilf. Dort führt ein Zufahrtsweg direkt ans Ufer. Vermutlich wird er benutzt, um Boote zu Wasser zu lassen. Oder um ein Auto im See zu versenken.

Katharina schwimmt auf die Stelle zu. Etwa zehn Meter vom Ufer entfernt hält sie inne. Inzwischen ist es ganz hell geworden. Sie setzt die Brille auf und riskiert einen Blick nach unten.

Nichts.

Sie schwimmt etwas näher ans Ufer und taucht.

Das Wasser ist hier erheblich tiefer als erwartet. Sie ist bisher noch nie an dieser Stelle ins Wasser gestiegen, sonst wüsste sie, dass der Rechenbachweiher gut zwei Meter vom Ufer entfernt steil abfällt, und zwar bis auf eine Tiefe von sechseinhalb Metern. Katharina muss noch einmal auftauchen, um Luft zu holen und bis zum Grund zu gelangen.

In drei Metern Tiefe wird das Wasser deutlich kälter.

In vier Metern ist es dunkler und klarer.

In fünf Metern ragt eine Autoantenne empor. Die Antenne gehört zu einem babyblauen VW Beetle.

Direkt neben dem Auto ist eine blaue Kunststofftonne halb im Schlamm vergraben.

Katharina schluckt in Panik so viel Wasser, dass ihr nach dem überstürzten Auftauchen speiübel ist. Sie hustet und spuckt, Tränen laufen über ihre Wangen; dann krault sie wie rasend zum Grantzow zugewandten Ufer zurück.

Als sie sich völlig entkräftet an Land zieht und japsend im Gras liegt, fällt ein Schatten auf sie.

In der Obstwiese am Ufer des Rechenbachweihers blicken fünf Männer mit ernsten Mienen auf sie herab:

Gerd Rossbach.

Martin Ernst.

Ulf und Tjark Heynes.

Und Jo, genannt Freyr.

»Ich war schwimmen«, erklärt Katharina den fünf Männern der Sippe, als ob sie sich dafür rechtfertigen müsste, so früh am Morgen schon am See zu sein. Nackt vor den Männern im Gras liegend, die schon jetzt in ihrer Arbeitskleidung stecken, angelt sie nach dem Handtuch in der Tüte. Es ist nicht nur die kühle Brise, die sie schaudern lässt. Angst ergreift sie. Hinter dem Grantzower Kirchturm, dessen Zeiger immer noch in Martins Werkstatt auf ihre Montage warten, brechen gerade die ersten Sonnenstrahlen durch und verdunkeln die Gesichter der Männer im Gegenlicht.

Jo, der ganz hinten steht, von den anderen beinahe verdeckt, ergreift das Wort: »Du hast dich schnell von deiner Angst erholt.«

»Es geht mir besser«, sagt Katharina, aber sie weiß, dass ihre Antwort wie eine lahme Ausrede klingt.

»Es muss wohl einen sehr wichtigen Grund geben, dass du so schnell wieder Lust aufs Schwimmen bekommen hast. Und aufs Tauchen«, wendet Jo ein.

Die Blicke der Männer durchbohren sie, als wäre sie eine Verbrecherin. Dabei ist sie vermutlich die Einzige hier am Seeufer, die keine Schuld auf sich geladen hat.

»Ich verstehe nicht, was du meinst.« Ihre Stimme hört sich an, als gehörte sie einer anderen, einer ängstlichen und schwachen Person.

»Ich glaube, dass du mich sehr wohl verstehst, Katharina.«

»Zieh deine Sachen an und dann kommst du mit uns«, befiehlt Gerd Rossbach.

»Warum? Und wohin?«

»Mach schon.«

Die fünf bilden einen Halbkreis, wie Bewacher. Die Männer wissen, warum sie hier ist, und jetzt, wo sie ahnt, was mit ihrer Schwester geschehen ist, wird man sie auch nicht mehr gehen lassen.

»Was habt ihr mit Sara gemacht?«

Jo bückt sich, hebt das Handtuch auf und reicht es ihr. »Alles zu seiner Zeit, Katharina. Trockne dich ab und zieh dich an, dann gehen wir zum Rossbachhof. Wir müssen uns unterhalten.«

Katharina reibt sich zitternd ab. Sie streift ihre Kleidung über und rollt die Tauchermaske in das Handtuch ein. Dann setzt sich die Gruppe in Bewegung. Gerd führt die Prozession an, die Heynes-Brüder nehmen sie in die Mitte, Martin Ernst folgt und Jo bildet die Nachhut – barfuß, als würde er einen Spaziergang machen, während er an einem langen Halm kaut.

Sie erreichen das Dorf und passieren den Rechenbachhof. In der Eingangstür stehen Ursel und die Kinder. Mit großen Augen sehen sie Katharina nach, die einer Gefangenen gleich durch den Ort geführt wird. Kurz kommt die Truppe ins Stocken, weil Katharina das Handtuch und die Taucherbrille auf einem der Torpfosten ablegt. Selbst Nick schaut mit unbewegter Miene zu.

Auch die übrigen Bewohner blicken ihnen nach – einige haben sich wie Ursel direkt vor ihrem Haus aufgebaut, andere haben die Vorhänge beiseitegeschoben und lugen verstohlen hinaus. Niemand stellt Fragen, niemand hält die Männer auf.

Als sie den Rossbachhof erreichen, fühlt Katharina sich wie in einem Albtraum gefangen.

Katharina wird ins Haus gebracht und aufgefordert, im Wohnzimmer auf einer Holzbank Platz zu nehmen, während die Männer sich zur Beratung in die Küche zurückziehen. Es ist kühl in den Wohnräumen, aber das Zittern ist eher der Angst geschuldet. Sie muss an Max Klee und an seine Warnung denken. Katharina wünschte, sie könnte ihn jetzt anrufen.

In dem bedrückenden, von dunklem Holz dominierten Raum, während draußen hinter den kleinen Fenstern – Welten entfernt – die Sonne scheint, wird ihr bewusst, dass sie noch nie in Gerd und Hiskes Haus war.

Nun hat sie ausreichend Gelegenheit, sich umzusehen: In einer Ecke stehen Musikinstrumente – eine Gitarre, ein Hohner-Akkordeon, auf einem Stuhl daneben liegen eine Blockflöte und Notenhefte. Es gibt eine Kommode, die man ihrer Dekoration wegen schon fast als Altar bezeichnen könnte: Auf einer rot karierten Decke sind drei hölzerne dreiarmige Leuchter nebeneinander aufgereiht. Im größeren, der in der Mitte steht, sind die Namen *Gerd* und *Hiske*, das

Datum *13.02.2003* und verschlungene Symbole für Männlichkeit und Weiblichkeit eingeschnitzt, die in ihrer Formgebung an die Verzierungen auf der Steinsäule vor Martins Schmiede erinnern. Ein Hochzeitsleuchter, wie es scheint, der rechts und links von zwei kleineren Lebensleuchtern für Raik und Sten flankiert wird, mit dem jeweiligen Geburtsdatum versehen. An der Wand über der Kommode hängt ein Schwarz-Weiß-Foto. Es zeigt einen Soldaten, der eine gewisse Ähnlichkeit mit Gerd Rossbach hat – vermutlich ein Groß- oder Urgroßvater. Der Soldat steht, verkniffen dreinblickend, in Stahlhelm und Uniform auf einer Steinbrücke, hinter seinem Rücken ragt das Bajonett seines Gewehrs gefährlich auf. Schneeflocken wirbeln durch die Luft, vielleicht handelt es sich auch nur um eine Alterserscheinung des Fotopapiers, aber das jenseitige Flussufer ist schneebedeckt und im dunstverhangenen Hintergrund erkennt man die Umrisse einer Burg oder einer Kirche auf einem Hügel. Unter dem Foto steht eine Kerze mit Runen rundum. Sie ähneln den Zeichen auf dem Findling vor dem Haus.

An der gegenüberliegenden Wand lehnt ein Webstuhl, der den Schluss nahelegt, die Hausherrin habe den groben Wollteppich auf dem Fußboden selbst gewebt.

Von nebenan hört man Stimmen, aber selbst wenn Katharina sich konzentriert, kann sie kaum etwas von dem verstehen, was gesprochen wird. Sie fragt sich, ob man sie hier unbewacht zurückgelassen hat. Sie steht auf und geht zur Tür, doch dort wird ihre Hoffnung zunichtegemacht: Hiske sitzt im Flur wie eine Gefängniswärterin und strickt. Sie sieht kurz zu Katharina auf, in ihrem Gesicht ist nichts mehr von der Freundlichkeit, die Katharina vom ersten Tag an schätzen gelernt hat.

»Kann ich ein Glas Wasser bekommen?«, krächzt Katharina.

Hiske legt ihr Strickzeug zur Seite, steht auf und schließt die Tür zum Wohnzimmer. Katharina hört, wie sich der

Schlüssel zwei Mal im Schloss dreht und Hiskes Schritte sich entfernen. Einen Augenblick später wird wieder aufgesperrt und Hiske stellt ein Glas Wasser auf den Tisch. Katharina bemerkt, dass Hiske einen großen Bogen um sie macht, als hätte sie eine ansteckende Krankheit.

Katharina setzt sich wieder auf die Bank. Sie will etwas trinken, aber ihre Hand zittert so stark, dass sie das Glas unverrichteter Dinge abstellen muss.

Etwas klappert hinter ihr. Kurz tauchen die Gesichter von Raik und Sten hinter dem Fenster auf und verschwinden wieder. Sie hört ihr Jauchzen und ihr Mut sinkt zunehmend.

Die Diskussion in der Küche gewinnt an Lautstärke. Sie hört Gerds verärgerte Stimme und Martin Ernst, dann spricht Jo – leise und beherrscht.

Die Pendeluhr an der Wand tickt. Einmal ertönt der Stundengong, dann ein weiterer Gongschlag in einer höheren Tonlage eine halbe Stunde später.

Schließlich Stühlerücken und gedämpftes Gelächter nebenan.

Auch Hiske erhebt sich. Die Tür zur Küche geht auf. Gerds Frau eilt gesenkten Hauptes davon, die Männer verlassen mit einer Ausnahme das Haus. Jo betritt das Wohnzimmer. Er hat eine Hand in die Hosentasche geschoben. An der anderen baumelt eine abgenutzte Stofftasche.

»Komm, Katharina.«

»Wohin gehen wir?«

Jo lächelt. »Wir machen einen Spaziergang.«

»Zum See?«

»Nein. Ich möchte dir etwas zeigen.«

Katharina klammert sich an der Tischplatte fest. Ihr Herz klopft so laut, dass sie das Gefühl hat, jeder im Umkreis von hundert Metern müsse es hören.

»Und wenn ich mich weigere?«

»Hast du Angst vor mir?«

»Ich – ich weiß nicht. Ja, ich habe Angst.«

»Musst du nicht. Freyr ist der Gott des Himmelslichtes, der Wärme und des Friedens. Das weißt du doch.«

Katharina studiert sein Gesicht. Er sieht freundlich aus, nicht so, als führe er etwas Böses im Schilde.

»Wohin gehen wir?«, fragt sie noch einmal.

»Wir gehen in das kleine Unterholz hinter dem Garten. Ich möchte dir etwas zeigen.«

Die Hand in seiner Hosentasche bewegt sich.

Katharina wird schmerzlich bewusst, dass sie Freyr und der Sippe aus Grantzow auf Gedeih und Verderb ausgeliefert ist.

Durchs Haus zu gehen und den Garten zu durchqueren – für Katharina fühlt es sich diesmal an, als würde sie in einem Wagen auf Schienen durch eine Kulissenstadt gezogen. Jo geht voraus, er scheint ihr keine große Beachtung zu schenken, aber die Vorstellung, sich einfach umzudrehen und wegzurennen, ist trotzdem lächerlich: Sie spürt, dass er sie bewacht. Mit jedem Schritt, der sie dem kleinen Wäldchen hinter der Grundstücksgrenze näher bringt, breitet sich eine innere Ruhe in Katharina aus. Nur der Anblick der Schaukel und des kahlen Baums, an dem sie hängt, jagt ihr kurz noch einen Schauer über den Rücken.

Eine leichte Sommerbrise streicht über das Blattwerk.

Sie tauchen in die bewegten Schatten des Unterholzes ein. Es riecht nach Bärlauch, das sanfte Rauschen der Blätter lässt Katharina an das Meer denken und an die Elbe, weit weg – zu Hause in Hamburg. Sie denkt an Leonie, an ihre Mutter und einen Moment lang hat sie sogar Rolands Gesicht vor Augen.

Sie folgen einem Trampelpfad, bis sie auf einer kleinen Lichtung stehen. Jo dreht sich um. Er sieht ihr lange in die Augen, dann zieht er etwas aus seiner Hosentasche. Es ist eine Pistole. Das Metall glänzt im Sonnenschein. Katharina weicht einen Schritt zurück.

Jo streckt den Arm aus. Er hält ihr die Waffe hin, doch nicht der Lauf, sondern der Griff zeigt in ihre Richtung.

»Nimm.«

Katharina schüttelt den Kopf.

»Nimm schon. Ich will dir eine Geschichte erzählen.«

Zögernd greift Katharina nach der Pistole. Sie wiegt schwer in ihrer Hand. Sie weiß nicht, wohin mit ihrem Zeigefinger, sie möchte nicht den Abzug berühren, möchte nicht, dass sich versehentlich ein Schuss löst.

»Ich will dir die Wahrheit erzählen, im Gegensatz zu all den anderen Menschen, die dich vom ersten Moment an belogen haben.« Jo zeigt auf den Waldboden. »Siehst du die Steine dort?«

Katharina sieht sich um. Der Boden ist von Laub und Blättern befreit und ordentlich geharkt. Im Abstand von etwa einem Meter hat jemand mehrere handtellergroße, flache weiße Steine auf die Erde gelegt. Die ganze Szenerie verströmt die Atmosphäre eines …

»Du weißt, was das hier ist, oder?«

Jo ist direkt neben dem äußersten rechten Stein in die Hocke gegangen.

»Ein Friedhof«, flüstert Katharina.

Jo nickt. Behutsam fährt er mit den Fingern die weichen Rundungen des Steins nach.

»Deine Schwester liegt hier begraben.«

Die Pistole fällt mit einem dumpfen Geräusch zu Boden. Katharina steht da, unfähig, sich zu bewegen, und von dem Gefühl erfüllt, die Zeit sei stehen geblieben. Sie denkt an das Auto und an die blaue Tonne auf dem Grund des Rechenbachweihers.

»Was ist passiert?«, presst sie hervor.

Jo richtet sich wieder auf und greift in die Stofftasche, die er bei sich trägt. Er entnimmt ihr ein kleines Döschen, öffnet es und legt ein verformtes erbsengroßes Metallstück auf Katharinas Handfläche.

»Ein Junge aus dem Dorf hat sie bei einer Schießübung schwer verletzt.«

Katharina starrt das Metallstück an, das wohl einmal eine Pistolenkugel war.

»Wir haben noch versucht, sie zu retten, aber sie hatte zu viel Blut verloren.«

Er hebt die Pistole vom Boden auf und hält sie ihr wieder hin.

»Was für ein Junge, welche Schießübungen?«, fragt sie verwirrt. Die Waffe rührt sie nicht mehr an.

»Ich habe versprochen, das Kind zu schützen. Ich werde dir seinen Namen nicht nennen. Es war ein tragischer Unfall auf dem Schießstand.«

»Warum lasst ihr hier Kinder mit scharfer Munition schießen?«

»Unsere Gemeinschaft wird bedroht. Wir müssen dafür sorgen, dass wir uns wehren können.«

»Habt ihr denn keinen Notarzt gerufen?«

»Es war zu spät. Das nächste Krankenhaus ist in Rostock. Die brauchen über eine Dreiviertelstunde hierher. Wir haben alles getan, was in unserer Macht stand.«

Katharina kann nicht beurteilen, ob das stimmt. »Ihr habt nicht die Polizei gerufen?«

Jo schüttelt den Kopf. »Die Polizei hätte alles hier zerstört.«

»Es war einer von Gerd und Hiskes Söhnen, nicht wahr?«

»Wie ich schon sagte: Es war ein Unfall. Und ich habe mein Wort gegeben, dass niemand erfährt, wer geschossen hat.«

Katharinas Tränen fallen auf den weißen Stein, ein Grabstein, wie ihr nun schmerzlich bewusst wird. Das leuchtende Weiß verwandelt sich in ein Dunkelgrau. Es dauert eine ganze Weile, bis ihr die Dimension des Geschehens bewusst wird. Denn hier befindet sich nicht nur Saras Grabstein; fünf weiße Steine zählt sie auf der Lichtung. Fünf Gräber. Sie sollte fragen, wer die anderen vier Toten sind, aber sie will die Antwort nicht hören. Sie hat schon viel zu viel erfahren.

»Warum erzählst du mir das alles? Warum lässt du mich nicht einfach verschwinden?«

»Weil ich glaube, dass du eine Familie suchst, Katharina. Und wir hier in Grantzow können deine Familie sein.«

Familienmitglieder töten sich nicht gegenseitig, denkt Katharina. Andererseits sind es vor allem Familienmitglieder, die sich gegenseitig umbringen, wenn man den Zeitungsmeldungen glauben darf.

Katharina setzt sich auf die Erde und starrt den Grabstein an. Das Unterholz ist erfüllt von den Geräuschen der Natur – dem Summen der Insekten, dem Knacken der Äste.

»Lass mich allein«, bittet Katharina. Wenn Jo sie tatsächlich unbeaufsichtigt hier zurücklässt, ist das der Beweis, dass er es ernst meint mit seiner ›Familien‹-Geschichte.

Und zu ihrem Erstaunen dreht Jo sich ohne ein Wort um und lässt sie zurück. Sie legt sich auf die Erde, direkt auf Saras Grab – wenn es das wirklich ist –, und lauscht. Der Waldboden fühlt sich kühl an, der Wind streichelt ihre Haut, aber natürlich ist da keine Stimme, die aus dem Grab im Wald zu ihr spricht. Katharinas Tränen versiegen.

Sie hat keine Ahnung, wie lange sie dort auf dem kleinen Friedhof im Wald liegt, vielleicht ist sie sogar erschöpft eingeschlafen, aber irgendwann bemerkt sie schließlich, dass sich noch jemand auf der Lichtung befindet.

Es ist Ursel. Mit mitfühlender Miene lehnt sie an einer noch jungen Buche. Ihre Blicke treffen sich.

»Jo schickt mich. Ich soll dir beistehen.«

Katharina richtet sich auf, all ihre Knochen schmerzen, sie fühlt sich wie eine Greisin.

Dann fallen sich die Frauen in die Arme.

Der Rest des Tages gleitet an Katharina vorbei, ohne dass sie dessen gewahr wird. Bis zum späten Nachmittag wälzt sie sich unruhig auf ihrem Bett in Ursels Gästezimmer hin und her, gelegentlich fällt sie in einen leichten Schlaf.

Ursel bringt ihr einen Teller Suppe und ein Stück selbst gebackenes Brot, aber Katharina bringt nichts herunter. Die Kinder bewegen sich nur flüsternd durch das Haus.

Irgendwann, es ist schon nach neun Uhr abends, sitzt Ursel an ihrem Bett und streicht ihr über das Haar. Katharina hat ihr den Rücken zugewandt und gibt vor zu schlafen. Sie will nicht mit Ursel sprechen, sie hat Angst, sich zu verraten.

Irgendwann hört sie das Klappern der Zimmertür, dann Geräusche aus dem Bad, wenig später ist alles ruhig im Haus.

Katharina wartet noch eine Stunde.

Dann kleidet sie sich an.

In der Scheune lehnt ein Spaten an der Wand.

Neben dem Sicherungskasten an der gegenüberliegenden Wand liegt eine Taschenlampe auf einem Holzregal.

Katharina steckt sie ein, schultert den Spaten und macht sich auf den Weg. Sie hat Ursels Gummistiefel und Arbeitskleidung ausgeliehen, die sie im Stall gefunden hat.

Halb ein Uhr nachts. Sie steht am Tor und sieht die Straße hinab. Aus der Richtung des Ortsausgangs hört sie leises Lachen, eine Zigarette leuchtet orangefarben in der Dunkelheit auf wie ein weit entferntes Glühwürmchen. Die Sheriffs werden sie früher oder später entdecken, wenn sie die Dorfstraße benutzt. Also beschließt sie, außen um das Dorf herumzulaufen, über die Äcker. Sie hofft, dass außer den Kontrollen an den Zugangsstraßen keine Wachen postiert sind. Außerdem ist es sicher unauffälliger, das Unterholz von außen her zu betreten, statt für alle sichtbar durch den Garten von Hiske und Gerd zu marschieren.

Als sie sich an den rückwärtigen Panoramafenstern von Ursels Haus vorbeischleicht, erschrickt sie. Im Flur brennt Licht, sie sieht Ursel im Pyjama in die Küche gehen. Katharina verbirgt sich im Schatten des Gewächshauses, bis das

Licht wieder erlischt. Nach Atem ringend, wagt sie sich schließlich aus ihrer Deckung und verlässt das Grundstück.

Als sie bereits den Acker hinter dem Rossbachhof erreicht hat, etwa dort, wo die Kinder Äxte werfen durften, bleibt sie plötzlich mit der Hose hängen und spürt einen stechenden Schmerz an der Wade. Sie richtet den Strahl der Taschenlampe nach unten.

Auf dem Acker liegt eine Rolle Stacheldraht. Am einen Ende sind ein paar Meter abgerollt, in deren Dornen sie sich verfangen hat. Sie kann sich nicht erinnern, dass der Draht beim Sonnwendfeuer schon hier lag. Sie löst vorsichtig den Stoff. Es blutet ein wenig, doch die Wunde ist nur oberflächlich.

Sie stapft weiter. Vor ihr im Dunkel tauchen die ersten Sträucher auf, dahinter ragen dürre Stämme in den Nachthimmel. Der Rossbachhof liegt in der Dunkelheit, der Findling vor dem Wohnhaus gleicht einem schlafenden Wachhund.

Katharina hält inne. Sie setzt den Spaten ab und schließt die Augen. Auch wenn es ihr noch so schwerfällt, sie muss Gewissheit haben. Was Jo ihr erzählt hat, ist eine Sache. Es mit eigenen Augen zu sehen, eine andere.

Das Bellen eines Hundes schreckt sie auf. Eilig schnappt sie die Schaufel und rennt ins Unterholz. Wenige Augenblicke später steht sie auf der Lichtung. Mithilfe der Taschenlampe macht sie die Steinreihe aus. Dort, wo Jo vor wenigen Stunden auf der Erde hockte, stößt sie den Spaten in den weichen Waldboden.

Eine gute halbe Stunde schaufelt sie Erde auf, dann endlich trifft der Spaten auf Widerstand – weichen Widerstand. Aus dem von ihr gegrabenen Loch steigt Verwesungsgestank auf. Katharina muss sich ein Halstuch umbinden, um weiterarbeiten zu können. Trotzdem entringt sich ihrer Kehle immer wieder ein Würgen. Sie kratzt die letzte verbliebene Erde von der Hülle, die den Leichnam umgibt. Der ehemals weiße Flor ist dreckverkrustet, trotzdem erkennt Katharina genau, um was es sich handelt: einen von Hiske handgewebten Teppich. Ein identisches Exemplar liegt in dem Wohnzimmer, in dem sie heute Morgen die Entscheidung der Männer der Sippe erwartet hatte.

Katharina setzt sich an den Rand der Grube. Sie beißt sich auf die Lippe, um nicht laut aufzuschreien vor Verzweiflung. Die Enden des Wollteppichs sind nur lose über den Körper der Toten gelegt. Wenn sie es jetzt nicht über sich bringt, wird sie es nie tun.

Katharina ballt die Fäuste. Dann klappt sie den Teppich auf und begutachtet die Leiche. Saras brünettes Haar klebt in ihrem Gesicht. Der Verwesungsprozess hat bereits eingesetzt, aber die Tote ist ihre Schwester, daran besteht kein Zweifel. Katharina leuchtet mit der Taschenlampe die Konturen ab. Sie prägt sich alles ein. Immer wieder muss sie den Blick abwenden; sie schaut zu den Sternen empor, die mindestens so weit entfernt sind wie ihr Zuhause und deren Anblick erträglicher ist als das, was zu ihren Füßen liegt. Schließlich schlägt sie die Enden des Teppichs wieder übereinander und schaufelt die Erde zurück ins Grab.

Sie hat gesehen, was sie zu sehen befürchtet hat.

Und noch etwas, was sie nicht erwartet hat.

In Gedanken gibt sie Sara ein Versprechen. Sie wird nicht fortgehen von diesem Ort, bevor sie es eingelöst hat, das ist sicher.

Katharina streicht die letzten Erdklumpen glatt, verstreut Laub und schreckt aus ihrer Benommenheit hoch. Vom Seminarhaus dringen Stimmen zu ihr herüber. Dann tasten sich die Strahlen von zwei weiteren Taschenlampen durch den Garten auf das Unterholz zu.

Katharina ist ihnen entkommen. Im letzten Moment ist es ihr gelungen, über die Äcker zu entwischen und sich hinter einem Holzstapel zu verstecken. Sie sieht die Strahlen der

Taschenlampen im Unterholz umherschweifen, die Männer blicken sich um, untersuchen das Gräberfeld, und Katharina betet lautlos, dass sie alles genauso zurückgelassen hat, wie sie es vorgefunden hat.

Einmal hört sie ein Knacken. Sekunden später tritt jemand aus dem Wäldchen und der Lichtstrahl fällt auf den Holzstapel, hinter dem sie kauert. Aber dann erlischt das Licht wieder. Sie beißt auf ihren Knöchel, um nicht vor Angst zu schreien. Endlich entfernen sich die Lichter und die Stimmen und es kehrt wieder Ruhe in Grantzow ein.

Katharina macht sich auf den Rückweg. Im Rechenbachhof angekommen, legt sie Ursels Kleidung ab, stellt das Werkzeug zurück, wäscht sich im Stall flüchtig Hände und Gesicht und legt sich zu Bett. Um diese Zeit zu duschen, traut sie sich nicht. Einschlafen kann sie erst, als es am Horizont schon hell wird.

*

Nur der Schweiß der nächtlichen Arbeit, den das Duschwasser von ihrem Körper spült, ist der Beweis dafür, dass die Ereignisse der letzten Nacht kein Traum waren. Katharina fühlt sich völlig erschlagen nach nur zweieinhalb Stunden Schlaf. Und jedes Mal, wenn sie die Lider schließt, starren sie die toten Augen ihrer Schwester aus dem Grab im Wald an.

Kraftlos geht sie die Treppe hinab. Am Tisch neben Niklas und Esther, die heute keine Schule haben und sich um ein Marmeladeglas streiten, sitzt Erik, Martin Ernsts Sohn.

Sie hat ihn noch nie hier im Haus gesehen. Seine Anwesenheit bedeutet wohl, dass sie keine Gefangene in Grantzow ist, aber unter Beobachtung steht. Er sieht sie streng an, doch er grüßt nicht.

»Ich soll dich nach dem Frühstück rüberbringen.«

»Rüber?«

»Zu Jo und den anderen.«

Sie setzt sich. Ursel stellt ihr eine Tasse Tee hin. Katharina schmiert sich zwar ein Brot, bringt aber nichts herunter. Die Kinder stehen vom Tisch auf und verabschieden sich einsilbig.

»Du hast da was im Gesicht«, bemerkt Erik.

Katharina steht auf und betrachtet sich im Spiegel. Auf ihrer Wange liegt ein dunkler Schatten – erfolglos versucht sie, ihn mit Spucke wegzuwischen. Vermutlich Schmieröl, mit dem der Spatengriff verunreinigt war. Als sie sich umdreht, tauschen Ursel und Erik bedeutungsschwere Blicke.

Nachdem sie einen Schluck Tee getrunken hat, begleitet Erik Katharina zum Rossbachhof.

Jo sitzt auf seiner Schaukel im Garten und kaut auf einem Grashalm herum. Er gibt Erik ein Zeichen – der Junge darf gehen. Die Rossbachs sind nirgends zu sehen. Katharina steht da, die Hände in den Hosentaschen, und fragt sich, wie es weitergehen wird.

»Lass uns doch reingehen – Katinka.«

Jo nimmt ihren Arm und führt sie in den Seminarraum. Er schließt die Tür hinter sich. Der Raum selbst ist spartanisch eingerichtet, außer ein paar Stühlen und Tischen, die im Halbkreis aufgestellt sind, und einer Leinwand gibt es hier nichts, auch keine Bilder an den Wänden. Damit gibt es aber auch nichts, was von dem grandiosen Ausblick auf den Garten hinter den riesigen Panoramascheiben ablenken würde. Das Morgenlicht taucht den Raum in ein zartes Orange.

Jo zieht zwei Stühle heran. Er bedeutet Katharina, sich zu setzen, und nimmt dann selbst Platz. Sie sieht mit wachsendem Grauen zu, wie er etwas aus seiner Hosentasche zieht und es sorgfältig auf dem Tisch ausbreitet. Es ist Ursels Halstuch, mit dem Katharina sich beim Exhumieren von Saras Leiche vor dem Gestank geschützt hat. Sie muss es bei ihrer Flucht aus dem Wäldchen verloren haben. Katharina hat das Gefühl, gleich ohnmächtig zu werden.

»Ich darf dich doch so nennen – Katinka?«

Wie erstarrt sitzt sie am Tisch, unfähig zu antworten. Aber dann macht sie Jos Unverfrorenheit, den Kosenamen zu gebrauchen, der ihrer Schwester vorbehalten war, wütend. Ihre Stimme klingt kalt und scharf, als sie antwortet.

»Hat sie das gerufen, als sie starb? Meinen Spitznamen – Katinka? Warst du dabei, als sie gestorben ist?«

»Nein, aber man hat mir zugetragen, was passiert ist.«

Katharina starrt ihn an. Die Vorstellung, dass sie mit Jo geschlafen hat, kommt ihr inzwischen unfassbar vor.

»Du hast mir wieder nicht geglaubt. Obwohl ich dich noch nie angelogen habe.« Das klingt vorwurfsvoll.

Doch Katharina hat es endgültig satt, in die Defensive gedrängt zu werden. Sie schiebt den Stuhl weg und setzt sich auf den Tisch, sodass sie auf Jo herabsehen kann.

»Du bleibst also dabei? Sie ist an einer Schussverletzung gestorben?«

»Das sagte ich bereits.«

»Warum habt ihr keine Hilfe geholt? Warum habt ihr sie sterben lassen?«

»Weil wir es nicht tun konnten, ohne die Sache zu gefährden, Katharina. Es geht hier um weit mehr als das Leben eines einzelnen Menschen, so sehr ich deine Verzweiflung verstehen kann.«

»*Die Sache* also.«

»So ist es.«

»Ich weiß, was ihr seid, Jo. Oder Freyr oder wie sonst du dich von wem auch immer nennen lässt.«

»Und was sind wir?«, stellt Jo amüsiert die Gegenfrage.

»Ihr seid Neonazis. Nicht nur Ulrike Hauff, ihr alle gehört dazu. Ihr spielt den Leuten die harmlosen Ökobauern vor, die Utopisten, die eine neue Art Gemeinschaft leben, aber das ist nur eine Fassade. Ihr habt dieses Dorf hier gekapert, um eure rassistischen und menschenverachtenden Ideale umzusetzen. In einer Art privatem rechtsfreiem Raum.«

Jetzt steht auch Jo auf. »Sieh mich an, Katharina.« Wie ein Model dreht er sich im Kreis. »Sieh genau hin! Sehe ich etwa aus wie ein Neonazi? Sei doch mal ehrlich! Sehen Gerd und Hiske aus wie Neonazis oder Antke Heynes oder Martin Ernst? Glaubst du, der Bundespräsident würde die Patenschaft für ein Neonazibaby übernehmen?«

Darauf weiß Katharina keine Antwort. Dass die Sippe mit den üblichen Glatzen-Springerstiefel-Neonazis äußerlich nichts gemein hat, muss sie zugeben.

»Ich erkläre dir jetzt mal was: Wir sind Idealisten. Aber zu einem Idealisten gehört auch, dass er deutlich ausspricht, was mit der Gegenwart nicht stimmt. Und da gehören die unangenehmen Wahrheiten dazu – Wahrheiten, die der Öffentlichkeit systematisch verschwiegen werden. Wahrheiten über Flüchtlinge, über ignorante und korrupte Politiker, über die Systempresse und auch über das Weltjudentum und die Lügen, die es verbreitet, um Deutschland zu erpressen. Wahrheiten über das ganze verrottete System. Und wir haben beschlossen, uns von diesem System, zu dem auch deine Schwester gehörte, abzukoppeln. Weil wir es nicht bekämpfen können. Noch nicht.«

»Klee sagt, ihr plant etwas. Ist es das, was du mit ›abkoppeln‹ meinst?«

»Welcher Klee?«

Katharina wird heiß und kalt. Aber Jo sieht nicht so aus, als wäre er wirklich überrascht.

»Die Polizei beobachtet euch, Jo. Max Klee vom Landeskriminalamt. Sie haben einen Horchposten im Wald nach Dalkendorf. Schon eine ganze Weile. Viele Monate.«

»Du hast mit der Polizei über uns gesprochen?«

»Die Polizei hat *mich* angesprochen. Sie wissen, dass ich hier bin. Und sie holen mich hier heraus, falls ihr versucht, mich festzuhalten.«

Jo schweigt lange, bevor er in Gelächter ausbricht. Er lacht, bis ihm die Tränen kommen. Katharina sieht nur ratlos zu. Dann setzt er sich wieder und schüttelt belustigt den Kopf.

»Niemand hält dich hier fest, Katharina. Du kannst jederzeit gehen.«

»Gut, dann tue ich das jetzt.« Sie nimmt das Halstuch vom Tisch und macht ein paar Schritte Richtung Tür.

»Aber über eines solltest du dir im Klaren sein«, ruft Jo ihr streng hinterher.

Sie dreht sich ein letztes Mal um.

»Wenn sie uns schon so lange beobachten, dann wussten sie von deiner Schwester. Und sie haben nichts unternommen, um sie zu retten.«

Ihre Hand ruht auf der Klinke, aber ihr fehlt die Kraft, sie herunterzudrücken. Natürlich hat Jo recht.

»Sie wollten dich benutzen, um uns auszuhorchen, nicht wahr?«

Katharina verweigert die Antwort.

»Ich habe dir das schon einmal gesagt: Wenn du unsicher bist, wem du vertrauen kannst, dann erinnere dich daran, wer dich getäuscht und wer dir immer die Wahrheit gesagt hat.«

Katharina denkt an Klees stümperhaften Versuch, sie mit der Meldebescheinigung des Hotels in Gran Canaria aus Grantzow wegzulocken. Aber auch an das, was sie im Wald gesehen hat.

Jo tritt zu ihr und blickt ihr tief in die Augen: »Wir sind Idealisten. Nicht jeder stimmt mit unseren Überzeugungen überein, aber immerhin haben wir wenigstens welche, anders als dieser Klee, der Menschen ausschließlich zu seinem eigenen Vorteil benutzt und betrügt. Wer weiß: Vielleicht war sogar deine Schwester Teil seines perfiden Plans.«

Katharina schließt die Augen. Sie fühlt sich völlig ausgelaugt. »Ich weiß nicht, wem ich glauben soll, Jo. Ich weiß, ehrlich gesagt, gar nichts mehr, außer, dass ich schlafen muss. Und vielleicht ist es am besten, ich wache gar nicht mehr auf.«

»Ich mache dir einen Vorschlag: Besuche diesen feinen

Herrn Klee in seinem Versteck im Wald. Frag ihn, wie das war mit deiner Schwester. Verschaffe dir Gewissheit. Und wenn du erkannt hast, wer vertrauenswürdiger ist, kommst du hierher zurück und schließt dich uns an. Dann erkläre ich dir, um was es uns *wirklich* geht. Denn eines kann ich dir versichern: Es geht um mehr als um dich und mich, um mehr als diese Sippe und um weit mehr als dieses verschlafene Nest hier.«

Was Jo vorschlägt, klingt vernünftig, denkt Katharina. Sie wird Klee aufsuchen und ihn mit Jos Aussagen konfrontieren. Aber etwas muss sie noch loswerden, bevor sie geht. Sie kommt ihm so nahe, dass er zurückweichen muss. Ihre Standhaftigkeit überrascht ihn.

»Eine letzte Sache, Jo: Nur meine Schwester durfte mich Katinka nennen. Wenn du diesen Namen noch einmal in den Mund nimmst, sorge ich dafür, dass jeder im Dorf erfährt, was du da oben in deinem Notizbuch aufbewahrst.«

*

Klee ist den ganzen Tag um den Van herumgetigert, ohne den Hauch einer Idee, wie diese verdammte Misere sich lösen lässt. Das Ultimatum ist abgelaufen. Sie müssten längst wieder in Rampe sein. Er hätte gute Lust, einfach ins Dorf zu marschieren und seinen Informanten am Kragen aus dem braunen Morast zu ziehen. Aber natürlich ist damit niemandem gedient. Martin und die anderen würden keine Ruhe geben, bis sie den Verräter gefunden und bestraft hätten. Und noch ist ja alles ruhig.

Nun sitzen Max, der Dicke und der glatzköpfige Schnauzbart um den kleinen Tisch im Fond. Der Kaffee in ihren Bechern ist längst kalt. Max will gerade einen weiteren Zettel vollkritzeln, da stört ein Signal, das der Laptop des Dicken von sich gibt, die angespannte Stille.

Der Dicke beugt sich vor und seufzt. »Max?«

Klee und er sehen sich an. Der Kollege muss ihm nicht sagen, was in der E-Mail steht; die Ansage von oben war klar und deutlich gewesen.

»Ich rufe an. Vielleicht kann ich doch noch mal einen Aufschub erreichen.«

Er steigt aus dem Wagen und spaziert ein Stück den Weg entlang. Er möchte nicht, dass die anderen mitbekommen, wie er sich erniedrigt und schlussendlich blamiert.

Das Gespräch ist kurz und verläuft, wie erwartet. Max' Beteuerungen, was der Rückzug für seine Verbindungsperson bedeuten wird, bewirken nichts. Nachdem er aufgelegt hat, schreit er seinen Zorn und seine Machtlosigkeit in den Wald hinaus. In den Baumkronen über ihm flattern erschrockene Vögel auf. Es ist ihm völlig egal, dass die Grantzower seinen Wutausbruch möglicherweise hören könnten. Mit zitternder Flamme zündet er sich eine Zigarette an, tritt sie aber nach wenigen Zügen wieder aus. Nicht einmal der Tabak schmeckt ihm jetzt noch.

Max Klee geht zum Wagen zurück und nimmt am Tisch Platz. Die Kollegen schweigen rücksichtsvoll. Er klappt die auf dem Tisch liegenden Ordner zu und schleudert sie zornig ins Heck. Der Dicke zieht den Kopf ein.

Der Glatzkopf streicht über seinen Schnurrbart und steckt das Handy ein, auf dem er schon wieder irgendwelche Fußballergebnisse studiert hat. »Ich denke, heute fahre besser ich.« Er klettert zwischen den Sitzen hindurch nach vorne. Auf einen Knopfdruck hin ertönt ein Summen und die Antennenanlage auf dem Dach klappt ein.

Der Motor springt nach einigem Orgeln an und der dunkle Van rollt im Schneckentempo den Waldweg entlang aus dem Grantzower Forst hinaus. Nur vier Vertiefungen im Waldboden, die sich sekundenschnell mit Wasser füllen, zeugen nun noch von dem verlassenen Horchposten im Wald.

*

Die Männer der Sippe haben sich im einzigen Klassenzimmer der Grantzower Volksschule versammelt. An der Wand hängt eine Karte der verlorenen deutschen Gebiete, in einem Regal daneben stehen in Leder gebundene Bücher mit abgestoßenen Ecken. In der Ecke lehnt ein Rohrstock.

Die Stühle sind zu klein – vor allem Martin Ernst, der fast zwei Meter misst, hat kaum darauf Platz. Jo ist der Einzige, der steht – er lehnt lässig an der Wand und sieht interessiert aus dem Fenster.

»Ich verstehe dich nicht, Freyr«, führt Gerd Heynes an. »Sie gehen zu lassen, ist ein Fehler.«

»Du weißt doch, was der Volksmund sagt, Gerd: Die schlimmsten Huren werden im Alter die frömmsten Betschwestern.«

»Und was hat das mit deinem Liebchen zu tun?«, will Gerd Heynes wissen.

»Sie ist nicht mein Liebchen. Aber ich gebe zu, dass es mir Spaß macht, sie zu bekehren. Ich verspreche dir: Sie wird ein glühendes völkisches Neumitglied. Beim nächsten Julfeuer hebt sie den Arm genau wie Ulfs magersüchtige Rachegöttin.«

Die Männer am Tisch sehen sich an. Aber keiner traut sich, Freyr zu widersprechen.

»Wie weit seid ihr ansonsten?«

»Wir haben uns mit den anderen auf ein Datum geeinigt: Der 9. November soll es sein. Dann riegeln wir ab und schicken die Pressemeldungen raus.«

Jo lächelt mysteriös. »Schönes Datum. Symbolisch. Aber ich befürchte, so viel Zeit haben wir nicht mehr. Ihr habt Vorkehrungen getroffen für den Fall, dass wir abbrechen müssen?«

»Eine saubere EXIT-Strategie«, antwortet Tjark Heynes, dessen Augen vom Mehlstaub gerötet sind.

»Immer diese hässlichen Amerikanismen«, meint Jo sarkastisch. Die Anwesenden lächeln gequält.

»Wie ich bereits sagte«, fügt Jo hinzu und deutet aus dem Fenster.

Die anderen gesellen sich neugierig zu ihm.

Draußen fährt Katharina mit grimmiger Miene auf dem Rad vorbei.

*

Klee ist fort. Der Wagen ist verschwunden, ohne Spuren zu hinterlassen. Natürlich könnte sie den Polizisten anrufen oder ihm eine Nachricht schicken. Aber die Tatsache, dass das LKA die Überwachung des Dorfes aufgegeben hat, spricht für sich.

Und für Jos Argumente.

Katharina überkommt eine abgrundtiefe innere Leere. Sie hockt, an einen Stamm gelehnt, zwischen den Bäumen, das Gesicht in den Händen vergraben. Das Fahrrad hat sie achtlos auf den Boden geworfen.

Jo hat recht behalten: Klee wollte sie nur benutzen. Und da sein Plan nicht aufgegangen ist, hat er sie fallen lassen.

Ich warte hier. Ich bin Tag und Nacht für Sie erreichbar.

Von wegen.

Sie denkt an die Sippe, an Jo, an ihre Schwester und an das Versprechen, das sie ihr gegeben hat. Die Toten hören die Lebenden, solange ihr Tod ungesühnt ist, hat sie einmal irgendwo gelesen.

Nachdem sie die bittere Wahrheit akzeptiert hat, greift sie in ihre Hosentasche und zieht etwas heraus, was sie schon eine ganze Weile mit sich herumträgt. Es ist Mjölnir, der Thorshammer, den Erik ihr geschenkt hat und den sie zuerst nicht annehmen wollte. Sie bettet ihn auf ein Moosbüschel am Waldboden. Ein Sonnenstrahl fällt durch das Blattwerk auf den Anhänger, der blaue Stein leuchtet auf, als trüge er ein mystisches Feuer in sich.

Der Lichtfleck auf dem Moos erlischt. Sie legt die Kette

mit dem Anhänger an, richtet das Fahrrad wieder auf und macht sich auf den Rückweg ins Dorf.

Katharina muss nichts erklären, als sie aus dem Grantzower Forst zurückgekehrt ist, die Männer stellen keine Fragen. Jo bemerkt den Anhänger um ihren Hals und schickt sie zu Ursel. Katharina soll am Abend in die Schule kommen – mit ihrem Gepäck. Die unerwartete Anweisung beunruhigt sie, was Jo ihr mit Sicherheit anmerkt. Aber er bemüht sich nicht, ihre Angst zu zerstreuen.

Sie hat nur wenig Kleidung mitgebracht, das Packen dauert daher nicht lange. Als sie die Tasche vom Bett aufnimmt und sich umdreht, steht Ursel in der Tür des Gästezimmers. Sie sieht besorgt aus.

»Du gehst?«

Katharina schüttelt den Kopf. »Ich soll zur Schule kommen.«

»Wozu?«

»Keine Ahnung.«

Die Sorgenfalten um Ursels Mund vertiefen sich.

»Ich dachte, du bist froh, mich endlich loszuwerden«, sagt Katharina.

Plötzlich fällt Ursel ihr um den Hals. »Das mit deiner Schwester tut mir so unendlich leid, Katharina.«

Als sie sich voneinander lösen, fügt Ursel hinzu: »Wenn du lieber wegwillst, fahre ich dich nach Rostock.«

Aber Katharina lehnt ab. »Du hattest recht, was die Sippe angeht. Ich denke, die Zeit ist reif für ein bisschen Dankbarkeit und Vertrauen den Menschen gegenüber, die mich hier unterstützen.«

*

Das tieforangefarbene Licht der untergehenden Sonne lässt das Portal der Grantzower Volksschule leuchten wie eine Kinoleinwand. Über den Schulhof flitzt ein dunkelgraues

Eichhörnchen, in Windeseile klettert es den Stamm der Linde empor und verschwindet im Geäst.

Katharina wartet vor der Schule, wie bestellt und nicht abgeholt; ihre kleine Reisetasche steht neben ihr. Sie sieht auf die Uhr: kurz nach acht. Sie weiß nicht, was sie tun soll – weiter warten oder doch zum Rechenbachhof zurücklaufen und Ursel bitten, sie nach Rostock zu fahren? Ihr Wagen steht immer noch bei Martin in der Werkstatt. Katharina fragt sich, ob die Reparatur jemals abgeschlossen sein wird.

Am Ende der Straße biegt ein Fahrrad um die Ecke. Als es näher kommt, erkennt Katharina Hiske Rossbach, wie üblich im langen geblümten Rock und weißer Bluse. Sie biegt in den Hof ein und stellt das Fahrrad neben dem Eingang ab. Ohne zu grüßen, klimpert sie mit einem prallen Schlüsselbund und schließt die Eingangstür zur Schule auf.

»Komm«, fordert sie Katharina auf.

Katharina nimmt ihre Reisetasche und folgt ihr. Im Gebäude riecht es nach gewachsten Böden, und als sie an den Toiletten vorübergehen, auch ein wenig nach Urin. In einer Vitrine an der Wand sind Skulpturen ausgestellt, die die Kinder aus Lehm gefertigt haben. Vor dem einzigen Klassenzimmer gibt es beschriftete Garderobenhaken, in den schmalen Regalen am Boden stehen Hausschuhe in Reih und Glied.

Katharina folgt Hiske ans Ende des Ganges, wo eine Steintreppe in den Keller führt. Das Klappern ihrer Absätze hallt durch das Gebäude; das Geräusch macht ihr sehr deutlich, dass sie beide hier ganz alleine sind.

Im Keller gibt es einen großen Sportraum, den die Frauen durchqueren, um in ein Lager zu gelangen. Zwischen zwei offenen Regalen, in denen Bälle und andere Sportgeräte aufbewahrt werden, ist eine Stahltür in die Wand eingelassen, von der bereits der Lack abblättert. Hiske schließt auf und öffnet die Tür. Von drinnen weht sie ein feuchter, muffiger Luftzug an. Es ist düster hier unten.

Hiske reißt ein kleines Fenster an der Seitenwand auf, um frische Luft hereinzulassen, und schaltet das Licht ein. Zwei Neonröhren knacken mehrmals, bevor sie anspringen.

In dem Raum steht ein Feldbett mit Wolldecken, ein Spind aus Metall und ein kleiner Tisch mit zwei unbequem aussehenden Stühlen. Eine schmale Tür führt in einen Nebenraum – Katharina erkennt ein improvisiertes Badezimmer mit einem Waschbecken und einer Toilette.

Hiske öffnet den Schrank und holt aus dem unteren Fach eine kleine hölzerne Kiste mit einem Netzkabel, mehreren Lampen, einer Art Anzeigetafel und einem Schalter. Aus der Kiste ragen zwei Drähte, an deren Enden die Isolierung entfernt worden ist. Sie stellt die Kiste auf den Tisch und füllt im Badezimmer ein Glas, das sie ebenfalls dem Schrank entnommen hat, mit Wasser.

»Setz dich«, befiehlt sie.

Katharina stellt die Tasche auf dem Bett ab und nimmt auf einem Stuhl Platz. Hiske stellt das Glas ab.

»Kommt Jo nicht?«

Hiske lächelt nachsichtig. »Freyr siehst du erst wieder, wenn wir hier fertig sind.«

»Fertig, womit?«

Aus einer Stofftasche zieht Hiske einen Stapel Dokumente. Sie sehen aus wie Kopien von Kopien – verblasste, verwaschene Buchstaben, auf dem Papier ein Schatten. Die Typen lassen darauf schließen, dass der Text im Original noch mit einer echten Schreibmaschine verfasst worden ist. Sie ordnet die Papiere umständlich, bevor sie antwortet.

»Wir nennen es ›die Klärung‹. Eine Art Reinigungsprozess, den jeder vollziehen muss, der endgültig in den Artam aufgenommen werden will. Aber zuerst noch ein paar Formalitäten.«

Sie breitet eine Handvoll Blätter vor Katharina aus, auf denen nichts weiter als eine schmale horizontale Linie am unteren Rand zu sehen ist. »Bitte unterschreiben.«

»Aber hier steht nichts«, wundert sich Katharina.

»Wir müssen dich aus ein paar staatlichen Systemen befreien, unter deren Kontrolle du stehst. Dafür brauchen wir deine Einwilligung.«

»Was für Systeme meinst du?«

»Kündigung deiner Arbeitsstelle, Auto und Krankenkasse abmelden und eine Vollmacht für dein Bankkonto.«

Katharina steht der Mund offen. »Eine Kontovollmacht? Wozu?«

Hiske seufzt ungeduldig: »Hör mal: Es gibt hier kein ›Wasch mich, aber mach mich nicht nass‹. Ein Teil der Sippe zu sein, bedeutet, aus der Überwachung der Gesellschaft auszubrechen. Das sind alles nur verdeckte Instrumente, um dich gefügig zu machen. Also unterschreib das jetzt!«

»Können wir das nicht auf später verschieben?«

Hiske ballt genervt die Fäuste. Dann stopft sie die Papiere wieder in ihre Tasche und geht zur Tür. »Ich hab Gerd von Anfang an gewarnt, dass das keine gute Idee ist.«

»Hiske, warte doch mal …«

Die Bäuerin dreht sich an der Tür um und sieht Katharina streng an.

»Komm, ich meinte das nicht so. Ich – muss mich nur erst an eure Regeln gewöhnen.«

Hiske kommt zurück an den Tisch und legt erneut die Unterlagen bereit. Katharina unterschreibt mit links und möglichst unleserlich. Nach einem skeptischen Blick auf die Unterschriften steckt Hiske die Blankoblätter ein.

»Deine Uhr.«

Katharina nimmt die Armbanduhr ab. Hiske lässt sie in ihrem Stoffbeutel verschwinden.

»Und jetzt dein Handy.«

Katharina zögert, aber nur einen Moment. Bevor Hiske wieder sauer wird, übergibt sie ihr das Mobiltelefon. Hiske öffnet fachmännisch den Deckel auf der Rückseite und entnimmt den Akku und die SIM-Karte. Beides verstaut sie separat in ihrer Stofftasche, bevor auch das Handy darin verschwindet.

»Personalausweis, Führerschein, Bankkarte, Kreditkarte und Krankenkassenkarte.«

Mit einem Seufzen übergibt Katharina die geforderten Karten.

»Mit Plastik habt ihr es ja nicht so«, versucht sie, die Atmosphäre mit einem Scherz aufzulockern, aber Hiske wirkt im Augenblick völlig humorlos. »Du bekommst bald einen neuen Pass von uns.«

Sie legt ihre kräftigen, schwieligen Hände auf den Tisch und verschränkt die Finger. Katharina wartet gespannt auf ihre Ausführungen.

»Also, das läuft so: Die Klärung dauert – je nachdem, wie schnell du kapierst – eine knappe Woche. Während dieser Zeit verlässt du diesen Raum nicht. Du wirst um vier Uhr morgens geweckt und gehst abends um elf Uhr dreißig zu Bett. Dazwischen machen wir Persönlichkeitstests, politische Schulung und körperliche Ertüchtigung. Es gibt keinerlei Kontakt nach außen, das ist während der Klärung nicht erlaubt. Den Abschluss bildet eine praktische Prüfung.«

»Eine praktische Prüfung?«

»Dann gehörst du richtig dazu. Jo wird dir mehr darüber erzählen, wenn du so weit bist.«

Katharina wird bange bei der Vorstellung, dass sie eine Woche in diesem unterirdischen Gefängnis verbringen muss, ohne Kontakt zu Ursel oder den Kindern, ohne die Möglichkeit, mit irgendjemandem außer Hiske zu sprechen. Und ihr wird auf einmal klar, was Antke Heynes beim Sonntagsfrühstück meinte, als sie sagte, dass Hiske andere wichtige Aufgaben innerhalb der Sippe wahrnimmt, die ihr nicht viel Zeit für den Aufbau einer Großfamilie lasse.

»Hast du das so weit verstanden?«

»Ich … ja. Hat Ursel diese ›Klärung‹ auch abgeleistet?«

»Mit Ursel Breker verhält sich die Sache anders. Beginnen

wir jetzt mit dem ersten Test. Nimm die Drähte zwischen Daumen und Zeigefinger der rechten und linken Hand.«

»Was ist das für ein Gerät?«

»Ein Lügendetektor. Keine Sorge, es tut nicht weh.«

Katharina nimmt zögerlich die aus der Holzkiste hervortretenden Drähte an den blanken Enden in die Finger. Eine kurze Welle der Angst erfasst sie, als Hiske den Schalter betätigt, sie befürchtet trotz aller Beteuerungen, einen Stromschlag zu bekommen. Nichts passiert. Die schmale Nadel auf der Anzeige schwingt ein paarmal hin und her, bevor sie sich auf dem Mittelstrich einpendelt.

»An was denkst du?«, will Hiske wissen.

»An nichts Bestimmtes.«

»Versuche, an eine wichtige Begebenheit in deinem Leben zu denken, eine, die dich emotional stark belastet hat.«

Katharina erwägt das Grab im Unterholz, aber diese Erinnerung will sie nicht wecken.

»Jetzt möchte ich, dass du an den Anfang dieser Erfahrung zurückkehrst und alles schilderst, was damit in Verbindung steht.«

Katharina erzählt, wie sie in Hamburg beinahe vergewaltigt worden ist. Zwischendurch nickt Hiske zustimmend; jedes Mal, wenn der Zeiger in die eine oder andere Richtung besonders stark ausschlägt, macht sie eine Notiz. Schließlich ist Katharina fertig. Die Situation im Geiste erneut zu durchleben, hat sie erschöpft.

»Sehr gut, Katharina. Jetzt möchte ich, dass du noch einmal an den Anfang des Geschehens zurückkehrst und alle zusätzlichen Informationen darlegst, an die du dich erinnerst.«

Katharina sieht Hiske überrascht an. Dann beginnt sie von vorne. Dieser Bericht ist etwas detailreicher als der vorangegangene. Wieder nickt Hiske zufrieden. Ihre Notizen füllen nun schon ein ganzes Blatt. Katharina fühlt sich unendlich müde. Sie nimmt einen Schluck Wasser.

»Gehe nun noch einmal an den Anfang …«

Bei diesem dritten Durchgang setzt die Angst ein. Die Angst, der Lügendetektor könne etwas anzeigen, was er nicht anzeigen soll. Dass Abweichungen in der Geschichte als Unwahrheiten ausgelegt werden könnten. Und tatsächlich, am Ende der dritten Version sieht Hiske weniger zufrieden aus als die ersten beiden Male.

»Gehe nun noch einmal an den Anfang …«

Es gibt einen vierten Durchgang, einen fünften und einen sechsten. Mit jedem Mal fragt sich Katharina mehr, ob sie die Geschichte tatsächlich so erlebt hat oder ob sie nur ihrer Einbildung entsprungen ist. Das Wasserglas ist inzwischen leer. Katharina will aufstehen und es nachfüllen, aber Hiske verbietet es.

»Wasser gibt es erst wieder, wenn wir fertig sind.«

Katharina fragt, wie spät es ist. Draußen ist es schon dunkel. Hiske verweigert ihr die Auskunft.

»Gehe an den Anfang und lege alle …«

Katharina beginnt zu weinen.

»Ich weiß, dass es schmerzhaft ist, aber da musst du durch, Mädchen.«

Unter Tränen erzählt Katharina die Geschichte erneut. Nun beginnt sie wirklich, Dinge zu erfinden, weil sie den Eindruck hat, Hiske erwarte immer weitere Details von ihr. An der Stelle, als der Junge sie an der Ecke abfängt, schlägt Hiske mit der flachen Hand auf den Tisch: »Du erzählst Lügengeschichten, Katharina. Und was noch viel schlimmer ist: Du belügst dich selbst! Wir sitzen hier so lange, bis du die ganze Wahrheit über diesen angeblichen Vergewaltigungsversuch erzählst, und wenn es die ganze Nacht dauert! Kein Wasser, kein Schlaf, keine Toilette. Bis die Wahrheit ans Licht kommt.«

Den achten Durchlauf absolviert Katharina wie in Trance. Ihre Finger, die die Drähte zusammenpressen, fühlen sich so taub an, als sei sie mit bloßen Händen auf den Mount Everest geklettert.

Beim zehnten Durchlauf gesteht sie sich endlich die Wahrheit ein: Dass die Männer sie vergewaltigen wollten, war allein ihre Schuld. Sie hat sie provoziert und die Quittung bekommen. Schluchzend bricht sie zusammen. Ihr Kopf ruht auf der Tischplatte.

»Für heute sind wir fertig.« Hiske schaltet den Lügendetektor aus und verstaut das Gerät wieder im Schrank. »Gute Nacht.«

Schneller, als Katharina reagieren kann, ist Hiske verschwunden. Die Stahltür fällt ins Schloss, man hört das Schnappen des Schließzylinders und schließlich Hiskes Schritte, die leiser werden.

Mit letzter Kraft schleppt sich Katharina ins Bad und stillt ihren Durst. Plötzlich erlischt das Licht im Raum. Von draußen fällt fahles Mondlicht durch das schmale Kellerfenster. Im Zwielicht wechselt Katharina ihre Wäsche und lässt sich auf das Feldbett fallen.

Augenblicklich gleitet sie in einen unruhigen Schlaf, wie eine tickende Uhr zerlegt das stete Tropfen des undichten Wasserhahns die vergehende Zeit.

*

Während der Klärungswoche bleibt Hiske die einzige Person, die Katharina zu sehen bekommt. Jeder Tag läuft auf die gleiche grausam strukturierte Weise ab. Nach dem Wecken in aller Frühe, einem einfachen Frühstück und einem eintönigen Sportprogramm, bestehend aus Übungen wie Liegestützen und Kniebeugen, beginnt der Tag mit einem Persönlichkeitstest und mit demselben Test endet er vor dem Zubettgehen.

Jeden Abend bestätigt Hiske, dass Katharina Fortschritte macht. Als Beweis führt sie den Vergleich zwischen den Ergebnissen des Lügendetektors am Morgen und am Abend an. Katharina sieht nur das Zittern der Nadel zwischen den

Strichmarkern und ist zu erschlagen, um sich auf das Ganze einen Reim machen zu können.

Das Schulungsprogramm beginnt mit der Eröffnung, dass der Staat – *das System,* wie Hiske es nennt – es sich nicht leisten könne, Katharina am Leben zu lassen. Klee habe ihr zu viel erzählt. Die bittere Erfahrung, dass Kripo und Verfassungsschutz Mitglieder der Sippe verschwinden lassen – in jedem anderen totalitären System eine Selbstverständlichkeit –, habe man wiederholt machen müssen. Daher sei die Entscheidung, Katharina zu ihrer eigenen Sicherheit aus den bestehenden gesellschaftlichen Systemen abzukoppeln, sehr wichtig gewesen. Das sieht Katharina ein.

Es folgt die Aufarbeitung ihrer Schuld – der Schuld, sich mit der Polizei eingelassen zu haben. Diese Schuld muss Katharina vollumfänglich für sich akzeptieren. Wie schon die Vergewaltigungsszene am ersten Tag schildert sie ihren ersten Kontakt mit Max Klee immer und immer wieder. Erst am Ende des Tages gesteht sie sich und der Sippe gegenüber endlich ein, dass *sie* es war, die den Kontakt zu Klee gesucht hat.

Der nächste Schritt – sich klar zu werden, dass man sie verraten hat – erleichtert sie dagegen geradezu. Sie erfährt, dass es nicht nur normal ist, sich verfolgt und von Feinden umgeben zu fühlen, sondern vielmehr ein Zeichen der Wachsamkeit, ein Beweis von Geistesgegenwart und Vorsicht, und dass sie diese Aufmerksamkeit schärfen und pflegen muss.

All das führt zu einer natürlichen Schlussfolgerung: Eine Perspektive hat sie nur, wenn sie sich der Realität anpasst – einer Realität, der sie sich lange nicht bewusst war: Die Mitglieder der Sippe sind die Guten, das System ist böse.

Dann gibt es weitere politische Schulungen.

Katharina erfährt, dass die heutige BRD nicht der souveräne Staat ist, den das System der Herrschenden den Bürgern vorgaukelt. Vielmehr ist Deutschland eine GmbH mit der Regierung als bestellten Geschäftsführern, im Eigentum und kontrolliert von ganz anderen Mächten – vorwiegend zionistisch geprägte multinationale Konzerne. Die Bürger Deutschlands seien Angestellte dieser GmbH, quasi das »Personal«, was sich ja schon an dem Begriff »Personal-Ausweis« und an der Etymologie ablesen ließe: Schließlich leite sich »Personal« aus dem mittellateinischen »Personale« ab, und das bedeute »Dienerschaft«. Für diese sogenannte *Deutschland GmbH* gebe es sogar einen offiziellen Handelsregistereintrag beim Frankfurter Amtsgericht aus dem Jahr 1990; einen Auszug legt Hiske vor.

Tatsächlich bestehe völkerrechtlich das Deutsche Reich in den Grenzen von 1937 fort, lebe aber auch mehr als siebzig Jahre nach Kriegsende noch unter dem Diktat der alliierten Siegermächte. Das bewiesen die vielen ausländischen Militärstützpunkte und die Katzbuckelei der deutschen Regierungen gegenüber den Amerikanern und Franzosen. Auch ein Urteil des Bundesverfassungsgerichtes aus dem Jahr 1973, das explizit bestätigt, dass das Deutsche Reich den Zusammenbruch von 1945 überdauert hat und Deutschland nicht dessen Rechtsnachfolger ist, bekommt Katharina zu Gesicht.

All das bedeute im Endeffekt, dass geltende Gesetze, Gerichte und Steuern unrechtmäßig seien. Und es deshalb auch völlig legitim sei, sich nicht danach zu richten, sondern vielmehr eigene Gesetze zu entwickeln, das sogenannte Naturrecht.

Katharina lernt etwas über die deutsche Landschaft als natürliche Heimat des deutschen Volkes, über die eherne Verbindung von Volk, Heimat und Natur. Dass die Natur ein organisches Wesen mit einem Bewusstsein ist, das nach uralten grundlegenden Ordnungsprinzipien handelt. Prinzipien, die heute – nachdem die verweichlichte und verweiblichte Linke lange Jahre die Vorherrschaft in allen gesellschaftlichen Bereichen innehatte – verschüttet sind und darauf warten, endlich wieder freigelegt zu werden. Die Natur ist hart und unbarmherzig und so muss auch eine gesunde Gesellschaft organisiert sein, um zu überleben: natürliche Selektion statt gleichmachender Humanismus. Nur die Anpassung an die Härte der Natur schafft ein reines, naturnahes und unverdorbenes Volk. Der Einzelne ist nichts ohne seine völkische Zugehörigkeit. Die pervertierte Ausrichtung auf immer mehr Selbstbestimmung und individuelle Menschenrechte ist ein Irrweg. Stattdessen gibt es ein Recht, ja sogar eine *Pflicht* zur Ungleichheit, die sich aus der natürlichen Hierarchie der Völker ergibt.

Eine Hierarchie, an deren Spitze das Deutsche Reich steht.

Und die Sippe betrachtet sich als Speerspitze dieser Bewegung.

*

Am Abend des sechsten Tages verlässt Katharina die Volksschule. Nichts lässt sich vergleichen mit dem Duft des Hochsommers, der durch die Straßen von Grantzow weht. Sie fühlt sich leicht wie Löwenzahnsamen im Wind. Hiske hat ihr zum Abschluss mit einem alten Füllfederhalter eine Wolfsangel auf den Puls der rechten Hand gezeichnet, das Symbol, das sich auch auf dem Findling vor dem Rossbachhof befindet. Sobald Martin Ernst Zeit findet, wird er die vergängliche Zeichnung in eine permanente Tätowierung verwandeln. Fast alle Mitglieder der Sippe tragen sie.

Katharina ist erschöpft, aber auch von einer tiefen inneren Ruhe erfüllt. Ihr Weltbild wurde von Hiske auf den Kopf gestellt.

Als sie den Blick nach oben richtet, bemerkt sie, dass sich jemand am Turm der kleinen aufgegebenen Dorfkirche zu schaffen macht: Es sind Martin Ernst und sein Sohn Erik. Erik hält den Fuß einer ziemlich langen Leiter, an deren oberen Ende Martin werkelt.

Den kurzen Stundenzeiger hat er bereits montiert, nun zieht er an einem Seil den Minutenzeiger nach oben. Katharina sieht den beiden eine Weile zu. Sie arbeiten schweigend und konzentriert. Bald befindet sich der Minutenzeiger ebenfalls an Ort und Stelle. Martin sieht auf seine Armbanduhr und korrigiert die Einstellung der Turmuhr ein wenig. Dann steigt er gemächlich die Sprossen hinab.

Wie es aussieht, hat in Grantzow eine neue Zeitrechnung begonnen.

*

Katharina ist wieder bei Ursel eingezogen – kein Wort mehr davon, dass Ursel sie loswerden wollte. Zwei Nächte hintereinander hat sie so tief geschlafen, wie die ganze letzte Woche nicht. Jede kleine Annehmlichkeit im Gästezimmer auf dem Rechenbachhof kommt ihr nun vor wie ein Wunder.

Nach dem Frühstück steht Jo plötzlich im Wohnzimmer. »Sollen wir ein Stück laufen?«, fragt er.

Sie lassen den Ort hinter sich, gehen am See vorbei. Katharina erinnert sich an das im grünen Wasser versunkene Auto und fragt sich, ob es Gedankenlosigkeit von Jo ist oder Absicht, diesen Weg zu wählen. So wie sie Jo einschätzt, ist es Absicht. Er überlässt nichts dem Zufall.

Am anderen Ende des Sees nimmt Jo zielstrebig den ihr wohlbekannten Trampelpfad. Sie folgt ihm wie eine Expeditionsteilnehmerin einem einheimischen Führer. Es kann kein Zufall sein, dass er an der Stelle innehält, an der ihr Max Klee begegnet ist. Jo geht in die Hocke und beginnt, mit einem kleinen Stöckchen im weichen Waldboden herumzustochern.

»Ich habe dir etwas versprochen.«

Katharina wartet ab.

Er wird sowieso nur preisgeben, was er preisgeben will, ganz egal, wie sie darauf reagiert.

»Was Hiske dir in den letzten Tagen erzählt hat, ist nicht nur graue Theorie. Wir werden aus Grantzow etwas ganz Neues machen.«

»Ihr habt das Dorf doch schon völlig auf den Kopf gestellt.«

»O ja, das haben wir.« Ein feines Lächeln umspielt Jos Lippen. »Aber es bleibt nicht dabei. Noch ist Grantzow nur eine kleine wehrhafte Insel in einem sturmumtosten Meer. Aber wir wollen mehr. Wir wollen einen Kontinent.«

»Ihr wollt Grantzow größer machen?«

»Nein, Katharina. Wir wollen diese Region abspalten vom Rest der sogenannten Bundesrepublik. Einen eigenen Staat gründen. Einen *arischen* Staat mit völkisch Gesinnten. Das Reich ›Pommern‹.«

»Aber einen Staat aufzubauen, erfordert doch viel mehr Ressourcen, als ein Dorf umzukrempeln.«

»Wir haben diese Ressourcen. Geld, Menschen mit der richtigen Einstellung und dem Willen, anzupacken.«

»Und Waffen.« Es ist Katharina so herausgerutscht.

Jo mustert sie misstrauisch. »Wie kommst du gerade auf Waffen?«

Katharina sucht verzweifelt nach einem überzeugenden Argument. »Wenn ihr, ich meine: wir einen Staat gründen, müssen wir die Grenzen verteidigen. Dafür brauchen wir Waffen.«

Jo steht auf und stellt sich direkt vor sie. »Ja, Waffen. Davon haben wir mehr als genug.« Sein Blick klebt an ihr. »Sollen wir zurückgehen?«, fragt er schließlich.

*

Am folgenden Morgen, kurz nach Sonnenaufgang, biegt ein klappriger schwarzer Kombi am Ortseingang von Grantzow auf den Parkplatz ein und hält direkt neben dem verwaisten Campingtisch und den zwei Stühlen. Zwei Männer steigen aus, während sich der Staub legt. Sie haben sich nicht mal die Mühe gemacht, sich zu vermummen. Einer von ihnen trägt einen Werkzeugkoffer, der andere holt ein großes Blechschild aus dem Kofferraum.

Mit wenigen Handgriffen schrauben die Männer das Grantzower Ortsschild ab, dann befestigen sie ein neues am Pfosten. Nach getaner Arbeit verstauen sie das ausgediente Schild und ihr Werkzeug wieder im Kofferraum und verschwinden so unbemerkt, wie sie gekommen sind.

Auf dem neuen Ortsschild steht:

Freie Reichsstadt Grantzow
Pommern

Und darunter eine Liste mit acht Partnerstädten.

Freie Reichsstadt Grantzow

Pommern

Seit seiner Demission aus dem Grantzower Forst vor etwas über einer Woche schiebt Max Klee Dienst nach Vorschrift. Er ist zornig, doch vor allem fühlt er sich machtlos. Einmal ist er nachts spontan ins Auto gestiegen, fest entschlossen, in das Dorf zu fahren, den Jungen aus dem Schlaf zu reißen, ihn dort herauszuholen und irgendwo weit weg zu verstecken, bis die Wogen sich geglättet haben. Auf halbem Weg hat das Telefon geklingelt – ein Einsatz – und er musste wieder umkehren. Die Idee, ganz einfach nicht ranzugehen oder sich krankzumelden, kam ihm nicht. Nein, Max Klee ist kein Held, gesteht er sich ein.

Er hat kaum das LKA-Gebäude in Rampe betreten, da fängt ihn schon sein glatzköpfiger Kollege ab: »Du sollst sofort in den großen Sitzungssaal kommen.«

Klee sieht ihn verständnislos an.

»Hoher Besuch.«

Er sieht auf die Armbanduhr. »So früh?«

»Und du sollst alle Unterlagen zum Fall Grantzow mitbringen.«

Klee schwant Böses. In aller Herrgottsfrühe angesetzte Überraschungsmeetings mit politischen Würdenträgern, bei denen man dann noch seine gesammelten Ermittlungsergebnisse vorlegen soll, können eigentlich nur eines bedeuten.

In aller Eile zieht er ein paar Ordner aus dem Aktenschrank und macht sich auf den Weg ans andere Ende des Baus. Um sich einen Kaffee zu holen, bleibt keine Zeit mehr.

Die Tür zum Sitzungssaal ist geschlossen. Zehn nach neun. Mühevoll die Ordner balancierend, klopft Klee an und öffnet die Tür.

Der Saal ist eigentlich für repräsentative Veranstaltungen gedacht wie zum Beispiel Sitzungen des Präsidenten mit

Ministern, nicht aber für behördeninterne Besprechungen mit einer Handvoll Personen – dafür gibt es geeignetere Räumlichkeiten im Haus. Aber mit der hohen Decke, an der ein ultramoderner elektrischer Kronleuchter hängt, und den holzvertäfelten Wänden flößt der weitläufige Saal jedem Besucher sofort Respekt ein. Und vermutlich ist es genau das, was diejenigen, die das Meeting anberaumt haben, beabsichtigen.

Am entfernten Ende eines langen Konferenztisches sitzen zwei alte Bekannte: Grau und Grün, die Klees Warnungen vor dem Treiben in Grantzow nicht ernst genommen haben. Tatsächlich tragen sie wieder die gleichen distinguierten Anzüge mit der grauen beziehungsweise grünen Krawatte. Andersherum diesmal: Grau ist Grün und Grün ist Grau.

Mit ihnen am Tisch sitzt ein junger Mann mit dunkelblondem Bürstenhaarschnitt, hoher Stirn und einem Dreitagebart, der aussieht, als hätte sein Träger sich sehr viel Mühe gegeben, ihn so ungepflegt aussehen zu lassen, dass er gerade noch als cool durchgeht. Der Mann beugt sich vor, murmelt etwas und die versammelten Herren lachen gönnerhaft.

Der Graue wendet sich als Erster Klee zu. »Setzen Sie sich doch.«

Klee knallt hörbar seinen Stapel Aktenordner auf den Tisch. Grau und Grün fahren zusammen, aber der Dreitagebart zuckt nicht mal mit der Wimper.

»Sie kennen den Kollegen Tom Diener vom VS?«

Klee hatte noch nicht die Ehre. Diener kann noch nicht lange beim Verfassungsschutz sein, sonst wäre er ihm schon einmal über den Weg gelaufen. Der Mann nickt andeutungsweise, macht jedoch keine Anstalten, sich zu erheben und Klee die Hand zu geben, also wird er sich ebenfalls bedeckt halten.

Grün verschränkt die Finger und spitzt die Lippen. »Ich möchte, dass Sie all Ihre Unterlagen an den Kollegen Diener übergeben. Wir werden die Aktivitäten in Grantzow beim

VS bündeln. Was Sinn macht, da die Kollegen den Ort ebenfalls schon eine ganze Weile auf dem Schirm haben.«

Klee traut seinen Ohren nicht. »Wollen Sie etwa sagen, zwei Behörden haben, ohne voneinander zu wissen, die gleiche Gruppierung beobachtet?«

»Das ist tatsächlich etwas unglücklich gelaufen. Wir müssen dringend an der Kommunikation Ihrer Abteilung arbeiten.«

»An *unserer* Kommunikation?« Klee platzt gleich die Hutschnur. Er ist schließlich derjenige gewesen, der die Herren öfter informiert hat, als es ihnen lieb war.

»Ich denke, wir sollten uns jetzt mit Schuldzuweisungen zurückhalten und überlegen, wie wir den Übergang möglichst reibungslos gestalten können«, wirft Diener ein.

Grün und Grau stimmen ihm mit einem deutlichen Nicken zu.

Aber so schnell gibt Klee nicht auf: »Bedeutet das, Sie haben womöglich nur ein paar Hundert Meter von uns entfernt ebenfalls im Wald Posten bezogen und eine Abhöraktion durchgeführt? Wie kommt es, dass wir nie etwas davon bemerkt haben?«

Diener lächelt mysteriös. »Wir haben andere Methoden.«

»Welche?«, will Klee wissen.

Diener blickt Grau und Grün fragend an und sie geben grünes Licht.

»Wir haben jemanden vom VS nach Grantzow eingeschleust.«

Klee bleibt der Mund offen stehen. »*Mir* sagen Sie, das V-Leute-Konzept sei gestorben, und *er* schleust jemanden nach Grantzow ein?«

»Fangen Sie schon wieder damit an?«, tadelt ihn der Graue.

»Tut mir leid, aber meine Welt ist gerade aus den Fugen geraten. Offensichtlich gelten nicht die gleichen Regeln für alle. Was ist mit *meinem* Informanten?«

Alle Blicke sind auf Diener gerichtet. Der schiebt ein paar

Blätter von dem Stapel Kopien beiseite, die vor ihm auf dem Tisch liegen, und nimmt einen Ausdruck zur Hand.

»Sie meinen den Sohn Ihres Cousins Martin Ernst, Erik Ernst?«

Jetzt hält es Klee nicht mehr auf dem Stuhl. »Woher zum Teufel wissen Sie das?«

»Da muss ich nur eins und eins zusammenzählen. Dass Ernst mit Ihnen verwandt ist, wissen wir schon lange, ist ja auch kein Verbrechen. Erik saß letztes Jahr für vier Wochen im Jugendarrest und Sie haben ihn mehrmals besucht. Haben Sie ihn da angeworben?«

»Nein, ganz im Gegenteil. Er hat mich aus dem Gefängnis angerufen, weil er aussteigen wollte und endlich mal ohne Beobachtung mit mir sprechen konnte! Und jetzt sitzt er in Grantzow fest, und was immer die auch planen, er hängt mit drin!« Jetzt schreit Klee fast.

»Herr Klee, beruhigen Sie sich. Nehmen Sie Platz, wir sind doch erwachsene, vernünftige Menschen«, versucht der Grüne, die Situation zu entschärfen.

Klee rückt seine eigene Krawatte zurecht, atmet tief durch und setzt sich wieder.

Stille erfüllt den Raum, während Klee sich um Fassung bemüht.

»Was machen wir mit Erik? Und mit der Frau, die in Grantzow gestrandet ist – Katharina Hofmann? Die gehört auch nicht zur Szene.«

»Wir werden sicher eine Lösung finden«, erklärt Diener.

»Sie müssen das Problem *bald* lösen, denn die haben was Großes vor, und ob dann noch viel von Grantzow und seinen Bewohnern übrig bliebt, ist ungewiss.« Diesmal wird Klee seine Befürchtungen laut und deutlich äußern, ob es diesen Herren passt oder nicht und wie absonderlich sie auch scheinen mögen. Aber Dieners Reaktion erwischt ihn auf dem falschen Fuß.

»Dessen sind wir uns völlig bewusst.«

Klees Miene ist ein einziges großes Fragezeichen.

»Und das beschränkt sich nicht allein auf Grantzow«, fährt Diener fort. »Die Unabhängigkeitsbestrebungen dieser sogenannten völkischen Siedler erstrecken sich auf weitere acht Dörfer im Landkreis Güstrow-Teterow.«

»Die wollen ihren eigenen verdammten Neonazistaat gründen.«

»Völkische Siedler mit Neonazis gleichzusetzen ist in meinen Augen ein bisschen – unterkomplex«, gibt Diener zu bedenken.

»Eine Staatsgründung werden wir ganz sicher nicht zulassen«, wiegelt der Graue ab.

»Was haben Sie denn vor? Mit der Bundeswehr einmarschieren?«

»Nicht mit der Bundeswehr, aber mit einem MEK, wenn es nötig ist. Was ich nicht glaube.«

Klee lacht verächtlich. »Glauben Sie, die lassen sich das einfach so gefallen?«

Grün sieht ihn fragend an. »Was glauben Sie denn, was die dagegen unternehmen wollen?«

*

»Das läuft hier wie in Waco, in Jonestown oder im Führerbunker«, erklärt Jo.

Katharina versteht nicht, was er damit meint. Sie sind im Garten der Rossbachs. Katharina hat von Hiske die Aufgabe erhalten, Unkraut im Bauerngarten zu jäten. Jo lehnt währenddessen am Zaun, blinzelt in die Sonne und sieht ihr zu.

»Natürlich werden die BRD-Organe sich das nicht gefallen lassen, wenn wir unser eigenes Staatsgebiet ›Pommern‹ proklamieren. Darauf sind wir vorbereitet. Wir werden uns zur Wehr setzen.«

»Mit Waffen.«

»So ist es. Selbst die Jungen sind gut ausgebildet.«

»Glaubst du nicht, dass die in der Überzahl sein werden?«

»Die Leute hier sind voller Begeisterung und Enthusiasmus. Das macht viel wett.«

»Mit Begeisterung allein wurde noch kein Krieg gewonnen.«

Sie gräbt eine Vogelmiere samt Wurzel aus, wirft sie in einen Korb und wischt sich mit dem Ärmel den Schweiß von der Stirn. »Wann soll's denn losgehen?«

»Wir werden es allen früh genug mitteilen.«

Katharina sieht auf. »Traust du mir immer noch nicht?«

Jo lächelt. »Es ist besser, niemanden zu verunsichern. Das ist ein großer Schritt für uns alle und ich möchte nicht, dass jemand im letzten Moment kalte Füße bekommt. Die Leute denken, ›irgendwann geht es los‹, und das ist gut so.«

»Und das Ortsschild?«

»Fritz war ungeduldig und nicht davon abzubringen, es schon aufzuhängen. Selbst wenn die Bullen herkommen, werden sie es für einen Scherz halten. Die Grantzower jedenfalls motiviert es.«

»Was meintest du vorhin mit Waco, Jonestown oder dem Führerbunker?«

»Kennst du die Geschichten nicht?«

Katharina seufzt. Manchmal nervt es sie, dass Jo aus allem ein pathetisches Theater macht. »Sonst würde ich wohl nicht fragen.«

»Falls sich abzeichnen sollte, dass wir verlieren, beenden wir die Sache mit Würde.«

Katharina hält inne. »Mit Würde? Du meinst …«

»Keine Gefangenen. Sieg oder Tod.«

Sie schluckt.

»Wir machen Dutzende Kinder zu Waisen? Einfach so? Weil wir unsere Vorstellungen nicht durchsetzen können?«

Sie starrt Jo an, der ihren Blick ungerührt erwidert. Erst jetzt realisiert sie, was das bedeutet.

»O mein Gott! Die Kinder auch?«

»Wir geben in der Schule Medikamente aus. Es geht ganz schnell. Sie werden nicht leiden.«

Katharina wird flau im Magen. Natürlich weiß sie inzwischen, dass die Sippe konsequent ist, dass sie alles tut, um ihre Ideale zu verwirklichen. Aber dass sie dabei über Leichen geht und auch die Kinder nicht verschont, trifft sie. Sie legt ihr Werkzeug beiseite, steht auf und klopft sich die Erde vom Kleid. »Ich muss etwas trinken. Ich glaube, ich habe mir einen Sonnenstich eingefangen.«

Sie setzt sich an den langen Tisch im Garten und schenkt sich Wasser aus einem Krug ein. Nach dem zweiten Becher kommt Jo zu ihr. Er beobachtet sie. Sie wischt sich das Wasser mit dem Unterarm vom Mund. Jo lächelt. Ihm gefällt diese sonst eher männliche Geste.

»Hiske hat etwas von einer abschließenden praktischen Prüfung erzählt«, setzt sie das Gespräch fort.

»Schön, dass du mich daran erinnerst«, entgegnet Jo.

Er zieht die Glock aus seiner Hosentasche und legt sie vor Katharina auf den Tisch – direkt neben den Krug mit Wasser. Eine bäuerliche Idylle, Tonkrug auf Holztisch, nur die tödliche Waffe passt nicht dazu.

Jo sieht sich um, er will sichergehen, dass niemand sie belauscht. »Niklas war es.«

Katharina sieht ihn verwirrt an. »War was?«

»Niklas hat deine Schwester erschossen.«

Sie rückt ein Stück von ihm weg. »Das glaube ich nicht.« Niklas? Das kann nicht sein. Sie hat Raik oder Sten in Verdacht gehabt, eine Weile sogar Erik. Aber nicht Ursels Sohn. Der ist selbst Opfer, nicht Täter.

»Frag ihn. Sag ihm, ich hätte ihm erlaubt, darüber zu sprechen.«

»Das werde ich.«

»Hab ich dich schon mal angelogen?«

»Hast du nicht versprochen, niemandem zu sagen, wer der Täter war? Dann war das doch schon eine Lüge.«

»Du gehörst jetzt zur Sippe. Das ist etwas anderes. Innerhalb der Sippe haben wir keine Geheimnisse. Der Rest der Welt ist außen vor.«

»Und was soll das mit der Waffe? Glaubst du im Ernst, ich würde mich an einem zehn Jahre alten Jungen rächen?«

»Es geht nicht um Rache.«

»Sondern?«

»Es geht darum, ein Sicherheitsrisiko auszuschalten.«

»Spielt das denn noch eine Rolle, da wir ja bald unseren eigenen Staat haben? Mit eigenen Gesetzen? Und falls es schiefgeht, muss auch Niklas den Schierlingsbecher schlucken, oder?«

Jo sieht sie irritiert an. Er ist wohl nicht daran gewöhnt, dass ihm jemand mit Logik widerspricht.

»Ist das Tradition, dass ihr euch innerhalb der Sippe umbringt?«

»Ursel unterstützt die Sippe in vieler Hinsicht, so wie wir sie unterstützen. Eine Art Symbiose. Aber sie wollte, im Gegensatz zu dir, nie ein aktives Mitglied sein. Darum muss sie weg sein, wenn es losgeht.«

»Das ist eine Mutprobe, richtig? Du traust mir nicht und willst sichergehen, dass ich zu allem bereit bin.«

»Es ist eine praktische Prüfung, die jeder ablegen muss, der dazugehören will.«

»Und wenn ich mich weigere?«

»Dann bist du eine Deserteurin. Und du weißt, was mit Deserteuren geschieht.«

Katharina denkt an das Unterholz und die vielen kleinen weißen Grabsteinchen, die sich dort auf dem Boden befinden.

»Das klingt, als wären wir im Krieg.«

»Das sind wir. Hast du nicht vorhin selbst gesagt, dass man mit Begeisterung alleine keinen Krieg gewinnen kann?«

Das stimmt. Es war nur so dahingesagt, aber sie sind schon mitten in der Militär-Rhetorik angekommen. Katharina blickt zum Himmel auf. Der Himmel, gestern noch blau, ist bleigrau geworden. Die Sonne verbirgt sich hinter einem diesigen Schleier, noch weht kein Lüftchen und es ist schwül. Doch bald wird es ein Gewitter geben. In mehrfacher Hinsicht.

»Wann und wie?«

»Bis spätestens morgen Abend. Bring den Jungen ins Unterholz. Ein Schuss in den Hinterkopf reicht. Wenn die Sache erledigt ist, gibst du Bescheid. Wir begraben ihn dann.« Jo deutet auf die auf dem Tisch liegende Waffe. »Weißt du, wie man die benutzt?«

Sie nickt stumm. Seit ihrer Rückkehr aus der Schule hat sie zwei Mal Schießtraining auf dem verborgenen Unterstand im Wald absolviert, ganz in der Nähe der Stelle, an der Sara erschossen worden ist.

Sie schickt sich an, zurück zum Bauerngarten zu gehen, um weiter zu jäten. Jo nimmt die Waffe und hält sie ihr hin. »Vergiss sie nicht.«

Nach kurzem Zögern schiebt sie die Pistole in die Tasche ihrer Schürze.

Das Eisen wiegt schwer.

»Wenn ich dir noch einen Rat geben darf: Erledige das so schnell wie möglich. Je länger du darüber nachdenkst, umso schwerer wird es.«

Am Abend ist Katharina körperlich völlig ausgelaugt. Den ganzen Tag hat sie auf dem Rossbachhof geschuftet: Unkraut gejätet, Hiske beim Backen und Kochen und bei den Vorbereitungen für das nächste Sonntagsessen geholfen, Wäsche gewaschen. Da die Sippe nicht viel von modernen Vollwaschmitteln hält, sondern natürliche Seifen benutzt, müssen besonders schmutzige Kleidungsstücke mit einer Wurzelbürste geschrubbt werden. Danach waren ihre Hände krebsrot und sie brennen immer noch.

Unter dem warmen Wasser der Dusche schläft sie fast ein. Das Amulett mit dem Mjölnir legt sie nicht ab, sie schläft inzwischen sogar damit. Die Waffe hat sie nach ihrer Ankunft im Haus sofort in ihrer Reisetasche deponiert, die ganz unten im Kleiderschrank verstaut ist. Das Magazin hat sie entnommen und oben auf dem Schrank in einer Tasche aus Stoff verborgen, außer Reichweite von Kindern, selbst wenn sie auf einen Stuhl steigen würden. Der Schrank ist verschlossen, der Schlüssel in der Tasche ihres Kleides.

Beim Abendessen wird kaum geredet. Ursel ist Katharina gegenüber sehr einsilbig geworden, fast argwöhnisch, könnte man meinen. Auch die Kinder sind nicht gesprächig, es war den ganzen Tag heiß und sie sitzen mit roten Köpfen vor ihren Tellern und scheinen keinen rechten Appetit zu haben.

Ursel räuspert sich. »Ich weiß, du bist ziemlich geschafft, aber ich möchte dich trotzdem um einen Gefallen bitten.«

Katharina sieht müde auf. Sie hat Ursel nicht verstanden, denn sie war mit ihren Gedanken ganz woanders.

»Ich muss heute Abend noch mal weg, zu einem Termin. Und ich wollte dich fragen, ob du auf die Kinder aufpassen kannst.«

Katharina starrt Ursel an. Ihr Gesicht fühlt sich an wie eine Totenmaske, starr und eiskalt. »Ein Termin mit Jo?«

Ursel sieht sie sonderbar an. »Nein, wieso?«

Katharina schüttelt den Kopf. Sie hätte es ihm zugetraut. »Ich weiß nicht, ich wollte mich eigentlich gleich hinlegen«, wehrt Katharina matt ab.

»Nur eine gute Stunde, Katharina. Ich verspreche dir, ich beeile mich.«

»Mama, bleib da«, sagt Niklas. Seine Stimme klingt flehentlich.

Katharina und Ursel blicken ihn erstaunt an. So etwas hätten sie eher von Esther erwartet. Ahnt er etwas? Aber Ursel ist unempfänglich für seine Signale.

»Nick, bitte. Ich muss wirklich nur kurz in den Nachbarort fahren. Bevor du ins Bett gehst, bin ich wieder zurück.«

Und um die Diskussion nicht ausufern zu lassen, steht sie ohne weitere Worte auf, nimmt ihre Jacke von der Garderobe und den Autoschlüssel vom Brett und geht zur Tür hinaus. Auf dem Weg zum Auto, winkt sie den drei Zurückgebliebenen durchs Fenster zu.

Niklas schiebt den Stuhl zurück. Ohne die Augen von Katharina abzuwenden, verlässt er den Tisch. »Ich muss noch Hausaufgaben machen.«

Seine Schwester sitzt wie versteinert auf ihrem Stuhl. »Kannst du mir etwas vorlesen?«

»Mach ich später gerne«, sagt Katharina tonlos. Sie räumt den Tisch ab und das Geschirr in die Spülmaschine ein. Dann bringt sie Esther-Marie nach oben in ihr Zimmer. Das Mädchen blättert versonnen in einem Bilderbuch mit abgestoßenen Ecken, als Katharina die Tür hinter sich schließt.

Katharina geht ins Gästezimmer. Sie öffnet den Schrank und nimmt die Pistole aus der Reisetasche. Dann holt sie die Stofftasche oben vom Schrank und legt die Waffe zum Magazin. Sie hängt die Tasche über die Schulter und sucht Niklas in seinem Kinderzimmer auf. Statt über den Hausaufgaben, sitzt er auf dem Bett und dreht eine Glasmurmel zwischen den Fingern hin und her. Als Katharina auf der Schwelle steht, blickt er auf.

»Sollen wir einen kleinen Ausflug machen?«

»Wohin?«

»Überraschung.«

Stille breitet sich im Zimmer aus.

»Was hast du da in der Tasche?«

»Nur ein bisschen Proviant.«

Nick schluckt.

»Gehen wir?«

Der Junge wendet den Kopf in Richtung Esther-Maries Zimmer, als könne er von dort Hilfe bekommen. Schließlich steht er auf und geht an Katharina vorbei aus dem Raum.

Draußen hat es angefangen zu regnen. Katharina und Niklas gehen hinunter zum See. Unter einem Birnbaum mit dichtem Blattwerk suchen sie Schutz vor dem Wetter. Auf der Wasseroberfläche wühlen Millionen kleiner Tropfen den See auf.

Niklas stützt sich an den Stamm des Obstbaums. »Können wir wieder hineingehen? Mir ist kalt.«

Katharina zieht die Glock aus der Tasche und wiegt sie in der Hand.

»Jo sagt, du hast geschossen.«

Der Junge sieht sie erschrocken an.

»Er erlaubt dir, darüber zu sprechen.«

Nick schweigt.

»Du bist nicht schuld an Saras Tod, Niklas.«

»Es war keine Absicht. Ich wusste nicht, dass sie …«

»Du hast mich falsch verstanden. Sie ist nicht an der Schussverletzung gestorben.«

Der Junge sieht sie mit großen Augen an.

»Nachdem du sie getroffen hast, was ist dann passiert?«

»Fritz hat sie zu Gerd und Hiske gebracht.«

Fritz ist der blonde Bürstenschnitt mit dem Jägeroutfit, der das Schießtraining organisiert und ständig mit Ulrike und Ulf herumhängt, erinnert sich Katharina. An seinem Gürtel baumelt immer ein ziemlich respekteinflößendes Messer.

»Sie war noch am Leben, richtig?«

Nicklas nickt. »Aber ihr Gesicht war ganz bleich.«

»Sie hat viel Blut verloren. Hast du sie noch einmal gesehen, nachdem sie auf den Rossbachhof gebracht wurde?«

Niklas schüttelt den Kopf. Er schnieft und wischt sich Tränen aus den Augen.

Katharina legt ihm die Hand auf die Schulter und zieht ihn zu sich heran. Sie streicht ihm sanft über den Kopf. Dann fischt sie mit einem tiefen Seufzer das Magazin aus der Stofftasche. Wasser tropft von den Blättern auf das Metall. Sie dreht und wendet den Behälter in der Hand. Sie stellt sich vor, wie sie ausholt und das Magazin samt Munition in hohem Bogen in den Rechenbachweiher wirft.

»Woher weißt du, dass ich sie nicht erschossen habe?«, will Niklas wissen.

»Weil ich mir ihren … Körper angeschaut habe.«

»Wo – wo ist ihr Körper?«

»Sie haben ihn in dem kleinen Wäldchen hinter dem Rossbachhof begraben.«

»Dort wollte er mir etwas im Unterholz zeigen.«

»Wer?«

»Freyr. An dem Tag, als wir dort waren.«

»Aber?«

»Er musste Hiske helfen, mit der Frau. Sie hatten Angst, dass sie verblutet.«

Jo wollte den Jungen beseitigen, das wird Katharina jetzt klar. Sie zieht ein Tempotaschentuch aus ihrer Hosentasche und trocknet Niklas das Gesicht.

»Komm, wir gehen heim. Es ist schon spät.«

Katharina steckt Waffe und Magazin wieder in die Stofftasche. Sie und Niklas gehen über die nasse Wiese zurück zum Hof. Sie betrachtet den Himmel über Grantzow. Die sechs Tage in dem Schulkeller haben sie nicht von ihrem Entschluss abbringen können. Der Nieselregen macht nicht den Eindruck, als sei er nur vorübergehend zu Gast.

Die Kinder schlafen tief, doch Ursel ist nach wie vor nicht von ihrem Termin zurück. Eine Zeit lang sieht Katharina aus dem Fenster, doch viel mehr als der Regen, der im Lichtschein aus der Küche wie ein orangefarbener Perlenvorhang schimmert, ist in der Dunkelheit nicht zu erkennen.

Am Ende des Ganges im ersten Stock befindet sich Ursels Arbeitszimmer. Katharina hat es nie betreten, aber sie weiß, dass Ursel dort ihren Computer und ihre Unterlagen aufbewahrt und oft noch spätnachts bei einer Tasse Tee sitzt und die Buchhaltung macht.

»Ursel unterstützt die Sippe, so wie wir sie unterstützen – eine Art Symbiose.« Das ist es, was Jo gesagt hat. Aber Katharina will mehr wissen. Wie hat die Sippe Ursel in solchem Maß für sich vereinnahmt? Nur weil Gerd ihr das Dach zum Selbstkostenpreis gedeckt hat? Oder steckt mehr dahinter?

Katharina schleicht die Stufen hinauf. Sie hofft, das Knarzen weckt die Kinder nicht. Aus Nicks Zimmer hört sie zuerst leises Murmeln, dann schnelles abgehacktes Sprechen. Ist der Junge wach? Sie öffnet die Tür einen Spalt und sieht hinein. Nick schläft, aber er träumt heftig, redet im Schlaf und fuchtelt mit den Händen. Das wundert Katharina kein bisschen. Die emotionale Achterbahnfahrt der letzten Wochen und insbesondere des heutigen Tages findet ihren Widerhall in seinen wirren Träumen.

Als die Unruhe des Jungen verebbt, lehnt sie die Tür wieder an und betritt das Arbeitszimmer. Die Tür lässt sie offen, denn sobald Ursel zurückkehrt, muss sie schnell sein. Es ist ungewöhnlich kalt im Raum, diese Ecke des Hauses liegt immer im Schatten und das kleine Fenster lässt nur wenig Licht herein. Katharina betätigt den Lichtschalter. In einem Ikea-Regal, dessen Holz schon ziemlich dunkel ist und schwach nach Zigarettenrauch riecht, stehen Ordner aufgereiht – fein säuberlich einer neben dem anderen. Die Etiketten sind nach Jahren und Themen beschriftet. Wahllos zieht Katharina einen Ordner heraus und blättert ihn durch. Sie hat ein schlechtes Gewissen: Dies ist Ursels Reich und sie hat hier absolut nichts verloren. Aber ihre Neugierde ist stärker und eine bessere Gelegenheit wird sich nicht finden. Sie durchforstet mehrere Unterlagen ohne Erfolg, bis sie auf eine Reihe Ordner stößt, in denen Ursels Briefverkehr mit dem Amtsgericht in Rostock abgelegt ist. Weiteren Aufschluss gibt ein Ordner mit den Bankauszügen zwei Reihen darunter; es entspricht der Korrespondenz mit Rostock: Ursel konnte über ein Jahr lang ihre Kredite nicht bedienen. Die Bank machte Druck, Ursel reagierte nicht auf die Forderungen, ob aus Trotz, Ratlosigkeit oder Scham, aber die Situation wurde dadurch nur noch schlimmer. Irgendwann trat Sara auf den Plan: Der Rechenbachhof sollte zwangsversteigert werden.

Sara hatte nicht nur einen Termin mit Ursel, sondern gleich mehrere. Und dann endete die Korrespondenz urplötzlich. Der Fall schien abgeschlossen zu sein. Als hätte Ursel sich mit der Bank geeinigt. Oder wäre unerwartet in der Lage gewesen, die Forderungen zu begleichen.

Katharina nimmt sich den Bankordner, in dem Kreditunterlagen und die Kontoauszüge liegen, noch einmal vor. Und tatsächlich ist – zwei Wochen bevor die Korrespondenz mit der Bank abrupt endet – ein ungewöhnlich hoher Geldeingang auf dem Girokonto vermerkt. Hundertfünfzigtausend Euro. Der Verwendungszweck lautet: *Pacht Waldgrundstück.* Die Zahlung stammt von einer Bank mit dem Akronym *FCRB*, der Kontoinhaber ist ein U. Heynes.

Die Sippe hat Ursel Geld für die Pacht eines Grundstücks zur Verfügung gestellt, das offensichtlich zu Ursels Besitz gehört. Ein Grundstück im Wald. Aber was kann die Sippe mit einem Waldgrundstück anfangen? Vielleicht handelt es sich um den Schießstand? Katharina stellt den Ordner zurück ins Regal.

Ein weiteres Mal schweift ihr Blick über die Ordnerreihen. Aber Informationen zum Kauf des Rechenbachhofs, möglicherweise mit einem Plan des Grundbesitzes, sind in diesem Regal nicht aufzufinden. Die Jahreszahlen auf den Ordnern betreffen nur das laufende und das letzte Jahr. Irgendwo muss es noch ältere Unterlagen geben. Katharina meint, sich zu erinnern, dass man als Unternehmer Dokumente für das Finanzamt mindestens zehn Jahre lang aufbewahren muss. Wo also sind diese Dokumente?

In der Ecke neben dem Regal ist eine niedrige Tür in die Holzwand eingelassen, eine Tür, die Katharina zunächst gar nicht aufgefallen ist. Es gibt weder einen Griff noch ein

Schloss. Sie fährt mit den Fingerkuppen die schmale Fuge entlang, aber die Tür lässt sich nicht öffnen.

»Katharina?«

Vor Schreck springt sie auf und prallt mit dem Rücken gegen die verborgene Tür. Neben dem Schreibtisch steht Esther-Marie, eine ihrer neuen Puppen im Arm, die Augen halb geschlossen, und gähnt. Katharinas Herzschlag beruhigt sich nur langsam. Schließlich geht sie zu dem Mädchen und nimmt es in den Arm.

»Was ist denn los?«

»Ich muss aufs Klo.«

Erleichtert atmet Katharina auf. Ihre Fingerspitzen kribbeln. Sie bringt Ursels Tochter auf die Toilette und ins Bett zurück, bevor sie wieder in das Arbeitszimmer geht. Die verborgene Tür in der Wand steht einen Spaltbreit offen. Vermutlich durch den Stoß. Katharina inspiziert den Mechanismus: Man muss gegen die Tür drücken, damit sie aufspringt. Der Verschlag hinter der Tür führt in den nicht ausgebauten Teil des Dachstuhls. Eine nackte Glühbirne hängt von der Decke, an den Balken des Ziegeldachs hängen riesige Spinnweben und hier gibt es auch die erhofften weiteren Regalreihen mit Ordnern.

Keine fünf Minuten später hat Katharina die Pläne des Rechenbachhofs vor sich auf dem Schreibtisch ausgebreitet. In unmittelbarer Nähe gibt es tatsächlich ein kleineres Waldstück, das nach Osten weist und ebenfalls zum Rechenbachhof gehört. Auf dem Plan ist in der Mitte des Waldes ein Rechteck eingezeichnet, zwanzig mal acht Meter groß. Die Beschriftung lautet: *Kühlkeller.*

»Katharina?«

Diesmal ist es Ursels Stimme, die unten vom Flur herauftönt. Schnell rafft Katharina den Plan zusammen und schiebt ihn in den Hosenbund, zieht die verborgene Tür zu und verlässt das Arbeitszimmer. Sie kann schon Ursels Schritte auf der Treppe hören.

Als Ursel oben ankommt, schließt Katharina mit deutlichem Herzklopfen gerade die Tür zu Niklas' Zimmer.

»Er schläft schlecht«, flüstert sie.

Ursel nickt. »Ging alles gut heute Abend? Tut mir leid, dass es so lange gedauert hat.«

Katharina nickt. Sie versucht, sich möglichst wenig zu bewegen, denn sie hat Angst, das Knistern des Papiers in ihrem Hosenbund könnte sie verraten.

Ursel mustert sie verwundert. Dann greift sie in Katharinas Haar und zieht etwas heraus: eine lange staubige Spinnwebe. Katharina zittert innerlich, aber sie behält sich im Griff. Ursels Blick wandert an Katharina vorbei ins Arbeitszimmer und wieder zurück.

»Die habe ich wahrscheinlich versehentlich aus dem Stall mitgebracht.«

Ursel geht ins Badezimmer, wäscht sich die Hände und spült die Spinnwebe im Waschbecken weg. »Soll ich uns noch einen Tee machen?«

Katharina lehnt ab. Sie will früh schlafen gehen – immerhin hat sie heute den ganzen Tag körperlich hart gearbeitet. Ursel wünscht ihr eine gute Nacht.

Zurück im Gästezimmer, muss Katharina sich erst einmal setzen. Mit zitternden Händen zieht sie den Grundstücksplan hervor. Sie trennt den Einlegeboden aus ihrer Reisetasche und versteckt das Papier darunter.

*

Am nächsten Morgen – die Stallarbeit ist erledigt – nimmt Katharina sich vor, mit Hiske zu sprechen. Sara hat noch gelebt, als sie zum Rossbachhof gebracht wurde, und nun will Katharina wissen, was danach passiert ist. Sie leiht sich Ursels Fahrrad und durchquert Grantzow. Nach dem Gespräch mit Hiske wird sie dem Waldstück, in dem sich der Kühlkeller befindet, einen Besuch abstatten. Der liegt wiederum auf der Seite des Dorfes, die dem Rechenbachhof zugewandt ist.

Es ist kühl, beinahe kalt heute Morgen, die Wolken hängen drückend tief. Vielleicht ist die Schönwetterperiode schon vorüber und sie müssen sich auf schlechtes Wetter einstellen. Als Katharina die Schule passiert, hört sie den ohrenbetäubenden Lärm eines schweren Dieselmotors hinter sich. Einen Augenblick später wird sie von einem großen Geländefahrzeug überholt. Auf der Kühlerhaube des hochbeinigen, altertümlich wirkenden Gefährts, das in Tarnfarben lackiert wurde, steht in großen weißen Buchstaben: *UNIMOG.* Auf der Ladefläche türmen sich Rollen mit Stacheldraht.

Katharina hält an und sieht dem Lkw nach, der rechts abbiegt, bis zum Ende der Sackgasse und dann mit aufheulendem Motor auf ein angrenzendes Feld fährt. Sofort eilt eine Handvoll Männer in Arbeitskleidung herbei, öffnet die Ladeklappe und rollt den Stacheldraht von der Ladefläche.

Ein weiterer Unimog überholt sie. Dieser ist mattschwarz lackiert. An der Tür befindet sich der gleiche Aufkleber, den Martin Ernst in ihr Auto gelegt hat: *Ein Herz für Deutschland* – in Schwarz-Weiß-Rot. Die Ladefläche ist mit einer Plastikplane abgedeckt, aber seitlich an einer offenen Stelle sieht Katharina etwas Metallisches durchschimmern. Auch dieser Transporter verschwindet am Ende des Dorfes.

Katharinas Weg durch Grantzow führt sie an der Kirche vorbei. Von dort hat man einen guten Blick in alle vier Himmelsrichtungen – und als sie sich umsieht, fallen ihr noch mehr Veränderungen auf: An allen Ausfallstraßen aus Grantzow haben die schwarz gekleideten Sheriffs sich nun auch bei Tageslicht eingefunden. Sie scheinen etwas auf dem Straßenbelag zu befestigen – es wird gebohrt, gehämmert, geschraubt. Auf den Gehsteigen an den Ortsausgängen sind schwere Holzböcke aufgereiht, weiß, schwarz und rot lackiert. Sie sehen aus wie Straßensperren, die auf ihren Einsatz warten.

Katharinas Magen zieht sich zusammen. Sie ist der Meinung gewesen, ihr bliebe noch mehr Zeit, aber so wie es aussieht, überschlagen sich die Ereignisse.

Sie tritt in die Pedale, um mit Hiske zu sprechen.

Hiske ist nicht da, auch keiner der anderen Bewohner des Rossbachhofs. Katharina nimmt an, dass alle Familienmitglieder bei den Vorbereitungen zur Bewehrung des Dorfes helfen, auch die Jungen. Das hätte sie sich denken können. Gerd als Oberhaupt der Sippe trägt vermutlich die Verantwortung für die gesamte Aktion. Katharina ruft nach Jo, aber auch er scheint nicht im Haus zu sein. Sie erklimmt die Stiege des Seminarhauses und klopft an die Tür von Jos Zimmer.

Keine Antwort.

Langsam drückt sie die Tür auf und riskiert einen Blick. Neben dem Bett steht Jos gepackte Tasche. Das Bett ist abgezogen, das Regal im Bad leer, die Türen des Spiegelschranks stehen offen. Nicht mal sein Notizbuch liegt noch auf dem Tisch.

Jo will Grantzow also verlassen.

Aber warum will er weg und wohin?

Katharina verlässt das Seminarhaus und geht wieder zu ihrem Fahrrad. Sie wird das Waldgrundstück aufsuchen und später noch einmal zurückkehren. Trotz der außergewöhnlichen Umstände hofft sie darauf, dass Hiske zur Mittagszeit in der Küche stehen wird.

Katharina radelt am Rechenbachweiher entlang und biegt auf halber Höhe zwischen dem Dorf und dem Grantzower Forst rechts in einen Feldweg ab. Am Ende des Weges, der eigentlich landwirtschaftlichen Fahrzeugen vorbehalten ist, befindet sich ein paar Hundert Meter entfernt hinter einer sanften Anhöhe ein kleines Gehölz – Katharina kann schon die Tannenspitzen hinter dem Hügel aufragen sehen. Es gehört zu Ursels Grundbesitz, wie sie weiß. Wie dieser Flecken in ihren Besitz gelangt ist, entzieht sich ihrer Kenntnis und es ist ihr auch egal. Im Moment interessiert sie sich nur dafür, was es mit diesem ominösen Kühlkeller auf sich hat, der der Sippe eine hohe Pacht wert war.

Sobald sie den Waldsaum erreicht, versteckt sie Ursels Fahrrad hinter einem Haselnussstrauch. Eine Autospur führt in den Forst, im weichen Waldboden erkennt man, dass hier vor Kurzem ein schwerer Wagen entlanggefahren ist – die breiten Reifenspuren haben sich tief in die Erde gegraben und glänzen feucht. Katharina will nichts riskieren. Statt der Spur zu folgen, macht sie einen großen Bogen drum herum. Da es keine Trampelpfade gibt, muss sie quer durchs Gelände wandern. Sie trägt nur leichtes Schuhwerk – Stoffschuhe, die schick aussehen, aber nicht gerade robust sind. Nesselblätter streifen ihren nackten Knöchel und verursachen ein stetes Brennen auf der Haut; einmal kann sie in letzter Sekunde einem dünnen Ast ausweichen, bevor er ihr Auge verletzt. Mitten im Unterholz muss sie einen Graben durchqueren, in dem ein Bach über moosbewachsene Steine plätschert. Überhaupt wirkt dieses Gehölz ungepflegt, als habe man es jahrelang sich selbst überlassen. Vielleicht ist das auch der Grund für das Interesse der Sippe an diesem Areal.

Katharina hört Männerstimmen und bleibt abrupt stehen. Nach einer Weile schleicht sie Meter für Meter weiter – bemüht, kein Geräusch zu verursachen. Sie folgt den Stimmen und nimmt hinter einem geborstenen Baumstamm Deckung, als sie die Männer erspäht.

Am Ende der Fahrspur steht ein weiterer Lkw, kein Unimog, sondern ein anderes Gefährt, das so aussieht, als hätte es in der Vergangenheit zum Bestand der Bundeswehr gehört: Tarnfarbe, riesige matschverkrustete Reifen, auf dem Dach der Fahrerkabine sind mehrere Scheinwerfer montiert. Die Plane, die normalerweise über die Ladefläche gespannt ist, hängt seitlich herab. Katharina erkennt ein rotes Kreuz auf dem olivgrünen Tarnanstrich.

Zwischen dem Gefährt und dem Eingang zum Kühlkeller, ein dunkles Loch zwischen zwei Findlingen, hat sich eine Kette aus Männern gebildet. Lediglich von Ächzen und einem gelegentlichen lauten Befehl begleitet, tauchen in Tarnfarben gestrichene Kisten an der Oberfläche auf, wo sie von Hand zu Hand wandern, bis sie schließlich mit einem Krachen auf der Ladefläche des Lkws landen.

Eine gute Viertelstunde dauert das Verladen. Dann wird der Eingang verschlossen, die Träger klettern hinten auf das Fahrzeug und schon setzt sich der Lkw schaukelnd in Bewegung und verschwindet aus Katharinas Sichtfeld.

Sicherheitshalber wartet sie noch ein paar Minuten, aber der Wald ist längst sich selbst und seinen Bewohnern überlassen. Sie sieht sich in alle Richtungen um und begibt sich zum Eingang des Verstecks. Die zerkratzte und verrostete Metalltür ist verschlossen, wie nicht anders zu erwarten, und dass Katharina heftig daran rüttelt, ändert nichts.

Doch vor dem Eingang liegt etwas im Gras. Katharina bückt sich und hebt den Zettel auf. Es handelt sich um eine Liste mit Serviceadressen der Firma *Diehl Defence*.

Hiske wirkt nervös. Sie ist bleich, kaut auf ihrer Unterlippe herum und jedes Mal, wenn einer ihrer Söhne hinter dem Küchenfenster auftaucht, schaut sie ihm lange nach, als befürchte sie, ihn zum letzten Mal zu Gesicht zu bekommen. Sie füllt Wasser in einen riesigen Kochtopf.

»Wie war deine Frage noch mal?«, will sie verwirrt wissen.

Katharina ist vom Kühlkeller – besser gesagt, dem verborgenen Waffenlager – direkt hierhergefahren. Hiske ist nun tatsächlich zu Hause und hat damit begonnen, das Mittagessen zuzubereiten. Jetzt stehen die Frauen in der Küche. Katharina hat ihre Hilfe angeboten und schält Bataten – mit einem altertümlich anmutenden Messer mit Holzgriff, da

Sparschäler aus Plastik natürlich verpönt sind. Immerhin ist das Messer scharf.

»Nach dem ›Unfall‹ habt ihr Sara hierhergebracht. Hat sie da noch gelebt?«

»Ja, hat sie. Aber sie hatte schon zu viel Blut verloren. Sie ist kurz darauf gestorben.« Hiske stellt den Topf auf den Herd und gesellt sich zu Katharina. Sie streicht ihr zart mit der Hand über den Rücken. »Es tut mir so leid, was passiert ist. Wir alle fühlen mit dir.«

»Wie lange hat sie noch gelebt?«

Hiske sieht sie irritiert an, dann wendet sie sich ab und kehrt an den Herd zurück. »Das kann ich dir nicht genau sagen. Eine halbe Stunde, vielleicht etwas mehr.«

»Warst du denn nicht dabei?«

»Doch. Aber ich habe nicht auf die Uhr gesehen.«

»Ihr habt keinen Krankenwagen gerufen?«

Hiskes Mundwinkel zucken. »Die Telefone waren ausgefallen. Das passiert hier öfter.«

Das deckt sich nicht mit dem, was Jo Katharina erzählt hat.

»Wo genau ist sie getroffen worden?«

Hiske lehnt sich an eine den alten Holzherd umlaufende Reling, an der allerlei Küchengerätschaften hängen. Schöpfkellen und Pfannenwender prallen gegeneinander und klingeln wie ein Windspiel. Sie verschränkt die Arme vor der Brust.

»Was macht das für einen Unterschied? Und warum willst du das alles wissen?«

»Sie war meine Schwester, Hiske. Ich will genau wissen, wie es abgelaufen ist.«

»Das Einschussloch war ungefähr hier.« Hiske zeigt vage auf einen Bereich zwischen Rippenbogen und Herzgegend. Auch das stimmt nicht mit dem überein, was Katharina mit ihren eigenen Augen gesehen hat. Aber dass Hiske diesbezüglich lügt, überrascht sie nicht.

»Weißt du, wann das Ganze losgeht?«

Das Misstrauen in Hiskes Gesicht ist unverkennbar.

»Nein, weiß ich nicht. Die Männer machen ein großes Geheimnis daraus. Nur, dass der Termin, den sie ursprünglich geplant hatten, möglicherweise vorverlegt wird.«

Katharina hält inne. Vorverlegt. Das erklärt die hektischen Aktivitäten im Dorf.

Die letzte Batate ist geschält. »Was kann ich als Nächstes tun?«, will sie wissen.

»Den Rest schaffe ich alleine«, sagt Hiske. »Geh lieber wieder rüber zu Ursel, die braucht auch Hilfe.«

Katharina hat gerade erst angefangen, Hiske zur Hand zu gehen, und auf der Arbeitsplatte liegt bergeweise Gemüse. Hiske will sie wohl loswerden.

»Bist du sicher?«

»Geh schon, Katharina.« Hiske weicht ihrem Blick aus.

Zögerlich wäscht Katharina die Hände und verabschiedet sich. Als sie am Küchenfenster vorbeigeht, sieht Hiske zu ihr hinüber.

Ihre Miene ist furchtbar ernst.

Auf dem Weg zum Rechenbachhof begegnet Katharina wieder dem tarnfarbenen Lkw aus dem Wald. Er parkt gegenüber der Volksschule am Straßenrand. Zwei Männer laden eine Kiste ab und tragen sie zu einem der Häuser, die die Grantzower Hauptstraße säumen. Die Kiste ist schwer, die Männer müssen sich plagen. Die Haustür öffnet sich, ein Mann und eine Frau nehmen die Kiste entgegen, die Tür wird geschlossen. Die Männer gehen weiter zum nächsten Haus, während der Lkw ihnen im Schritttempo folgt. Dort und bei zwei weiteren Häusern wiederholt sich der Ablauf.

Sie geben die Waffen aus, denkt Katharina. Einen anderen Schluss lässt das, was sie beobachtet hat, nicht zu. Alle Familien werden bewaffnet.

Die Grantzower rüsten sich tatsächlich für den Krieg.

Ursel arbeitet im Gewächshaus, das erfüllt ist von einer feuchtheißen, geruchsschwangeren Luft. Die Scheiben sind von innen beschlagen, und das ist Katharina sehr recht, die nicht möchte, dass jemand draußen mitbekommt, was sie Ursel zeigen will.

Ursel topft Pflanzen um, ihre Hände sind rabenschwarz vom Substrat, sie trägt eine kurze Hose und ein eng anliegendes Spaghettitop. Inzwischen macht sie auf Katharina keinen urbanen Eindruck mehr, anders als an ihrem ersten Tag auf dem Rechenbachhof. Sie gleicht vielmehr einer hart arbeitenden Frau mit Falten, die von der Sonne eingebrannt sind. Die Wölbung über dem Hosenbund – ein typischer Wohlstandsbauch – war Katharina bisher nie so aufgefallen.

Katharina setzt sich auf zwei aufeinandergestapelte Säcke Blumenerde. Neben sich legt sie eine Stofftasche, die Ursel neugierig beäugt.

»Brauchst du etwas?« Ursel klingt müde, als würde sie Katharinas Antwort kennen und ihr ausweichen wollen.

»Nein. Ich möchte etwas mit dir besprechen.«

»Kann ich dabei weiterarbeiten?«

»Natürlich.«

Ursel zieht einen Tomatensetzling aus einem kleinen Blumentopf, klopft mit sanften Bewegungen die Erde aus, wischt Erdkrümel von den winzigen Blättern. Sie bettet den Setzling in eine Wanne, die sie am Vormittag vorbereitet hat und welche die ganze Längsseite des Gewächshauses einnimmt. Das stete Plätschern von Kondenswasser, das von der Glasdecke tropft, erfüllt den Raum. Katharina fühlt sich wie in einer Höhle. Weit über ihnen hört man durch die geöffnete Dachluke das Rauschen eines Flugzeugs.

»Ich …« Katharina hat lange überlegt, was sie sagen will, aber nun weiß sie trotzdem nicht, wie sie anfangen soll. Dieses Gespräch gestaltet sich schwierig bis unmöglich, und das, noch bevor es richtig begonnen hat.

Ein weiterer Setzling verlässt seinen Topf. »Ja?«

»Das Dorf, also Grantzow – ach Mist.« Wie fasst man diesen Wahnsinn in Worte?

Ursel setzt die Pflanze in die Wanne und legt eine Pause ein. Wortlos mustern sich die Frauen.

»Dieses Dorf steuert auf eine Katastrophe zu, Ursel.«

»Ich verstehe nicht, was du meinst.«

»Sie wollen sich abspalten, einen eigenen Staat gründen. Gemeinsam mit anderen Dörfern. Die Republik ›Pommern‹.«

Ursel fängt an zu lachen. Aber Katharina unterbricht sie: »Hör sofort auf damit! Das Lachen wird uns bald vergehen. Die haben Waffen – ein ganzes Lager voll davon, in *deinem* Kühlkeller im Wald. Und die werden sie benutzen.«

Ursels Züge verhärten sich. »*Du* warst es, *du* hast im Arbeitszimmer herumgeschnüffelt. Und ich wollte schon Niklas zur Rede stellen.«

»Tut mir leid. Ich musste wissen, wie du zur Sippe stehst.«

»Du hast dir nicht auch noch die Bankauszüge angeschaut, oder?«, meint Ursel.

Katharina bleibt stumm.

»Scheiße.«

»Niklas war es.«

»War was?«

»Er hat meine Schwester Sara erschossen.«

Ein Scheppern hallt durch das Gewächshaus, als Ursel die Kelle entgleitet. »Das ist nicht wahr, Katharina.«

»Jo hat es mir gesagt. Und er lügt nicht, das weißt du doch.« Sie hofft, dass es nicht zu sarkastisch klingt.

»So, Jo sagt das also? Wie stehst du denn zu Jo?«

Der Schärfe in Ursels Stimme überrascht Katharina. Wenn sie es nicht besser wüsste, würde sie diesen Tonfall auf Eifersucht zurückführen.

»Ich stehe gar nicht zu Jo. Er hat mir nach der *Klärung* den Auftrag gegeben, Niklas zu erschießen. Weil er ein Sicherheitsrisiko darstellt, wie er sagt.«

»Ein Sicherheitsrisiko?« Ursel schüttelt ungläubig den Kopf.

»Aber ich glaube, es handelt sich dabei eher um einen Aufnahmeritus. Er will meine Loyalität prüfen. Und das Dorf aufwiegeln.«

»Tut mir leid, Katharina, aber ich glaube, diese Umerziehungswoche in der Schule hat dir nicht gutgetan. Das denkst du dir doch alles nur aus! Niklas töten, einen Staat gründen, was für ein Quatsch.«

Katharina greift in die Tasche und zieht die Glock heraus. Sie steht auf und lässt die Waffe krachend in die Metallwanne fallen, direkt neben die Tomatensetzlinge. Dass die Glock gesichert ist, damit sich nicht versehentlich ein Schuss löst, hat sie vorher mit einem Seitenblick geprüft.

Ursel weicht zurück, als hätte Katharina keine Waffe, sondern eine Giftschlange vor ihre Füße geworfen. Sie starrt das Eisen an und schnappt nach Luft.

»Sieht das für dich nach Einbildung aus? Das ist die Waffe, die Nick am Schießstand abgefeuert hat, und mit dieser Waffe soll ich ihn hinrichten. Bis heute Abend übrigens.«

Ursel schüttelt den Kopf, immer heftiger. Sie weigert sich, Katharina Glauben zu schenken. »Das – ich kann einfach nicht glauben, dass Jo so etwas angeordnet hat.«

»Geh und frag ihn.«

Abrupt verlässt Ursel das Gewächshaus. Kaum hat sie die Tür geöffnet, ruft sie nach ihrem Sohn.

Niklas, der mit seiner Schwester hinter dem Haus mit dem Wasserschlauch herumgespritzt hat, guckt erschrocken um die Hausecke.

»Komm bitte her, Nick.«

Das hat Katharina natürlich nicht gemeint. Ursel sollte Jo fragen, nicht das Kind.

Verunsichert schleicht der Junge in das Gewächshaus. Ursel schließt die Tür hinter ihm. Als Nick die Waffe auf der Blechwanne erblickt, bricht er spontan in Tränen aus. Ursel sieht ihn fragend an.

»Ich wollte es nicht, Mama. Ich hab Jo gesagt, ich weiß

nicht, ob ich das Geheimnis vor dir bewahren kann. Die Frau stand in der Sonne. Fritz hat sie …«

Ursel hält ihm erschrocken den Mund zu.

»O mein Gott! O mein Gott!« Sie verzieht das Gesicht und bricht in Tränen aus. »O nein, das kann nicht wahr sein!« Das ist alles, was sie herausbringt, bevor sie schließlich ihren Sohn in die Arme schließt.

Katharina schweigt. Sie will Ursel nicht zu früh erlösen, es muss ein heilsamer Schock sein.

Als das Weinen verebbt, beginnt Katharina zu erklären: »Aber es ist nicht so gewesen, auch wenn Jo Nick das eingeredet hat.«

Ursel wischt die Tränen fort und sieht Katharina verdutzt an.

»Sara ist nicht an der Schussverletzung gestorben. Die Kugel ist wahrscheinlich in ihrem Beckenknochen stecken geblieben und hat keine lebenswichtigen Organe oder Blutgefäße verletzt.«

»Sondern?«

»Sie hat Strangulierungsmerkmale am Hals. Wahrscheinlich hat jemand sie erdrosselt. *Nachdem* sie angeschossen wurde.«

»Ich verstehe nicht – woher weißt du das?«

»Ich habe mir die Leiche angesehen.«

»Wie … angesehen?«

»Ich bin nachts in das Gehölz geschlichen und …« Die Stimme versagt ihr bei der Erinnerung.

»Du hast die Leiche doch nicht etwa ausgegraben?«

Katharina nickt.

»O mein Gott.« Ursel bedeckt mit der Hand ihren Mund.

Draußen brummt ein großes Gefährt vorbei – vermutlich einer der Unimogs auf dem Weg in den Wald, um eine weitere Fuhre zu holen.

»Kannst du das überhaupt beurteilen? Du bist doch kein Gerichtsmediziner.«

»Ich bin Krankenschwester. Ich habe schon viele Menschen gesehen, die versucht haben, sich zu erhängen. Und einige davon haben es sogar geschafft. Ich bin mir ziemlich sicher, dass die Schussverletzung nicht zum Tod geführt hat.«

Die Tür geht auf und Esther-Marie steckt ihren Kopf durch den Spalt. »Nick, kommst du?«

Ihr Bruder sieht die Mutter fragend an. Ursel schluckt, dann nickt sie. Ein weiteres Mal fällt die Tür zum Gewächshaus ins Schloss und die Frauen sind wieder allein.

»Eines verstehe ich nicht, Katharina: Bist du jetzt ein Mitglied der Sippe? Ich dachte, das wäre Sinn und Zweck dieser Klärung gewesen.«

»Ich bin kein Neonazi, Ursel. Und ich werde auch nie einer, daran ändert auch eine Woche Gehirnwäsche nichts. Ich bin geblieben, weil ich herausfinden wollte, was wirklich passiert ist. Von wem wurde Sara wirklich getötet? Und warum? Hier lügen mich alle an. Und dafür musste ich so tun, als wollte ich mich der Sippe anschließen. Nur fürchte ich, dass mir die Zeit nicht reicht, um hinter die ganze Wahrheit zu kommen, bevor hier ein Blutbad angerichtet wird.«

»Kommst du dir nicht schäbig vor, alle so zu hintergehen? Jo, Gerd und Hiske, die Heynes-Familien und Martin und seinen Sohn?«

Katharina ist fassungslos: »Ist das dein Ernst? Hast du immer noch nicht begriffen, was diese Leute machen? Meinst du nicht, du solltest Position beziehen?«

»Das habe ich doch schon längst, Katharina.« Sie legt die Hand auf ihren Bauch. »Ich bin schwanger – und Jo ist der Vater.«

Katharina steht der Mund offen. Und plötzlich wird ihr Einiges klar – insbesondere, wie Jo zu seiner phänomenalen Menschenkenntnis gelangt ist.

»Du hast ihm alles gesteckt, was ich dir erzählt habe, nicht wahr? Meine Lebenskrisen, der Vergewaltigungsversuch, die gescheiterte Beziehung zu Roland. Alles hast du ihm brühwarm weitergegeben, damit ich dumme Gans glaube, dass er Gedanken lesen kann.«

Jetzt ist sie es, die lachen muss. »Dein Guru hat uns beide zum Narren gehalten, Ursel. Weiß er, dass du ein Kind von ihm erwartest?«

Ursel antwortet nicht, aber ihr Gesichtsausdruck spricht Bände.

»Also noch nicht. Jetzt prophezeie ich dir etwas: Wenn du es ihm erzählst, wird er die Vaterschaft abstreiten. Einer wie Jo belastet sich nicht mit einer Anfangsvierzigerin und drei Kindern, glaub mir. Und um das zu wissen, muss ich nicht mal seine Gedanken lesen.«

Trotzig hebt Ursel die Kelle vom Boden auf und beginnt von Neuem, Tomatensetzlinge umzutopfen. Nachdem drei weitere Pflänzchen in der Wanne sind, hält sie inne: »Hast du eigentlich keine Angst, dass ich wieder zu Jo gehe und ihm alles erzähle, was du mir gesagt hast? Die machen doch kurzen Prozess mit dir, wenn auch nur die Hälfte von dem stimmt, was du sagst!«

»Dazu werden sie keine Gelegenheit haben. Weil ich dann schon weg bin.«

»Wie – weg? Ich dachte, du willst hierbleiben, um den Mord an deiner Schwester aufzuklären?«

»Ursel, komm doch endlich zur Vernunft! Die fangen einen Krieg an. Du glaubst doch nicht im Ernst, dass die Polizei tatenlos zusieht, wie Grantzow hier einen neuen Neonazistaat ausruft? Dieser Konflikt wird eskalieren. In diesem Moment verteilen die Sippenmitglieder und ihre Sheriffs die Waffen im Ort. Die werden schießen. Die nehmen keine Rücksicht auf dich, wenn du in die Schusslinie gerätst. Und wenn die Polizei mit ein paar Hundertschaften in den Ort einmarschiert, um die Ordnung wiederherzustellen, wenn Gerd und Hiske und den anderen aufgeht, dass sie nicht gewinnen können – dann ist ein Massensuizid geplant. Sie haben die Tabletten schon vorbereitet. Auch für die Kinder.«

»Das sind Hirngespinste, Katharina. Das sind doch nur Sportwaffen. Die schießen halt gern im Wald herum.«

»Sportwaffen?« Katharina glaubt, sich verhört zu haben. Aber es wundert sie schon nicht mehr, dass Ursel Scheuklappen trägt. Biedermann und Herr Schmitz, der Brandstifter, im Kellertheater in Hamburg kommen ihr wieder in den Sinn. Biedermanns starrsinnige Weigerung, die Realität anzuerkennen. Die Öltonne, die direkt vor seinen Augen steht, das Gefahrenzeichen für alle gut sichtbar.

»Du weißt es, Ursel. Du weißt, dass sie gefährlich sind, dass die heile Welt, die hier inszeniert wird, nur ein Ablenkungsmanöver ist. Gesteh es dir doch endlich ein. Es ist nicht peinlich, wenn man solchen Bauernfängern auf den Leim geht, sie stellen es ja auch geschickt an, wickeln alle mit ihrer Hilfsbereitschaft und ihrem Gemeinschaftsgefühl ein. Aber jetzt ist der Zeitpunkt, das Weite zu suchen, und zwar so schnell wie möglich. Sonst kommen wir nicht mehr lebend aus Grantzow raus. Sie fangen schon an, an den Ortsausgängen Straßensperren einzurichten.«

»Meinst du mit ›jetzt‹ etwa – *jetzt sofort?*«, fragt Ursula entrüstet. »Wie stellst du dir das vor? Dass ich jetzt in diesem Moment eine Tasche packe, alles zurücklasse und mit dir und den Kindern – wie soll ich das überhaupt nennen – *die Flucht ergreife?*«

»Genau, Ursel. Wir können in zehn Minuten im Auto sitzen und von hier verschwinden. Und kommen zurück, wenn alles vorbei ist.«

»Tut mir leid, Katharina, aber meine Antwort lautet Nein. Wenn ich ein paar Tage wegginge, würden die Pflanzen eingehen, die Tiere sterben und meine ganze Existenz wäre vernichtet. Wer kümmert sich denn in meiner Abwesenheit um den Hof? Und das alles nur, weil du dir irgendetwas Verrücktes einbildest.«

»Ich bilde mir das nicht ein, Ursel!« Katharina schreit jetzt, denn sie erträgt diese Verbohrtheit keine Sekunde länger. »Geh doch endlich zu Jo und frag ihn!«

Ursel schleudert die Kelle von sich. Das Werkzeug durchschlägt mit einem Klirren die Glaswand des Gewächshauses. »Genau das mache ich. Und du – du kommst mit!«

»Ganz sicher nicht«, erwidert Katharina.

»Du baust dich hier auf und setzt mir einen Floh ins Ohr von wegen Krieg und Massenselbstmord, und dann traust du dich nicht mal, Jo direkt damit zu konfrontieren?«

»Geh und frag Jo, ich bleibe hier.«

Blitzschnell ergreift Ursel die Waffe und richtet sie auf Katharina. »Du kommst mit, keine Widerrede.«

Die Glock ist nicht entsichert. Katharina weiß nicht, ob Ursel mit einer Pistole umgehen kann. Aber sie hat keine Gelegenheit mehr, das herauszufinden, denn im selben Moment öffnet sich die Tür und Nick und Esther stürmen herein. Ihre Blicke wandern erschrocken zwischen ihrer Mutter, die mit der Waffe in der Hand dasteht, und Katharina hin und her. Esther verzieht das Gesicht und fängt an zu weinen. »Mama …«

Ursel erstarrt, ihr Mund geht auf und zu wie bei einem Fisch auf dem Trockenen. Schließlich senkt sie die Hand und stürmt an den Kindern vorbei aus dem Glasbau.

»Ich bin in fünf Minuten zurück. Geht mit Katharina ins Haus.«

Katharina sieht Ursel nach, wie sie mit gezückter Waffe in der Hand die Hauptstraße hinunterläuft. Obwohl sie einigen Nachbarn begegnet, scheint niemand Anstoß daran zu nehmen. So weit ist es in Grantzow schon, dass die Leute es normal finden, wenn jemand in der Öffentlichkeit mit einer geladenen Waffe herumläuft, denkt Katharina.

Sie nimmt Esther in den Arm und beruhigt sie. Dann schiebt sie sie sanft in Richtung Wohnhaus.

Bevor sie das gläserne Gebäude verlassen, bemerkt Katharina, dass jemand, vermutlich Nick, auf eine der großen beschlagenen Scheiben am Ausgang mit dem Zeigefinger eine schwarze Sonne aus drei ineinandergelegten Hakenkreuzen gezeichnet hat. Als sie die Treppe zum Hauseingang emporsteigt, fällt ihr Blick noch einmal auf das Gewächshaus. Sie hat die Tür offen gelassen und die meisten der beschlagenen Scheiben sind nun wieder klar.

Auch die schwarze Sonne ist verschwunden. Aber Katharina weiß: Sobald die Luft im Gewächshaus schwer und feucht wird, erscheint die schwarze Sonne wieder auf der Scheibe.

Symbole können sehr hartnäckig sein.

Während Katharina die Haustür schließt, fährt eines der Nutzfahrzeuge langsam am Haus vorbei. Auf der Ladefläche sitzen mehrere schwarz gekleidete Männer. Sie haben ihre Gesichter mit Tüchern unkenntlich gemacht. Ihre behandschuhten Hände umklammern den Lauf ihrer Gewehre. Einer von ihnen ist ausgesprochen korpulent und starrt in Katharinas Richtung. Sie glaubt, den schwarzen Sheriff auszumachen, der sie nach ihrem nächtlichen Unfall im Wald am Ortsausgang bedrängt hat. Der Wagen rollt weiter und sie sieht, dass das hintere Kennzeichen fehlt.

Mit klopfendem Herzen schließt sie die Tür. Die Kinder stehen ratlos im Flur.

»Wann kommt Mama wieder?«, will Esther wissen. Nick steht zitternd und mit geballten Fäusten da.

»Sie ist gleich zurück. Sie will nur etwas mit Jo besprechen.«

»Können wir aufs Trampolin?«

»Nein, ich denke, ihr bleibt erst mal besser drinnen. Vielleicht wollt ihr in eure Zimmer gehen und spielen?«

Die Kinder rühren sich nicht vom Fleck.

Katharinas Blick fällt auf das Schlüsselbrett. An einem Häkchen hängt Ursels Autoschlüssel. Ihr Gedanke an Flucht lässt sich kaum noch verdrängen.

»Also gut, habt ihr Lust, ein bisschen fernzusehen, bis eure Mama wieder da ist?«

Esther ist begeistert, Niklas begreift das Manöver, lässt sich aber von Katharina auf die Couch bugsieren. Augenblicke später flimmert irgendeine amerikanische Cartoon-Serie über den Bildschirm. Als Esther-Marie das erste Mal laut lacht und über Niklas' Gesicht der Anflug eines Lächelns huscht, begibt sich Katharina leise nach oben ins Gästezimmer und packt. Sie öffnet das Fenster, denn sie will mitbekommen, was sich im Ort abspielt. Gerade als sie im Bad ihren Kulturbeutel schließt, vernimmt sie in der Ferne ein lautes Krachen. Erschrocken lässt sie das Necessaire fallen. Etwas im Inneren klirrt, es hört sich an wie zersplitterndes Glas. Mit zitternden Händen hebt Katharina den Beutel auf und stopft ihn in ihre Reisetasche, die sie unter dem Bett aufbewahrt hat. Sie sieht aus dem Fenster, kann aber nichts weiter erkennen. Sie ist sich jedoch sicher, dass in Grantzow ein Schuss abgefeuert wurde.

Sie hastet die Treppe hinunter und stellt die Tasche in den Flur. Die Kinder sitzen wie gebannt vor dem Fernseher. Sie haben den Schuss wohl nicht bewusst wahrgenommen oder ihn für ein Geräusch aus dem Fernseher gehalten.

In diesem Moment ist ein zweiter Schuss zu hören.

Wo bleibt Ursel?

Katharina nimmt den Schlüssel vom Brett und wiegt ihn in ihrer Hand. Ihr Blick wandert von der Haustür zum laufenden Fernseher und zurück. Sie hat keinen fahrbaren Untersatz. Wenn sie mit dem Fahrrad und dem Gepäck das Weite suchen würde, wäre sie gänzlich schutzlos. Und sie kann keines der anderen Fahrzeuge auf dem Hof bedienen, den Traktor eingeschlossen. Sie könnte Ursels Auto nehmen, ihre eigene Haut retten und die Kinder alleine zurücklassen. Aber dann bliebe Ursel keine Möglichkeit mehr, mit den Kindern Grantzow zu verlassen.

Verdammt, was soll sie tun?

Im Fernsehen läuft Donald Duck, der mit seinen drei Neffen einen Ausflug aufs Land macht. Er setzt die kleinen Enten auf den Rücksitz und startet den Wagen, einen typisch amerikanischen Kombi mit Türen in Holzoptik. In diesem Moment trifft Katharina eine Entscheidung.

Sie wird die Kinder und das Gepäck ins Auto schaffen und noch eine Viertelstunde warten. Sie hofft, dass Ursel in dieser Zeit zurückkommt, dass sie erkennt, in was sie hineingeraten ist, und ihren Vorschlag annimmt, Grantzow zu verlassen. In jedem Fall müssen die Kinder gerettet werden. Falls Ursel nicht innerhalb der Frist auftaucht, wird sie die beiden mitnehmen und hoffen, dass Ursel es irgendwie alleine schafft.

»Nick? Wo hat deine Mutter ihr Handy?«

Der Junge hört sie nicht, ist völlig in die Fernsehsendung vertieft.

»Nick?«

Niklas dreht den Kopf zur Seite.

»Wo ist das Smartphone deiner Mutter?«

»Es gibt nur so ein altmodisches Ding, das sie kaum benutzt. Es liegt in der Küchenschublade. Meistens ist aber die Batterie leer.«

Katharina atmet auf – es gibt doch noch Wunder. Sie zieht die Küchenschubladen eine nach der anderen auf; in der letzten findet sie tatsächlich ein Handy, ein altertümliches Modell, noch ohne Touchscreen und Farbbildschirm. Mit schweißnassen Händen schaltet sie es ein, kurz leuchtet das Display auf, erlischt dann wieder. Akku leer. Weiter hinten in derselben Schublade stößt Katharina auf das Ladekabel. Sie steckt das Handy an, wartet eine Minute und schaltet es erneut ein.

»Nick, kennst du die PIN?«

»Eins, zwei, drei, vier.«

Katharina tippt kopfschüttelnd die Zahlen ein. Der Startbildschirm erscheint, es dauert eine ganze Weile, bis das Handy ein Netz gefunden hat.

Die Nummer kennt sie auswendig, es klingelt ein paarmal, dann schaltet sich der Anrufbeantworter ein. Max Klees Stimme klingt rau und streng, als hätte er die Aufnahme an einem schlechten Tag gemacht.

Ihr Hilferuf ist kurz und deutlich. Sie beschreibt das Auto und ihren Plan, sich ins nächste Dorf abzusetzen. Zur Sicherheit schickt sie ihm noch eine SMS hinterher, eine Aktion, die sie viel Zeit kostet, weil sie nicht gleich begreift, wie man mit zehn Tasten, auf denen mehrere Buchstaben stehen, einen Text verfasst. Bei ihrem neuen Samsung ist alles viel einfacher. Aber das trägt nun Hiske in einer Stofftasche mit sich herum, genauso wie ihren Personalausweis, ihren Führerschein, ihre Krankenkassenkarte und so weiter.

Ursel ist immer noch nicht zurück.

Katharina geht ins Wohnzimmer und schaltet den Fernseher aus – die Kinder sind entrüstet.

»Tut mir leid, aber für heute ist Schluss. Wir gehen jetzt in eure Zimmer und packen alles zusammen, was ihr an Kuscheltieren und Schlafsachen braucht.«

»Wo fahren wir denn hin?«, will Niklas wissen.

»Wir machen einen Ausflug, nur für ein paar Tage.«

Weit entfernt hört man Schreie im Dorf. Panisch nimmt Katharina ein Kind an jede Hand und zieht die beiden die Treppe hoch. Ihnen läuft die Zeit davon. Und Ursel bleibt wie vom Erdboden verschluckt.

»Wann kommt Mama?«, fragt Esther mit zitternder Stimme. »Wo ist sie denn?«

»Deine Mama muss jeden Moment wieder da sein. Wir packen ganz schnell, damit alles startbereit ist, wenn sie kommt.«

Esther bricht in Tränen aus, während sie gemeinsam mit Katharina ihre Schlafutensilien verstaut.

Katharina ist ebenfalls den Tränen nahe.

*

Jo sitzt nicht auf der Schaukel. Er ist überhaupt nicht im Garten, Ursel findet ihn vielmehr in seinem Zimmer im Seminarhaus. Der Raum ist aufgeräumt, eine gepackte Tasche steht auf dem Bett, und als sie eintritt, sitzt er am Tisch und notiert etwas in seiner Kladde. Dabei trägt er eine kleine randlose Brille und kaut Kaugummi.

Brille und Kaugummi sind es, die Ursel Jo plötzlich in einem anderen Licht sehen lassen. Etwas typisch Amerikanisches wie Kaugummi passt nicht zu Grantzow. Und das Brillengestell macht Jo wesentlich älter. Älter, und mehr einem gewöhnlichen Menschen ähnlich als einem Guru, der über den Dingen steht.

»Reist du ab?«, fragt sie überrascht.

»Sieht es so aus?«, lautet seine Gegenfrage.

Ihre Antwort ist der Blick auf sein Gepäck. »Dann bist du nicht der Einzige, der vorhat, das Dorf zu verlassen.«

Er sieht von seinen Notizen auf. »Was heißt das?«

»Katharina behauptet, hier würde in Kürze ein Krieg beginnen.«

»So, behauptet sie das?«

»Ja. Und sie will flüchten. Sie hat versucht, mich zum Mitkommen zu überreden.«

»Wohin will sie denn?«

»Ich weiß es nicht. Einfach weg, bis hier alles wieder ruhig ist.«

»Und? Glaubst du ihr?«

»Ich habe erklärt, dass ich das für Hirngespinste halte. Dass ihr ja wohl nicht im Ernst glaubt, einen eigenen Staat gründen zu können – einfach so, mitten in Deutschland.«

Jo lächelt.

»Aber dass du gepackt hast, verunsichert mich.«

»Denkst du, ich würde meine Heimat verlassen, wenn wir kurz davor wären, einen Krieg anzuzetteln?«

Dass Jo Grantzow als seine Heimat bezeichnet, überrascht Ursel nicht. Obwohl er erst vor knapp sechs Monaten hergekommen ist. Saß einfach eines Tages auf der Schaukel im Garten und gehörte dazu. Ursel kann sich ihn nirgendwo anders vorstellen als auf dem Rossbachhof. Mit einem Seufzer wendet er sich wieder seinen Notizen zu.

»Ich möchte nicht, dass du gehst«, bittet Ursel.

»Das ist sehr lieb von dir.«

»Es gibt noch einen weiteren Grund, warum du hierbleiben solltest: Ich bin schwanger.«

Jos Stift kommt zum Stillstand. »Herzlichen Glückwunsch. Aber was hat das mit mir zu tun?«

»Ganz einfach: Du bist der Vater.«

Jos Kaubewegung setzt aus. »Das ist nicht möglich, Ursel.«

Sie sieht ihn verwirrt an. »Was meinst du damit?«

»Ich denke, du wirst dich an eine deiner anderen Liebschaften halten müssen.«

Ursel glaubt, sich verhört zu haben. *Andere* Liebschaften? Als ob sie jede Woche einen neuen Dorfbewohner in ihr Bett zöge!

»Es gibt keine anderen Liebschaften, Jo. Außer mit dir habe ich seit Jahren mit keinem Mann mehr geschlafen. Niemand anders kann der Vater sein.«

Jo klappt das Notizbuch mit einem lauten Knall zu und nimmt die Brille ab. Er steckt sie in ein ledernes Etui und das Büchlein in die Seitentasche seines Gepäcks. Den Kaugummi spuckt er einfach auf den Boden. Jetzt gleicht er wieder dem Mann auf der Schaukel.

»Ich denke, du bildest dir da was ein, *Frau.* Ich zeuge keine Kinder, wenn ich nicht will. Und bei dir wollte ich ganz sicher nicht. Ehrlich gesagt, weiß ich nicht mal mehr, was mich dazu getrieben hat, dich zu ficken.«

Obwohl Hochsommer herrscht, wird Ursel auf einmal eiskalt. *Dich zu ficken.* Noch nie hat ein Mann sie so respektlos behandelt. Als wäre sie ein Stück Fleisch. Und was soll der Unsinn bedeuten: *Ich zeuge keine Kinder, wenn ich nicht will?*

Jo will das Zimmer verlassen, aber Ursel versperrt den Weg zur Tür. Er packt ihren Arm – so grob, dass es schmerzt – und schiebt sie zur Seite. Reflexartig greift sie hinter sich und zieht die Glock aus dem Hosenbund. Mit zitternden Händen richtet sie die Waffe auf seinen Brustkorb.

»Katharina hat das vorausgesehen. Ich habe ihr nicht geglaubt, aber jetzt frage ich mich, ob nicht auch alles andere, was sie mir erzählt hat, wahr ist. Das mit der Abspaltung und dem Massensuizid als letztem Ausweg?«

»Mach die Augen auf, *Frau.* Wer sehen will, der sieht auch.«

Und mit diesen letzten boshaften Worten verlässt Jo das Zimmer, steigt die Treppe hinunter und verschwindet, ohne sie zu beachten. Dass sie eine geladene Waffe auf ihn gerichtet hat, interessiert ihn nicht die Bohne.

Natürlich drückt Ursel nicht ab. Selbst wenn sie den Mut hätte, den Finger an den Abzug zu legen – die Glock würde keinen Laut von sich geben, denn sie ist noch gesichert.

Und ein Mann wie Jo erkennt das natürlich.

In der Schule brennt Licht – am helllichten Tag. Ursel passiert auf dem Rückweg zum Rechenbachhof das Gebäude. Das Tor zum Hof steht offen. Als Ursel schon fast daran vorbei ist, kommt ihr ein Gedanke. Sie schiebt die Pistole wieder in den Hosenbund am Rücken und lässt ihre Bluse locker darüberfallen. Dann geht sie zu einem der Fenster im Erdgeschoss, hinter dem eine besonders helle Lampe brennt, stellt sich auf die Zehenspitzen und wagt einen Blick durch das Glas.

Drinnen erblickt sie Ulrike Hauff, die gerade dabei ist, kleine Pappbecher, die in langen Reihen auf den Tischen im Klassenzimmer stehen, zu befüllen. Zuerst gießt sie Orangensaft aus einer großen Glasflasche hinein, dann fügt sie ein paar Tropfen aus einer kleinen braunen Arzneimittelflasche hinzu; am Schluss streut sie ein weißes Pulver ein und rührt die Mischung mit einem kleinen Spatel um.

Ulrike Hauff sieht auf und entdeckt Ursel hinter der Scheibe, die das Geschehen fassungslos beobachtet. Irgendwie erwartet Ursel, dass Ulrike nun ihrerseits eine Waffe zieht und sie erschießt. Aber nichts dergleichen geschieht. Die Betreiberin der Papiermanufaktur lächelt – beseelt wie ein Marathonläufer, der nach mehr als vierzig Kilometern endlich die Ziellinie vor Augen hat.

Ursel wendet sich ab, sie hat genug gesehen.

Katharina hat die Wahrheit gesagt.

Jo hat gelogen.

Sie wollen siegen oder sterben.

Jo sitzt auf dem Findling vor dem Rossbachhof. Er baumelt lässig mit den Beinen und balanciert beiläufig zwei metallene Klangkugeln, so groß wie Tischtennisbälle, auf seiner rechten Hand, ohne dass die Kugeln sich berühren. Neben ihm auf dem Boden steht sein Gepäck. Er scheint auf etwas zu warten.

Als Ursel zum zweiten Mal auf den Rossbachhof marschiert, nimmt sein Gesicht einen amüsierten Ausdruck an. Seine Heiterkeit wächst noch, als Ursel erneut die Waffe auf ihn richtet.

Der erste Schuss trifft eine der Kugeln, prallt ab und schlägt in einen der Bäume im Garten ein.

Die Kugel reißt auf, wobei einer der Metallsplitter tief in Jos linkes Auge eindringt. Mit einem Schrei springt er auf und hält die verletzte Hand vor sein Auge. Blut sickert seine Wange hinab.

Ursel zielt und drückt ein zweites Mal ab.

*

Die Frist ist abgelaufen und Ursel ist immer noch nicht heimgekehrt. Die Kinder hat Katharina auf den Rücksitz des Kombis verfrachtet, jedem ein Buch in die Hand gedrückt und eine große Tasche mit dem Nötigsten in den Kofferraum gestellt. Nervös blickt sie die Straße hinunter, aber von Ursel ist nach wie vor nichts zu sehen.

Ein Knall, gefolgt von rotem Feuerschein, lässt Katharina zusammenfahren. Auch Nick und Esther sehen erschrocken auf. Jemand hat in der Ortsmitte eine Silvesterrakete abgefeuert, wie Katharina nun erkennt. Am Tage und mitten im Sommer wirkt sie völlig deplatziert. Die Grantzower fangen schon einmal an, ihre Unabhängigkeit zu feiern. Oder jemand hat Spaß daran, die Nachbarn zu erschrecken.

Es reicht. Katharina muss sich und die Kinder in Sicherheit bringen, weiteres Warten bringt sie alle nur noch mehr in Gefahr.

Sie schließt die seitliche Schiebetür des Wagens.

»Wo ist Mama?«

»Die holen wir ab.« Sie kann den Kindern natürlich nicht die Wahrheit sagen.

Die Tür schnappt zu. Katharina nimmt auf dem Fahrersitz Platz und steckt den Zündschüssel ein. Jetzt erst wird ihr bewusst, dass sie keine Ahnung davon hat, wohin sie fahren soll. Das ist typisch für mich, denkt sie, Planung war noch nie meine Stärke. Egal – sie wird das Dorf verlassen und in den Nachbarort fahren, nach Dalkendorf, wo die Tankstelle ist. Von dort aus kann sie die Polizei alarmieren. Die sicher schon auf dem Weg hierher ist.

Sie dreht den Schlüssel. Der Wagen macht einen Satz nach vorne, der Motor geht aus. In Panik tritt sie die Bremse bis zum Anschlag durch. Sie hat vergessen, den Gang rauszunehmen. Der zweite Versuch läuft schon besser. Katharina wendet und rollt im Schritttempo durch den Ort.

»Ich bin nicht angeschnallt!«, ruft Esther.

»Kannst du das alleine, Schätzchen?«

Esther schüttelt im Rückspiegel trotzig den Kopf. Katharina hält an. Einige Hundert Meter vor ihnen ragt die Schule auf. Im Inneren brennt Licht. Widerstrebend steigt Katharina aus, reißt die Schiebetür auf und legt Esther den Sicherheitsgurt an. Ein Fenster auf der gegenüberliegenden Straßenseite öffnet sich. Ein Mann mit einer Bierflasche in der Hand starrt hinaus.

»Wo geht's denn hin?«

Katharina schweigt. Ihr würde ohnehin nichts Vernünftiges einfallen. Sie knallt die Schiebetür wieder zu und steigt ein.

»Wo du hinwillst, hab ich gefragt?«, pöbelt der Mann. Seine Stimme klingt verwaschen, vermutlich ist die Flasche in seiner Hand nicht die erste heute.

Katharina beschließt, ihn zu ignorieren. Sie startet den Motor und legt den Gang ein. Aus dem Augenwinkel nimmt sie eine Bewegung wahr. Im selben Moment kracht die halb volle Bierflasche gegen den Wagen und zerbirst in einer schaumigen Explosion. Die Kinder kreischen im Fond, der Kastenwagen macht einen Satz, als Katharina die Kupplung zu schnell kommen lässt und mit rasendem Herzen und durchdrehenden Reifen die Straße hinunterjagt. Zum Glück sind die Autofenster geschlossen.

Im Rückspiegel sieht sie den Betrunkenen auf die Straße laufen. Er zeigt ihr den Mittelfinger, während er aus ihrer Sicht immer kleiner wird.

An der Kreuzung am Ortskern biegt sie rechts ab. Sie zwingt sich, langsamer zu fahren, will nicht noch mehr Aufmerksamkeit auf sich lenken, als sie schon bekommt. Vorsichtig späht sie in alle Richtungen, ob Ursel vielleicht irgendwo zu Fuß unterwegs ist, damit sie sie gegebenenfalls aufgabeln kann. Aber die Straßen sind leer. In der Ferne kann sie das Ortsausgangsschild erkennen. Mit ein paar tiefen Atemzügen versucht sie, ihre Anspannung unter Kontrolle zu bringen. Die Kinder hocken mucksmäuschenstill in ihren Kindersitzen – Gott sei Dank.

Als sie sich dem Ortsausgang nähert, sieht sie, dass die Straße nahezu blockiert ist. Jemand hat armdicke Stangen rot, schwarz und weiß lackiert und als Schlagbäume quer über die Straße gelegt. Sie sind nicht so breit, dass sie die gesamte Fahrspur versperren, aber der Wagen ist dennoch zu groß, um durch die Lücke zu gelangen. Katharina tritt auf die Bremse, bleibt mit laufendem Motor stehen.

»Warum halten wir an?«, fragt Niklas.

Neben dem Schlagbaum kann Katharina niemanden entdecken. Möglicherweise haben sie Sperren errichtet, aber noch keine Wachen aufgestellt? Das passt nicht zum sonstigen Vorgehen der Sippe. Aber Katharina hat keine andere Wahl, als die Barriere zu durchbrechen. Im Inneren des Autos ist es brütend heiß.

»Katharina, warum stehen wir?« In Nicks Stimme erkennt sie einen Anflug von Panik. Auch ihre Angst wächst. Schließlich legt sie den Gang ein, wischt sich mit dem Handrücken den Schweiß von den Wangen und gibt Vollgas.

Angesichts der auf sie zurasenden Schlagbäume schließt sie die Augen. Der Wagen ist hochbeinig genug, um sie zu durchbrechen, ohne dass sie die Windschutzscheibe abrasieren – und ihren Kopf und diejenigen der Kinder dazu.

Mit einem lauten Krachen fliegen die Holzstangen zur Seite. Holzsplitter regnen auf den Wagen herab, als er die Ortsgrenze hinter sich lässt. Schemenhaft erkennt Katharina eine schwarze Gestalt, die aus dem Schatten eines Hauses tritt. Ihre Anspannung lässt nach, sie werden es schaffen. Sie gibt Gas. Auf einmal rumpelt das Auto über eine Unebenheit auf der Straße. Das Lenkrad entgleitet Katharinas schweißnassen Händen. Der Wagen driftet nach rechts, doch bevor er im Straßengraben landet, legt sie eine Vollbremsung ein. Hinter ihr steigt eine Staubwolke auf. Die Kinder sind seltsam still. Dann übergibt sich Esther in den Fußraum. Katharina reicht ihr ein Taschentuch.

»Seid ihr in Ordnung?«

Niklas wimmert etwas Unverständliches, aber beide Kinder scheinen unverletzt.

Katharina steigt aus und begutachtet den Schaden. In allen vier Reifen stecken tischtennisballgroße Metallsterne. Weitere Sterne liegen noch auf der Straße und warten auf den Nächsten, der glaubt, er könne Grantzow einfach so verlassen. Die Sippe hat nicht nur Schlagbäume errichtet, sondern zusätzlich Nagelsperren ausgelegt. Fahrig öffnet Katharina die Schiebetür.

»Alles aussteigen. Von hier geht es zu Fuß weiter.«

Die Kinder sehen sie ratlos an. Katharina öffnet Niklas' Gurtschloss, dann Esthers und zieht die beiden aus dem Wagen.

»Kommt schon. Wir wandern in den Wald.«

Sie öffnet die Kofferraumklappe und nimmt die Reisetasche heraus. Die Kinder blinzeln in die Sonne. Katharina will möglichst schnell eine möglichst große Distanz zwischen sich und das Dorf bringen, aber Esther und Nick sperren sich.

»Wo ist Mama?«

Die Antwort bleibt Katharina im Halse stecken: Durch die Staubwolke, die sich langsam verzieht, zeichnet sich die Silhouette eines schwarz gekleideten Mannes ab. Sein Gesicht ist wie das der anderen Soldaten in Grantzow vermummt. Dazu trägt er eine Sonnenbrille, die seine Augen verdeckt.

Katharina hat keine Ahnung, mit wem sie es zu tun hat, aber der Mann richtet ein Maschinengewehr auf sie und die Kinder. Wenn sie jetzt losrennen, wird er sie mit einer Salve niedermähen. Sie werden die ersten Opfer in diesem Krieg sein, bevor er richtig begonnen hat.

»Nicht rühren«, ermahnt sie die Kinder, aber das ist überflüssig. Esther und Nick stehen wie angewurzelt da und trauen sich nicht einmal mehr zu weinen.

Der Schwarze bleibt stehen. Wie bei einem Duell in einem amerikanischen Western stehen sie sich eine gefühlte Ewigkeit gegenüber. Es scheint, als würde der Vermummte überlegen, was zu tun ist. Vielleicht will er sich an ihrer Angst weiden, bevor er sie alle umbringt. Umso erstaunter ist Katharina, als er sich plötzlich umdreht und zum Schlagbaum zurückgeht.

Nun erst bemerkt Katharina, dass er sein linkes Bein nachzieht. Sie kennt in Grantzow nur einen Menschen, der ein versehrtes linkes Bein hat.

»Los jetzt. Wir gehen ganz schnell dort drüben in den Wald, dann weiter neben der Straße entlang ins nächste Dorf.«

Die Kinder sind so verängstigt, dass sie sich ihren Anweisungen nicht länger widersetzen.

Die kleine Gruppe setzt sich in Bewegung.

Die Mücken fallen regelrecht über sie her. Es mag an der Tageszeit liegen – lange dauert es nicht mehr, bis die Sonne untergeht – oder an dieser Ecke des Waldes. Sie müssen den Forst queren, um von hier wieder auf die Straße zu kommen, die nach Dalkendorf führt. Katharina vermutet, dass sie noch mindestens drei Kilometer laufen müssen, bis sie auf die Verbindungsstraße treffen.

Die Kinder sind erschöpft. Alle paar Schritte müssen sie eine Pause einlegen, weil eines der beiden Durst hat, auf die Toilette muss oder schlicht nicht mehr weitermarschieren kann. Katharina fragt sich, wie Flüchtlinge das aushalten, die von weit herkommen – vom Balkan oder aus Afrika, die mit kleinen Kindern und ihrer ganzen Habe Tausende Kilometer zurücklegen. Sie klammert sich an die Hoffnung, die Grantzower hätten das Interesse daran verloren, sie zurückzuholen.

Sie wird eines Besseren belehrt, als sie eine halbe Stunde später aus einer Senke auftauchen und einen schwarzen Kombi vor sich auf dem Waldweg stehen sehen. Am vorderen Kotflügel lehnt lässig der Kerl mit dem Bürstenschnitt, den alle Fritz nennen. In seinem Hosenbund steckt eine Pistole, an seinem Gürtel hängt ein Funkgerät, auf der mehrfach gebrochenen schiefen Nase sitzt eine verspiegelte Sonnenbrille.

»Da sind ja unsere Ausreißer«, kommentiert er mit seiner sonoren Stimme. Mit lautem Klatschen schlägt er eine Mücke auf seinem Unterarm tot.

Katharinas Hoffnungen zerplatzen in dieser Sekunde wie eine Seifenblase. Die Kinder suchen ihren Blick: Was sollen wir jetzt tun?

Katharina dreht sich um, aber zwei weitere Männer tauchen in diesem Moment hinter den Bäumen auf: Martin Ernst und Tjark Heynes, der Müller.

Auch sie tragen Waffen.

Und Martin Ernst, der Schmied, hat sein traurigstes Lächeln aufgesetzt.

Die Männer verfrachten Katharina und die Kinder auf den Rücksitz. Tjark Heynes quetscht sich noch dazu, er soll wohl verhindern, dass Katharina auf dumme Gedanken kommt. Fritz setzt sich ans Steuer und Martin Ernst nimmt auf dem Beifahrersitz Platz, wo er den Kopf einziehen muss, um nicht am Dachhimmel anzustoßen. Die Reisetasche haben die Männer in den Kofferraum geworfen.

Fritz' Fahrstil ist ruppig – ob er so seine Männlichkeit unter Beweis stellen will? Ihren Bewachern scheint es gleichgültig zu sein, dass die Kinder nicht angeschnallt sind. Der Wagen holpert den Waldweg entlang, eine leichte Brise lässt die Blätter an den Bäumen schaukeln und wirft lebhafte Schatten ins Innere des Wagens, was die zum Zerreißen angespannte Stimmung noch verstärkt. Tjark stinkt nach Schweiß. Fritz kurbelt die Scheibe herunter, lehnt den Arm durch das offene Fenster nach draußen und hämmert mit der flachen Hand einen aggressiven Rhythmus aufs Blech. Katharina entdeckt auf seinem ausrasierten Nacken einen Pickel. Der Wagen taucht aus dem Wald auf und in die Abendsonne ein. Ein Löwenzahnsamen hat es in das Wageninnere geschafft und Katharina sieht zu, wie er durch den

Raum schwebt. Genauso kommt sie sich gerade vor: ein schwaches Etwas, vom Wind mitgerissen, ein Spielball des Schicksals.

In ihrem Inneren jedoch herrscht eine überraschend tief verwurzelte Ruhe. Ein Kontrapunkt zu den letzten Stunden, in denen sie ständig unter Strom stand. Natürlich weiß sie, was die Sippe mit ihr anstellen wird, wenn sie wieder im Dorf sind. Aber diese Gewissheit fühlt sich seltsamerweise beruhigend an.

Sie erreichen die Straße. Irgendwo weiter vorn wird bald der zerstörte Schlagbaum auftauchen und der Posten, der ihn bewacht.

Aber so weit kommt es nicht. Von der Seite her – quer über das angrenzende Feld – rast ein Traktor auf den Wagen zu, schneidet ihnen den Weg ab und kommt mit einem ohrenbetäubenden Kreischen der Bremsen zum Stillstand. Fritz steigt in die Eisen. Die hinten Sitzenden werden nach vorn geschleudert, ein schneidender Schmerz fährt durch Katharinas Stirn, als sie sich den Schädel an der Kopfstütze anschlägt.

Das Tuckern des Traktors erstirbt und eine Gestalt springt aus der Fahrerkabine. Es ist Ursel, die eine Waffe auf Fritz richtet. Er glotzt völlig verdattert aus dem Fenster. Mit dieser Entwicklung hat er nicht gerechnet.

»Raus aus dem Wagen!«, herrscht sie ihn an. »Katharina, nimm die Kinder!« Ihre Stimme klingt unerbittlich, sie beißt die Zähne so fest zusammen, dass man ihre Kieferknochen mahlen sieht; auf ihrer Stirn stehen Schweißperlen.

Fritz steigt als Erster aus, ihm folgen Martin Ernst und Tjark Heynes. Die Männer tauschen einen verschwörerischen Blick aus, Katharina befürchtet das Schlimmste. Sie hebt Nick und Esther aus dem Auto und stellt sich als Schutzschild vor sie.

»Gib Katharina den Schlüssel«, fordert Ursel von Fritz. Der rührt sich keinen Millimeter. Stattdessen schiebt er grinsend den Autoschlüssel in die Tasche seiner Bundeswehrhose.

»Glaubst du, ich habe Skrupel, dich zu erschießen?«

»Ehrlich gesagt, ja.«

Tjark und Martin lachen.

»Ich sag's nicht noch mal. Gib Katharina den Schlüssel. Sonst garantiere ich für nichts. Ich hab auf Jo geschossen, auf einen mehr kommt's mir jetzt nicht mehr an.«

Fritz' Grinsen erstarrt. Die Schüsse im Ort hat er gehört, aber dass sie Jo galten, wusste er offensichtlich nicht.

Was dann passiert, geht zu schnell, als dass Katharina hätte einschreiten können.

Fritz packt Niklas am Kragen, zerrt ihn zu sich heran und nimmt ihn hoch, Tjark tut das Gleiche mit Esther-Marie. Die Kinder schreien erstickt auf. Ursel fuchtelt nervös mit der Waffe herum, der Lauf wandert vom einen zum anderen und ruht schließlich auf Martin Ernst. Sobald Katharina die Situation überblickt, schleicht sie sich langsam aus Martins Einflussbereich und stellt sich neben Ursel.

»Gib auf, Ursel. Ich brauche höchstens zehn Sekunden, um deinem Blag das Genick zu brechen«, sagt Fritz. Und wie um seiner Aussage Nachdruck zu verleihen, umfasst er Niklas' Hals mit seiner kräftigen Pranke. Niklas' Augen werden groß wie Untertassen.

»Lass die Kinder runter, sonst schieße ich auf Martin.« Ursels Stimme zittert.

»Schieß ruhig. Wir alle in Grantzow sind bereit, Opfer für die Sache zu bringen. Dann bin ich eben der Erste, der zum Märtyrer wird«, antwortet Martin mit einer Ruhe, die Katharina kalte Schauer über den Rücken jagt.

»Ich habe euch gewarnt«, sagt Ursel mit ebenso großer Gelassenheit.

Sie zieht den Abzug durch.

Aber außer einem Klicken passiert nichts. Denn das Magazin ist schlicht und einfach leer. Zwei Schüsse – einer davon in Reserve, falls die erste Kugel Niklas nicht sofort getötet hätte – hatte Jo Katharina zugestanden. Das waren die beiden Schüsse, die Katharina im Dorf gehört hat; beide haben Jo gegolten, der nun wohl tot ist.

Die gleichen Gedanken muss sich Martin Ernst gemacht haben. Den Bruchteil einer Sekunde, nachdem er das leere Klicken gehört hat, nimmt er seine Chance wahr. Er stürmt vorwärts und entreißt Ursel die Glock. Mit einer seiner riesigen Pranken holt er aus und schlägt Ursel mit einer derartigen Wucht ins Gesicht, dass sie einen Satz macht, hintenüber kippt und auf der Straße landet. Man hört ein lautes trockenes Knacken, als Ursel versucht, den Sturz mit ihrem rechten Arm abzufangen, dann einen Schrei. Sie richtet sich mühsam auf, ihr Gesicht eine schmerzverzerrte Grimasse, mit der linken Hand bedeckt sie ihre Nase, aus der Blut quillt, der rechte Arm hängt schlaff vom Körper.

Die Kinder schreien panisch nach ihrer Mutter, aber das interessiert die Männer nicht. Fritz übergibt Niklas unsanft an Martin Ernst, dann geht er um den Wagen herum zum Beifahrersitz und holt seine eigene Waffe aus dem Handschuhfach. Er baut sich direkt vor Ursel auf, richtet die Pistole auf ihr Gesicht und spannt den Hahn.

»Das erledigen wir gleich hier vor Ort. Wir waren viel zu lange nachsichtig mit dir.«

Martin Ernst packt Fritz' Schusshand und drückt sie nach oben. »Wir bringen sie zu Gerd, er soll entscheiden, was mit ihr und den anderen passieren soll. Sie sollten ein Gerichtsverfahren bekommen.«

»Das fand ich schon bei dieser Gerichtsfotze völlig übertrieben«, raunt Fritz. Er blickt Martin düster an, sieht aber wohl ein, dass er gegen den Hünen nicht ankommt. Mit einem Schnauben steckt er die Waffe wieder ein, reißt Ursel mit voller Absicht an ihrem gebrochenen Arm hoch. Der nun folgende Schrei klingt beinahe unmenschlich, sie verdreht die Augen vor Qual.

Martin Ernst fährt den Traktor aus dem Weg. Dann verstauen die Männer Katharina und die Kinder wieder auf der Rückbank des Autos, Ursel wird in den Kofferraum gepfercht.

Bevor er die Klappe zuschlägt, starrt Fritz Ursel lange an. Schließlich spuckt er aus, Verachtung im Blick. »Solche wie du sind das beste Beispiel, was passiert, wenn eine Frau nicht weiß, wo ihr Platz ist.«

Als der Motor erneut startet, ist es still wie in einem Grab; nicht einmal mehr Ursel wagt, ihrem Schmerz eine Stimme zu verleihen.

*

Im Waldstück zwischen Grantzow und Dalkendorf, ganz in der Nähe der Stelle, von der aus Max Klee und seine Kollegen viele Wochen in ihrem stickigen Gefährt den Ort beobachtet haben, wartet ein dunkelgrauer VW Phaeton. Im Fond des Wagens sitzt Tom Diener, sein Fahrer lehnt draußen am Kotflügel und bläst Rauch durch die Nasenlöcher in die warme Sommerluft.

Diener nippt an einem Cappuccino to go; mit der Akkuratesse des Beamten widmet er sich der Spesenabrechnung, die spätestens morgen auf dem Tisch seines Vorgesetzten liegen muss. Im Radio dudelt leise ein deutscher Schlager. Neben Diener, auf der mit hellgrauem Alcantara bezogenen Rückbank, steht eine Kühlbox. Am Rand des Deckels haben sich feine Perlen aus Kondenswasser gebildet.

Der Fahrer klopft an die Windschutzscheibe. Diener sieht von seinen Unterlagen auf, der Fahrer deutet mit einem Kopfnicken die Straße hinunter. Im Gegenlicht kann Diener kaum mehr erkennen als eine Silhouette, die sich auf ihn zubewegt. Er nimmt einen letzten Schluck von seinem mittlerweile erkalteten Kaffee und steigt aus. Er reckt sich, vom langen Sitzen fühlt er sich ganz eingerostet. Wenn er noch rauchen würde, würde er den Fahrer um eine Zigarette anpumpen, aber diese Zeiten sind vorbei.

Diener stutzt. Die Silhouette zieht ein Bein nach.

Er überlegt, ob er seinem Kontaktmann entgegengehen soll. Aber diese Art Fürsorge passt nicht so recht zu seinem Image als harter Hund. Wenn sein Schützling es mit einem lahmen Bein bis hierher geschafft hat, wird er auch die letzten zweihundert Meter alleine schaffen.

»Helfen Sie dem Mann«, weist er den Fahrer an. Er ist doch weich geworden. Hat aber das Gesicht gewahrt.

Der Fahrer setzt die Schirmmütze auf, tritt seine Kippe aus und geht dem Ankömmling entgegen. Diener sieht, wie er ihm seine kleine lederne Reisetasche abnimmt und ihn stützt. Es dauert ein paar weitere Minuten, bis die beiden Männer sich zu Dieners Dienstwagen vorgearbeitet haben. Der V-Mann keucht vor Erschöpfung und ist bleich wie der Mond.

»Was ist denn mit Ihrem Auge passiert?«

»Diese dumme Bauernfotze hat auf mich geschossen.«

»Und das Bein?«

»Das war die zweite Kugel im Magazin.«

Diener lacht. »Wo hatte sie denn die Waffe her?«

Jo verzieht das Gesicht. Das ist Diener Antwort genug.

»Die Geister, die ich rief …«

Der Fahrer hilft Jo auf den Rücksitz.

»Soll ich einen Krankenwagen rufen?«

»Nein, lassen Sie uns verschwinden. Hier geht's bald ziemlich ab.«

»Das war dann wohl ein voller Erfolg«, beglückwünscht ihn Diener.

Der Fahrer nimmt vorne Platz, Diener gesellt sich hinten zu Jo.

Der klopft auf die Kühlbox. »Sie haben tatsächlich dran gedacht.«

»Für meine Jungs nur das Beste, Herr Freisler«, sagt Diener.

Er öffnet den Deckel, entnimmt der Kühlbox eine Dose Cola und reicht sie seinem Sitznachbarn. Mit einem Zischen wird der Verschluss geöffnet. Jo setzt an und trinkt die Dose mit hörbarem Schlucken leer. Dann öffnet er das Fenster und wirft das Gefäß achtlos in die Landschaft.

»Gott, wie habe ich das vermisst.«

Der Phaeton gleitet beinahe lautlos aus dem Waldweg auf die Straße nach Dalkendorf.

*

Der schwarze Kombi schafft es nicht bis zum Schlagbaum. Nur wenige Augenblicke, nachdem sie losgefahren sind, ertönt ein lautes Krachen, das Auto macht einen Satz nach vorne; Ursel, die im Kofferraum umhergeworfen wird, brüllt erneut vor Schmerz. Der Wagen wird ein paar Meter vorwärtsgeschoben. Fritz versucht panisch gegenzusteuern, doch schon im nächsten Augenblick rutschen sie in den Entwässerungsgraben neben der Straße und bleiben stecken. Aus dem Motorraum zischt heißer Dampf.

Jemand reißt die Heckklappe hoch und hilft Ursel heraus. Dann geht eine der hinteren Türen auf. Eine Hand greift nach Katharina und zieht sie aus dem Wagen. Sie ist benommen und von den Ereignissen derart überfordert, dass sie nicht begreift, was vor sich geht.

Erst als auch die Kinder aus dem Wagen gezogen werden, erkennt sie Max Klee, den Polizeibeamten.

»Sie haben meine Nachricht bekommen«, sagt sie erleichtert.

»Gehen Sie rüber zu meinem Auto, helfen Sie Frau Breker und den Kinder rein. Beeilen Sie sich, wir müssen weg.«

Fritz drückt die Fahrertür auf und krabbelt benommen heraus. Auch Martin Ernst und Tjark Heynes verlassen den Wagen. Alle drei sehen ziemlich belämmert aus.

Max Klee richtet eine Waffe auf Fritz.

»Legen Sie sich auf dem Bauch auf den Boden und strecken Sie die Hände aus. Alle drei!«

Die Männer sehen sich ratlos an. Keiner rührt sich.

»Ich habe gesagt, Sie sollen sich hinlegen und die Arme von sich strecken, wird's bald?«

Keinerlei Reaktion.

»Letzte Warnung. Hinlegen!«

Fritz schluckt. Dann wandert seine Hand langsam in Richtung seines Hosenbundes. Ernst und Heynes halten die Luft an. Katharina hat das Gefühl, jeden Moment ohnmächtig zu werden.

Ein Schuss zerreißt die Stille. Fritz stolpert zwei Schritte rückwärts. Ein feiner Sprühnebel aus Blut benetzt die Fahrertür und das Seitenfenster, Fritz taumelt, reißt mit dem Ellenbogen den Außenspiegel ab und kippt rückwärts in den Graben. Sie hören sein gurgelndes Stöhnen, dann nichts mehr.

Martin Ernst und Tjark Heynes sehen sich erstaunt an. Dann machen sie auf dem Absatz kehrt und nehmen Reißaus.

»Die hauen ab«, sagt Katharina überflüssigerweise. Sie beobachten, wie die Männer im Ort verschwinden, dann packt Klee Katharina am Arm und schiebt sie zum Wagen.

»Schnell, setzen Sie sich hinten rein, ich komme gleich.«

Von ihrem Platz aus beobachtet sie, wie Klee das Handschuhfach des Kombis durchstöbert.

»Was macht der so lange dort?«, stöhnt Ursel. »Wir müssen dringend weg!«

Endlich kommt Klee zurück. Er startet den Wagen, wendet und tritt voll aufs Gas, Katharina betet, dass das schlingernde Gefährt die Spur hält. Während der Motor aufheult und Grantzow im Rückspiegel immer kleiner wird, legt Klee ihr etwas in den Schoß.

»Passen Sie gut darauf auf.«

Es ist ein Handy und nicht irgendeines. Sobald Katharina

eine der Tasten betätigt, erscheint der Bildschirmschoner – eine schwarze Sonne.

Grantzow ist überall, denkt sie.

Wenige Augenblicke später kommt ihnen mit Blaulicht und Martinshorn ein Mannschaftswagen der mecklenburgischen Polizei entgegen. Kurz darauf ein weiterer, dann vier in einer Kolonne, dann ein gepanzertes Fahrzeug. Die Männer im Innern tragen Schutzkleidung und Helme. Und schließlich treffen auch die obligatorischen Übertragungswagen der großen Fernsehsender ein.

Katharina dreht sich um. Die Kinder lehnen mit blutleeren Gesichtern an der Mutter. Ursel sieht ebenso bleich aus, aber sie ringt sich ein Lächeln ab. Die untergehende Sonne spiegelt sich im Zifferblatt auf dem Grantzower Kirchturm.

Sie verlassen das Waldstück und erreichen eine Kreuzung. Ein Stoppschild fordert sie zum Halten auf. Kurios, so mitten im Nichts. Doch tatsächlich taucht im selben Moment von rechts ein weiteres Fahrzeug auf: eine dunkle Limousine mit Rostocker Kennzeichen. Der Wagen biegt betont langsam vor ihnen auf die Straße ein, die nach Norden führt – weg von Grantzow. Die Luxuskarosse wirkt seltsam deplatziert in dieser Gegend.

Während das Gefährt vor ihnen in die Kurve geht, erhascht Katharina einen Blick in den Wagenfond. Durch die dunklen Scheiben ist kaum etwas zu erkennen, aber was sie sieht – einen Mann, der eine Mullbinde auf sein linkes Auge presst –, reicht völlig aus.

»Diener, du Drecksau, was hast du hier verloren?«, hört sie Klee murmeln.

»Kennen Sie den Fahrer?«, fragt Katharina.

»Ich kenne den Mann, den er fährt.«

»Jo?«

Klee legt eine Vollbremsung hin. Ursel stöhnt.

»War Jo Freisler in dem Auto?«

Katharina nickt ängstlich. Klee schüttelt außer sich den Kopf. Die dunkle Limousine beschleunigt und verschwindet in einer Senke. Klee setzt den eigenen Wagen wieder in Bewegung. »Dann ist dieser Diener ja ein noch größeres Arschloch, als ich dachte.«

»Ich verstehe gar nichts, tut mir leid. Können wir noch mal kurz anhalten?«

»Muss das sein? Wir müssen ins Krankenhaus.«

»Mir ist schlecht.«

Klee fährt rechts ran. Linker Hand erstreckt sich ein weites Waldgebiet, auf der anderen Seite öffnet sich die Landschaft in eine grüne Aue, durch die ein Bach plätschert. Am Waldrand hat jemand ein handgemaltes Warnschild aufgestellt: Vorsicht Kreuzottern! Wieder diese altertümlichen Buchstaben. Nur ist dieses Schild mit den verwitterten Buchstaben vermutlich tatsächlich alt.

Katharina übergibt sich in den Straßengraben. Ihre Beine zittern, sie fühlt sich unendlich müde und kraftlos. Ihr Magen beruhigt sich langsam und sie atmet tief durch.

Plötzlich ertönt weit entfernt ein Knall.

Dann noch einer.

Dann eine ganze Salve.

Klee steigt ebenfalls aus und lauscht dem Schusswechsel.

Katharina kann sich nicht rühren. Sie hat das Gefühl, sie muss hier stehen und warten, bis es vorbei ist. In immer kürzeren Abständen sind die Salven zu hören.

»Kommen Sie, Frau Hofmann, wir müssen die Frau in ein Krankenhaus bringen.«

Endlich gibt sie sich einen Ruck und steigt ins Auto.

Alexander Baer (2002 – 2016)
Celina Bendig (1996 – 2016)
Silke Boes (1977 – 2016)
Erik Ernst (1999 – 2016)
Martin Ernst (1969 – 2016)
Ulrike Hauff (1972 – 2016)
Antke Heynes (1984 – 2016)
Freya Heynes (2009 – 2016)
Heinrich Heynes (2005 – 2016)
Konrad Heynes (2013 – 2016)
Sighild Heynes (2007 – 2016)
Thoralf Heynes (2011 – 2016)
Tjark Heynes (1977 – 2016)
Ulf Heynes (1973 – 2016)
Ylvie Heynes (2003 – 2016)
Emilia Kurland (2015 – 2016)
Luise Lechner (1951 – 2016)
Thore Roesner (1972 – 2016)
Gerd Rossbach (1978 – 2016)
Hiske Rossbach (1982 – 2016)
Raik Rossbach (2001 – 2016)
Sten Rossbach (2003 – 2016)
Henrik Schmitz (1946 – 2016)

Fünf Wochen später

Max Klee erkennt eine Gelegenheit, wenn sie sich ergibt. Als er an diesem Herbstabend an einem Restaurant am Markt in Rostock vorbeiläuft und durch die Sprossenfenster Tom Diener entdeckt, sieht er seine Chance gekommen, Antworten zu erhalten. Diener, der sich im LKA in Rampe rar gemacht hat, sitzt mit einer attraktiven Frau bei einem Aperitif. Der Kollege vom VS schaut zu Klee hinaus und sagt etwas zu seiner Begleiterin, worauf diese lacht.

Ohne zu zögern, begibt Klee sich ins Lokal und bringt sich vor dem Tisch in Stellung. Die anderen Gäste, die nicht umhin können, die Spannung zu bemerken, sehen interessiert herüber.

»Kennen wir uns?«, tut Diener überrascht.

Klees sarkastische Miene sagt eigentlich alles. »*Warum?*, das ist alles, was ich wissen will.«

Diener tauscht einen irritierten Blick mit seiner Tischdame. Der Kellner taucht auf – mit einem Tablett, auf dem zwei Suppenteller stehen – und wartet verunsichert.

»Grantzow – was sollte das alles?«

Klee hat den Namen des Ortes, der inzwischen zu einem Synonym für die bürgerkriegsähnlichen Gewaltexzesse vor einigen Wochen geworden ist, besonders laut ausgesprochen. Das verfehlt seine Wirkung nicht. Im Lokal wird es totenstill. Alle Köpfe drehen sich in ihre Richtung. Dieners Begleiterin, die sich angesichts der Aufmerksamkeit nicht wohlfühlt, hüstelt verlegen. Nur der Kellner steht weiter ungerührt da, während die Suppe auf dem Silbertablett kalt wird.

»Ich bin gleich wieder da«, erklärt Diener und lotst Klee nach draußen vor das Restaurant. Die Tür fällt ins Schloss, gerade als der Konversationslärm drinnen wieder einsetzt.

Der Marktplatz liegt wie ausgestorben vor ihnen, aus einem geöffneten Fenster wehen Lachen und Knoblauchduft herüber. Max hört seinen Magen knurren. Höchste Zeit, dass er nach Hause kommt.

»Also: Erklären Sie es mir. Wieso schicken Sie jemanden wie Jo Freisler nach Grantzow? Viel von dem Drama ist doch wohl nur auf seine Initiative hin geschehen.«

»Jo Freisler gibt es nicht. Der Name ist ein Pseudonym, ebenso wie Freyr. Er ist ein Werkzeug, das wir in bestimmten Fällen einsetzen.«

»Ein Werkzeug?«

»Stellen Sie sich die Grantzower wie den Holzstapel beim Sonnwendfeuer vor. Sie wissen vorher nicht, wie hoch das Feuer lodert. Ob es sich überhaupt entzünden lässt. Vielleicht ist es feucht. Vielleicht verweht der Wind den Zunder. Manchmal ist es besser, man selbst entfacht das Feuer, kontrolliert die Entstehung, als abzuwarten, bis der Stapel von selbst in Brand gerät. Dazu brauchen Sie einen Funken.«

»Und Freisler ist Ihr Feuerstein?«

»So in etwa.«

»Aber ohne Funken brennt das Feuer gar nicht. Und ist nicht das unsere Aufgabe? Das Feuer bekämpfen? Sind wir nicht die Feuerwehr?«

»Wissen Sie, Klee, man hat uns völlig zu Recht vorgeworfen, dass wir oft weggesehen haben. Sie wissen besser als ich, dass die Grantzower nicht so harmlos waren, wie sie sich gaben. Wir wollen einfach nicht den Eindruck erwecken, dass wir mit diesen Leuten sympathisieren.«

»Und wenn diese Leute nicht von selbst auf die wirklich schlimmen Ideen kommen, dann helfen Sie eben ein bisschen nach.«

»Betrachten Sie es als … eine kontrollierte Sprengung.«

Eine Sprengung, die mehr als zwanzig Menschen das Leben gekostet hat, sinniert Klee. »Ich hoffe, Ihnen schmeckt Ihre Fischsuppe noch, Herr Diener. So ganz begriffen habe ich Ihre Logik immer noch nicht. Mir würde jedenfalls das Essen im Hals stecken bleiben.«

Klee macht kehrt, um endlich heimzugehen, aber Diener seinerseits hat noch etwas auf dem Herzen. »Wie ich höre, befindet sich das Handy von Fritz Schober in Ihrem Besitz?«

»Und?«

»Ich schicke Ihnen morgen jemanden vorbei, der es abholt.«

»Was haben Sie damit vor?«

Diener lächelt sibyllinisch. »Sorry.«

Dieners Geheimnistuerei bringt Klee auf eine Idee.

»Ich bin morgen den ganzen Tag nicht im Büro. Kommen Sie gerne übermorgen.«

»Was haben Sie denn morgen so Wichtiges vor? Kann das nicht ein Kollege übernehmen?« Offensichtlich hat Diener es plötzlich ziemlich eilig.

Zeit für eine Retourkutsche, denkt Klee. »Sorry.«

*

Der Pförtner am Eingang zum LKA in Hamburg-Alsterdorf verlangt von Katharina, dass sie sich ausweist.

»Mein Ausweis ist gestohlen worden und mein neuer ist noch nicht fertig«, rechtfertigt sie sich.

Er blättert mit gerunzelter Stirn in seinen Unterlagen herum. Schließlich hellt sich seine Miene auf. »Ach, Sie sind das.«

Er unterzieht ihr Gesicht einer sehr genauen Beobachtung, dabei blickt er immer mal wieder auf den Monitor vor ihm.

»Dünn sind Sie geworden.«

Vielleicht sollte sie jetzt etwas Originelles antworten, aber dafür fehlt ihr die Kraft. Überhaupt sind ihr Behördenvertreter seit der Geschichte in Grantzow noch unsympathischer geworden. Auch wenn dieser arme Pförtner nichts dafür kann. Der in diesem Moment den Hörer seines Telefons auflegt.

»Herr Klee holt Sie ab. Nehmen Sie doch einen Moment Platz.«

Auf einem kalten und unbequemen Plastikstuhl wartet sie einige Minuten, bis die Tür in Panzerglasausführung sich öffnet und Max Klee vor sie tritt. Hinter seinem Lächeln erkennt sie eine Spur Unsicherheit.

»Danke, dass Sie gekommen sind, Frau Hofmann.«

»Danke, dass Sie nach Hamburg gereist sind.«

»Das ist das Mindeste, was ich für Sie tun kann.«

Er geht voran – durch unendlich lange Gänge, an Dutzenden verschlossenen Türen und unzählbaren Wegkreuzungen vorbei. Wenn er jetzt irgendwo verschwinden würde, wäre sie aufgeschmissen. In fünfzig Jahren würde man ihre mumifizierte Leiche irgendwo in einer Abstellkammer finden. Zum Ausgang findet sie jedenfalls nicht mehr alleine zurück.

Endlich erreichen sie ein kleines Sitzungszimmer, dessen Tür offen steht. Am Tisch sitzt ein dicker Mann mit schlierigen Brillengläsern. Er sieht von einem Laptop auf, der vor diesem Berg von Mann grotesk klein wirkt. Dann erhebt er sich, reicht Katharina eine verschwitzte Hand und stellt sich als Herr Flöter vor.

»Kann ich Ihnen was zu trinken besorgen? Einen Kaffee? Oder Wasser?«, fragt Klee.

Katharina lehnt ab, obwohl ihr Mund völlig ausgetrocknet ist. Sie fürchtet sich so sehr vor dem, was nun kommen mag, dass sie nichts bei sich behalten würde. Klee hat am Telefon kein Wort darüber verlauten lassen, worum es geht, aber sie ahnt, dass es etwas mit dem Tod ihrer Schwester zu tun hat.

Er nimmt neben ihr Platz und atmet tief durch. Auch für ihn scheint dieses Treffen nicht einfach zu sein.

»Erst mal das Erfreuliche«, sagt er und zieht aus einer Papierhülle eine Handvoll Plastikkarten. Katharina entdeckt nicht nur ihren Führerschein, sondern auch ihre Krankenkassenkarte, ihren Personalausweis und die Bankkarte. Letztere ist an einer Ecke etwas angeschmort.

»Das haben die Kollegen noch aus den Flammen retten können. Für Ihre Uhr und das Handy gilt das leider nicht. Die sind vermutlich in den rauchenden Trümmern der Schule verschmort.«

Katharina starrt den deformierten Kunststoff an und versucht, die Vorstellung zu verdrängen, was in den letzten Stunden der Sippe im Schulhaus vor sich gegangen sein mag. Aber es gelingt ihr nicht.

»Sie wissen, wie es abgelaufen ist?«, reißt Klee sie aus ihren düsteren Gedanken.

Katharina nickt stumm. Sie hat es in den Nachrichten gesehen und gelesen. Das Thema Grantzow beherrschte die Schlagzeilen ganze vier Wochen. Die Männer der Sippe leisteten bei der Erstürmung des Ortes erbitterten Widerstand. Die meisten von ihnen starben im Kugelhagel des MEK. Martin Ernst flüchtete angeschossen und stark blutend in die Schmiede, wo er erst seinen Sohn Erik und dann sich selbst mit einem Schuss in den Kopf richtete. Antke Heynes, Hiske Rossbach und zwei weitere Grantzower Mütter verbarrikadierten sich mit ihren Kindern in der Schule. Bevor die Polizei das Gebäude stürmen konnte, schluckten sie gemeinsam mit ihren Kindern den vorbereiteten Giftcocktail und setzten das Klassenzimmer in Brand. Die vor Ort bereitstehende Feuerwehr konnte das Feuer zwar unter Kontrolle bringen, aber für die Mitglieder der Sippe war es zu spät. Die Boulevardpresse hat irgendwann auch Bilder der toten Kinder gezeigt, ihre schmerzverzerrten Gesichter, die unnatürlich hellrosa gefärbte Haut. Nach dem Selbstmordattentat in der Elbphilharmonie vor einer Woche drängten sich allerdings schlagartig andere Themen in den Vordergrund.

»Vermutlich benötigen Sie die Karten jetzt schon gar nicht mehr«, entschuldigt er sich.

»Die Kreditkarte habe ich sperren lassen und einen neuen

Personalausweis beantragt. Aber die Krankenkassenkarte kann ich noch verwenden. Die hatte ich ganz vergessen.«

»Tut mir leid. Die Spurensicherung hat die Sachen so lange mit Beschlag belegt. Die Kollegen haben offenbar nicht mitgedacht.«

Katharina dreht die Bankkarte in ihren Händen. »Die Sippe hatte auch eine Bankvollmacht für mein Girokonto, fällt mir ein.«

Klee nickt verständnisvoll. »Ich glaube zwar nicht, dass das jetzt noch relevant ist, aber klären Sie es sicherheitshalber.«

Sie sitzen eine Weile schweigend da, jeder in seine eigenen Gedanken versunken.

»Und was wollten Sie mir nun zeigen?«

Klee rutscht unruhig auf seinem Stuhl hin und her. Dann gibt er dem Dicken ein Zeichen. Der Mann dreht den Laptop so um, dass Katharina den Bildschirm sehen kann.

»Sie sind ja ursprünglich nach Grantzow gekommen, um das Verschwinden ihrer Schwester aufzuklären.«

Das stimmt. Und sie hat sich eigentlich mit der Tatsache abgefunden, dass sie nie genau erfahren wird, wie, warum und von wem Sara ermordet wurde. Weil alle potenziellen Zeugen inzwischen tot sind. Alle außer Jo, der aber offiziell gar nicht existiert – wie erst die Hamburger Polizei und schließlich auch Klee ihr auf Nachfrage mitgeteilt haben. Aus der Antwort konnte sie immerhin schließen, dass man ihn mundtot gemacht hat.

Klee greift erneut in die Papiertasche – und zieht ein Handy heraus. »Sie erinnern sich daran, wie ich dieses Handy aus Fritz Schobers Wagen geholt habe?«

Sie nickt. Dass der Nachname des Bürstenschnitts Schober ist, ist ihr neu.

»Der Kollege Flöter hier hat es geschafft, den Speicher des Telefons auszulesen. Und wir haben neben einem Haufen interessanter Kontaktadressen auch mehrere mit dem Handy aufgenommene Videos sichergestellt.«

Katharina ahnt, was nun kommen wird, aber sie beißt die Zähne zusammen.

»Man sieht leider nichts von dem, was in den letzten Stunden in Grantzow passiert ist. Aber es gibt ältere Aufzeichnungen. Unter anderem ein Video, in dem Ihre Schwester eine Rolle spielt.«

Der Dicke räuspert sich und knetet nervös sein Mehrfachkinn.

»Zeigen Sie es mir.«

Klee nickt. »Schober war der Einzige in Grantzow, der ein Handy hatte. Und damit hatte er wohl auch die Aufgabe übernommen, bestimmte – Abläufe zu dokumentieren.«

»Abläufe?« Katharina stutzt. Was meint Klee damit?

»Die Sippe hat ihre eigenen …«

Aber Katharina hat genug von diesem Herumgerede. »Zeigen Sie mir endlich den Film und ersparen Sie mir diese Erklärungen.«

Klee gibt dem Dicken ein Zeichen. Der Bildschirm flackert auf. Katharina bettet ihr Kinn in beide Hände, sie will gerüstet sein, will sich die Augen zuhalten können, wenn es zu schlimm wird.

Man sieht in grobkörniger Auflösung den Garten der Rossbachs bei Nacht. Die Männer der Sippe haben sich versammelt. Sie tragen dunkle Sturmhauben, sodass sie nicht zu erkennen sind, aber den Stimmen nach zu urteilen, sind keine Frauen und Kinder darunter. Die Männer sitzen auf Holzstämmen im Kreis, in die Ecken des Gartens hat jemand brennende Fackeln gesteckt, die Szenerie ist von einem gespenstischen Flackern erleuchtet und oben am Himmel erkennt man einen riesigen, beinahe vollen Mond.

Gefesselt auf einem Stuhl sitzt Sara. Sie sieht völlig verängstigt aus und sie ist geknebelt. Strähnen ihres verschwitzten Haars hängen ihr ins Gesicht, ihre Kleidung wirkt verschmutzt.

Katharina beginnt zu weinen. Das sind vermutlich die

letzten Lebenszeichen von Sara. Wieder macht sie sich Vorwürfe, dass sie ihrer Schwester nicht beistehen konnte. Dass sie den Anruf damals in dem Hotel in Hamburg einfach weggedrückt hat. Wer weiß: Vielleicht würde Sara noch leben, wenn sie ihn entgegengenommen hätte.

Man hört die Männer reden, aber die Worte sind im Rauschen des Windes kaum zu verstehen.

»Was machen die da?«

»Das ist eine Gerichtsverhandlung. Sie nannten es das ›Naturgericht‹. Die Sippe erkennt die deutsche Gerichtsbarkeit nicht an. Sie haben ihre eigenen Verfahren.«

»Eine Gerichtsverhandlung gegen Sara? Warum? Was hat sie denn verbrochen?«

»Spionage und Hochverrat. Ihre Schwester hat, nachdem sie die Unterlagen über den Grundbesitz bei Frau Rechenbach eingesehen hat, einen Ausflug in das Waldstück unternommen, in dem sich das Waffenlager befand, um sich dort umzusehen. Sie wollte den Rechenbachhof pfänden und hat damit die Existenz der Sippe bedroht.«

Die Männer auf dem Video heben allesamt die rechte Hand.

»Was bedeutet das?«

»Sie sprechen das Urteil.«

Im Gang draußen hört man jemanden heftig niesen.

»Todesstrafe.«

Katharina schließt die Augen.

Klee betätigt die Stopptaste. »Der Rest ist irrelevant.« Wieder diese Unsicherheit hinter der scheinbar ruhigen Fassade.

»Sie haben Sara zum Tode verurteilt. Und dann?«

»Haben sie Ihre Schwester gehenkt.«

Katharina muss sich am Tisch festklammern. »Wer genau war es?«

»Das wissen wir nicht. Sie sehen ja, die Männer sind maskiert.«

Katharina blickt Klee direkt in die Augen. »Sie haben das Urteil direkt im Anschluss vollstreckt? Mit den Sturmhauben über dem Gesicht?«

Klees Miene erstarrt. Er hat sich verraten. Sein Kollege und er sehen sich verstohlen an. Der Dicke verzieht den Mund.

»Der Rest ist irrelevant, haben Sie gesagt.«

Klee schluckt. »Hören Sie, das sollten Sie sich wirklich nicht anschauen. Die Aufnahmen sind sehr verstörend. Und der Täter ist unter den Toten von Grantzow. Es würde nichts ändern.«

Eine Formulierung wie aus der Programmankündigung für einen Horrorfilm: verstörende Bilder.

»Doch, das will ich«, sagt Katharina ruhig. »Lassen Sie den Film weiterlaufen.«

»Tut mir leid, das kann ich nicht …«

»Weiter!«, brüllt Katharina.

Die Tür zum Sitzungszimmer öffnet sich und ein Uniformierter steckt den Kopf herein. »Alles in Ordnung?«, fragt er mit alarmierter Miene.

Klee winkt ab. Kein Problem. Die Tür wird geschlossen. Dann lässt er das Video weiterlaufen.

Nach dem Ende der Gerichtsverhandlung vergehen quälend langsam die Minuten. Die Männer erheben sich, stehen zusammen, reden und lachen; die ganze Zeit über sieht man Sara völlig paralysiert im Hintergrund auf ihrem Stuhl sitzen und mit jeder Sekunde bleicher werden. Aber sie weint nicht.

Plötzlich ändert sich die Szenerie. Einer der Maskierten greift Sara am Arm und reißt sie vom Stuhl hoch. Sie protestiert, ihre Augen sind vor Angst aufgerissen, sie versucht, durch den Knebel zu schreien – vergebens. Die Handykamera gerät in Bewegung. Schwankend folgt sie dem Tross, der sich durch den Garten zu der Stelle bewegt, an der die Hinrichtung stattfinden soll: der Ast, an dem die Schaukel hängt, auf der Jo immer saß. Die Schaukel, auf der er den Dorfbewohnern Zuspruch erteilt hat.

Alles läuft ruhig und organisiert ab. Als würde eine Partygesellschaft einen Ort im Garten aufsuchen, an dem eine wichtige Rede gehalten wird. Plötzlich kommt seitlich jemand ins Bild, der ein grob geknüpftes Seil trägt. Er ist von etwas kleinerer Statur als die anderen und bewegt sich ungelenk.

Er wirft das Seil über den Ast, an dem die Schaukel langsam vor und zurück schwingt. Es wird nachjustiert, bis sich die Schlinge über der Mitte der Sitzfläche befindet; dann wird das andere Ende des Seils am Stamm festgeknotet.

Jemand stülpt Sara eine Kapuze über den Kopf. Ihre Knie geben nach, zwei Männer stützen ihre Arme, was nicht so einfach ist, weil sie sich windet und zu wehren versucht. Aber ihre Bemühungen laufen ins Leere: Die beiden Männer heben sie auf das schaukelnde Brett; ein dritter hat eine Leiter danebengestellt und hilft mit, die Schlinge um ihren Hals zu legen und straff zu ziehen. Sobald Sara das Holzbrett unter ihren Füßen spürt, steht sie still, will die letzten Sekunden hinauszögern. Die Männer halten sie fest.

Jemand baut sich vor der Schaukel auf und verliest eine Erklärung, vielleicht noch einmal den Urteilsspruch. Katharina hat das Gefühl, einige Vokabeln oder Wortfetzen vom Sonnwendfeuer her zu kennen. Reinigung. Gemeinschaft. Ehre. Treue. Untergang.

Große Worte, die ein schäbiges Verbrechen einläuten.

Dann langes Schweigen.

Schließlich nähert sich der Henker und tritt die Schaukel weg. Die Männer lassen Sara los. Sie schwankt nur sehr kurz, dann kippt sie von der Schaukel und der Strick spannt sich.

Katharina wird schlecht, ihre Fingernägel krallen sich in ihre Handinnenflächen, aber den Schmerz nimmt sie gar nicht wahr. Ihr Atem geht schnell, sie hat das Gefühl, man schnüre ihr selbst die Luft ab. Aber sie muss das Geschehen bis zum bitteren Ende verfolgen.

Saras Todeskampf zieht sich über viele grausame Minuten hin. Es gibt keinen gnadenbringenden Genickbruch, niemanden, der nachhilft beim Sterben, indem er sie an den Füßen nach unten zerrt. Sie erstickt qualvoll am Galgen, ihr Körper schwingt am Seil hin und her. Unendlich lange zucken ihre Beine, ihre Füße tanzen kaum mehr als eine Handbreit über dem Boden.

Die ganze Zeit über verharren Saras Richter und Henker schweigend um den Baum. Irgendwann werden die Bewegungen langsamer, dann enden sie abrupt, der Körper erschlafft.

Das ist das Signal. Die Männer ziehen sich die Sturmhauben von den Köpfen und schütteln sich reihum die Hände, beglückwünschen sich, als hätten sie gerade eine neue Scheune errichtet. Obwohl Katharina nichts anderes erwartet hat, schockiert es sie, die vertrauten Gesichter zu sehen, die Bestätigung zu erhalten, dass sie diese Menschen, die Sara umgebracht haben, noch vor Kurzem beinahe als ihre Familie betrachtet hat.

Eilig zerstreut sich die Gesellschaft, bis nur noch Gerd Rossbach, Ulf Heynes und Gerds ältester Sohn Raik vor der Gehenkten stehen. Rossbach und Heynes nehmen die Leiche ab, während Raik auf die Kamera zuläuft.

»Und, wie war das erste Mal?«, hört man Fritz' Stimme.

Raik lächelt beseelt. »Unglaublich.«

»Genieß es, mein Junge. Wer weiß, wann so eine Gelegenheit wiederkommt.«

Raik blickt in die Kamera. An dieser Stelle endet die Aufnahme mit seinem Standbild: ein ganz normal wirkender Bursche mit blondem Seitenscheitel, neugierigen Augen und einem warmen spitzbübischen Lächeln. Ein Teenager mit intelligenten Gesichtszügen, nach dem sich in ein paar Jahren die Mädchen auf der Straße umdrehen würden, wäre er noch am Leben. Ein Junge, dessen sympathisches Erscheinungsbild darüber hinwegtäuscht, das er so wie alle anderen

Mitglieder der Sippe von Grantzow bereit war, für seine Überzeugung zu töten.

Die Sippe von Grantzow ist Vergangenheit, denkt Katharina.

Aber Gemeinschaften wie diese, die sich wie ein bösartiges Geschwür in kleine vom Dorfsterben bedrohte Flecken einnisten, gibt es mehr als eine Handvoll in Deutschland. Und es werden jedes Jahr mehr.

Es ist nur eine Frage der Zeit, bis wieder irgendwo irgendjemand den irrwitzigen Gedanken eines eigenen arischen Staates konsequent zu Ende denkt.

Jemand, den wir so lange nicht ernst nehmen, bis Schüsse fallen.

Danke an

Andrea Röpke
Dieter H. Neumann
Ursula Bischoff
Holger Karsten Schmidt
Volker Münch
Rainer Wittkamp
Roswitha Matschiner
Bärbel Arendt
Kai Degenhardt
Die Amadeu Antonio Stiftung

Meine Frau Claudia

Nachwort

von Marius Hellwig, ›Amadeu Antonio Stiftung‹

»Tierschutz, Umweltschutz, Heimatschutz« – unter diesem nach einem harmlosen ökologischen und nachhaltigen Lebensstil klingenden Slogan firmiert die rechtsextreme Ökobewegung, zu der die sogenannten Völkischen Siedler zählen. Dass diese nicht einfach als konservative Ökobauern in altmodischen Kleidern zu betrachten sind, sondern menschenverachtende und demokratiefeindliche Einstellungen teilen, wird mit einem Blick auf ihr historisches Erbe und ihre Ideologie deutlich.

Die Siedler sehen sich in der Tradition der völkischen Bewegung vom Anfang des 20. Jahrhunderts, die sich in Reaktion auf eine sich modernisierende und pluralisierende Gesellschaft für ein Leben fernab der »entarteten« Städte entschieden. Diese ging später in verschiedenen Organisationen des nationalsozialistischen Herrschaftsapparates auf, auch Heinrich Himmler und der NS-Chefideologe Alfred Rosenberg gehörten zu ihren Anhängern.

Die rassistisch-antisemitische »Blut und Boden«-Ideologie der völkischen Siedler propagiert, dass nur Menschen mit einer »reinen« deutschen Abstammung dem deutschen »Volk« angehören können. Der »Volkskörper« sei somit durch das gemeinsame »deutsche Blut« verbunden und der Einzelne habe sich dem Willen dieser organischen Einheit unterzuordnen. Homosexuelle, Juden, emanzipierte Frauen und »Nicht-Arier« haben in der »Volksgemeinschaft« keinen Platz.

Oberstes Ziel der Siedler ist es, die »Volksgemeinschaft« aufrechtzuerhalten und durch möglichst viele »arische« Nachkommen zu stärken. Dafür werden die Kinder oftmals in Zeltlagern rechtsextremer Jugendorganisationen indoktriniert und erfahren kaum Einflüsse von außerhalb der »Sippe«. Eine Begegnung mit anderen Einstellungen geschieht dann erst in der Schule – allerdings sind auch nicht alle Lehrkräfte bereit oder in der Lage, mit den Kindern in einen Dialog über die Weltanschauung ihrer Eltern zu treten.

Die Vorstellung eines »artgerechten Lebens« orientiert sich an einer erdachten germanischen »Ur-Sippe« mit klarer Rollenverteilung in der Familie: Die Frauen kümmern sich um die Familie und üben, wenn überhaupt, soziale Berufe aus oder arbeiten als Hebammen aktiv an der Erhaltung der »Volksgemeinschaft« mit. Die Männer sind oft Handwerker oder Landwirte und versuchen, als Selbstversorger zu leben. Der Arbeit auf der eigenen Scholle liegt die Überzeugung zugrunde, die »schaffende, deutsche Arbeit« sei der »raffenden, jüdischen Arbeit«, wie sie im modernen Kapitalismus vorherrschend sei, vorzuziehen. Die gezielte Ansiedlung in strukturschwachen, ländlichen Gegenden hat zum Ziel, die dortigen Dorfstrukturen allmählich in ihrem Sinne umzugestalten und die Akzeptanz rechter Ideologie zu vergrößern. Örtliche Heimat- und Schützenvereine, die Elternvertretungen an Schulen und Kindergärten oder Proteste gegen Atomenergie und Gentechnik bieten den Siedlern die Möglichkeit, als freundlicher Nachbar und fürsorglicher Kümmerer aufzutreten und so möglichst wenig Widerstand bei der Umsetzung ihrer Ziele zu erfahren. So soll der Nachzug weiterer Rechtsextremer vorbereitet werden.

Die Völkischen Siedler sind in mindestens neun Bundesländern vorzufinden. Besonders stark vertreten sind sie in Mecklenburg-Vorpommern. Allerdings handelt es sich nicht um ein rein ostdeutsches Phänomen: Aktuell lassen sich vermehrt Siedlungen im Wendland feststellen. Hier kaufen Rechtsextreme abgelegene Höfe und Grundstücke auf und werben innerhalb der rechten Szene um Zuzügler. Die geografische Konzentration auf die Mitte Deutschlands hat neben der günstigen Kombination vieler leerstehender Gebäude und einer überalterten Einwohnerschaft auch ideologische Gründe: Zum einen ist Mecklenburg-Vorpommern die Region, in der auch die früheren Ansiedlungen der Artamanen begonnen wurden, zudem haben rechtsextreme Familien hier eine lange Tradition. Außerdem bietet die ländliche Lage einen strategischen Vorteil als Rückzugsort fernab des staatlichen Zugriffs, aus dem der politische Kampf organisiert werden kann.

Im Umfeld der Siedler lässt sich ein breites Spektrum an Akteuren und Ideologien der rechtsextremen Szene feststellen. Bei »Arbeitseinsätzen« auf den Höfen oder Feiern wie der Sommersonnenwende treffen sich teilweise mehrere Hundert Rechtsextreme, die bundesweit anreisen. Die verschiedenen rechten Strömungen werden hier geeint durch ihre rassistisch-antisemitische Weltanschauung sowie ihr gemeinsames Faible für nordische Mythologie und germanische Kulte und Symbole. So sind Accessoires in Form des »Thorhammers« sowie die Verwendung der »Schwarzen Sonne« in der gesamten rechten Szene verbreitet. Auch Esoteriker, Holocaustleugner, Verschwörungsideologen oder sogenannte »Reichsbürger«, welche die Souveränität der Bundesrepublik abstreiten und eigene Pseudo-Staaten ausrufen, sind hier vertreten.

Die Amadeu Antonio Stiftung setzt sich für eine demokratische Zivilgesellschaft ein, die sich konsequent gegen Rechtsextremismus, Rassismus und andere Formen gruppenbezogener Menschenfeindlichkeit wendet. Hierfür fördert und unterstützt die Stiftung Initiativen und Projekte überall in Deutschland, die sich in verschiedensten Bereichen engagieren.

Weitere Informationen und eine Broschüre zur Thematik der Völkischen Siedler finden Sie unter:

www.amadeu-antonio-stiftung.de

Mehr von Marc-Oliver Bischoff

Marc-Oliver Bischoff

Tödliche Fortsetzung

ISBN 978-3-89425-398-1
Auch als E-Book erhältlich

Ausgezeichnet mit dem ›Friedrich-Glauser-Preis‹ in der Sparte ›Bestes Krimidebüt‹

Die in einem Thriller geschilderten Morde werden Realität. Allein der Verdacht, er könne etwas mit den Verbrechen zu tun haben, kostet Autor Martin Kanther die Existenz. Zwanzig Jahre später wiederholen sich die Ereignisse und erneut gerät Kanther in Verdacht.

»Ein Buch, durch das sich der Leser wie Säure frisst.« Mitteldeutsche Zeitung

Die Voliere

ISBN 978-3-89425-420-9
Auch als E-Book erhältlich

Sind psychisch kranke Gewalttäter therapierbar? Psychologin Nora Winter urteilt in drei Fällen Nein. Die Politik entscheidet anders: Die Männer werden zum Teil gegen ihren Willen aus der Haft entlassen. In dem Dorf, in dessen Nähe die drei einquartiert werden, wächst die Angst. Als die Situation eskaliert, befindet sich Nora mittendrin.

»Zu viel Lob vorab kann dazu führen, dass hinterher zu wenig bleibt. Doch bei diesem Buch liegen die Lobredner hundertprozentig richtig. Es ist richtig gut.« Westfälische Nachrichten

Golanhöhen

ISBN 978-3-89425-450-6
Auch als E-Book erhältlich

Kommissar Gideon Richter gerät an seine psychischen Grenzen: Seine junge Familie entwickelt sich zu seinem persönlichen Albtraum, zudem weckt eine Jugendfreundin alte Ängste. Als er in einem sozialen Brennpunkt in Frankfurt den vermeintlichen Selbstmord der Kindsmörderin Jennifer Baur untersucht, verliert er komplett die Objektivität und trifft eine falsche Entscheidung zu viel …

Weitere Thriller der Extraklasse

Olaf R. Dahlmann

Das Recht des Geldes

ISBN 978-3-89425-467-4
Auch als E-Book erhältlich

Topaktuell und von einem Insider geschrieben

Ein ermordeter Anwalt, verschwundene Steuerdaten und ein handlungsunfähiger Chef: Die Rechtsreferendarin Katharina Tenzer soll die Unternehmerfamilie Koppersberg gegenüber der Steuerfahndung vertreten. Als sie begreift, worum es wirklich geht, ist es schon zu spät. Längst steht sie selbst im Fokus der Ermittler – und des Mörders …

»Steuerbetrug kann lebensgefährlich sein und sehr unterhaltsam. Der Volldampf-Wirtschaftskrimi ›Das Recht des Geldes‹ beweist es. Und anders als bei der Steuererklärung versteht man hier auch wirklich alles.« Udo Feist, WDR 2

Carlo Feber

Das Spiel der Anderen

ISBN 978-3-89425-472-8
Auch als E-Book erhältlich

Ein absoluter Pageturner!

Vier Politaktivisten haben große Ideale: Mithilfe erpresster Insidergeständnisse wollen sie die schmutzigen Geschäfte einer Großbank aufdecken. Die Entführung von Vorstand Lengsfeld verläuft auch problemlos. Doch dann bedient sich ein anderer ihrer Pläne und ein Katz-und-Maus-Spiel beginnt, bei dem alle Beteiligten den eigenen Kopf riskieren …

»Carlo Febers Politthriller punktet mit einem clever ausgedachten Plot nebst furiosem Finale.« Joachim Feldmann, CulturMag

»Gut vierhundert Seiten hat der Roman, keine ist zu viel.«
Guido Glaner, Morgenpost am Sonntag

»Ein absoluter Pageturner – da hat der Werbetext mal recht. … Endlich mal großes Kino statt ›Tatort‹. Respekt!«
RS, Hammett Krimibuchhandlung

grafit